刘二安　黄全来　主编

当代百家动植物灯谜精选

中州古籍出版社
·郑州·

图书在版编目（CIP）数据

当代百家动植物灯谜精选 / 刘二安，黄全来主编.
—郑州：中州古籍出版社，2019.1
（中华灯谜丛书）
ISBN 978-7-5348-8420-7

Ⅰ.①当… Ⅱ.①刘… ②黄… Ⅲ.①灯谜－汇编－中国－当代 Ⅳ.①I277.8

中国版本图书馆CIP数据核字（2019）第016465号

出 版 社：中州古籍出版社
（地址：河南省郑州市郑东新区金水东路39号　邮政编码：450016）
发行单位：新华书店
承印单位：河南安泰彩印有限公司
开本：890mm×1240 mm　1/32　　印张：14
字数：280千字　　　　　　　　　印数：1—3 000册
版次：2019年1月第1版　　　　　 印次：2019年1月第1次印刷

定价：28.00元
本书如有印装质量问题，由承印厂负责调换。

序

彭恒礼

刘二安先生邀我为即将出版的《当代百家动植物灯谜精选》作序,起初我没敢答应,因为我对谜语一窍不通。拗不过刘先生一再相邀,我就做了些功课。结果发现,我国第一部研究谜语的著作《谜史》,居然是由顾颉刚先生引荐并为序,1928年由中山大学民俗学会正式出版的,作者是中国戏剧史的大师级人物钱南扬先生。1986年,《谜史》由上海文艺出版社再版时,新序作者居然是我的师爷——中山大学的王季思先生,他与钱南扬是好友。这让我备感亲切。

我于2008年毕业于中山大学民俗学专业(中山大学民俗学会即其前身),恰好是《谜史》在中山大学民俗学会出版八十周年之际,这是一奇。我的博士生导师康保成先生,是当年王季思先生招收的第一届博士生,入学时间恰好就是在王季思先生为钱南扬先生的《谜史》作序的时候。看来中山大学民俗学专业与谜语研究的缘分真是老天注定!这让我下定决心,写下这篇文字。

根据钱南扬先生的研究,谜语这种语言艺术早在春秋时期就已出现,当时不叫谜语,称"廋"。《韩非子·喻老》中就有"右司马御座而与王讔曰"。钱先生认为这里的"讔"就是文献关于谜语的最早记载。这一看法有一定道理。陈雨门先生认为谜语的历史比这还要早,他认为《诗经·卫风·氓》《诗经·陈风·衡门》《诗经·魏风·硕鼠》皆为谜语。如此说来周代就有谜语流行了。

关于灯谜的起源,中原民间有个传说。相传古代有个胡财主非常势利,对富人毕恭毕敬,对穷人吹胡子瞪眼。有一年年关,李才、王少两个人登门借钱。胡财主见李才衣帽华丽,立刻借与李才;见王少破衣烂衫,立刻轰出门去。王少将一盏灯笼悬于胡财主门上,上写一首打油诗:"头尖身细白如银,论秤没有半毫分。眼睛长到屁股上,光认衣裳不认人。"惹得众人大笑。胡财主认为王少这是讽刺他,要拉他见官。王少说我这是首灯谜,谜底是"绣花针"。胡财主气得无话可说。从此民间有了"元宵节猜灯谜"的习俗。①

灯谜当真是王少创造的吗? 当然不是,这只是民俗文化中常见的一种"地方性解释"而已。灯谜是广大劳动人民集体创造的艺术,它的出现至少与以下几个要素有关:

与灯节赏灯习俗有关。猜灯谜的活动主要集中在元宵灯节期间,将谜面写在灯上或悬于附近,供游客玩赏时猜谜。据《武林旧事》记载,南宋元宵期间,"以绢灯剪写诗词,时寓讥笑,及画人物,藏头隐语,及旧京诨话,戏弄行人"。说的就是宋代元宵节制灯谜的习俗。张灯习俗并不局限于元宵,除夕、七夕、中秋均有张灯习俗,灯谜也就变得越来越普遍。

与猜谜的情境有关。古人除了在通衢猜谜以外,还经常在寺

---

① 吴效群、彭恒礼主编:《中国节日志·春节》(河南卷),光明日报出版社2014年版,第247页。

庙里、府邸内举办猜谜活动,通常是在夜晚,燃灯既为看清谜面,也起装点烘托环境作用。明传奇里有出戏,名字就叫《十错认春灯谜》;《红楼梦》里也有宝、黛等人猜灯谜给元春看的描写。可见,当时猜灯谜的活动已非常流行。

与文人的推波助澜有关。扬州马苍山首创"广陵十八格",到韩英麟《增广隐格释略》,谜格已达四百种之多。张起南《橐园春灯话》云:"惟为书有限,作者无穷,其平正通达可为谜料者,大都被前人攫去,不得不以人力补天工,庶几另辟一新世界。"因为制谜者众多,谜料就变得稀缺,说明灯谜兴盛。由于可作为灯谜的材料大都被人用过,为了推陈出新,只能"以人力补天工",古代能够做到以人力补天工的非文人士大夫莫属。于是灯谜渐趋向文人化,文人在灯谜的复杂化方面起了推波助澜的作用。

当代灯谜的文人化倾向有所好转,灯谜已成为人们喜闻乐见的游艺和娱乐方式。尤其是各群艺馆、工会组织,在灯谜的推广方面居功至伟。本书主编以及书中的很多灯谜作者都是在这些岗位上接触灯谜,爱上灯谜,最终引之为人生最大乐趣的。尤其是本书主编刘二安先生,他自上世纪80年代起就成为国内知名谜友中的一员。这些年来他以谜会友,先后获得中央电视台首届"中华杯"电视猜谜竞赛"中华猜谜能手"、上海东方谜王赛亚军、高雄漳州文虎基金会沈志谦文虎奖、"河南省民间文艺金鼎奖·民间文艺成就奖"等重大奖项。他曾发起主持首届中华古都灯谜艺术节(1990)、海内外灯谜创作大赛(1991)、全国谜刊研讨会(1993)、全国城市职工灯谜邀请赛(1997)、庆祝殷墟申报世界文化遗产成功"全国旅游灯谜大赛"(2006)、"文字之都·魅力安阳"联通杯全国灯谜大赛(2011)、谜书编著与收藏座谈会

（2013）、旅美华人灯谜创作赛（2014）、海外华人灯谜创作赛（2015）等大型灯谜活动。他还策划并连年举办了28届河南省灯谜大赛。2005年担纲中央电视台元宵晚会"观灯猜谜闹元宵"灯谜编撰主力。发起主持20世纪中华灯谜十大、中华灯谜百佳（2000）及新世纪报刊·网络灯谜双十佳（2001年至今）评选活动。发起组建河南省职工灯谜研究会、河南省民间文艺家协会灯谜学委员会、新丁卯谜社等灯谜社团。倡导安阳、台南缔结海峡两岸第一家友好灯谜社团。2011年发起筹建中国第一家灯谜专业图书馆"中华灯谜图书馆"等。可以说他把人生的全部精力和热情都投入到继承和发展祖国传统灯谜文化的伟大事业中，他也因此被中国民间文艺家协会中华灯谜学术委员会评为"全国十佳灯谜工作者"，被河南省民间文艺家协会誉为"河南省灯谜艺术大师"。

他从1989年凭一己之力创办了灯谜刊物《全国灯谜信息》（后改刊为《谜也者》），一直坚持办到今天，从未停刊，不能不说是个奇迹。我也深为他的这种精神所感动。这倒让我想起我在文史资料里看到的陈雨门先生写的回忆录，里面描述了开封灯谜界鼎盛时期的情况。当年每到元宵节，各大店铺门首都会悬挂灯谜，以笔墨纸砚等物为彩头。每到这时，就是谜友们的狂欢节。有一年，满街的"灯虎"都被人打尽了，唯有一个灯谜始终无人能破解，谜面为"莲动"（猜一字）。有一位资深谜友誓破此谜，结果在灯谜下猜了三天三夜，终于猜出了答案。不知怎的，当我看到刘二安先生痴迷于灯谜的状态，不由自主就想起了这位不知名的谜友。文章中没有留下他的名字，但这并不妨碍他在灯谜中寻找到巨大的人生乐趣。人生的价值可以有多种实现方式和途径，灯谜的人生何尝不是其中一种呢?

祝刘二安先生和他的灯谜事业蒸蒸日上!祝灯谜这一珍贵的非物质文化遗产代代相传,发扬光大!

是为序。

彭恒礼,生于1972年,河南洛阳人。中山大学民俗学博士,武汉大学历史学博士后。现为河南省民间文艺家协会副主席,河南大学黄河文明与可持续发展研究中心副教授,民俗学硕士生导师,河南大学口头与非物质文化遗产研究中心执行主任,河南大学民俗文化研究所所长。主要从事民俗学与非物质文化遗产研究。曾出版专著《元宵演剧习俗研究》,主持国家社科基金项目"中国古典戏曲的民俗表现问题研究"和国家社科基金委托项目"中国节日志·春节"(河南卷)。

目 录

王　杰	1
王万森	11
王水松	15
王正亮	20
王民建	24
王志成	26
王保武	31
王寅丑	36
王新忠	42
王耀品	47
邓凤鸣	51
邓当文	53
邓　健	57
石爱民	60
叶春荣	65
叶曙光	71
田守文	73
史宝明	76
邢华旭	82

吕　祥	85
朱锦华	90
乔北海	94
任建明	98
刘二安	102
刘铁跟	117
刘精耕	119
闫　涛	123
许友金	127
许泽金	130
孙胜利	134
苏　剑	139
苏　颖	143
苏德友	148
杜玉树	154
李玉虹	159
李成昌	163
李国安	166
李明富	169
杨龙生	176
杨国显	178
杨建敏	183
邱茂文	188
邱炟若	192
张之义	194
张士斌	197
张礼鹤	200

张松林	204
张顺社	209
张思祥	213
陆建堡	216
陈昌年	219
陈国迁	225
陈春生	229
陈振凡	231
陈绪雄	236
陈 霄	239
武 骝	244
范咏鹃	252
林 宁	257
昌庆锋	258
罗泽清	264
虎 影	268
金 鸽	275
周 昕	279
周松林	285
周跃建	291
郑庆元	296
郑学义	300
单鑫华	303
孟凡祥	306
赵子鑫	309
荣耀祥	312
侯 增	316

祖振扣	320
姚砚库	324
敖耀寰	326
袁松麒	330
顾　斌	333
徐圣能	337
徐官礼	342
高东阳	349
陶维松	350
黄全来	354
黄育群	357
萧文亿	361
龚贵明	364
崔永凯	366
韩庆铭	374
谢亚芦	378
谢德峰	382
蔡　芳	386
蔡建荣	392
蔡秋湖	397
蔡祖德	403
蔡家枢	407
潘汝淦	411
潘洁妹	414
薛红建	418
薛茂章	421
戴成龙	423

魏希洪 …………………………………… 425

后 记 …………………………………… 431

王　杰

大破天门敌胆寒，裙钗飒爽跃征鞍（动物学名词）　　　一雌多雄
　　面出七绝《穆桂英》。

大小一一采，收瓜运双辛（动物学名词）　　　二尖瓣
　　双辛为地名，河北高碑店有双辛经济开发区。

春日人游花下坐（动物学名词）　　　三化

东坡卜居，一遇而还（动物学名词）　　　下皮
　　事见佚名《东坡卜居》。

一字卜来应眼前（动物学名词）　　　下目

竹蛇露出半截来（动物学名词）　　　个虫
　　竹蛇，即竹根蛇。

吕字分明现在哉（动物学名词）　　　子宫
　　面出明·唐寅《洞宾花女人携瓶图》。

分书吕字，示其本人（动物学名词）　　　子宫体
　　面出《三国演义》第九回道士暗示董卓事。

弘扬上党古文化（动物学名词）　　　小叶

云生月出动离怀（动物学名词）　　　不育性

肉放中间来搅拌（动物学名词）　　　内因

老子于中住（动物学名词）　　　内耳
　　面出宋·释文珦《绿阴满院》。

两人一别空留月（动物学名词）　　　内腔

汾水清清花初放（动物学名词）　　　分化

晋分须一统,经乱显其中(动物学名词)	亚目
为人须是无二致(动物学名词)	伪足
弄虚作假,真是够了(动物学名词)	伪足
来人搅得大金乱(动物学名词)	全头类
求取大裘谋列土(动物学名词)	全裂

  大裘,大皮衣。列土,分封土地。

| 会后勿需使牛力(动物学名词) | 动物 |
| 猩猩鹦鹉皆人言(动物学名词) | 动物学 |

  面出唐·卢仝《寄萧二十三庆中》。

拿手行书送小孙(动物学名词)	合子
上元休对月当空(动物学名词)	体腔
小兔眼睛大,老鼠尾巴长(动物学名词)	卵孔
新兵画卯(动物学名词)	卵丘
柳花点点莫留连(动物学名词)	卵模
浙中有杭,千树更妆(动物学名词)	抗体
巴以争端见报头(动物学名词)	拟色
波间自容与(动物学名词)	乳房

  面出宋·赵师侠《关河令·清商怨》。

爱上湖东那孔泉(动物学名词)	乳腺
雨来苗木日添新(动物学名词)	味蕾
横遭交唾辱临头(动物学名词)	垂唇
李花开处一襟香(动物学名词)	季相
兄弟奉母肯向前(动物学名词)	拇趾
海鲜先要看包装(动物学名词)	鱼泡
煎汤水少关掉火,入腹观察忌复发(动物学名词)	前肠
浩气长存(动物学名词)	恒有种
鱼书当节至,枕畔一思归(动物学名词)	栉鳃

2

穷奴前后绕村犬(动物学名词)	树突
抱仔实乃日无暇(动物学名词)	假孕
老禹乃是平鲁人(动物学名词)	偶鳍
饭后灶边乱着棋(动物学名词)	基板
扫清半世非(动物学名词)	排泄
首擢悲鸿世所知(动物学名词)	排泄
教诲阙如,此生有憾(动物学名词)	敏感性
旱情一日果得解(动物学名词)	晶杆
集上滑梯两边排(动物学名词)	椎骨
天不生仲尼(动物学名词)	微孔

面出宋·朱熹《朱子语类》。

黑漆皮灯笼(动物学名词)	墨囊

面出明·陶宗仪《辍耕录》。

便使笔精如逸少(鸟名)	企鹅

面出唐·陆龟蒙《自遣诗三十首》:"便使笔精如逸少,懒能书字换群鹅。"

"潇湘妃子"如花谢(鸟名)	林雕
周集村头看变迁(鸟名)	林雕
因人一扣鸣(鸟名)	鸰

面出唐·潘存实《赋得玉声如乐》。

江鸟暂相随(鸟名)	鸿

面出唐·韩翃《送客游江南》。

木樨开了莺初落(鸟名)	犀鸟
雅鸽左行上了桥(鸟名)	鹤

雅鸽系电动车品牌。

锦毛虎使了一计(鸟名)	燕子

梁山好汉锦毛虎燕顺。

鸟行来有路(鸟名) 鹭

曲出唐·张乔《送僧雅觉归东海》。

鸟宿荒村树(家禽) 鸡
栖鸟随我还(家禽) 鹅

面出唐·宋之问《初到陆浑山庄》。

乱叠群峦君亦游(家畜) 山羊
岸上鲜鱼无处寻(家畜) 山羊

见《水浒传》第三十八回李逵寻鱼事。

笃定竹圈下(家畜) 马
此生一任蹉跎尽(家畜) 牛
驿使西来芦草黄(家畜) 驴
牵马沪西去(家畜) 驴
田猎一日无收获(家畜) 猫
屈才俯就,苦累当头(家畜) 猫
逗歪才者,当有苗生在侧(家畜) 猫

《聊斋志异·苗生》:"恐座中有不耐事之苗生在也。"

需将岩样半剖分(家畜) 山羊
杂说午未和其它(兽名) 羊驼
一人飞骑到溪头(兽名) 河马

事见《三国演义》第三十四回。

花下人何在,客游马驿前(兽名) 骆驼
屈子大名铭此侧,离骚之后宋为先(兽名) 原驼

"屈子大名"扣"原","宋"指屈原的学生宋玉。

文王两度驾南巡(兽名) 斑马
木樨开后相思黯(兽名) 犀牛

唐代大臣牛僧孺,字思黯。

一口豹头刀(兽名) 貂

句出《三宝太监西洋记》。

带刀拥貉平东北,飞诏一言赐豸冠(兽名)	貂

　　明朝有十万大军平定东北之事。双扣。

宿霾疏雨里,半隐见吴舠(兽名)	貂
虽有高能,然居其下(兽名)	熊
强霸东南初封禅(昆虫)	蝉
禅虽初解反复参(昆虫)	蝉
桂烛光中一世缘(昆虫)	蝶

　　桂烛,用桂膏制的烛。

蟾桂初攀堪济世(昆虫)	蝶
二夹一断掉齐鲁南(鱼名)	三文鱼

　　齐鲁南,女篮队员。

树树相连村落远,李渔沐罢一钩垂(鱼名)	双孔鱼

　　李渔,明末清初戏剧理论家、作家,号笠翁。

冯母年高义亦高(鱼名)	海马
双鲤初来凭系念(鱼名)	鲶鱼
牛头刀缚就,一触乱连营(甲壳动物)	蟹

　　事见《史记·田单列传》。

见解独到压奇才(甲壳动物)	蟹
贵在先生多点拨,解牛何必见全牛(甲壳动物)	蟹
鸟入荒园里,枝头散落花(两栖动物)	田鸡
参差圣寺虹桥畔(两栖动物)	树蛙
闲游来闽桂(两栖动物)	蛙
扶渠出水花开处,惹得新蜂左右飞(爬行动物)	巨蜥

　　扶渠,即芙蕖、荷花。

卧对空山无火烛,新梅一任傍边开(爬行动物)	巨蜥
闽中掌柜浙东来(爬行动物)	巨蜥

蜡炬光中书作伴,半生断梗且随缘(爬行动物)	巨蜥
龚翁田产尽归公(爬行动物)	翼龙
汉初三杰谁为首(植物学名词)	子房
随着一方落了户(植物学名词)	子房
日本横竖要生乱(植物学名词)	干果
东坡掉首愁秋尽(植物学名词)	心皮
打虎招亲(植物学名词)	风媒

《打虎招亲》系传统评书之目。

牵出后槽一见,王良为之动容(植物学名词)	主根

王良,春秋时期善相马者。

须从旧处翻新样(植物学名词)	叶

化用马君武《寄南社同人》"须从旧锦翻新样"诗句。

博取半生初出名(植物学名词)	叶耳
予游十方广收罗(植物学名词)	叶序
《山中》未解沈吟间(植物学名词)	叶枕

《山中》为诗目,唐宋数诗人皆有此作。

王十不至,邑前寻之(植物学名词)	叶环

事见《聊斋志异·王十》。

十月咏怀(植物学名词)	叶脉
东鲁家风远,南阳世泽长(植物学名词)	叶脉

面为叶姓宗祠通用联。

结识两个圈内人(植物学名词)	竹肉
初篁苞绿箨(植物学名词)	竹青

面出南北朝·谢灵运《于南山往北山经湖中瞻眺》。

莺来莺去调新簧(植物学名词)	竹黄
入蜀西南隅,谋始勿遭诒(植物学名词)	虫媒

谋始,开始时慎重考虑。论,欺诈。

甘伏案头写蝇头(植物学名词)	虫媒
随意剖蚶放案头(植物学名词)	虫媒
荣华到底竟成空(植物学名词)	花芽
弱冠之年齿复生(植物学名词)	芽
暮鸦初集柳初萌(植物学名词)	芽
十分实惠(植物学名词)	角果
参禅初出定,合十一人闲(植物学名词)	单叶
桥头日落水无波(植物学名词)	果皮
草径人稀到(植物学名词)	茎

面出宋·陆游《舍北摇落景物殊佳偶作》。

一月不见朱王面(植物学名词)	胚珠
如此包月变了味(植物学名词)	胞果
展高艺于桅折后,搏一日而出山峡(植物学名词)	荚果
二亥招安休作乱(植物学名词)	核仁

宋太祖、宋太宗生于亥年,称"二亥"。

校刻半部花一千(植物学名词)	核仁

校刻,校正刊刻。

榜样时刻都在前(植物学名词)	核果
接受检查遭问责(植物学名词)	核质
亥月楼头莫赏花(植物学名词)	核膜

农历十月为亥月。

写意春山景致新(植物学名词)	根
柳眼半开花径边(植物学名词)	根茎
林动香飘山水间(植物学名词)	梨果
初看暖翠映花枝(植物学名词)	翅果
朔日相逢花树前(植物学名词)	蒴果

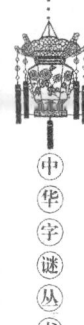

坚持减肥有成效（植物学名词）	瘦果
后面标识成乱码（农作物）	小豆
三度冬游山水间（农作物）	小麦
水月清光园客心（农作物）	元麦
广现森罗（农作物）	木麻

面出元·王哲《行香子·二鼓才交》。

莲开浅浅波（农作物）	水花生

面出宋·张先《南歌子·蝉抱高高柳》。

客里附乔，青花呈上（农作物）	荞麦

附乔，依附高攀。

横陈床上是何状（农作物）	黄麻
妙墨一挥慰客心（农作物）	黑麦
瓢堂初出回头望（蔬菜）	土瓜
令下三更起，营前二列分（蔬菜）	小蒜
子敬展转对孤檠（蔬菜）	木瓜

子敬，古人字。鲁肃、王献之等皆字子敬。孤檠，孤灯。

孤枕两边空落落（蔬菜）	木瓜
采得新苞反复看（蔬菜）	包菜
为采百花上下飞（蔬菜）	白菜
百无一是，实在窝囊（蔬菜）	白菜
采用之前先莫争（蔬菜）	角菜
狐精遇后遂颠倒（蔬菜）	青瓜
清辉自古有，半放是新花（蔬菜）	胡芹
遵古摹丹桂，艺高见匠心（蔬菜）	胡芹
薇蕨初生夷齐采（蔬菜）	荠菜

化用宋·左知微《题北山松轩》"夷齐采薇蕨"句意。夷，犹倚也。

私偎狐妾半生缘（蔬菜）	倭瓜

辞别秋娘后,狐仙半载缘(蔬菜)   倭瓜

  秋娘,唐代歌伎常用的名字,有时用为善歌貌美的歌伎的通称。

艺高偶露连成采(蔬菜)   莲菜

孤独半生它作伴(蔬菜)   蛇瓜

设的横弧中右边(蔬菜)   黄瓜

  的,箭靶中心。横弧,张弓而射。

海棠半落春残日,相会舫前作散人(花卉)   三角梅

  散人,闲散自在的人。

君亦布灵草(花卉)   王莲

  面出宋·文天祥《赠龚豫轩数术》。灵草系莲花别名。

碧舫尠未满(花卉)   石斛

孟德乳名存富贵(花卉)   吉利花

  曹孟德乳名吉利。富贵为花名。

公道世间唯白发(花卉)   何首乌

  面出唐·杜牧《送隐者一绝》。

检查之前错亦对(花卉)   栾树

潜踪花下毛嫱女,微露芳容恰半遮(花卉)   蔷薇

村林衔落日,一岁又除夕(树木)   山楂树

影坛初退赋闲中(树木)   云杉

八卦山前秋色染,人来恰见叶翻飞(树木)   银杏

  八卦山,位于台湾省彰化县东北部。

金山犹在人作古(树木)   银杏

镜前涂小口,着意画春山(树木)   银杏

逢乱显卢横(树木)   黄栌

  卢横,三国时期武将。

携杖头以共聚,揎衣袖而呼卢(树木)   黄栌

  杖头,买酒钱,也泛指少量的钱。呼卢,谓赌博。

仙籁初传人不见,寻来密筱半遮空(水果)	山竹
回望初篁傍岭前(水果)	山竹
崇高境界,个个追求(水果)	山竹
辞仙人兮赴高筵,运峻笔兮当占先(水果)	山竹

面述"马当神风送滕王阁"一事。双扣。

子心辗转受孤悁(水果)	西瓜
洒泪分离柳笛残(水果)	西柚
闲里细看孑孓变(水果)	李子
登眺机场楼半遮(水果)	杨桃
孙策首尾相顾,点滴不曾有失(水果)	枣子
刺头有了伴,闹到一两点(水果)	枣子
临洮柚子到,一下抢光了(水果)	油桃
开发杏汁获了利(水果)	油梨
李甲为之颠倒颠(水果)	柚子

李甲系《杜十娘怒沉百宝箱》中人物。

古有东方朔,高龄果不虚(水果)	胡桃

东方朔偷桃是祝寿图题材。高龄果意扣桃。

杏开邀赏月,千万莫相违(水果)	胡桃

百万为兆,千万十兆。

杏月来时人不见,临洮水远上西楼(水果)	胡桃
取代前朝须冠古,依凭姚宋得清安(水果)	胡桃

姚崇和宋璟唐开元时相继为相,世称"姚宋"。

稷狐端坐最高处(水果)	香瓜

稷狐,犹社鼠。

两权为甚又分离(水果)	桑椹
登相之初齐戴月(水果)	脐橙

登相,进位宰相。

聃老名扬终隐去(水果)	椰子

  聃老即老子尊称,老子名李耳。

林媪所送之女,脖后有记(水果)	榅桲
二王唱首苦求新(草名)	三叶草

  唱首,犹创始、领头。

偶逢含笑又含羞(草名)	花花草
五十一载居闾里(草名)	苦草

  闾里,里巷,平民聚居之处。

鲁莽当先争早胜(草名)	鱼腥草
高端茶艺入行早(草名)	荇草

  王杰,网名爱斯寂寞人。1965年11月生,山西长治人。参与编辑《古今优秀灯谜鉴赏辞典》《毛泽东诗词灯谜鉴赏大辞典》等谜书。

王万森

海边(动物学名词)	大洋界
开山造田(动物学名词)	化石种
带头致富为孩儿(动物学名词)	引发因子
支流(动物学名词)	主分派
皇上调遣(动物学名词)	主分派
枪打出头鸟(动物学名词)	灭绝率
要活九十九(动物学名词)	生命期望
不识相,关禁闭(动物学名词)	生态隔离

香飘千里换新装（动物学名词）	白体
中秋过后赴晋北（动物学名词）	亚种
原来靠牛耕田,现今铁牛耕田（动物学名词）	地理替代
圈田（动物学名词）	地理隔离
夕夕相伴,不足一月（动物学名词）	多胚
旅游局职责（动物学名词）	导管
以人为本诚先行（动物学名词）	成体
走婚（动物学名词）	行为适应
拾级而上（动物学名词）	行为梯度
打一枪换一个地方（动物学名词）	角化
李先生去了湘西（动物学名词）	季相
招嫖（动物学名词）	性引诱
蜂蝶过墙有何因（动物学名词）	招引行为
"非诚勿扰"何作用（动物学名词）	择偶场
有心转干不上班（动物学名词）	环志
审问监控（动物学名词）	视盘
样书要封存（动物学名词）	标本收藏
农家屋里结姻缘（动物学名词）	种间适应
胜春春游赴宝岛（动物学名词）	胎生
二月赴台日将暮（动物学名词）	胎膜
唆使分商品（动物学名词）	诱发物
教师之职责（动物学名词）	诱导者
人有缺点恨便生（动物学名词）	食性
军中百灵（动物学名词）	旅鸟
公开指导（动物学名词）	透明带
科长之前不公开（动物学名词）	隐蔽处
导游轮值（动物学名词）	循环率

月亮走，我也走（动物学名词）	趋光运动
接触不灵活（动物学名词）	感觉板
集体泅渡（动物学名词）	群游
讲一讲如何设局（动物学名词，卷帘格）	套装论
妻妾成群（动物学名词）	多配性
淮东边缘一飞凫（鸟名）	几维鸟
芬兰浴似乎是第一（昆虫）	桑象甲

桑拿，又叫芬兰浴。

定离鲁日，前后皆看（鱼名）	比目鱼
鲁北寻到清泉水（鱼名）	白鲟
解困境机遇有误（植物学名词）	枫木
消费旺季（植物学名词）	盛花期
跨过国境线（植物学名词）	超界
老来得子（植物学名词，调首格）	多年生
主动改装折叠伞（农作物）	玉米
关前呈现新面貌（蔬菜）	土豆
晚间驾车眼前糊（蔬菜）	夜开花
春临北麓日升起（蔬菜）	香椿
改天三方聚会（花卉）	大一品
唢呐吹起夫分离（花卉）	大一品
主动上岗伸手拦（花卉）	山玉兰
无权之后，何来高薪（花卉）	木荷
幽篁笔端上，月下鸟初啼（花卉）	毛鹃
雾中双星半江绿（花卉）	冬红
写春联出名（花卉）	对儿红
主动一点，首先见真心（花卉）	玉兰

分开之后常发抖(花卉)	瓜栗
荷花似语(花卉)	白莲
要建码头先筹备(花卉)	石竹
节前碰头再示意(花卉)	石蒜
前来一定变模样(花卉)	米兰
明星当主持(花卉)	红掌
日边生夹竹(花卉)	阳桃
不断上扬(花卉)	连翘
有钱购得铁观音(花卉)	金花茶
先锋迎春别佳人(花卉)	金桂
村边拦下先去聊(花卉)	柳兰
替父从军必是谁(花卉)	铁兰
先锋领先出手拦(花卉)	铃兰
早作宣传,念念不忘(花卉)	萱草
芙蓉浪中蔷薇水(花卉)	潮来花
年轻的武二郎(树木)	不老松
天府来客不灵巧(树木)	巴西木
见到放权心恍忽(树木)	观光木
春联贴后摔石砚(树木)	枧木
春到北麓展新姿(树木)	椿木
村头停留待碰头(水果)	石榴
工作细化抓先机(水果)	红果
平田招收采茶人(水果)	苹果
桃李集市不见桃(水果)	柿子

　　王万森,网名谜林一叶。1953年4月生,江苏南通人。南通群艺谜社常务副社长。

王水松

其中一人要点心(动物学名词)	二态
别更改(动物学名词)	分化
虽我之死,有子存焉;子又生孙,孙又生子;子又有子,子又有孙;子子孙孙无穷匮也(动物学名词)	世代交替
原来有才干(动物学名词)	本能
不知变通的过去(动物学名词)	生活史
东坡赏月二人随(动物学名词)	皮肤
一回生,两回呢?(动物学名词)	成熟
几度去肥东,两人不同心(动物学名词)	肌肉
各行各业都在改革(动物学名词)	泛化
发展靠改革(动物学名词)	进化
秩序井然在听课(动物学名词)	组织学
恰好来了扑天雕(动物学名词)	适应

　　梁山好汉扑天雕李应。

君向潇湘我向秦(动物学名词)	趋异
齐齐哈尔(动物学名词)	群体说

　　说,通"悦"。

需要再度到闽中(动物学名词)	蠕虫
两人随我去捕鸟(鸟名)	天鹅
其中自是有鸟人(鸟名)	天鹅
安排到两山之间(鸟名)	布谷
回首搭机回来时(鸟名)	归飞

闲来闻鸟语(鸟名)	白鹇
说有空时去捕鸟(鸟名)	白鹇
鸟人请给我停住(鸟名)	企鹅
孙策怒之,以惑人心为由斩之(鸟名)	吉了

　　谜底别解为三国于吉生命了结。

又见到少量水鸟(鸟名)	沙鸡
山路石鸟错落分布(鸟名)	岩鹭
村头寨后有燕雀(鸟名)	林鸟
一同谈论那鸟人(鸟名)	信鸽
村头两鸟依旧在(鸟名)	树鹊
鸟栖草桥下(鸟名)	莺
周一来住,住了一周(鸟名)	雕
神行太保入云龙(鸟名)	戴胜

　　梁山好汉神行太保戴宗、入云龙公孙胜。

江西老家,可多奇才(兽名)	河狸
处心积虑,收获多少(兽名)	虎
奇才山上赏孤星(兽名)	狼
两个奇才,放弃财物(兽名)	猞猁
由来共同创未来(兽名)	黄羊
说道闽中办小厂(昆虫)	螟
吴公捉了两条虫(节肢动物)	蜈蚣

年幼顽强,的确如此(植物学名词)	小坚果
当前宽心搞改革(植物学名词)	小花
本来就在犹豫中(植物学名词)	不定根
两个同心搞改革,一直如此(植物学名词)	中叶
另有变动,直赴肥西(植物学名词)	中肋

华夏山系和河流（植物学名词）	中脉带
不会反对，本来如此（植物学名词）	支持根
火了仲尼（植物学名词）	气孔
羊子尝行路，得遗金一饼，还以与妻（植物学名词）	气室

面出自《乐羊子妻》，使妻室生气。

两口正在十字街头（植物学名词）	叶舌
正由第三方运木材（植物学名词）	叶柄
一方直赴土耳其（植物学名词）	叶基
有专人在分米（植物学名词）	传粉
都有原因，都是命运（植物学名词）	全缘
众弟子（植物学名词）	合生
土皇帝草率无后劲（植物学名词）	地上茎
以前不知本（植物学名词）	初生根
口袋空空，一分不剩（植物学名词）	完全花
草率起哗变（植物学名词）	花叶
原是清风寨副知寨，使一杆银枪，一张弓射遍天下无敌手（植物学名词）	花冠

《水浒传》描写小李广花荣的句子。

正是需要雅为先（植物学名词）	芽
雄心纵横，则需有方（植物学名词）	侧叶
两鼠之间有个包（植物学名词）	孢子
君为前程，莫惹是非（植物学名词）	秆环
同心改革，务需尽力，一定向前，纵横一方（植物学名词）	复叶
一月不会来（植物学名词）	胚
二月不一定要赴台（植物学名词）	胚胎
本来不知此公好龙（植物学名词）	原生叶
十分春意是此山（植物学名词）	根毛

原本就是第一名(植物学名词)	根冠
刘伯温夫复何求(植物学名词)	基足
明代刘基字伯温。	
请君宽心搞改革(植物学名词)	球花
在宫中写下两个篆字(植物学名词)	喙
沙场立功有木兰(植物学名词)	雄花
只要一同来变天(农作物)	大豆
名声鹊起,签名留念(农作物)	红薯
出洋定在十二月(蔬菜)	上海青
前前后后赴边城(蔬菜)	土豆
回望绿意遍天涯(蔬菜)	大葱
再度指示,以天下为念(蔬菜)	大蒜
南京回来,正是黎明前(蔬菜)	小茴香
去岩下花前约会(蔬菜)	山药
只是说说而已(蔬菜)	云耳
图中两个别样伊人(蔬菜)	冬笋
姑且宽心赴北方(蔬菜)	冬菇
两个担保,宽心用之(蔬菜)	包包菜
有眼不识,伯约将军(蔬菜)	生姜
三国人物姜维字伯约。	
也赴边城度春秋(蔬菜)	地栗
宽心吧,悟空有上策(蔬菜)	竹荪
四个穿进口连衣裙(蔬菜)	竹笋
异乡打工,转眼二十载,分外牵挂(蔬菜)	红萝卜
来客听后便宽心(蔬菜)	西芹
客居塞外,念念不忘(蔬菜)	西葫芦
介入监督四十载(蔬菜)	芥蓝

伊人离家,个个挂念(蔬菜)	芦笋
一一用心改革,只求改变旧貌(蔬菜)	豆苗
原因三点又生乱(蔬菜)	油麦
宽心再宽心,一定不用监督(蔬菜)	茎蓝
老大离别四十载(蔬菜)	苦苣
一走了之,挂念有加(蔬菜)	茄子
挂念有加,了此一生(蔬菜)	茄子
单任副职四十载(蔬菜)	茨菰
命令埋伏芦苇前(蔬菜)	茯苓
两处长草同样高(蔬菜)	茼蒿
如今已有六十日(蔬菜)	草菇
并非全部计划流产(蔬菜)	韭黄
松柏逢春添春意(蔬菜)	香椿
君在其中巧安排,有此上策便宽心(蔬菜)	莴笋
前前后后,采集二十载(蔬菜)	菜豆
暗地里不知所措(蔬菜)	黑木耳
人居汕头汕尾间(花卉)	水仙
自动关闭(花卉)	百合
安排两地度春秋(花卉)	金桂
从山西到广西(花卉)	银桂
村头扬手别,昂首向前进(树木)	白杨
一一出击是上策(水果)	山竹
岭前日出林参差(水果)	山楂
岭前曙色春意重(水果)	山楂
白首同心,留守村头(水果)	石榴
鹤立疏林每相见(水果)	杨梅
呈现新貌创未来(水果)	味王

实在不寻常（水果）	奇异果
来客返回疏林中（水果）	板栗
由来春雨好处多（水果）	油梨

　　王水松，1969年9月生，福建福安人。宁德市灯谜协会常务理事。著有个人谜集《王水松网络谜文选》《王水松灯谜作品选》《添翼聊谜》《阿松春灯选》。

王正亮

进得泳坛有限制（动物学名词）	入水管
少儿技能考量（动物学名词）	小核
临盆之前必备水（动物学名词）	分泌
怒冲冲人闪让（动物学名词）	气门
火力控制（动物学名词）	气管
请勿随地小解（动物学名词）	出水管
室内严禁抽烟（动物学名词）	外呼吸
赔了夫人又折兵（动物学名词）	失重
针尖对麦芒（动物学名词）	交合刺
惊魂未定（动物学名词）	刚毛
一枕黄粱五彩梦（动物学名词）	色觉
而今分离空对月（动物学名词）	血腔
休待画前空对月（动物学名词）	体腔
交付后留一斤满够（动物学名词）	斧足
存心惹得烛火熄（动物学名词）	若虫

不期而遇（动物学名词）	突触
流汗伴着日月度（动物学名词）	胆汁
西湖月当头，花草迷离（动物学名词）	消化
清除污秽显本色（动物学名词）	排脏现象
安排三班有漏忘（动物学名词）	排遗
断肢再续手术缝针（动物学名词）	接合
贴近肉搏（动物学名词）	触角
隐身去避暑（动物学名词）	潜伏期
时时误拂弦（动物学名词，卷帘格）	心动周期

唐诗人李端《听筝》："欲得周郎顾，时时误拂弦。"谜底依格读作：期周动心，"周"解作周瑜。

捉摸（动物学名词二）	触手、触脚
于村前寨后多培土（鸟名）	杜宇
闭口不言谁会知（鸟名）	雉
知难而进莫兴叹（鸟名）	雉
纵横人变迁（家畜）	牛
干在前头（家畜）	羊
一马当先出手相护（家畜）	驴
因一言入狱措手不及（家畜）	猎犬
岁首进京（兽名）	山都
节前交叉出谜（兽名）	艾虎
有才不外露（兽名）	灵猫
乙未岁首建码头（兽名）	岩羊
狗尾巴拖得长（兽名）	狍
入狱之前本不坏（兽名）	狼
生性粗俗且傲慢（兽名）	野牛
讥讽八戒，呵斥悟空（兽名二）	刺猪、吼猴

人之一牛多变迁（昆虫）	天牛
铲平土坡荡尽浊水（昆虫）	皮虫
前前后后奉献一生（昆虫）	豆牛
明晓根底（昆虫）	知了
本日来件有变化（鱼名）	牛舌
开山凿岩有领头（鱼名）	石首
皇儿降生（鱼名）	龙落子
不识冬夏与春秋（植物学名词）	一年生
集体婚礼（植物学名词）	合成群
一别数载人不识（植物学名词）	多年生
海阔凭鱼跃（植物学名词）	自由水
坐怀不乱（植物学名词）	抗性
用心再用心水波不兴（植物学名词）	芯皮
集体农庄（植物学名词）	建群种
乔装打扮小李广（植物学名词）	变态花

梁山泊好汉小李广花荣。

刺激消费（植物学名词）	催花
化作春泥更护花（植物学名词）	腐生植物
开辟桂东广变革（植物学名词）	壁压
定于岁首下田补苗（农作物）	山芋
矿石掏光焚毁尽（农作物）	火麻
乱收费屡禁不止（农作物）	延胡索
对淫秽现象熟视无睹（农作物，卷帘格）	木麻黄
面如土色无知觉（农作物，卷帘格）	木麻黄
矿上植草种树解了困（蔬菜）	口蘑
成人方识无能辈（蔬菜）	大白菜

岁首相约在花前（蔬菜）	山药
离岗后约定要用心求变（蔬菜）	山药
人聚会最终又分离（蔬菜）	云耳
出关之后改姓王（蔬菜）	生姜
嘴尖皮厚窝囊废（蔬菜）	空心菜
四方出力用心变革迎鼠年（蔬菜）	茄子
节前雪霜相加（蔬菜）	茭白
抛尽苦心不沾好（蔬菜）	茄子
改革四十载，共同得提高（蔬菜）	茼蒿
装饰得一个比一个白（花卉）	石竹
自当同心为天下（花卉）	百合
枯（花卉）	变叶木
梅开洞两旁（花卉）	海桐
失其魂魄，五色无主（花卉，调首格）	变叶木

面取汉·刘向《新序·杂事》，用"叶公好龙"典。谜底依格读为：叶变木。叶，指叶公。

享乐在后（树木）	子京
某流落离散终不敢有私（树木）	甘松
放眼朝晖映树林（树木）	观光木
村前取景留个影（树木）	杉
休入土中再分离（树木）	杜仲
产妇婴儿两便利（树木）	宜母子
滑头滑脑缺管教（树木）	油松
此洞有来由，果不见头（树木）	油桐
做事缜密数赵云（树木）	细子龙
献言出谋跑东西（树木）	柑
人退休怎放心退休之人（树木）	柞木

种茶前后先除草（树木）	榆
退休之人愈加用心（树木）	榆
一个二十出头，一个二十不到（水果）	山竹
从来油滑难善终（水果）	无花果
一人得道，鸡犬升天（水果）	红提
消费火爆（水果）	花红
老子阵前来相助（水果）	椰子

王正亮，1962年5月生，江苏宝应人。

王民建

洞前有路标（动物学名词）	个眼
新春伊始高兴归（动物学名词）	反应
会意（动物学名词）	心音
风吹入帘里（动物学名词）	气门
又出差了（动物学名词）	失重
一个个伸出拇指把你夸（动物学名词）	对称
复活（动物学名词）	再生
始发（动物学名词）	刚毛
目光独到（动物学名词）	单眼
极目四方银世界（动物学名词）	视色素
正在树间搞复习（动物学名词）	翅
僧繇画龙若要飞（动物学名词）	眼点
一跃千里（动物学名词）	超重

春到燕归来(鸟名)	鸫
里里外外一把手(鸟名)	博劳
打得火热(鸟名俗称)	十二红
我是海燕(家禽)	鹅
无限风光在险峰(兽名)	山都
乙未岁首碰头会(兽名)	岩羊
未来知多少(兽名)	盘羊
平安鲁北(鱼名)	鲆
竭泽而渔不可取(鱼名)	鲱

出洋之年十七八(蔬菜)	上海青
儿童时代红本本(蔬菜)	小卷丹
美好开端入学来(蔬菜)	生姜
大雪压青松(蔬菜)	白木耳
月上柳梢头(蔬菜)	白木耳
前村深雪里(蔬菜)	夜开花

  面出唐·齐己《早梅》："前村深雪里,昨夜一枝开。"

爱上草木之芬芳(蔬菜)	香菜
双双分外挂念(蔬菜)	萝卜
满窗风雨觉来时(蔬菜)	落苏
当演员的前前后后(蔬菜,秋千格)	豆角
岭上草木诱人来(花卉)	山茶
春来出力勤植树(花卉)	木槿
同心向前,个个团结(花卉)	石竹
相逢方一笑(花卉)	合欢
百岁仍稚幼(花卉)	老来少
鹤发童颜(花卉)	老来少

25

上上不知休(花卉)	步步高
老上级(花卉)	步步高
身登青云梯(花卉)	步步高
待到秋来九月八,我花开后百花杀(花卉)	金光菊
米(花卉)	星点木
人随草木荣(花卉)	茶花
夕阳红(花卉)	晚艳
人丹(花卉)	雁来红
昂首向前不落后(花卉,秋千格)	百合
每日树边消一日(树木)	梅
林间仔细瞧(树木)	檫木
异乡工作升了职(水果)	红提
客从东方来(水果)	西柚
献给美好之春(水果)	贡柑
非常实在(水果)	奇异果
春来四方同植树(水果)	青果

　　王民建,1952年2月生,河南汝南人。湖南省民间文艺家协会灯谜学会副主任,株洲市民间文艺家协会灯谜学会会长。

王志成

眷恨竹半分(动物学名词)	个眼
雕栏玉砌应犹在,只是朱颜改(动物学名词)	不完全变态
一切向前看(动物学名词)	无尾目

永远看不够(动物学名词)	无足目
味之家(动物学名词)	气门
不偏不倚好(动物学名词)	平衡棒
春蚕口吐丝(动物学名词)	生长线
力促冬后整改(动物学名词)	伪足
先前弟子没碰这东西(动物学名词)	后生动物
内人西村当主任(动物学名词)	肉柱
再不是旧模样(动物学名词)	完全变态
不枉此行(动物学名词)	步足
独到之见(动物学名词)	单眼
英雄救美(动物学名词)	保护色
新来弟子没碰这东西(动物学名词)	原生动物
决不漏掉一个(动物学名词)	排遗
淮东小住待上岗(鸟名)	山雀
我在下关鸟相伴(鸟名)	天鹅
知难而叹出南泉(鸟名)	水雉
中原路上鸟相依(鸟名)	白鹭
西湖路旁鸟也多(鸟名)	池鹭
有鸟又飞青条上(鸟名)	麦鸡
水中匹鸟见七八(鸟名)	鸻

匹鸟,鸳鸯古称。

老头欢迎彩凤归(鸟名)	鹳

"老头欢"指繁体字"歡"的头。彩凤,凤凰古称。

岁首记者来陕西(兽名)	山都
先猜猜,十除一后剩多少(兽名)	犰狳
农家子(兽名)	田鼠
由(兽名)	断尾猴

狗狗前头追星星（兽名）	猩猩
东南孤寺招北客（昆虫）	瓜守
我独前去碰头（昆虫）	石蛾
个个有模样（昆虫）	竹象
英国国旗图标（昆虫）	米象
青虫也玩庄周梦（昆虫）	弄蝶
走了一弯又一弯（昆虫）	步曲
秉烛照下土（昆虫）	灶虾
特首心中喜（昆虫）	豆牛
谜作列榜首（昆虫）	虎甲
独峰半空古月升（昆虫）	胡蜂
因之秉烛来镶牙（昆虫）	烟蚜
用蜘蛛丝网蜻蜓（昆虫）	黏虫
两头蛇西出浮游（昆虫）	蜉蝣
孤独漂流了半生（昆虫）	瓢虫
出得鲁南分头走（鱼名）	刀鱼
南亭少有开渔会（鱼名）	沙丁鱼
一连来到了鲁北（鱼名）	鲢子
玄机不外露（鱼名）	鲤
固乱流其鲜终兮（鱼名）	鲷
闽中西楼桂花开（两栖动物）	林蛙
半露闽闱中（两栖动物）	雨蛙
闽中桂东情心连（两栖动物）	青蛙
两头蛇引以为析（爬行动物）	蜥蜴
东北独家上映（爬行动物）	蛇
两头蛇湖中下网（软体动物）	虾蛄
鲁达立寺前（软体动物）	章鱼

西出阳关无故人（植物学名词）	生境
男儿有泪不轻弹（植物学名词）	伤流
南泉古壁（植物学名词）	吐水
一辈子就栽个树（植物学名词）	伴生种
大禹理百川（植物学名词）	束缚水
莫上台就为了心愿（植物学名词）	苔原
村前寨后下雪了（植物学名词）	雨林
上级要求种点东西（植物学名词）	指示植物
早到苏北了心愿（植物学名词）	草原
天子呼来不上船（植物学名词）	特有种
待到秋来九月八（植物学名词）	黄化现象
此生独爱栽桃李（植物学名词）	喜光树种
大地微微暖气吹（植物学名词）	感温性
造林应牵头（农作物）	大麻
尘土飞扬青条上（农作物）	小麦
不许魔鬼来横行（农作物）	木麻黄
主动割高粱（农作物）	玉米
湖北省，广造林（农作物）	胡麻
宽心上岸去约会（蔬菜）	山药
南泉花开得采撷（蔬菜）	白菜
得力心常宽（蔬菜）	茄
皇上交代要心宽（蔬菜）	茭白
外交四载亮高节（蔬菜）	萝卜
爱在一起（花卉）	合欢
大家乐意 AA 制（花卉）	合欢花
和谐统一（花卉）	结香
息影后二人重聚（花卉）	景天

半夜有约会（树木）	人面子
琴材自有百十载（树木）	千年桐
西楼会影后（树木）	云杉
两翼齐飞见成效（树木）	双翅果
急于建成（树木）	火树
北泉村头乐开怀（树木）	白栎
酉时十分才忙完（树木）	鸡毛松
村前寨后，从容应对（树木）	枞树
江边影后扮相好（树木）	泪杉
皓首入湘游（树木）	泪柏
为人笨拙而难受（树木）	苦木
谜面欠严密（树木）	虎皮松
中国绿化树（树木）	青龙木
条件变化解了困（树木）	格木
岂有桃李伴（树木）	桤木
锦西零下十八度（树木）	悬铃木
文帝何能邓通富（树木）	铜钱树
盘根错节昔半知（树木）	银杏
树树皆秋色（树木）	黄连木
前村后寨对春联（树木）	椿树
创建模式（树木）	楷树
一举应对飞林间（树木）	榉树
村前寨后，应对有章（树木）	樟树
三杯不落空，放怀在离人（水果）	林檎

　　王志成，网名金岷长风。1953年7月生，四川宜宾人。四川省谜友联谊会副会长，宜宾灯谜协会副会长。

王保武

小小竹排江中游(动物学名词)	入水管
为人虚心加真心(动物学名词)	三化
依稀尚存旧模样(动物学名词)	不完全变态
红粉半面妆(动物学名词)	分工
鲜花开半盆(动物学名词)	分化
斑竹一枝千滴泪(动物学名词)	出水管
水光波影初开苞(动物学名词)	包皮
恋(动物学名词)	半变态
下岗到异乡,一定要就业(动物学名词)	亚纲
上下盘旋秋雨中(动物学名词)	亚种
孟母三迁有主张(动物学名词)	决定因子
习练鹰爪拳(动物学名词)	动物形态学
用情不专惹人嫌(动物学名词)	厌水性
落水洞前花初开(动物学名词)	同化
略有耳闻,喜上眉梢(动物学名词)	声门
卧看湖边影,岸上一鸟飞(动物学名词)	岛叶
田间杏花及时开(动物学名词)	极叶
貌若灵官(动物学名词)	单态

面出《隋唐演义》第八回。单,单雄信,绰号"赤发灵官"。

隆准而龙颜,美须髯,左股有七十二黑子(动物学名词)	季相

面出《史记·高祖本纪》。汉高祖刘邦别名刘季。

泉源在庭户(动物学名词)	房水

匈奴犯境起烽烟（动物学名词）	临界点
以人为本（动物学名词）	接合体
坚决捍卫祖国领土（动物学名词）	就地保护
张君瑞修书一封（动物学名词，卷帘格）	单寄生
去河西摘穷帽，到河东挖穷根（鸟名）	八哥
小住一宿会故人（鸟名）	云雀
鹦鹉殷勤语（鸟名）	云雀
浴后南希荡秋千（鸟名）	布谷
皓首赤心在，秋后终归来（鸟名）	百灵
我欲为君说（鸟名）	告天子
梧桐凋半雀高飞（鸟名）	林雕
蕉间觅残梦，惆然心若失（鸟名）	林雕
残荷始终伴流莺（鸟名）	河鸟
雷雨过后，鹃鸟腾空山色新（鸟名）	画眉
准备调整要周全（鸟名）	金雕
绕树三匝（鸟名）	旋木雀
上下鹰飞雨后归（鸟名）	雪雁
东湖初晴放眼瞧（鸟名）	焦明
来人佯装是半仙（家畜）	山羊
振羽飞翔过峦前（家畜）	山羊
离开汕头下西洋（家畜）	山羊
游击直插大散关（家畜）	山羊
麾下驱驰千里驹，鏖杀逐鹿猛向前（家畜）	金毛狗
山中白兰放，帘底芍药开（家畜）	绵羊
分离之前品貌端（兽名）	貂
单独前去田间游（昆虫）	叶蝉
驿前江梅半凋落（鱼名）	海马

老儿一人鲁南游（两栖动物）	大鲵
东拒南蛮亲断后（爬行动物）	巨蜥
闽中放渠水，就近划轻舟（爬行动物）	巨蜥
每到三点鱼上钩（爬行动物）	海龟
画中蜻蜓上枝头（植物学名词）	干果
才知后果想不开（植物学名词）	心材
初聚依偎章台下（植物学名词）	叶耳
卧看湖心终恬然（植物学名词）	叶舌
心系怀王托古调（植物学名词）	叶环
才到川中作调查（植物学名词）	早材
放飞心情笑起来（植物学名词）	竹青
才到畦头来闲游（植物学名词）	闭果
十分坚决（植物学名词）	角果
旧貌果然有改变（植物学名词）	单叶
移植苗木去西峡（植物学名词）	荚果
病关索会小李广（植物学名词）	雄花
登基召开天下会（蔬菜）	大刀豆
官职不小水平差（蔬菜）	大头菜
新泉初泻荷花底（蔬菜）	水芹
四季青（蔬菜）	冬葱
闻得散香门外飘（蔬菜）	白木耳
自小结识毕秀姑（蔬菜）	白菜
争先录用喜在心（蔬菜）	豆角
上海青（蔬菜）	洋葱
采集齐到芒花顶（蔬菜）	荠菜
姑娘上网是新手（蔬菜）	黄花菜

振羽翻飞花架上（蔬菜）	番茄
繁叶凋零催梦醒（蔬菜）	落苏
秋雨残灯半明灭（花卉）	丁香
格格宫中将夫配（花卉）	大一品
小时事事不顺心（花卉）	大如意
蒙顶黄芽迎春发（花卉）	山茶花
八月梨枣红（花卉）	丹桂
斯言不虚矣（花卉）	云实
明日约会李先生（花卉）	月季
离休便可放宽心（花卉）	木荷
汉江神女含笑来（花卉）	水仙花
台上凭栏来画眉（花卉）	兰松
西楼佳人赴晚宴（花卉）	安桂
街旁行走为破案（花卉）	安桂
独在前场，抢点射门，真牛（花卉）	牡丹
高脚楼十分有特点（花卉）	牡丹
我兄弟们只邀请马姑娘北上一行（花卉）	迎春花

　　面见《飞狐外传》第十二章。春花，马春花。

江苏鹿城月正明（花卉）	昆山夜光
上苑梨花开枝头（花卉）	茉莉
大连美女，初露芳华（花卉）	姜花
风流天子（花卉）	帝王花
峰攒仙境丹霞上（花卉）	映山红
疏杨挂绿丝（花卉）	柳线
摇钱树下摇一摇（花卉）	洒金
一生为天下，一生献爱心（花卉）	牵牛
白桦树边采草莓（花卉）	香梅

破晓半放秋海棠（花卉）	香梅
梅开湖畔尚留连（花卉）	海棠
残冬霜桥归来迟（花卉）	雪枣
日月开新运，东海早逢春（花卉）	腊梅
海棠半开昔照明（花卉）	腊梅
霉雨过后虹始见，豆蔻梢头早放晴（花卉）	蜡梅
宁可枝头抱香死（花卉）	凝馨
休得要见异思迁（树木）	人心果
仙机得破夺魁首（树木）	山槐
三更枝头昙花开（树木）	云杉
今始来相会，枕畔脱衣衫（树木）	云杉
走运之后，得了彩头（树木）	云杉
亲下基层，从我做起（树木）	云杉
影后端杯会故人（树木）	云杉
楼前柏影半遮帘（树木）	木棉
压枝万朵一时开（树木）	华盖木
秋月扬辉桂一枝（树木）	观光木
百般红紫斗芳菲（树木）	格木
横山逢春雨，画眉没云端（树木）	雪松
于心无愧会张横（树木）	黄槐
图中春桥映双星（水果）	冬枣
砚边柳色入画中（水果）	石榴
留在柘荣已半载（水果）	石榴
得宠后，泪痕始消除（水果）	龙眼
初绿半掩东江堤（水果）	红提
初萌相思终不忘（水果）	芒果
甘弃孤子终求活（水果）	甜瓜

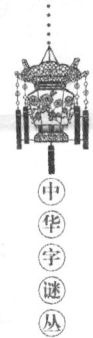

异乡山水异,斯楼初登临(水果)　　　　　　　　　　　绿橙

萍根逐波流,断桥寻旧梦(水果)　　　　　　　　　　　菠萝

花前柳畔共留连(水果)　　　　　　　　　　　　　　　榴莲

十四藏六亲,悬知犹未嫁(双子叶植物)　　　　　　　　大黄花

　　面出唐·李商隐《无题·八岁偷照镜》。

桃李吹成九陌尘(药用植物)　　　　　　　　　　　　　土沉香

　　王保武,1954年生,河南南阳人。南阳市职工灯谜协会会长,河南省民间文艺家协会灯谜学委员会副会长。

王寅丑

红朵半放,雀莺高飞(鸟名)　　　　　　　　　　　　　几维鸟

两骑东去,孤星弄影残月牙(鸟名)　　　　　　　　　　乌鸦

枝头花点点凋落,西楼边一雀高飞(鸟名)　　　　　　　林雕

天上新月照,方便人行走(鸟名)　　　　　　　　　　　知更

晓镜但愁云鬓改(鸟名)　　　　　　　　　　　　　　　知更

调理一下方便人(鸟名)　　　　　　　　　　　　　　　知更

犹如古稀配鸳鸯(鸟名)　　　　　　　　　　　　　　　鸦

双鸭向后弯着头(鸟名)　　　　　　　　　　　　　　　鸾鸟

因他性格急躁,声若雷霆,以此人都呼他做"霹雳火"(鸟名)　焦明

　　面出《水浒传》第三十四回,说秦明。

昆山玉碎凤凰叫(鸟名)　　　　　　　　　　　　　　　琴鸟

　　面出李贺《李凭箜篌引》,描述琴声。

凿下半截横竖放(家畜)　　　　　　　　　　　　　　　山羊

走私货露了丑(家畜)	水牛
村头白,地头白,窜进一头狼(家畜)	香猪
看似行者猴头,喊时八戒应声(家畜)	猪猫
留下悬念猜一半(家畜)	猫
半仙迎月捉小鬼(兽名)	山魈
刘璋惊得面如土色,气倒于城上(兽名)	马来熊

面出《三国演义》第六十五回,马超来攻城。

号召恢复老字号(兽名)	虎
专在街上撒泼、行凶、撞闹,连为几头官司,开封府也治他不下(兽名)	野牛

面出《水浒传》第十一回,说牛二。

放荡不羁,傲气凌人(兽名)	野牛
共改旧貌,不见先前样(兽名)	黄羊
半截诏书貌不全(兽名)	貂
含羞半遮目,上凳窥西邻(兽名)	瞪羚
天际飞帆风景中(昆虫)	大蚊
湖中卧看开闸门(昆虫)	叶甲
厅中花烛送女娥(昆虫)	灯蛾
竞走成绩第一流(昆虫)	步甲
变化之后看虫龄(昆虫)	齿蛉

虫龄,动物学名词,根据蜕皮次数看虫子的生长阶段。

西楼对着东峰,烛光点点人行(昆虫)	树蜂
西湖飞帆峰前行(昆虫)	胡蜂
一片度牒独前行(昆虫)	蝶
桥头水流泄,又见帆舟来(昆虫)	蝶
新花半谢便变旧(昆虫)	薪甲
花和尚离寺后,这日到山东(鱼名)	鲥鱼

这儿依旧藏玄机（两栖动物）　　　　　　　　　　　　　鲵

　　"儿"的繁体字为"兒"。

柜样修改烛火下，别具匠心（爬行动物）　　　　　　　　巨蜥
距虹桥半里，带兵前进（爬行动物）　　　　　　　　　　巨蜥
帆舟到此后，桥上挂盏灯（爬行动物）　　　　　　　　　蛇
采蜜务必避残花（爬行动物）　　　　　　　　　　　　　蛇
点点蜂飞冬飞去（软体动物）　　　　　　　　　　　　　蚌

打天下，同心向前（农作物）　　　　　　　　　　　　　大豆
一对枕头，放在床两边（农作物）　　　　　　　　　　　木麻
南望枝头隔三星（农作物）　　　　　　　　　　　　　　玉米
比干换装立台下（农作物）　　　　　　　　　　　　　　毕豆
路径弯使人挂念，及早来都放宽心（农作物）　　　　　　芨芨草
晴日去庄前造林（农作物）　　　　　　　　　　　　　　青麻
共赏新叶喜心中（农作物）　　　　　　　　　　　　　　黄豆
前面写上十八横，后面好像只两横（农作物）　　　　　　黄豆
张横席上樽先举（农作物）　　　　　　　　　　　　　　黄麻
魔鬼赶走了，变化又来（农作物）　　　　　　　　　　　糜子
船向沧溟满眼碧（蔬菜）　　　　　　　　　　　　　　　上海青
村落老树移一处（蔬菜）　　　　　　　　　　　　　　　土豆
看见云端雁阵，忽然有点挂念（蔬菜）　　　　　　　　　大葱
云端望雁阵，春前秋后飞，白头约一订，人共结同心（蔬菜）

　　　　　　　　　　　　　　　　　　　　　　　　　　天香百合

下笔心中喜（蔬菜）　　　　　　　　　　　　　　　　　毛豆
上午地头茶先采（蔬菜）　　　　　　　　　　　　　　　生菜
中元乃是七月时（蔬菜）　　　　　　　　　　　　　　　节瓜
要上岳墓前面来（蔬菜）　　　　　　　　　　　　　　　西芹

人到齐后,共采上面花草(蔬菜)	芥菜
先露草莽相,尴尬半遮面(蔬菜)	芥蓝
得魁首爱上此女,四十载两处相隔(蔬菜)	芫荽
葡萄高高,但见枝头留爪痕(蔬菜)	苋菜
前前后后看,花高荷叶低(蔬菜)	豆苗
胸无知识人熊软(蔬菜)	空心菜
史籍鸿文上苑藏(蔬菜)	苦苣
海盗渠魁却熊包(蔬菜)	洋大头菜
海外奇谈佐酒餐(蔬菜)	洋白菜
肠断东西苦离别(蔬菜)	胡芹
节前游西湖,佳人如新月(蔬菜)	胡荽
现念交大,到冬后分配安排(蔬菜)	茭头
盛夏时节,劳苦在前(蔬菜)	茯苓
那日此女刚二十,四十载后方团聚(蔬菜)	草菇
秋日流火裙钗苦(蔬菜)	香菇
疏林日落新月起,斜枝高荡缀三花(蔬菜)	香菜
杨春先后人半损,秦明前援扎下寨(蔬菜)	香椿
共吹竹笛逐狐犬(蔬菜)	黄瓜
香花半谢点点落,新叶另见别有姿(蔬菜)	番茄
扈三娘脱去青衫换嫁衣(花卉)	一丈红
星火燎原火蔓延(花卉)	一串红
影片中于小彤扮幼年,余少群扮青年,黎明扮中年(花卉)	三角梅
电影《梅兰芳》中梅兰芳的三位扮演者。	
逢动乱,但求始终保江东(花卉)	千日红
前列山羊乱起舞(花卉)	千岁兰
官位至高居宰相(花卉)	大一品
蜀人闻子规鸣。皆起曰,是望帝也(花卉)	大王杜鹃

面出《说文·隹部》。传说中的古代蜀王望帝杜宇死后化为杜鹃鸟。

谜面	谜底
儿童团（花卉）	小人球
岭前林边狐犬奔（花卉）	山木瓜
会客前首先要化装（花卉）	云实
武则天小女情夫多（花卉）	太平花
让世界不再有硝烟（花卉）	太平球
村头水牛归屋前（花卉）	木犀
保健延年要掏钱（花卉）	长寿花
姊妹弟兄皆列土（花卉）	丛生一串红
回看笔端不见砚（花卉）	石竹
同心共订白头，相约朱雀桥边（花卉）	石楠
净角脸谱宋太祖（花卉）	龙面花
港澳回归焰火庆（花卉）	合欢花
隋宫贵儿最受宠（花卉）	朱顶红

在小说《隋唐演义》中，朱贵儿是隋炀帝杨广的爱妃。

谜面	谜底
给十张十元让你用（花卉）	百可花
字没学成，样一直没改（花卉）	米兰
书背不过心中愁（花卉）	忘忧
天干花残河水断（花卉）	旱荷
约会芙蓉郎面杳，眼穿心急（花卉）	芭蕉
权且登床配鸳鸯（花卉）	鸡麻
甲文简书刻何处（花卉）	龟背竹
美女大了，讹言之下守高节（花卉）	姜花
刘秀建都拨巨款（花卉）	洛阳花
非洲兽王不是虎（花卉）	狮子头
解愁心，池畔梅开到堂前（花卉）	秋海棠

洞前洞后看梅开(花卉)	海桐
镇三山碰杯玉臂将(花卉)	黄金盏
悟空脸谱,色彩缤纷(花卉)	猴面花
掏钱画个悟空脸(花卉)	猴面花
与人约会彩楼中(树木)	云杉
致富以后成标兵(树木)	发财树
森林遍布覆神州(树木)	华盖木
松柏对立早成林(树木)	香樟树
雾中枝头杏花开(树木)	格木
错乱遇见鬼打横(树木)	黄槐
林中獐来放犬逐(树木)	樟木
拿筐出工下面转(水果)	山竹
岸上望疏林,东侧斜月升(水果)	山梨
一齐用心用头脑(水果)	丰脐
重新调查吧(水果)	巴旦杏
有点错误缺乏恒心改(水果)	文旦
没有送礼事办成(水果)	无花果
去东胜市调查了一日(水果)	月柿
百羊纵横跑,后面狐犬逐(水果)	白兰瓜
澄江流水绿柳前(水果)	红橙
有女要由楼前来(水果)	西柚
先在座上搂肩头,遭遇楼前泼泔水(水果)	庐柑
饭后要上林中来(水果)	板栗
花蕾七朵变柚子(水果)	油桃
星洲辗转二十载,四季挂念(水果)	茄苳

星洲,新加坡,简称叻。

清河流水寨南北(水果)	青柠

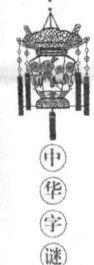

白娘子妹妹修成得正道（水果）	青蛇果
腰斩李相编来由（水果）	柚子
腰斩李相在市中（水果）	柿子
枝头点点新叶，月儿相伴双星（水果）	胡桃
节前每日看花卉（水果）	草莓
秋前那日孤子丢（水果）	香瓜
撇下孤子踪迹杳（水果）	香瓜
松柏两种一方栽（水果）	香白杏
林中孩子丢了，想儿双泪涟涟（水果）	核桃
楼前佳人行，周围前去赏（水果）	桂圆
齐登西楼看婵娟（水果）	脐橙
共改旧貌在东坡（水果）	黄皮
桥头舟已备，花前犹留连（水果）	榴莲
林中留客伴夫君（水果）	槟榔
公园冬景新，早梅过短墙（水果）	酸枣
酒后要上西楼，使得措手不及（水果）	醋栗
清晨一看稻穗黄（草名）	早熟禾
鲜花半谢落，明早又新生（草名）	鱼腥草

王寅丑，网名虎伏。1946年8月生，河北邢台人。河北省职工灯谜协会副会长，虎友谜社副社长。

王新忠

此来图破吴（动物学名词）	二口类

人人参与同改革(动物学名词)	个员
狗叫传四方(动物学名词)	口器
加盐调入其中(动物学名词)	土蛊
收起闲心,开始作业(动物学名词)	亚门
千山之外还有山(动物学名词)	迁出
停靠车辆西村头(动物学名词)	两栖
休整一夜后演出(动物学名词)	体液
本来就挺勇敢(动物学名词)	固有种
得之天下,足可称帝(动物学名词)	奇蹄
若能悔改,不致变坏(动物学名词)	性母
花前虽别,月下有约(动物学名词)	若虫
虽经调息,钱仍一直存着(动物学名词)	钟螅
心系民生有盼头(动物学名词)	眠性
个个开至闽中来(动物学名词)	笄蛭
喻人一生心多变(动物学名词)	愈合
农耕作业是根基(动物学名词,卷帘格)	本地种
吾上有三兄(鸟名)	八哥
鸟儿就在天上(鸟名)	兀鹫
路上一齐观百鸟(鸟名)	白鹭
调整准会更周全(鸟名)	金雕
双方合营,村里饲鸡(鸟名)	树莺
往昔村里养过鸡(鸟名)	树鹊
每周准点到达(鸟名)	海雕
一开始就引人共鸣,实在了得(鸟名)	鸽子
秋叶纷飞落宫前(鸟名)	啾咕
门口此活十分多(鸟名)	阔嘴
逐月走高,望之莫及(兽名)	土豚

半生孤独到皓首(兽名)	白狐
眉月犹映于半空(兽名)	白猸
皓首犹能到终点(兽名)	白熊
能知面句出处,然后开始猜(兽名)	狗熊
三四点定能完成(兽名)	浣熊
长子大点才自由(兽名)	臭鼬
两个首犯窝藏之钱(兽名)	猞猁
达标然后能夺冠(兽名)	棕熊
承蒙解救获独立(兽名)	蟹獴
开始改变人生(昆虫)	天牛
自当横棒打大虫(昆虫)	天蛾
虽迭遭是非,始终不渝(昆虫)	吉丁虫
考中大,尚自差一点点(昆虫)	臭虫
前锋居中,边锋随后一点(昆虫)	锯蜂
一处受灾后,四方争先帮(鱼名)	火鱼
负累半生成幻灭(鱼名)	火鱼
负累开始,半生沧桑(鱼名)	枪鱼
今晚方才有四折(鱼名)	哲罗
凑够四名有折扣(鱼名)	哲罗
少时离云南,日前在山东(鱼名)	真鲨
前头虽更累,却也甘心(无脊椎动物)	豆螺
前面有蛇,个个没看见它(无脊椎动物)	箭虫
岂止喝一点,简直十分了得(节肢动物)	蝎子
有触动,但缺乏前瞻(两栖动物)	角蟾
闺中灭烛度晚晴(两栖动物)	青蛙
四点一同赴中原(两栖动物)	洞螈
融资虽有更直接(两栖动物)	钟虫

一直期待山东改革（爬行动物）	甲鱼
直达山东（爬行动物）	甲鱼
日落时先扎寨，早起营登主峰（爬行动物）	守宫
在下虽是沦落人，作客北方心不悔（爬行动物）	海蛇
虽觉十分累，个个没开口（软体动物）	笔螺
每家先去湖里游（哺乳动物）	海豚
咬开一大口（植物学名词）	回交
接受组织教育晚（植物学名词）	延迟栽培
中秋前来齐赏月（植物学名词）	种脐
营前登台赏明月（植物学名词）	胎萌
中西结合更吃香（植物学名词）	晒种
小村前面是大山（植物学名词）	根尖
看树觉不对，只因留裂痕（植物学名词）	根瘤
不是一般的勇敢（植物学名词）	特有种
入夜才赴灞桥头（植物学名词）	液材
原挺生气，现已淡化（植物学名词）	氮源
入夜花前看月牙（植物学名词）	腋芽
一家团聚享牛肉（植物学名词）	腐生
领导重视练兵（植物学名词，卷帘格）	营养器官
开始过关口（农作物）	大豆
西湖花下无奈别（农作物）	大藻
三点开始动土木（农作物）	玉米
国内档次先提上（农作物）	玉米
青苗移植（农作物）	田菁
起火有原因，苗头早发现（农作物）	烟草
打横凑合躺床上（农作物）	黄麻

45

长得不坏,喜在心里(蔬菜)	土豆
重点移植定称善(蔬菜)	土豆
花前匆见,心如刀割,只是难开口(蔬菜)	分葱
所拆之草,足有一斤(蔬菜)	旱芹
茶饮过半,多少解渴(蔬菜)	沙葛
月下觅不见,花前姑徘徊(蔬菜)	胡荽
湖畔花前爱上她(蔬菜)	胡荽
开拓外交,四处开花(蔬菜)	萝卜
一月之内三个改变(花卉)	大青
宜早劝人莫动干戈(花卉)	大戟
中原会盟图破吴(花卉)	百合
白天改口(花卉)	百合
宫中蝴蝶绕枝舞(花卉)	变叶木
两地部署共拦截(花卉)	挂兰
早秋吉日锄芍药(花卉)	结香
红日正照莲花上(花卉)	茳草
洞中赏梅花(花卉)	海桐
溪边尚有梅花开(花卉)	海棠
来华投资有根据(花卉)	银桦
刚开始分清(树木)	水青冈
动员战士打仗去(树木)	吉贝
白天开始天放晴(树木)	百日青
工作终调整,如愿获高薪(树木)	红茹冬
谜面扣得不紧(树木)	虎皮松
秋风吹得连根拔(树木)	银杉
投资根据在有方(树木)	银杏
胜在又能抓机遇(水果)	凤梨

宜兴水利，少植树木（水果）	沙梨
森林变迁禽亦迁（水果）	林檎
兴修水利变了样（水果）	洋梨
今日园外人员上千（水果）	香圆
连横巧用定取胜（水果）	黄梨

王新忠，广州市灯谜学会会长。著有《谜语与教学》《谜语可以这样玩》。

王耀品

四海为家（动物学名词）	外寄生
近朱者赤，近墨者黑（动物学名词）	染色体
火鸡（动物学名词）	热带动物
春江水暖鸭先知（动物学名词）	温带动物
英雄谨防美人关（动物学名词）	警戒色
皓首一叟（鸟名）	白头翁
上书陛下（鸟名）	告天子
用心向前进（家畜）	牛
婚前孕子不出丑（家畜）	奶牛
丫头一直真心陪伴（家畜）	羊
带鱼不鲜（家畜）	羊
羞出丑（家畜）	羊
午时到家（家畜）	驴
先猜一句（家畜）	狗

独先到首都（家畜）	猪
叶子起变化（兽名）	田鼠
好个猴头（兽名）	狼
夜临能来献余热（兽名）	黑熊
不逮老鼠还怕鼠（兽名）	熊猫
下笔重致烛火灭（昆虫）	毛毛虫
一点又来除浊水（昆虫）	蚤
独要先行个个见笑（昆虫）	蚕
独先往宁波（昆虫）	蛹
庭内春色蜂蝶先至（昆虫）	蜻蜓
君在帆影中（昆虫）	蝗虫
专捕虾蟹（鱼名）	罗非鱼
山东日落西山（鱼名）	银鱼
鲁南缺少水（鱼名）	鲨
再到山东变了样（鱼名）	鲳鱼
街中见虫心情差（两栖动物）	青蛙
虚心方能争先进（爬行动物）	龟
它将烛火灭（爬行动物）	蛇
整天摄影（植物学名词）	长日照
刀耕（植物学名词）	古老种
要留清白在人间（植物学名词）	生长素
拆桥有先后（植物学名词）	乔木
熬夜（植物学名词）	休眠期
明月千里照万家（植物学名词）	光合作用
老秀才（植物学名词）	多年生
冬去春来（植物学名词）	年轮

国色天香(植物学名词)	花冠
消费第一(植物学名词)	花冠
穿过泉城绿化带(植物学名词)	经济林
教育要从娃娃抓起(植物学名词)	培养基
头悬梁,锥刺股(植物学名词)	强迫休眠
五柳先生(植物学名词)	森林
独生女(植物学名词)	雄性不育
春风吹又生(植物学名词)	催青
春风又绿江南岸(植物学名词二)	年轮、返青
出门看伙伴,伙伴皆惊慌(植物学名词三)	雄花、变态、雌花
首先一人分一口(农作物)	大豆
南京雾中观远树(农作物)	小麦
晋北广植防护林(农作物)	亚麻
球(农作物)	杂交玉米
首先要同心(农作物)	豆
须要广造林(农作物)	胡麻
打开香巾把钱用(农作物)	棉花
春夏秋冬喜在心(蔬菜)	四季豆
加倍采来二十斤(蔬菜)	芹菜
江边庙里采荞头(蔬菜)	油菜
子另安排得宽心(蔬菜)	茄子
为叔做东不言请(蔬菜)	青椒
有人偏要登上去(蔬菜)	扁豆
交谈得宽心(蔬菜)	茭白
前辈一来采早茶(蔬菜)	韭菜
黎明前来采早茶(蔬菜)	香菜
君来先要留个影(蔬菜)	笋

爱上草木喜在心(蔬菜)	芥蓝
转眼外调二十载(蔬菜)	萝卜
三丫头一直未来(花卉)	兰
过年没铺张(花卉)	节节花
全家乐(花卉)	合欢
与君如面芳草前(花卉)	芙蓉
天使(花卉)	凌霄花
四季总共十二月(树木)	冬青
出手大方(树木)	金钱松
又来村里把案破(树木)	桉树
村中又有新案情(树木)	桉树
落榜之后真后悔(树木)	梅
海棠半开又回村(树木)	梅树
离散禁宫门(树木)	棕榈
半部春秋对春联(树木)	榛树
残碑尚留断桥东(水果)	石榴
节前课后心不忙(水果)	芒果
个个献策抓重点(水果)	枣
入春海棠半开放(水果)	青梅
午夜到春城(水果)	柿子
每早要来芙蓉前(水果)	草莓
马上落实(水果)	蛇果
勇于林中勘查(水果)	橄榄

　　王耀品，谜号奉稚虎。1931年7月生，山东蓬莱人。乙亥谜社顾问。编著个人谜集《稚虎集》。

邓凤鸣

永世怀感恩之情（动物学名词）	代谢
有钱才敢生小孩（动物学名词）	发育
想要成为大富翁（动物学名词）	发情期
假装一切都不缺（动物学名词）	伪足
虚情假意看够了（动物学名词）	伪足
星眸婉转百媚生（动物学名词）	灵长目
一洞赫然现眼前（动物学名词）	单孔目
一路摸索到墙边（动物学名词）	触角
上司骤然变苗条（动物学名词二）	头突、失重
领导重视每位职工（动物学名词二）	头器、个员
瞎子说天亮才走（动物学名词二）	盲道、昼行
大家一起搬东西（动物学名词二）	集群、动物
摸到才感到害怕（动物学名词二）	触觉、刚毛
再三考虑要搬家（动物学名词二）	频度、迁徙
众说纷纭谈未来（家畜）	白羊
华夏子女真厉害（家畜）	黄牛
迎甲午新春谜会（兽名）	马来虎
屡战屡败还骂人（兽名）	北极熊
都说这条是旧谜（兽名）	白老虎
乐龄人士共商灯（兽名）	老虎

乐龄，是60岁以上年龄段的别称。此词语最早源于新加坡等地，"乐龄"所表达的意义就是开心、快乐、愉悦、惬意、潇洒，甚至是幸福、享受等。

重任落在子身上（兽名）	负鼠
遥远的未来（兽名）	绵羊
粗鲁蛮横的样子（兽名）	野象
夜色笼罩吉隆坡（兽名）	黑马
入夜之后躲起来（兽名）	黑猫
远渡重洋到槟城（鱼名）	海马
画中又见鹰北飞（两栖动物）	田鸡
画中烛灭佳人离（两栖动物）	田蛙
一点钟后出闺门（两栖动物）	蛙
佳人为君容颜改（爬行动物）	变色龙
岁末放炮迎马年（爬行动物）	响尾蛇
越过丘陵勇夺冠（爬行动物）	穿山甲
哪来的小偷（软体动物）	乌贼
后悔江畔过一生（海洋动物）	海牛

策勋十二转，赏赐百千强（植物学名词）	上位花
此恨绵绵无绝期（植物学名词）	气生根
怒气发泄在子孙身上（植物学名词）	气生根
实在是太聪明了（植物学名词）	颖果
脱我战时袍，著我旧时裳（植物学名词二）	花、变态

　　谜面出《木兰辞》。花，指花木兰。

为求功名熬夜读（植物学名词二）	器官、休眠
自幼语言能力差（蔬菜）	小白菜
年少无知表现差（蔬菜）	青菜
骗子原是壮小伙（花卉）	千年健
冰雪林中著此身，不同桃李混芳尘（花卉）	白梅
前村深雪里，昨夜一枝开（花卉）	香梅

已是悬崖百丈冰,犹有花枝俏(花卉)	雪梅
停车坐爱枫林晚(花卉二)	山丹、合欢
真诚对话乐融融(花卉二)	云实、合欢
聊天猜谜又喝酒(花卉二)	白及、射干
欢颜痴痴赏明月(花卉二)	含笑、观光木
高高兴兴吃到饱(水果)	开心果
方闻鸡鸣已成章(水果)	文旦
备受拥戴与抬举(水果)	红提
鼠年迎春又添丁(水果)	李子
暗中窃笑土地遭分割(水果)	哈密瓜
拥吻七月(水果)	香瓜
皓首青春共结缘(水果)	香橼
薄烟笼菡萏(水果)	莲雾
甘心接受挑战(水果)	甜角
清西陵墓前一隅(水果)	菱角
老邓前来会见李先生(水果)	橙

"邓"字的繁体为"鄧"。

遥知不是雪,为有暗香来(水果二)	话梅、味馨

邓凤鸣,女,网名欣新。1953年11月生,祖籍广东鹤山,现为马来西亚公民。

邓当文

有意搞改革(动物学名词)	心音

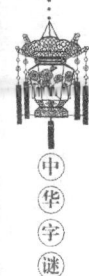

先立志脱贫,几度献爱心(动物学名词)	贝壳
心下想着人民(动物学名词)	休眠
皆属第一种(动物学名词)	全头类
圣上下旨,提前执行(动物学名词)	指垫
离休后发挥余热,先独行贡献终生(动物学名词)	蛰伏
草桥枝头鸟成对(鸟名)	树莺
一定要离开(鸟名,徐妃格)	鸬鹚
心急火燎先离开(鸟名,徐妃格)	鸰鹈
收获之后心情好(家畜)	狼犬
一日改革有收获(家畜)	猎犬
点灯化妆(兽名)	小犬
七点能完成(兽名)	浣熊
入家室,边再犯,有前科,终获刑(兽名)	狳狲
早来先独立(兽名)	獐
需付出后心无恨(兽名)	儒艮
人一生有离合(昆虫)	天牛
虽在雾之中,苦心获丰收(昆虫)	叶蜂
不要做蛀虫,一定要廉明(昆虫)	蚍蠊
雾中远树月初现,双帆并进心始安(昆虫)	蜜蜂
作歹一下就有罪(鱼名)	罗非
鲁能改革,十分投入(鱼名)	鲥
鲁北旧貌变(鱼名)	鲉
先独行,二十载,一生搞改革(两栖动物)	牛蛙
闺中独静半露容(两栖动物)	青蛙
原来同为浑浊不清(两栖动物)	洞螈
代替皇上,冒充皇后(爬行动物)	玳瑁
两地倾心奔向前,双帆并进定争先(爬行动物)	蝰蛇

谜面	谜底
两叶扁舟一方田（脊索动物）	蝙蝠
松（植物学名词）	阳性树
带头改革开放（植物学名词）	花卉
掌权先付出，换来旧貌变（植物学名词）	树叶
放手开拓搞改革，春又来时旧貌变（植物学名词）	硬叶林
同心破关（农作物）	大豆
小荷才露尖尖角（农作物）	水花生
庙中被毁焚迹乱（农作物）	火麻
节前广造林，爱心献一点（农作物）	苎麻
节前早安置，帘旁飘散香（农作物）	草棉
床要横放巧安置（农作物）	黄麻
应召进行改革，立即先献点子（蔬菜）	刀豆
节前勿变态（蔬菜）	大葱
无奈之下吃苦头，有奈之下得复兴（蔬菜）	大蒜
小双上来掌大权（蔬菜）	尖椒
晚节不保，干部最后上钩；做人一生，到处留下污点（蔬菜）	芋头
酒先少喝后，终于不受苦（蔬菜）	沙葛
一年没见，倍加挂念（蔬菜）	芫菁
空中星月乱闪现，江边草木旧貌变（蔬菜）	油菜
为公搞改革，年初先贡献（蔬菜）	南瓜
先有海鲜，上菜后到（蔬菜）	洋蓟
匠心苦变先获胜（蔬菜）	胡芹
南下献身之举，令人倍加挂念（蔬菜）	茯苓
先唱曲调要和谐（蔬菜）	茴香
与君离别二十载，高桥旁边等人来（蔬菜）	莴笋
爱上某先生，深感分离苦（蔬菜）	甜菜

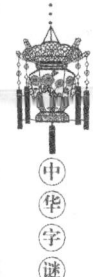

对外开放，先圆旧梦（蔬菜）	萝卜
前有旧习三十载，先受调查再安排（蔬菜）	塌菜
广造林，三十载，如今同心共向前（蔬菜）	蘑菇
全面整顿，期望团结（花卉）	大理百合
改革二十载，首先有真心（花卉）	兰花
垄上飘散香（花卉）	龙柏
两地联合破案（花卉）	安桂
咱须改革大变样（花卉）	百合
中原人同心，开放搞改革（花卉）	百合花
倾心四十载，二人可相依（花卉）	荷花
横生枝节（花卉）	黄十八
取暖费（花卉）	款冬
海边孤帆行，林旁鹊鸟飞（花卉）	蜡梅
期望客从东方来（树木）	巴西木
柬（树木）	四合木
趁机掌权，十分投入（树木）	枫树
为公争上游，春来旧貌变（树木）	油松
情网出错心不安（树木）	青冈
同到圣地，共建未来（树木）	珙桐
未来呈新貌（水果）	味王
请课后会见（水果）	青果
李松见兴霸（水果）	柑子
每日在田中，劳苦有半生（水果）	草莓
岩下松柏又重生（水果）	香白杏
年初约会李先生，有缘一定来相见（水果）	香橼
春到美景入画中，湖边梅开先来赏（水果）	海棠果
冬初连阴雨，前面草残生（水果）	莲雾

非洲居民定居纽约（水果）	黑美人
人走茶在车船留（水果）	榴莲
前有杨家郎，后跟有宋兵（水果）	槟榔
共同改革开放，天下旧貌有变（双子叶植物）	大黄花

邓当文，1940年生，河南三门峡人。三门峡市灯谜学会副会长。

邓　健

号令破吴抛头颅（动物学名词）	大颚
大脚皇后来干预（动物学名词）	马氏管
扑天雕归来（动物学名词）	反应
野火烧不尽（动物学名词）	再生

面出白居易《赋得古原草送别》，启下句"春风吹又生"。

牦牛隐迹层云飘（动物学名词）	尾
蚜虫生苗上（动物学名词）	芽
是非一定要分清（动物学名词）	足
夏侯惇拔矢啖睛（动物学名词）	单眼
竭尽全力支持（动物学名词）	顶极
夜游渭水（动物学名词）	胃液
春后犯困（动物学名词）	夏眠
枝头隐约残月影（动物学名词）	翅
品行低下失前缘（动物学名词）	喙
画桥三星散，残红月朦胧（动物学名词）	腔
宛如玉钩，宛如宝镜（动物学名词）	腕

事无巨细来考察(动物学名词二)	大枢 小枢
二人相见游东南(鸟名)	子规
孤山云掩泉水清,雁阵点点日西坠(鸟名)	百灵
天下没有不散的宴席(鸟名)	雨燕
天边眉月雀高飞(鸟名)	雉
神行太保可担任(鸟名)	戴胜
用心纠错后,几度心存虑(兽名)	艾虎
战妖魔,斗鬼神(兽名)	角怪
一生挂帅展奇才(兽名)	狮
功夫差,躲起来(兽名)	熊猫
八戒逗英雄(兽名)	豪猪
拒收回扣(兽名,徐妃格)	猞猁
皇上发怒了(昆虫)	火龙
斋戒后到闽中(昆虫)	蚊
残红帆影泉水清(昆虫)	绵虫
张行长游鲁南(鱼名)	弓鱼
活在当下了一生(鱼名)	牛舌
每立潮头做先驱(鱼名)	海马
尤见白头每流泪(鱼名)	海龙
幽篁抽翠绿(爬行动物)	竹叶青
分开交换(爬行动物,徐妃格)	蜥蜴
东瀛相片(植物学名词)	日照
疏林入云端(植物学名词)	木本
去(植物学名词)	水培法
自由落体运动(植物学名词)	向地性
两岸桃花竞相放(植物学名词)	红树林

谜面	谜底
梅枝初露头（植物学名词）	雨林
天王老子也不怕（植物学名词）	特有种
暗中策划（植物学名词）	密度
步步为营，步步紧逼（植物学名词）	渗透压
春江水暖鸭先知（植物学名词）	感温性
江湖好汉闯天下（植物学名词，下楼格）	雨绿林
食用蔬果，延年益寿（植物学名词，卷帘格）	生长因素
遍求人间不老药（植物学名词，卷帘格）	生长期
牵挂老百姓（植物学名词，秋千格）	群系
月光月当头，双星挂西楼（农作物）	小米
临波浮莲开（农作物）	水花生
立业开端广植林（农作物）	亚麻
纵有真心务出力（农作物）	麦
松柏参差扬孤帆（农作物）	棉
短墙前后已拆除（蔬菜）	土豆
与子牙不熟（蔬菜）	生姜
首取中原北宋亡（蔬菜）	白木耳
美人一去姿容损（蔬菜）	姜
伊人憔悴幽篁下（蔬菜）	笋
东坡被贬（蔬菜）	落苏
为非作歹，一生失晚节（蔬菜）	薤
全面整顿公款消费（花卉）	大理花
峨眉铁观音（花卉）	山茶
此言不虚（花卉）	云实
木兰含笑（花卉）	双花
与日月同庚，与天地同寿（花卉）	死不了
烽火戏诸侯，褒姒现欢颜（花卉）	美人笑

不是一番寒彻骨（花卉二）	忍冬、冷香

面出高明《琵琶记》，启下句"怎得梅花扑鼻香"。

松槐半掩映，孤帆泉水流（树木）	木棉
东风吹柳柳丝飘（树木）	杉
香飘梅初放（树木）	柏木
蝴蝶飞枝头（树木）	栾
春秋配（树木）	楸
当下转变为上策（水果）	山竹
天上明月出，岭前林错落（水果）	山楂
芳心错许目迷离（水果）	文旦
李花开后叶新姿（水果）	柚子
一再出力，维权三十载（水果）	荔枝
疏林眉月山水中（水果）	梨
异乡录用登榜首（水果）	绿橙
希望参赛（水果，徐妃格）	枇杷

邓健，1970年8月生，江苏南通人。南通职工灯谜协会会员。

石爱民

梨园子弟依前调（动物学名词）	优先律
所邮东西皆不识（动物学名词）	全寄生物
开窗放入大江来（动物学名词）	房水

面见曾公亮《宿甘露寺僧舍》。

世代农耕（动物学名词）	恒有种

谜面	谜底
源头尽处终解矣（动物学名词）	原牛
昔时灵活任东西（动物学名词）	原生动物
夫妻相望植桑麻（动物学名词）	偶见种
时时误拂弦（动物学名词，卷帘格）	动情周期

面见李端《听筝》。周，指周瑜。

谜面	谜底
东西移位要恢复（动物学名词，卷帘格）	原索动物
乌蒙磅礴走泥丸（动物学名词，卷帘格）	微动脉
流泉水鸟等闲见（鸟名）	白鹇
湖中李下分复合（鸟名）	吉了
夜晚再见江上鸿（鸟名）	多多鸟
山路觅鸟碰破头（鸟名）	岩鹭
北岛湖东定前盟（鸟名）	明月鸟
鳞潜之后见离鸿（鸟名）	鱼江鸟
又了心愿鹤初飞（鸟名）	原鸡
留人床尾共鸳鸯（鸟名）	䴙䴘
别日琴心寄，季末鸟归来（鸟名）	鸽子
再度溪边见晚鸦（鸟名）	渡渡鸟
湖东鸟鸣四五处（鸟名）	鹃鸠
晚来垂泪青楼女（鸟名）	黑水鸡
面赛锅底一丈夫（鸟名）	黑冠雄
画中初雪江鸿影（鸟名）	雷鸟
离休寄言初盼雪（鸟名）	霜信
冰释之前终牵挂（家畜）	水牛
前骑定能取燕南（兽名）	马熊
余下仇人初犹狂（兽名）	犰狳
解开之后东驰去（兽名）	角马
封皮旧尘多（兽名）	坡鹿

  "尘"字的繁体为"塵"。

三点前骑到东阿(兽名)	河马
离客终此初驻骑(兽名)	骆驼
然后初演能完成(兽名)	浣熊
携子牵犬享自由(兽名)	臭鼬

  面以李斯事自拟。

垂钓是隐者(兽名)	渔猫
别墅之南了一生(兽名)	野牛
一日遇虎变成虫(昆虫)	天蚕
泉上流萤误芳心(昆虫)	白蚁
长笛初起烛火熄(昆虫)	竹虫
园中初静芭蕉前(昆虫)	芫菁
餐后如前去登高(昆虫)	豆娘
鼾声如歌(昆虫)	呼乐
长虹初起晴空日,秋后犹有草如茵(昆虫)	烟青虫
蜻蜓初现古楼东(昆虫)	蝼蛄
如凤飘远终孤独(昆虫)	瓢虫
瑞华影迷有点笨(昆虫,卷帘格)	菜粉蝶

  胡蝶本名胡瑞华。

横川初斋未尝鲜(鱼名)	三文鱼
不用人伴初战鲤(鱼名)	半鲇

  面据《西游记》通天河情节自拟。

鲤初潜泉水,游时日晚归(鱼名)	白鲟
接触之后终牵挂(两栖动物)	牛蛙
西楼蝶归桂花开(两栖动物)	林蛙
城西清水逝,寺北烛火熄(两栖动物)	青蛙
回看童子隐而弈(两栖动物)	棋猫儿

初见蜘蛛斜檐东(两栖动物)	蟾蜍
闽中分柜搬沂水(爬行动物)	巨蜥
打开闸门鳞潜迟(爬行动物)	甲鱼
跳涧虎得胜来面君(爬行动物)	达克龙

  梁山好汉跳涧虎陈达。

蝴蝶初结解答迟(爬行动物)	蛤蟹
一别瘦叟留陇东(爬行动物)	瘤龙
空网终成茧,宫中牢底人(软体动物)	蜗牛
一钩新月水波横(植物学名词)	心皮
诗交冰人约牡丹(植物学名词)	风媒花
吹熄烛火某女来(植物学名词)	虫媒
蝉鸣东西伴早晚(植物学名词)	单叶
留取春痕分付与(植物学名词)	根瘤
西湖包夜泪眼遮(植物学名词)	液泡
前指妾家如初见(植物学名词)	嫁接
笔下白描水共月(植物学名词)	腺毛
绿影一千三百里(植物学名词,白头格)	常青树

  面见白居易《隋堤柳》。

不知木兰是女郎(植物学名词三)	花、变态、共生

  面见《木兰辞》:"同行十二载,不知木兰是女郎。"

北京一别又生离(农作物)	小麦
西都廿载相貌变(农作物)	木薯
露滴牡丹开(农作物)	水花生
褪掉衣袍来水浴(农作物)	包谷
离庄又梦上村头(农作物)	柽麻
以意为先画葫芦(农作物)	薏苡

半段短墙影秋千（蔬菜）	山丘
西岭相约到花前（蔬菜）	山药
酒后语拙（蔬菜）	干白菜
腹内原来草莽（蔬菜）	空心菜

面见《红楼梦》中《西江月》词句。

花前架上李初开（蔬菜）	茄子
西郊初暮柏木凋（蔬菜）	茭白
秋草半遮沂蒙水（蔬菜）	香芹
楼角和草离乱栽（蔬菜）	香菇
秋林半凋待春日（蔬菜）	香椿
出力功成复心喜（蔬菜）	豇豆
李花开处孤横影（蔬菜）	黄瓜
面若桃李晚登楼（花卉）	夕颜花
云端几道柳梢痕（花卉）	山茶

晏几道号小山。

转头一吻人呆了（花卉）	木香
眉目之间，人如芙蓉（花卉）	水仙花
北望杳渺连上苍（花卉）	王莲
与拼命三郎、小李广并不相识（花卉）	生石花
卷帘恰迎春雨寒（花卉）	冷水花
昔日一为别，重逢盼甚急（花卉）	芭蕉
秋雨初落昙花开（花卉）	芸香
天香云外飘（花卉）	凌霄花

面见宋之问《灵隐寺》。

轩前落尽谢无声（花卉）	射干
同来溪边梅花开（花卉）	海桐
九霄玉龙映圆月（花卉）	高雪轮

结婚当晚亲个够(花卉二)	花烛、夜来香
遇酒且呵呵(花卉二)	迎春、含笑

　　面见韦庄《菩萨蛮》:"遇酒且呵呵,人生能几何。"

枯肠新结对柳梢(树木)	胡杨树
一对蝴蝶入疏林(树木)	栾树
一丝不挂,浑浑噩噩(树木)	通脱木
并非一齐明日去(水果)	丰脐
琵琶不同处疏林(水果)	枇杷
宁静先到住南寨(水果)	青柠
芭蕉前头早梅迟(水果)	草莓
未到畦东杏花开(水果)	桂味
某先诵后复心闲(水果)	桶柑
迎春含笑且含羞(草名)	花花草

　　石爱民,笔名西岭。1972年12月生,河北涉县人。河北省职工灯谜协会副会长,邯郸灯谜协会副会长,武安灯谜协会副主席兼秘书长。著有《西岭灯谜录》,合著《闲园商灯》,主编谜刊《武安灯谜》《雅风》等。

叶春荣

欲东家食,西家宿(动物学名词)	二重寄生

　　面出《艺文类聚》卷四十引《风俗通》。

分田到户能致富(动物学名词)	个体发生
挂印封金寿亭侯(动物学名词)	不动关节

面出《三国演义》第二十六回情节。

庖丁解牛（动物学名词）	分裂体
休渔期执法（动物学名词）	出水管
谁知毛生锥（动物学名词）	包囊

典见《史记·平原君虞卿列传》。面为清·俞樾《平泉舅氏寄示自嘲一首因次韵奉酬亦以自嘲》句，下句为"依旧囊中处"。

十五天结出两苦瓜（动物学名词）	半月瓣
本末倒置（动物学名词）	半变态
分娩双胞胎（动物学名词）	对生
猴子为何捞月亮（动物学名词）	对映现象
图书目录（动物学名词）	本名
分娩于暑天（动物学名词）	产热
奈何桥上等三年（动物学名词）	会阴

面为电影《刘三姐》唱词。

寿亭侯不告而辞（动物学名词）	关节面
练习"五禽戏"（动物学名词）	动物形态学
八仙过海，皆系点睛之笔（动物学名词）	动眼神经
先前就像一盘散沙（动物学名词）	后连合
坤宁宫（动物学名词）	后房

坤宁宫为清代皇后住处。

我是农民的儿子（动物学名词）	地理宗

面为歌曲名。

新丝路初具规模（动物学名词）	成带现象
油煎蛋（动物学名词）	成熟卵泡
出生就打预防针（动物学名词）	伴随免疫
从不正面打人（动物学名词）	侧扁

"扁"在网络中有打人意。

不敢正视（动物学名词）	侧眼
何谓一人相声（动物学名词）	单口
长门深居夜半孤（动物学名词）	单子宫
西出阳关无故人（动物学名词）	单寄生

  面为唐·王维《送元二使安西》句。

徐妃为何半面妆（动物学名词）	单眼
严禁钓鱼（动物学名词）	垂管
城门失火，殃及池鱼（动物学名词）	热带动物
东宫仍非客居之地（动物学名词）	储存宿主
阶前月圆又月缺（鸟名）	阴羽

  阴羽，即雉鸡。

高唐梦断后，堂上谁与言（鸟名）	麻雀
知音已别人空立（鸟名）	智禽

  智禽，雁的别名。

斜雁夕阳顺西下，月伴孤星现屋上（鸟名）	题肩

  题肩，鹞鹰的一种。

蕉中梦断，落花无言（兽名）	林麛

  "蕉中"为"鹿"。典见《列子·周穆王》。

如今贡献一点，未来双重回报（兽名）	羚羊
未到峰前天已暗（兽名）	黑山羊
桃李枝头春意重（植物学名词）	森林
千林香雪照斜曛（植物学名词二）	植物色素、光合作用

  面为清·钱谦益《众香庵赠自休长老》句。

一江流水已新绿，二十四寺半染霜（农作物）	红薯
高唐梦断二十载，白首方同心（蔬菜）	口蘑
斜篱残菊心中寄（蔬菜）	大葱

口袋书走红（蔬菜）	小香丹
花前约会在岭头（蔬菜）	山药
小舟已载离人去，心中一点勿挂念（蔬菜）	分葱
前前后后下笔描（蔬菜）	毛豆
雾中伊人去，斑竹滴滴泪（蔬菜）	冬笋
春清池水，秋起尘埃（蔬菜）	地栗
小叔长大已十八（蔬菜）	尖椒
未来战争，心中一点勿挂念（蔬菜）	羊角葱
弥勒拿下狐半隐（蔬菜）	佛手瓜
白天无消费（蔬菜）	夜开花
清末内戚欲乱权（蔬菜）	青椒
幼儿园聚餐（蔬菜）	娃娃菜
楼头方露如钩月，园外花残送晚香（蔬菜）	枸茼
唯愿在切尔西终止运动生涯（蔬菜）	结球甘蓝

　　切尔西为英超足球队，昵称"蓝军"。

洞庭清波，泛舟近花前（蔬菜）	胡芹
残荷芦花交相映（蔬菜）	茭白
古田要改革，共绘前程景（蔬菜）	茴香
旷野银杏已入秋（蔬菜）	原叶大黄

　　银杏为落叶乔木，入秋叶黄。

凌花残落已十分（蔬菜）	菱角
把舵行舟，孤独西去（蔬菜）	蛇瓜
花前要把金菊采（蔬菜）	黄花菜
雨声惊清梦（蔬菜）	落苏
夕阳还恋地头鸦，草木之中现爪痕（蔬菜）	塌菜
松窗半掩昨夜雨，茶罢人去留鸟迹（蔬菜）	榨菜
高唐梦断四十载，神女化石成古迹（蔬菜）	蘑菇

一夜飞霜染众芳（蔬菜，卷帘格）	白花百合
一个唱红脸，一个唱白脸（花卉）	二乔
刚入本科学评酒（花卉）	大一品
童年总是不顺心（花卉）	大如意
臭少一点自会变（花卉）	大理百合
女足曾号为铿锵（花卉）	中国玫瑰
普洱风流债（花卉）	云南山茶花
专栏不专，调整公示（花卉）	兰松
主动一点，真心出力去办（花卉）	玉兰
乌纱罩婵娟，栋梁出闺门（花卉）	安桂
大小分开各五十（花卉）	尖被百合
昂首不落后，同心人向前（花卉）	百合
自动参加团购（花卉）	百合花
看凤头一对堪夸（花卉）	红莲瓣

面为明·唐伯虎《排歌》句。前句为"金莲最佳"，后句为"新荷脱瓣月生芽"。底别解"三寸金莲"走红。

二人共事十八载，艰难面面又携手（花卉）	扶桑
我也曾赴过琼林宴，我也曾打马御街前（花卉）	状元红

面为黄梅戏《女驸马》唱词。

广西的秋天（花卉）	金桂
群妓合金葬柳七（花卉）	娇容三变

面为历史故事。"群妓"为娇容，"柳七"即柳三变（柳永）。

十六迈出家闺门，二十倾心于人（花卉）	桂花
人到弱冠，须立雄心，更要用心加虚心（花卉）	荷花
巷头落日映虹断，堂前斜燕带春归（花卉）	蜡梅
见物不取杨四知（花卉）	墨撒金

典见《后汉书·杨震传》。面为《鸳鸯针》第三回句。底别解

为"黑夜舍弃王密的赠金"。

梁祝爱情的结局(树木)	蝴蝶果
败走麦城,阆中遇刺,白帝托孤(水果)	人参果
企盼天明离困境(水果)	巴旦杏
只演青衣无武戏(水果)	文旦
岩下似是柳屯田(水果)	石榴
碑前像是柳屯田(水果)	石榴
就此两点,皇上必得下策(水果)	龙须枣
何为僧繇点睛处(水果)	龙眼
因得宠而升职(水果)	红提
开发过度,生态失衡,植被破坏,土地退化(水果)	沙果
饭后陪客林中行(水果)	板栗
夜半芳心动,孤帆载春归(水果)	柿子
刘郎去后,玄都观里树几何(水果)	核桃

取"玄都观里桃千树,尽是刘郎去后栽"诗句意,核对桃树。

秋寒夜半至,西楼间水山(水果)	梨子
四条眉毛堪称奇(水果)	特小凤

陆小凤为古龙笔下人物,据称有四条眉毛。

十里荷花晚霭中(水果)	莲雾
舌沾甘露来半瓢(水果)	甜瓜
原籍非洲的"山姆大叔"(水果)	黑美人
留连在草木之间(水果)	榴莲
梦有前兆得褴褛(水果)	樱桃

叶春荣,网名老枝新叶。1950年2月生,浙江温州人。温州市职工灯谜协会副会长,《鹿衔草》执行编辑。

叶曙光

愿东家食而西家宿（动物学名词）	二分体
吝啬鬼在旁边等着（动物学名词）	小气候
操见公如此，愈加敬服（动物学名词）	不动关节

面出《三国演义》第二十五回。关，指关公。

山河风景元无异（动物学名词）	半变态

面出文天祥诗，启下句"城郭人民半已非"。

客舍并州已十霜（动物学名词）	外寄生

面出唐·贾岛《渡桑干》。

一牛穿行树木间（动物学名词）	对生
感到恶心，感到心闷，感到空虚（动物学名词）	亚门
想着人民放心间（动物学名词）	休眠
梦底依偎太心伤（动物学名词）	多态
取于食客门下足矣（动物学名词）	多寄生

面出《史记·平原君列传》。

农人告余以春及，将有事于西畴（动物学名词）	机会种

面出陶渊明《归去来兮辞》。

季札始隐，无惮于心（动物学名词）	单孔
一辈子铁骨铮铮（动物学名词）	恒有种
持节思归日摇橹（动物学名词）	栉鳃
凛凛有寒意（动物学名词）	感觉毛
温酒斩华雄，众皆惊（动物学名词，卷帘格）	异速生长
自我标榜一鸟人（鸟名）	白天鹅

山鸟聚合碧空上（鸟名）　　　　　　　　　　　　岩鸽
只有异才终不够（家畜）　　　　　　　　　　　　叭狗
五湖浪迹泛扁舟（家畜）　　　　　　　　　　　　波斯猫
　　面出清·徐公修《范蠡》。
古木掩帆影，月光如水泄（昆虫）　　　　　　　　蝴蝶

却笑留侯胜郑侯（植物学名词）　　　　　　　　　上位子房
　　面出俞弁《逸老堂诗话》。
木兰不用尚书郎（植物学名词）　　　　　　　　　下位花
身世浮沉雨打萍（植物学名词）　　　　　　　　　不定根
拉来姑娘先成家（植物学名词）　　　　　　　　　嫁接
投石冲破井底天（农作物）　　　　　　　　　　　水花生
心生恶意，魔鬼缠身（农作物）　　　　　　　　　亚麻
犹念半生眠花宿（农作物）　　　　　　　　　　　苜蓿
云长人英之首，摇扇怀念关羽（蔬菜）　　　　　　芦荟
花上二十，按斤采购（蔬菜）　　　　　　　　　　芹菜
觅得春菊花下隐（蔬菜）　　　　　　　　　　　　苋菜
位极人臣，到处受捧（花卉）　　　　　　　　　　一品红
色鬼脚踩两只船（花卉）　　　　　　　　　　　　三角花
堤边半掩湖城柳（花卉）　　　　　　　　　　　　月桂
半生辗转遥望苦（花卉）　　　　　　　　　　　　王莲
折桂朝觐见皇上（花卉）　　　　　　　　　　　　白槿
莽原缠玉带，田野织彩绸（花卉）　　　　　　　　地锦
花前案下书半卷，月色如水影横斜（花卉）　　　　朱藤
每人五十元，咱俩AA制（花卉）　　　　　　　　 百合花
亦有数篇花下句，苦无风味怕人知（花卉）　　　　含羞草
　　面宋·张镃《走笔和曾无逸掌故约观玉照堂梅诗六首》。

时来运转念造化,不过芳华刹那开(花卉)	昙花
转眼乞丐人皆谤(花卉)	金银花

面见《红楼梦》第一回:"金满箱,银满箱,转眼乞丐人皆谤。"

上任共七载,始终不跳槽(花卉)	桃花
到头苦苦守,造化可弄人(花卉)	荷花
荆棘杂生始不同(树木)	刺桐
对看疏梅花初放(树木)	树莓
计算立方根,先经核对,铁定无失(树木)	银杏树
香飘清秋后,寄身山水间(水果)	白梨
栖居十载为糊口(水果)	西柚
又掌重权甚得意(水果)	桑椹
当兵到塞上,送郎折柳(水果)	槟榔
一生栖居如穿梭(水果)	酸梅
续貂质量差,犹盼能执笔(草名)	狗尾巴草
朝如青丝暮成雪(药用植物二)	乌头、白及

叶曙光,网名飘零叶。1970年生,安徽太湖人。长安文虎社副社长。主编《灯谜博客圈博文精选》。

田守文

春疏柳眼,乍换新装(动物学名词)	卵生
重瞳子(动物学名词)	复眼
档案索引表格(动物学名词,下楼格)	单孔目

"孔目"原指档案目录。谜底依格读作孔目单。

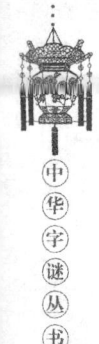

那眼睛滴溜溜地转个不停(动物学名词,卷帘格) 灵长目

春雨一别再见了(鸟名) 子规

还是乘机走了(鸟名) 归飞

舒雁夜无踪(鸟名) 白天鹅

    舒雁,鹅的别称。

苏辙的字有变化(鸟名) 吉了

    苏辙字子由。

八哥出言来调和(鸟名) 信鸽

    "和"字被调动成"亻、合",加"言"成"信合"。八哥,鸟。

白发上黄花乱插(鸟名) 戴菊

    谜面出元·卢挚《沉醉东风·闲居》。

送件人收件人(家畜) 牛

纵横散曲是奇才(家畜) 猫

因失败受到严厉斥责(兽名) 北极熊

亭下有水吗(兽名) 河马

业既虚空几度成(兽名) 虎

那狗头师爷不算爷们儿(兽名) 狮子

    谜面中"不算爷们"将前面的"爷"字抵消。们,"么"的变声字,语气助词。儿,子。

月上远山,星星点点,残花弄影,西湖臻完美(兽名) 浣熊

领先克隆多利(兽名) 羚羊

都二十了,姓什么,叫什么(昆虫) 茗荷

湖光水月映扁舟(昆虫) 蛄

都要起带头作用(昆虫,徐妃格) 蟋蟀

雁趁东风横山影,一字争先画中来(鱼名) 珍鱼

天哪,不明不白地挨了一巴掌(鱼名) 黑掌扇

金帛何求尺素书(鱼名) 锦鲤

东汉蔡邕《饮马长城窟行》:"客从远方来,遗我双鲤鱼。呼儿烹鲤鱼,中有尺素书。"鱼传尺素,指传递书信。

正前方是什么(植物学名词)	叶耳
不掏私人腰包还扎势(植物学名词)	花公式

扎势,装腔作势。势,样式。

身着迷彩装(植物学名词)	载色体
同心驻守在散关(农作物)	大豆
晴(蔬菜)	天葱
未及格真是面货(蔬菜)	羊角菜
这次大有改动,还不见宽敞(蔬菜)	芡实
狡猾装笨(蔬菜)	油菜
用心另改了一回(蔬菜)	茄子
曲调一致方和谐(蔬菜)	茴香
分疆裂土遭失败(蔬菜)	黄瓜
由来共事子不孤(蔬菜)	黄瓜
好一副窝囊样(蔬菜)	棒菜
洋葱(蔬菜,调首格)	上海青
盛行绿色美味肴(蔬菜二)	大葱、香菜
收益翻了两三番(花卉)	六倍利
几度造林须发早白头(树木)	秃杉
捐款助解困(树木)	银杏
怎么这样横(树木)	黄连木
画笔分布林参差(水果)	山楂
一点起飞(水果)	龙眼

用"画龙点睛"典故。

猪年好兆春复来(水果)	核桃

田守文,网名迷谜眼。1946年出生,黑龙江五常人。宝鸡市灯谜学会理事。参编《宝鸡揽胜》《丽园灯影》《咬文嚼字猜灯谜》《节日的灯谜》。

史宝明

新月孤星策马行(动物学名词)	鸟
山东省日照(动物学名词)	鱼
交换东西(动物学名词)	动物
斜月三星洞(动物学名词)	乳

谜面摘自《西游记》第一回。

画中隐约月如钩(动物学名词)	胨
纹身(动物学名词)	染色体
嫁汉嫁汉,穿衣吃饭(动物学名词)	适者生存
空中飞鸟,可上可下(鸟名)	八哥
北去的大雁(鸟名)	水鸟
和平宣言(鸟名)	白鸽
一鸣惊人唱歌声(鸟名)	鸽
口出狂言知是谁(鸟名)	雉
雀踏东南枝(家禽)	鸡
日行千里追风至(家畜)	马

象棋中马走"日"字,"追风"为古代的马名。

改扮张省长(家畜)	马

"弓"字可改装成为"马"字。

没有半点变化(家畜)	牛

"半"字去掉一点,剩余部分可组合为"牛"字。

终生不得见(家畜)	牛
两口重聚抱头哭(家畜)	犬
本可比翼翱翔(家畜)	白羊
一摞人民币(家畜)	羊
未到八十二(家畜)	羊
猴头行者变八戒(家畜)	猪
钮(家畜)	黄牛
丑如八戒(家畜二)	牛、猪
卿(兽名)	山兔
老虎虽巧不如师(兽名)	灵猫
李公新传(兽名)	松鼠
两个丑角(兽名)	牦牛
两度未领先(兽名)	羚羊
走出西岭未相见(兽名)	羚羊
本人隐居在河南(兽名)	象
如同回到我故乡(兽名)	野象
罗先生八点能去(兽名)	熊黑
一见生人就变脸(昆虫)	天牛
雾中孤帆隐远树(昆虫)	蜂
蜂王蛹(昆虫)	蝗虫
夜赴山东擒罪犯(鱼名)	罗非鱼
与山东接壤(鱼名)	鲤
重聚山东换新装(鱼名)	鲳鱼
来世扣木鱼(鱼名)	鲽
转眼又回山东省(鱼名)	鳗

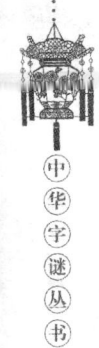

相约在闽中,去台南旅游八天(节肢动物)	蜈蚣
琴瑟琵琶半掩声(爬行动物)	王八
挟天子以令诸侯(爬行动物)	玳瑁
这个人就是妈,这个人就是娘(植物学名词)	母体
二十七人参加(植物学名词)	花卉
两副平衡木(植物学名词)	树林
三个不出头,两个不出头。不是不出头,都是不出头(植物学名词)	森林
桃李枝头又逢春(植物学名词)	森林
一举攻破关口(农作物)	大豆
人生何其短(农作物)	大豆
短了一撇(农作物)	大豆
人生漂离,最后一聚(农作物)	大麦
枉自投进三个球(农作物)	玉米
从异乡到首都,打工二十四载(农作物)	红薯
花残柳败人依旧(农作物)	茶
又见桥东乱草生(农作物)	荞麦
乔装二十载,最终获新生(农作物)	荞麦
桥头分别二十载,一生漂离又相逢(农作物)	荞麦
头上双燕绕梁飞(农作物)	高粱
北方席中上熊掌,先生离去又归来(农作物)	燕麦
老子列传(蔬菜)	云耳
桥头别孤子(蔬菜)	木瓜
生子方能称老子(蔬菜)	木耳
种瓜点豆图致富(蔬菜)	发菜
牧牛放羊一小妞(蔬菜)	生姜

千树万树梨花开（蔬菜）	白木耳
二十二个小子紧相随（蔬菜）	竹荪
四十相会上海东（蔬菜）	芦荟
家庭聚会四十载（蔬菜）	芦荟
爱上女儿四十二载（蔬菜）	芫荽
庙前分别西湖会，一生漂离又相逢（蔬菜）	油麦
次子种瓜四十载（蔬菜）	茨菰
四十载后一般高（蔬菜）	茼蒿
六十载如一日（蔬菜）	草菇
共处一方明是非（蔬菜）	韭黄
植树插禾春日里（蔬菜）	香椿
未曾出土先生节，早已入泥后吐丝（蔬菜）	莲藕
两个老头来务工（蔬菜）	豇豆

"头"字的繁体为"頭"。

东赴建桥圆旧梦（蔬菜）	萝卜
名注齐天意未宁（蔬菜）	猴头

谜面摘自《西游记》的回目。

此胡同居住四十户（蔬菜）	葫芦
单方肩负五十载（蔬菜）	葫芦
胡地落户四十载（蔬菜）	葫芦
小二小二上菜来（蔬菜）	蒜
赫赫有名（花卉）	一串红
——过桥西（花卉）	二乔
又有几个下了岗（花卉）	凤仙
村头屋前卧水牛（花卉）	木犀
寨后植树勤出力（花卉）	木槿
——主动上前来（花卉）	玉兰

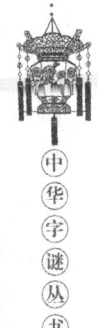

苦尽甘来早成就（花卉）	甘草
开车去台北（花卉）	田七
改装进口车（花卉）	田七
清水出芙蓉（花卉）	白莲
一笑二笑连三笑（花卉）	合欢
点点真心辅后主（花卉）	君子兰
未到牛年早挂念（花卉）	含羞草
一生离乱，现正走红（花卉）	牡丹
女扮男装四十载（花卉）	芙蓉
收容二人四十载（花卉）	芙蓉
苦尽平安至（花卉）	辛夷
重访胡子昂（花卉）	连翘
锄禾日当午（花卉）	苦地丁
隐入林中写自传（花卉）	枸杞
二男新战死（花卉）	独活
吉林改革展新颜（花卉）	桔梗
梅花翻飞落洞中（花卉）	海桐
西湖尚有梅花开（花卉）	海棠
四个打工到陕西（花卉）	筇竹
忽如一夜春风来（花卉二）	木通、通花
同喜同喜（花卉二）	合欢、含笑
芙蓉帐暖度春宵（花卉二）	合欢、夜来香
喜结秦晋谱新篇（花卉二）	合欢、扁竹
染黑头发多少钱（花卉二）	金银花、何首乌
零落成泥碾作尘（树木）	化香
四季如春（树木）	冬青
有心图静不争执（树木）	冬青

离开原厂后,桥头扬手别(树木)	白杨
少校前来隐洞中(树木)	沙桐
乘机而入(树木)	枫
守株待兔新编(树木)	柳
搜索枯肠(树木)	胡杨
调整方案(树木)	桉
山西改革春方到(树木)	银杏
广植松柏喜迎春(树木)	麻栎
洞中直径整一米(树木)	滇桐
霸王丧身,诗仙丧子(树木)	翠柏
确实与众不同(水果)	人参果
一同游北岳,明月落松林(水果)	山楂
岗上育层林,旧貌展新颜(水果)	山楂
分组检查吧(水果)	巴旦杏
红头发(水果)	毛丹
点睛破壁飞(水果)	龙眼
小二来掌瓢(水果)	西瓜
三更半夜约村头(水果)	李子
一一来查明(水果)	杏
怪实在(水果)	奇异果
村前寨后客归来(水果)	板栗
林中请客吃早饭(水果)	板栗
林中传出琵琶声(水果)	枇杷
冬末初春建小桥(水果)	枣
冬梅半放绽桥头(水果)	枣
鼎力维权三十载(水果)	荔枝
李耳游走于陕西(水果)	椰子

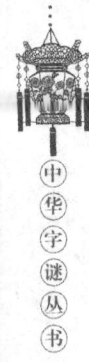

四十入监终后悔（水果）	芒果
李花开后共留连（水果）	榴莲
村头赏草，留连忘返（水果）	榴莲
西汉、后梁到南宋（水果）	槟榔
雨中松林匿婴儿（水果）	樱桃
敢入林中当看护（水果）	橄榄
太白上山（水果）	橙子

史宝明，1949年2月生于山西文水县。南阳市职工谜协会员。

邢华旭

何其相似乃耳（动物学名词）	十足类
玉宇澄清万里埃（动物学名词）	排脏现象
坑蒙拐骗黄赌毒，贪污受贿鬻官爵（动物学名词）	排脏现象
先前模样终难调回（鸟名）	林雕
机械损后终难调（鸟名）	林雕
西村遭难后，南寨来周济（鸟名）	林雕
柴荣即位后，后周终称雄（鸟名）	林雕
椎间周围须先查（鸟名）	林雕
先收猪草再插田（家畜）	猫
收获大点靠种田（家畜）	猫
要做猛男苦在先（家畜）	猫
猎异记（家畜）	猫

《猎异记》，古小说，传为曹丕所作。

群峰之内转一转（兽名）	山羊
十分奇异（兽名）	角怪
带头来者是林冲（兽名）	豹子
东北霾散终昭然（兽名）	貂
先捕貉，后采苔（兽名）	貂
昭关之前擒豹首（兽名）	貂
叔伯兄弟（昆虫，徐妃格）	螳螂
小试牛刀感触新（甲壳动物）	蟹
此心未懈征南蛮（甲壳动物）	蟹
当局者迷（节肢动物，徐妃格）	螃蟹
雨星低马前（爬行动物）	水蛇

面为王安石《同杜史君饮城南》诗句。生肖马前为蛇。

封冻渠水终渐融（爬行动物）	巨蜥
共赴陇右，始见翠畴（爬行动物）	翼龙
洪翻松潘境，泷水湮南亩（爬行动物）	翼龙

洪翻，波涛翻滚。松潘，四川县名，岷江、涪江发源于斯。泷，湍急的流水。

仇恨入心要发芽（植物学名词）	气生根
手足情深一线牵（植物学名词）	胞间连丝
天下苍生为首，安得忽视丁点（蔬菜）	大葱
中宵三度念双双（蔬菜）	小蒜
采集土著文化（蔬菜）	白菜
皓首相约采药来（蔬菜）	白菜
刐（蔬菜）	立刀豆
荒村老树曲迷离（蔬菜）	豆苗
码头上岗应先聘（蔬菜）	岩耳

| 月下传来鼓琴声（蔬菜） | 胡芹 |

"胡芹"去掉"月"字余"古芹"，音同"鼓琴"。

胃做手术后，长了二十斤（蔬菜）	胡芹
新朝后遭离乱苦（蔬菜）	胡芹
全场掌声响起来（蔬菜，徐妃格）	荠菜
提示后未解，解开后终悔（花卉）	三角梅
谦谦一君子（花卉）	文竹
笔砚飘零业已荒（花卉）	石竹
逐日开支（花卉）	向阳花
寂寥无所欢（花卉）	郁李

面为李白《宿五松山下荀媪家》句。

这回五十分，略微在前头（花卉）	蔷薇
拼将四十微躯，此回平反有望（花卉）	蔷薇
表衷心大方主动，放权后当无愧心（树木）	中国槐
起风开杠绝先成（树木）	红枫
乱时又至北荒林（树木）	芒果树
中土休生变（树木）	杜仲
花钱如流水（树木）	金松
早立枝头对白林（树木）	香樟树
洪洞缺水枉自回（树木）	珙桐
西山对面是东方（树木）	银杏
根据销售前后情况进行调整（树木）	银杏
唯钱当先，动乱根源（树木）	银杏
错在先搜根后点方（树木）	银杏

搜根、点方均为围棋术语。

| 和我一样（树木，徐妃格） | 梧桐 |
| 视力表，第一行，两人竖指说朝上（水果） | 山竹 |

攀岩走石获头筹（水果）	山竹
古建当月后挑梁（水果）	胡桃
诗才不及应宏，心中顿起妒意（水果）	醋栗

栗应宏，字道甫，长子人。约明世宗嘉靖中前后在世。嘉靖中举人，屡试不第，耕读太行山中。诗以五言近体为佳，有《山居集》八卷。

邢华旭，网名西元人士。1955年10月生，山西襄垣人。长治市职工谜协副理事长。长治谜刊《藏智》副主编。参与《毛泽东诗词灯谜集粹》《中国谜语库》《毛泽东诗词灯谜·鉴赏大辞典》等谜书谜刊的编辑。

吕　祥

只有此歌吹不成（鸟名）	八哥
乌合之首一狂人（鸟名）	大鹫
岛上无树更无村（鸟名）	山鸡
树杈分开鸟一双（鸟名）	乌鸡
止有禽鸟不离我（鸟名）	企鹅
九九归一要搞活（鸟名）	百灵
雪后谷前一片白（鸟名）	百灵
如来真经传三藏（鸟名）	佛法僧
鲁叟（鸟名）	信天翁
落英苑前鸟双栖（鸟名）	鸳鸯
小林鹰飞鸟逐人（鸟名）	麻雀

阻发兵孟达进谗,走麦城关公捐躯(鸟名)	翡翠
星落江边飞鸿雁(鸟名)	鹰
回首群岭尽向东(家畜)	山羊
相约泉下续前生(家畜)	水牛
独赏先生田头菊(兽名)	小猫
先生猜对九成余(兽名)	犰狳
素来胆小怕事(兽名)	白熊
就要开始烤啦(兽名)	考拉
可从江边去码头(兽名)	河马
初狩猎,能够早就早去点(兽名)	狗熊
犹承先师传后学(兽名)	狮子
来客驰驱顷至前(兽名)	骆驼
舍前独独见梨开(兽名)	猞猁
别墅后边独居者(兽名)	野猪
文章伴余解孤独(兽名)	獐子
此别独居蒙理解(兽名)	蟹獴
开关无人装配件(昆虫)	天牛
昨日约了桥头会,不可今早独先行(昆虫)	柞蚕
独守边关已八载(昆虫)	蚕
须知先有蚌蛤后有珠(昆虫)	蜘蛛
不见山峰密布,独见边卡重复(昆虫)	蜜蜂
引弓飞弹灭烛火(昆虫)	蝉
蠢材半世唯胡来(昆虫)	蝴蝶
半生漂流孤独终(昆虫)	瓢虫
一骑先至梅溪边(鱼名)	海马
侧目睨两端,鲜有旁人至(两栖动物)	大鲵
半途瞻望,独对后方(两栖动物)	蟾蜍

横贯珠峰第一人(爬行动物)　　　　　　　　　穿山甲
残花一片蜜必少(爬行动物)　　　　　　　　　蛇
齐鲁分别辞先生(软体动物)　　　　　　　　　章鱼
虽有内件无人装(软体动物)　　　　　　　　　蜗牛
对烛始解师之累(软体动物)　　　　　　　　　螺蛳
半生逐波每对月(哺乳动物)　　　　　　　　　海豚
每逢生日聚溪边(棘皮动物)　　　　　　　　　海星
月映溪边一片梅(棘皮动物)　　　　　　　　　海胆

旧梦残绪终是空(农作物)　　　　　　　　　　红薯
东边短墙半截虚(蔬菜)　　　　　　　　　　　土豆
如此对人,何其草率(蔬菜)　　　　　　　　　从荷
花残何堪众人摧(蔬菜)　　　　　　　　　　　从荷
几回口角无觅处(蔬菜)　　　　　　　　　　　毛白
不敢高声语(蔬菜)　　　　　　　　　　　　　毛白
早花破冰临界开(蔬菜)　　　　　　　　　　　水田芥
临终托孤留后事(蔬菜)　　　　　　　　　　　冬瓜
偏傍池塘相对栖(蔬菜)　　　　　　　　　　　地栗
罗绢扑萤功半搭(蔬菜)　　　　　　　　　　　红萝卜
为离塞上心不快,初秋园外看早菊(蔬菜)　　　块菌
绘之初,即苦求其变,以融匠心于画中(蔬菜)　细叶芹
烂锣偏配破渔鼓(蔬菜)　　　　　　　　　　　罗汉豆
交情不薄(蔬菜)　　　　　　　　　　　　　　厚合
造次称孤起草莽(蔬菜)　　　　　　　　　　　茨菰
以老身之见,当列于第一第二(蔬菜)　　　　　婆罗门参
始于乱,终于寂,是某一生(蔬菜)　　　　　　甜椒
倘得此人出手助,横扫八方统天下(蔬菜)　　　掌叶大黄

初秋亭前明月影(花卉)	丁香
男儿处世应流芳(花卉)	丁香
红岩上,红梅开(花卉)	山丹丹花
岭前草初萌,林边人独归(花卉)	山茶
为子始将香肌露(花卉)	月季
明日游子初登程(花卉)	月季
枕畔斜放杏一束(花卉)	木香
但做白衣依山泉(花卉)	水仙
虽依山泉居,不甘为白衣(花卉)	水仙
佛珠(花卉)	仙人球
直至一样方算公(花卉)	兰松
先生连日临草书(花卉)	白莲
垄上梨开一片白(花卉)	龙柏
杏帘半卷挂栏边(花卉)	吊兰
女将归宋破城垣(花卉)	安桂
一泉清流残塔影(花卉)	百合
尤忌忙乱知己少(花卉)	忘忧
丧失记忆多郁闷(花卉)	忘忧
夫装初换叠枕前(花卉)	扶桑
欲得高士但苛求(花卉)	旱荷
春游上方寺,月落闻鸟啼(花卉)	杜鹃
塘畔枝头对月鸣(花卉)	杜鹃
倒是红得十分特别(花卉)	牡丹
依稀芳草色,隐约燕雀影(花卉)	芭蕉
待之破晓,羽翼渐失(花卉)	连翘
这厢似属文魁首,那厢是联对班头(花卉)	玫瑰
为别后留念,先种两株花(花卉)	茉莉

每迎初晖秋桂旁（花卉）	香梅
转身一看是丫鬟（花卉）	香梅
溪畔梅开赏不足（花卉）	海棠
为惜海棠晚对月（花卉）	腊梅
初交朋兮心相惜，终相离兮心无悔（花卉）	腊梅
唯念川中曾一聚（花卉）	蜀荟
鹊桥终断独悔迟（花卉）	蜡梅
不绘花草绘松柏（树木）	化香
桅帆半落泊桥边（树木）	木棉
春雨潇潇绿杨柳（树木）	水青树
后生刚至茅舍下，进门开口就哭（树木）	犬问荆
渠水与泉水并流（树木）	巨柏
要调余部杀晁错（树木）	阳桃
三下乡村来维权（树木）	杉树
残纱始终没清理（树木）	沙冬青
影片开机到半程（树木）	秃杉
不全是强辞夺理（树木）	辛夷
不明白则不罢休（树木）	侧柏
策划不足，桥洞遭损（树木）	刺桐
由河西南到集市（树木）	油柿
洞边松下传短笛（树木）	油桐
共同承包村西滩头（树木）	泡桐
猜了一月，每人抠出一句（树木）	狗毒
先生这剂药够狠（树木）	狗荠
浊流初得化清波（树木）	青皮
又见村东梅上苞（树木）	树莓
对面海棠花半开（树木）	树莓

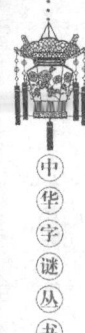

端起机枪,打散白匪（树木）	香樨
自春初植树到末伏（树木）	臭椿
点点光映楼下女（树木）	粘木
盘根错节求始末（树木）	银杏
横劈一刀必断开（树木）	黄檗
这段村后又造林（树木）	椴树
月上田头,烛残窗前（树木）	蝟实
网吧调查组（水果）	巴旦杏
酒吧本日无酒可调（水果）	巴旦杏
初行百利,未使一失（水果）	白梨
剩有残香散晚秋（水果）	白梨
留下磨床另安排（水果）	石榴
梅边岩下自勾留（水果）	石榴
茶余饭后任西东（水果）	板栗
杨柳树畔挽离人（水果）	林檎
秋初明月下,登楼望东归（水果）	香橙
连人带茶全留住（水果）	榴莲

  吕祥,1947年生,回族,河南开封人。谜号卞丁,网名kfhhfb。河南省民间文艺家协会灯谜学委员会副会长,开封市职工灯谜协会副会长。

朱锦华

开赛前方到竹西（动物学名词）	个员

春风满人间(动物学名词)	气门
登顶心满意(动物学名词)	头足
二月到期投产(动物学名词)	共生
我不曾见过你,你不曾见过我(动物学名词)	共生
本人系月光族(动物学名词)	体腔
啼鹃叫醒,流莺唤起(动物学名词)	听觉
看了又看(动物学名词)	复眼
相见珠泪滴(动物学名词)	眼点
壁上画龙何以升空(动物学名词,秋千格)	眼点

　　谜面用梁代画家张僧繇"画龙点睛"典。

莫教枝上啼(动物学名词二)	听觉、休眠

　　谜面出自唐代诗人金昌绪《春怨》诗,其后句为"啼时惊妾梦"。

装模作样充大款(动物学名词二)	拟态、伪足
孤星残月浮云端(家畜)	驴
边城话奇才(家畜)	猪
昆仑壮丽(兽名)	山都

　　山都,古代的一种野兽,又称豚尾狒狒,是狒狒类中最大的一种。

据说猴头曾变瓜(兽名)	白狐

　　谜面故事出自《西游记》第六十六回"诸神遭毒手 弥勒缚妖魔"。

号齐天大圣(兽名)	泣猴

　　卷尾猴又名泣猴。

猎头踩点八卦山(兽名)	狼

　　"八卦山"为台湾著名观光胜地,位于彰化东北部。

云水之间现鲨踪(鱼名)	丁鱼

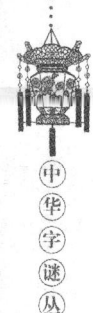

云中锦书来（鱼名）	鲌
佛印"半鲁"留佳话（鱼名）	鲌

传闻北宋高僧佛印禅师曾以"半鲁备席"请苏东坡吃鱼。

话中藏玄机（鱼名）	鲌

鱼玄机，女，晚唐诗人。

今上山东看日出（两栖动物）	人鱼

娃娃鱼别称。

玄武湖畔梅初放（爬行动物）	海龟
虹起星桥映残花（爬行动物）	蛇
两头蛇山上带路（环节动物）	蚯蚓
江梅四时展新姿（海洋动物）	海柳

海柳学名黑珊瑚，属于腔肠动物类，系珊瑚科的一种。

东方露白（植物学名词）	木素
四海无闲田（植物学名词）	世界种
一辈子不沾荤腥（植物学名词）	生长素
共此灯烛辉（植物学名词）	光合作用
透明公开众所盼（植物学名词）	光周期
语倾三江潮（植物学名词）	吐水

谜底"吐"，别解为说话，如"谈吐"。

南北会展上头版（植物学名词）	层片
蚜虫除尽苗露头（植物学名词）	芽
依旧改田来栽树（植物学名词）	照叶林
雪化方显松高洁（植物学名词二）	吐水、木素
千树万树梨花开（植物学名词二）	集群、木素
零落依草木（农作物）	茶
西楼半帘斜日（农作物）	棉

开采岩石土坍塌（蔬菜）	山丹

山丹，又名细叶百合，为百合科，百合属多年生草本植物。

红花岗上不见花（蔬菜）	山丹
只把春来报（蔬菜）	白木耳
一要宽心，一要小心（蔬菜）	芋
落户云霄四十载（蔬菜）	芦蒿
官至太师帝恩宠（花卉）	一品红

"太师"为唐朝的正一品官员。

独酌丹枫下（花卉）	一品红
酒入香肌成晕（花卉）	一品红

谜面出自宋·黄机《西江月》词。

虎啸声自夜半来（花卉）	风信子
双双烛焰映海棠（花卉）	四照花
人到愁来无处会（花卉）	合欢
离别正堪悲（花卉）	合欢
一统中原人心同（花卉）	百合
上党梅开细雨中（花卉）	海棠
风拂柳丝告春归（树木）	云杉
飞流挂碧峰（树木）	水青冈
话说改革开放（树木）	白皮松
落霞染群树（树木）	红木
眼前所见唯春色（树木）	观光木
眉似远山含春意（树木）	松
民谣春联来结对（树木）	枫树
洞里立木有由来（树木）	油桐
洞中春来草含苞（树木）	泡桐
只把春来报（树木）	柏

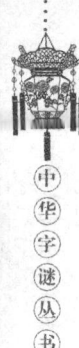

夜半诗仙立梅前（树木）	柏木
林中霜雪色（树木）	柏木
午前西楼来会母（树木）	梅
六出飞花迎客来（树木）	雪松
权到村里来送柬（树木）	楝树
长河落日圆（草名）	水浮钱

"水浮钱"为"苹"的别名。

朱锦华，谜号、网名吟秋客。1968年3月生，福建东山人。漳州市青少年灯谜协会常务理事。

乔北海

汗流满面搞搬运（动物学名词）	水生动物
寄出书信一封，盼望爱的回报（动物学名词）	发情期
撇下儿孙先逃难（鸟名）	孔雀
烟起树间鹊先飞（鸟名）	火鸡
有帆欲起鸥先飞（鸟名）	布谷鸟
湖畔低空鸥先落（鸟名）	鸿
雁到北方鹭飞高（鸟名）	鹰
满道翠柳垂绿条（鸟名，放踵格）	鹭鸶
树掩村落鹰高飞（家禽）	鸡
聚散骤然千里遥（家畜）	马
苦心得来上千万（家畜）	牛
有点大意太变态（家畜）	犬

甲午之战(兽名) 角马
江边南望狂浪生(兽名) 狼熊
能献余热可称雄(兽名) 熊
三尺龙泉室内挂(兽名,徐妃格) 猞猁
为人一生胡乱来(昆虫) 天牛
朝闻道,夕死可也(昆虫) 知了
闽中高手底气足,了不起(昆虫) 虱子
东楼先见蝶,田间初鸣蝉(昆虫) 蝼蛄
虫隐草下难得寻(昆虫) 蠖
关公既殁,坐下赤兔……数日不食草料而死(昆虫,徐妃格) 蚂蚁
    谜面出自《三国演义》。
熟读明代兴亡史(昆虫,徐妃格) 蜘蛛
东北高官入闽中(爬行动物) 蛇
梁上君子夜入门(软体动物) 乌贼
后宫烛火光影动(软体动物) 蛔虫
先生入内先品虾(软体动物) 蜗牛

历尽寒暑成初稿(植物学名词) 一年生草本
半生学问苦中求(植物学名词) 子叶
事未办了钱已光(植物学名词) 不完全花
怒火郁积难消除(植物学名词) 气生根
学员多年有缺额(植物学名词) 生长期短
改革迎接新未来(植物学名词) 草本
领导想得不死药(植物学名词,卷帘格) 生长期长
进庄又见林木生(农作物) 柽麻
园外古松遭大火(农作物) 烟叶
一把手是个窝囊废(蔬菜) 大头菜

空中赏眉月，村头观远山（蔬菜）	木瓜
见化村头日初升（蔬菜）	白菜
采莲村头归，一叶遮残照（蔬菜）	白菜
大叔住在小村头（蔬菜）	尖椒
异乡做工求变革，转眼在外二十载（蔬菜）	红萝卜
初生邪念喜在心（蔬菜）	豆芽
个头一般无差别（蔬菜，摘顶格）	茼蒿
杯酒下肚话吐真言（花卉）	一品白
杯酒下肚醉颜酡（花卉）	一品红
江枫渔火色相映（花卉）	对红
后堂断案惹是非（花卉）	安桂
生来松散半放纵（花卉）	米兰
念念不忘老公貌（花卉）	芙蓉
豆蔻梢头梨花初（花卉）	茉莉
堂前池畔梅开放（花卉）	海棠
柳泉先生是人杰（花卉）	蒲公英
牛年将临权到手（花卉）	鼠尾掌
桑蚕半损悔惜迟（花卉）	蜡梅
盼得心里很着急（花卉，摘顶格）	芭蕉
哪些项目要更改（花卉，摘顶格）	荷花
终生未解存偏私（树木）	云木
断案之前先开会（树木）	云木
帘下残梅三分香（树木）	木棉
上等茶叶须配制（树木）	苦竹
圣诞树前四时春（树木）	桎柳
看起来宴中藏杀机（树木）	香枫
双双进村入西楼（树木）	桑树

96

结对相会在林间（树木）	桧树
转眼梦断戈壁滩（树木）	桫椤
扎根西方（树木）	银杏
林间有人偷会郎（树木）	椰榆
来日付梓先校对（树木）	樟树
矶畔新柳入画中（水果）	石榴
吃香受宠官位升（水果）	红提
孟起二次得先机（水果）	李子
每见疏林鹤归来（水果）	杨梅
帐前赠李献芳心（水果）	柿子
早梅先放初芬芳（水果）	草莓
小窗松柏早秋景（水果）	香白杏
南谷双柏有异姿（水果）	香白杏
齐登西楼赏冰轮（水果）	脐橙
"国无尉,其谁可而为之?"对曰:"午可。"（水果）	提子

语出《吕氏春秋》"内举不避子"典,祁黄羊推荐儿子祁午提升为法官(尉)。

随夫迎客村桥前（水果）	槟榔
赛事安排在四川（水果,徐妃格）	枇杷
纵观天下治乱事,权利变易有几多（水果带量）	一个凤梨

乔北海,网名南山樵翁。1945年6月生,河南三门峡人。河南省民协灯谜学委员会理事,三门峡市灯谜学会副会长。

任建明

禁止游泳(动物学名词)	入水管
小秃也想盼升迁(动物学名词)	发光器官
仲尼出世(动物学名词)	生殖孔
为相安民做人直(动物学名词)	休眠
为促改革前后拼(动物学名词)	伪足
大雁南飞何时还(动物学名词)	候鸟
犬卧泉边月自生(动物学名词)	臭腺
相聚艰难复又别(动物学名词)	集眼
月上西楼反复看(动物学名词)	腹板
结交都是有钱人(动物学名词二)	触手、头足
名冠青楼身价高(鸟名)	火鸡
卖炭得钱何所营(鸟名)	布谷

　　面出白居易《卖炭翁》,启下句"身上衣裳口中食"。

泉上归鸟宿露晚(鸟名)	白鹭
一到中原话语少(鸟名)	百舌
烟云初收白雪后(鸟名)	百灵
小鸟又逐西湖风(鸟名)	沙鸡
淡抹春山张敞笔(鸟名)	画眉
十冬腊月鸣飞禽(鸟名)	寒号鸟
神行太保凯旋归(鸟名)	戴胜
夹岸绿杨恰恰啼(鸟名二)	柳莺、妙音
还忆西阁张京兆(鸟名二)	相思、画眉

仙人超脱未曾见（家畜）	山羊
我去河南闯天下（兽名）	大象
奇才记者游北岳（兽名）	山猪
展羽飞翔上碧空（兽名）	石羊
半解心结朝圣尊（兽名）	角怪
前岁碰头羞遮丑（兽名）	岩羊
狩猎西来参舍利（兽名）	狻猊
凡心未泯半含羞（兽名）	羚羊
王不理政游河南（兽名）	野象
霾里隐约归钓晚（兽名）	雪豹
丙子重逢难言语（兽名）	鼯鼠
十分精灵猜古谜（兽名二）	角怪、老虎
出口大骂心中气（昆虫）	天马
一口上来就生吞（昆虫）	天牛
先整蛊，后卖命（昆虫）	叩头虫
中医配方疗外伤（昆虫）	知了
应知红颜烛影寒（昆虫）	蜘蛛
只为信流言,足毁半生缘（昆虫别名）	促织
只为前约跪佛前（昆虫别名）	促织
弃舟改道下山岩（鱼名）	石首
倩人离兮去鲁南（鱼名）	青鱼
剪断前缘心莫愁（鱼名）	秋刀
糟粕半弃大家言（鱼名）	曹白
千树万树梨花开（植物学名词）	木素
夭桃初放落川中（植物学名词）	乔木
东边日出西云雨（植物学名词）	向光性

儿童相见不相识(植物学名词)	多年生
行政顾问(植物学名词)	导管
寒暑易往(植物学名词)	年轮
万紫千红次第开(植物学名词)	花序
芳容化装入户来(植物学名词)	花房
东家食而西家宿(植物学名词)	转主寄生
铺金银杉顺川流(植物学名词)	须根
青波荡漾参天树(植物学名词)	绿叶乔木
松衣解带眼含泪(植物学名词)	脱落酸
断桥泪遮眼,各为离别苦(植物学名词)	落叶乔木
拉来妹妹初到家(植物学名词)	嫁接
唯解莺啼柳浪起(植物学名词)	灌木
武大郎遭暗算(植物学名词二)	植被、密度
择婿唯挑朱紫贵(植物学名词二)	嫁接、器官
着实风流数第一(植物学名词二,调首格)	真果、花冠
向来仙道不现实(植物学名词三,卷帘格)	假果、生长期、根压
一到关口,首先破吴(农作物)	大豆
一生离乱人又聚(农作物)	大麦
人心一统广造林(农作物)	大麻
一来二去就上当(农作物)	小米
一来二去挺主动(农作物)	玉米
愿做偏房花下老(农作物)	甘蔗
人生大业广造林(农作物)	亚麻
离绪半空旧梦残(农作物)	红薯
桥东茅舍下,张生续前欢(农作物)	荞麦
默然前来喜心间(农作物)	黑豆
李广村头送米来(农作物)	糜子

100

谜面	谜底
双十约定游北岳（蔬菜）	山药
枝头点点挂，风起含苞开（蔬菜）	包菜
小小皇帝掌大权（蔬菜）	尖椒
散曲听后尢兀立（蔬菜）	西芹
少等上茶来解渴（蔬菜）	沙葛
解放之后喜在心（蔬菜）	豆角
红雨随心翻作浪（蔬菜）	卷丹
榜上有名得来苦（蔬菜）	枯茗
半生孤苦有奔头（蔬菜）	胡瓜
相聚中原共举义（蔬菜）	茭白
断桥旧梦三生玉（蔬菜）	萝卜
塞北化缘人，孤独后半生（蔬菜）	蛇瓜
三杯竹叶穿肠过（花卉）	一品红
火烧赤壁名远扬（花卉）	一点红
亭下秋雨暗无声（花卉）	丁香
岸上花初放，舍前梅半开（花卉）	山茶
清岩山下留个影（花卉）	石竹
花草灼灼红半边（花卉）	芍药
一处梨花苞半开（花卉）	茉莉
池畔疏梅尚未发（花卉）	海棠
化作草木心不悔（花卉）	梅花
扬帆每遇鹊桥前（花卉）	蜡梅
赏心亭中伐木声（树木）	可可

任建明，网名秋水。1964年4月生，河南周口人。河南省民间文艺家协会灯谜学委员会会员，周口市灯谜学会会员。

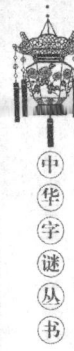

刘二安

上半身下半身(动物学名词)	二分体
人与人有隔阂(动物学名词)	个体间距
本为拆字合为侣(动物学名词)	子宫体
何等吝啬(动物学名词)	小气候
无心悄别离,聚又无心恼(动物学名词)	小脑
自幼受约束(动物学名词)	小管
未到终场都动容(动物学名词)	不完全变态
心有千千结(动物学名词)	中间连接
两厢是客房(动物学名词)	中间宿主
华东华南华北(动物学名词)	中段
书辞长在腹(动物学名词)	内卷

面出宋·薛嵎《自君之出矣三首》。

腹有素书存(动物学名词)	内卷

面出宋·刘克庄《竹溪直院盛称起予草堂诗之善暇日览之多有可》。

腹是群书笥(动物学名词)	内卷

面出唐·刘得仁《赠雍陶博士》。

扪心自问(动物学名词)	内质
心中纠结(动物学名词)	内融合
心往一块想(动物学名词)	内融合
男要俏一身皂,女要俏一身孝(动物学名词)	分类性状
肢解(动物学名词)	分裂体

举行独立公投(动物学名词)	分裂选择
物以类聚(动物学名词)	分群
夫子一脸严肃相(动物学名词)	孔板
才得展翅飞(动物学名词)	方翼
正在其一侧(动物学名词)	方翼
各领风骚数百年(动物学名词)	世代交替

  面出清·赵翼《论诗》:"江山代有才人出,各领风骚数百年。"

我生我儿我见亲,我儿又见他儿亲。他儿娶妻生下子,他儿饿断我儿筋(动物学名词)	世代交替

  面出民谣。

泡沫散,波涛息(动物学名词)	包皮
前往敌营来瓦解(动物学名词)	去分化
减掉成绩即有变(动物学名词)	去分化
鬓边但觉新丝长(动物学名词)	发育临界

  面出宋·王阮《再游用前韵一首》。

鬓边添得几茎丝(动物学名词)	发育临界

  面出唐·韩偓《中秋寄杨学士》。

富在深山有远亲(动物学名词)	发情
归耕(动物学名词)	外来种
年年跃马长安市(动物学名词)	外寄生

  面出宋·刘克庄《玉楼春》:"年年跃马长安市。客舍似家家似寄。"

双方不合(动物学名词)	对分裂
纵使相逢应不识(动物学名词)	对生
举杯邀明月(动物学名词)	对映现象
一直向前求变革(动物学名词)	平行进化
长不大的孩子(动物学名词)	幼态延续

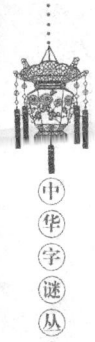

面为美国电影名。

鹤发犹童颜（动物学名词）	幼态延续
冰雪消融显外形（动物学名词）	白化现象
话中融入时下景（动物学名词）	白化现象
语出多变观情景（动物学名词）	白化现象
这一晚捶床捣枕，翻来翻去，如何睡得着（动物学名词）	休眠

面出《捉鬼传》第七回。

| 夜不能寐（动物学名词） | 休眠 |
| 只因自大一点（动物学名词） | 会厌 |

面用著名灯谜"只因自大一点，惹得人人讨厌"。

至今已觉不新鲜（动物学名词）	会厌
黄泉共为友（动物学名词）	会阴
分久必合（动物学名词）	会聚
分别都在第一列（动物学名词）	全头类
尽写情怀尺素书（动物学名词）	全鳃
骷髅有何相似处（动物学名词）	共骨
存身都在人篱下（动物学名词）	共寄生
孟母三迁却为何（动物学名词）	决定因子
结伴去整容（动物学名词）	协同进化
游泳程度令人烦（动物学名词）	厌水性
孔孟老庄（动物学名词）	合子
句末押韵（动物学名词）	后叶
一改先前活泼相（动物学名词）	后转板
先前不严肃（动物学名词）	后转板
回首便见严肃相（动物学名词）	后转板
四海无闲田（动物学名词）	地理分布
社会各阶层（动物学名词）	多态群体

世间难容人太直（动物学名词）	存活曲线
心恐莫来月下逢（动物学名词）	巩膜
春秋代序（动物学名词）	年周期
另类产品驰誉中外（动物学名词）	异物同名
左右皆曰可（动物学名词）	两侧对称
相呼前来贴春联（动物学名词）	两侧对称
雄兔脚扑朔，雌兔眼迷离（动物学名词）	两性异形
随农校实习去春播（动物学名词）	伴生种
伏猎（动物学名词）	低等动物
你方唱罢我登场（动物学名词）	体循环

面出《红楼梦》甄士隐解《好了歌》。

身在圈内（动物学名词）	体循环
卵（动物学名词）	卵裂球
亲来探其玄（动物学名词）	吻钩
一个个翻脸不认人（动物学名词）	完全变态
嬉笑怒骂反复无常（动物学名词）	完全变态
整容之后竟成陌人（动物学名词）	完全变态
则偏向中（动物学名词）	侧扁
区区管窥（动物学名词）	单孔目

面出《后汉书·章帝纪》："区区管窥，岂能照一隅哉！"

忠仆（动物学名词）	单主寄生
环游世界做向导（动物学名词）	周转率
向纵深发展（动物学名词）	垂直分布
不重生男重生女（动物学名词）	姐妹群
生男生女一个样（动物学名词）	性别决定
派出所（动物学名词）	房水
左邻右舍（动物学名词）	房室结

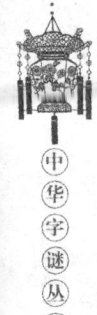

渔业分组承包（动物学名词）　　　　　　　　　　　　鱼泡

刹住裙带风（动物学名词）　　　　　　　　　　　　亲缘关系

落红不是无情物（动物学名词）　　　　　　　　　　保护色

气候转暖转移东西（动物学名词）　　　　　　　　　变温动物

一片汪洋（动物学名词）　　　　　　　　　　　　　咸水

分别问成因（动物学名词）　　　　　　　　　　　　咽门

凿壁（动物学名词）　　　　　　　　　　　　　　　室间孔

登门拜夫子（动物学名词）　　　　　　　　　　　　室间孔

屏风（动物学名词）　　　　　　　　　　　　　　　室间隔

但存方寸地，留与子孙耕（动物学名词）　　　　　　恒有种

猛志固常在（动物学名词）　　　　　　　　　　　　恒有种

　　　面出晋·陶渊明《读〈山海经〉十三首》。

赖而生者，毓子孕孙（动物学名词）　　　　　　　　恒有种

　　　面出汉·蔡邕《刘镇南碑》。

新松恨不高千尺（动物学名词）　　　　　　　　　　树突

　　　面出唐·杜甫《将赴成都草堂途中有作先寄严郑公》。

立场不正无一利（动物学名词）　　　　　　　　　　偏害共生

不时看到插秧人（动物学名词）　　　　　　　　　　偶见种

二把手疯疯癫癫（动物学名词）　　　　　　　　　　副神经

不能扶正便癫狂（动物学名词）　　　　　　　　　　副神经

列队点点卯（动物学名词）　　　　　　　　　　　　排卵

落红不是无情物（动物学名词）　　　　　　　　　　就地保护

加塞反而受重视（动物学名词）　　　　　　　　　　插入器

一触即发（动物学名词）　　　　　　　　　　　　　感觉毛

心上有十分（动物学名词）　　　　　　　　　　　　感觉毛

发怵（动物学名词）　　　　　　　　　　　　　　　感觉毛

须知（动物学名词）　　　　　　　　　　　　　　　感觉毛

似受重视得升迁（动物学名词）	感觉器官
脚扑朔，眼迷离（动物学名词）	雌雄两态
与奉先不同（动物学名词，上楼格）	分布区
满座重闻皆掩泣（动物学名词，卷帘格）	动情周期
减肥之后身材改（动物学名词，卷帘格）	变形体
过年发红包（动物学名词，秋千格）	分节
只要前往必有所得（动物学名词，调尾格）	去获能
尽在服装展（动物学名词，蜓尾格）	全裂
来往江湖守规矩（动物学名词二）	出水管、入水管
一休（动物学名词二）	变态、成体
眉峰难掩面部斑（鸟名）	山雀

雀，雀斑，面部色斑。

呱呱声里春水暖（鸟名）	叫鸭
日间自是擎苍来（鸟名）	白天鹅
三过家门而不入（鸟名）	杜宇
惊起闻听雁声叫（鸟名）	恐鹈
面部痘瘢与色斑（鸟名）	麻雀
林逋纵之飞晴空（鸟名）	蓝鹤

面出宋·沈括《梦溪笔谈·人事二》："林逋隐居杭州孤山，常畜两鹤，纵之则飞入云霄……"

独向前来够一半（家畜）	狗
早有苟同犹前来（家畜）	草狗
谁遣朝朝入君口（兽名）	仓鼠

面出唐·曹邺的《官仓鼠》："官仓老鼠大如斗，见人开仓亦不走。健儿无粮百姓饥，谁遣朝朝入君口。"

犹如一撇半未描（兽名）	龙猫
犹向前来食牢丸（兽名）	狍子

　　牢丸,古时包子的别称。

几点垂垂数北斗,半是孤独漂流去(昆虫)	七星瓢虫
日当午时出了丑(昆虫)	大白天牛
烈日当空犹倔强(昆虫)	大白天牛
八字有别两处了(昆虫)	孑孓
分出高下度一生(昆虫)	山山牛
太行飞瀑人赞赏(昆虫)	山水牛
华夏灯谜数第一(昆虫)	中国虎甲
尔后为诗绝无美句,时人谓之才尽(昆虫)	知了

　　面出《南史·江淹传》"江郎才尽"典。"知"通"智",智慧才能已尽。

虽有下文字已残(昆虫)	蚊子
生有一子,智残(昆虫,秋千格)	知了
鲁钝而得其半(鱼名)	鲐
齐鲁一日游(鱼名)	鳞
离别山东,十分难舍(鱼名)	鲥
鲜得前来共参与(鱼名)	鲹
感触离别佳人去(两栖动物)	角蛙
檐中一对蝶先来(两栖动物)	树蟾
从此君王不早朝(两栖动物)	迷龙
一曲高山流水,似闻惊叹之声(两栖动物)	弹琴蛙
水源尽处见帆影(两栖动物)	螈
旧传北壁悬赤弩(爬行动物)	古杯蛇

　　汉·应劭《风俗通义·怪神·世间多有见怪惊怖以自伤者》:"予之祖父郴为汲令,以夏至日请见主簿杜宣,赐酒。时北壁上有悬赤弩,照于杯中,其形如蛇。"

大脑膨胀皇帝梦(爬行动物)	巨头幻龙

一版契文埋坑中（爬行动物）　　　　　　　　　　　地龟
万紫千红迎己巳（爬行动物）　　　　　　　　　　百花锦蛇
点睛即飞去（爬行动物）　　　　　　　　　　　　离龙目

　　唐·张彦远《历代名画记·张僧繇》："金陵安乐寺四白龙不点眼睛，每云：'点睛即飞去。'人以为妄诞，固请点之。须臾，雷电破壁，两龙乘云腾去上天，二龙未点眼者见在。"

就职之后多支出（植物学名词）　　　　　　　　　上位花
老眼尚未都模糊（植物学名词）　　　　　　　　　不完全花
浅碧深红大半残（植物学名词）　　　　　　　　　不完全花
一个飘零身世（植物学名词）　　　　　　　　　　不定根

　　面出宋·陆游《朝中措·幽姿不入少年场》。

处处无家处处家（植物学名词）　　　　　　　　　不定根

　　面出著名对联：年年难过年年过，处处无家处处家。

异乡身世悠悠（植物学名词）　　　　　　　　　　不定根

　　面出曹伯启《临江仙·水出五谷成一派》。

身世元知似断蓬（植物学名词）　　　　　　　　　不定根

　　面出宋·陆游《醉眠初起书事》。

身世比行舟（植物学名词）　　　　　　　　　　　不定根

　　面出钱起《江行无题一百首》。

身世任浮萍（植物学名词）　　　　　　　　　　　不定根

　　面出元·李齐贤《巫山一段云 渔村落照》。

身世如许飘流（植物学名词）　　　　　　　　　　不定根

　　面出宋·刘一止《念奴娇·燕台暮集》。

身世浮萍流（植物学名词）　　　　　　　　　　　不定根

　　面出宋·释正觉《禅人并化主写真求赞》。

身世飘浮水上蓬（植物学名词）　　　　　　　　　不定根

面出元·黄庚《和茅亭山先生杂咏》。

身逐转蓬多(植物学名词)   不定根

    面出唐·窦常《哭张仓曹南史》。

悠悠身世比浮云(植物学名词)   不定根

    面出宋·欧阳修《退居述怀寄北京韩侍中二首》。

刀口划开难愈合(植物学名词)   切向分裂

天门中断楚江开(植物学名词)   切向分裂

    面出李白《望天门山》。

而今断这一刀休(植物学名词)   切向分裂

    面出宋·释道谦《颂古七首》。

将刀断割水(植物学名词)   切向分裂

    面出明·徐祯卿《陇头流水歌三叠代内作》。

隔湖千嶂断(植物学名词)   切向分裂

    面出宋·释智圆《孤山诗三首》。

离异后再无牵连(植物学名词)   无丝分裂

他年我若为青帝(植物学名词)   无限花序

未遭性骚扰(植物学名词)   无被花

皆次用本韵酬和(植物学名词)   叶序

    面出唐·元稹《酬乐天余思不尽加为六韵之作》:"次韵千言曾报答,直词三道共经纶。"原注:"乐天曾寄予千字律诗数首,予皆次用本韵酬和,后来遂以成风耳。"

此身却似城东柳(植物学名词)   叶绿体

    面出宋·晁说之《偶书》。

手足俱断裂(植物学名词)   四分体

召左右肢解之(植物学名词)   四分体

    肢解,分解四肢,古代酷刑之一。《韩诗外传》卷八:"齐有得罪于景公者,景公大怒,缚置之殿下,召左右肢解之。"

千里共婵娟(植物学名词) 光合作用

活到老学到老(植物学名词) 多年生

经春历夏又秋冬(植物学名词) 年轮

小时了了(植物学名词) 早材

  面出南朝宋·刘义庆《世说新语·言语》:"小时了了,大未必佳。"

拔断连理藕(植物学名词) 有丝分裂

  面出明·钱百川《江南曲(二首)》。

藕花断复续(植物学名词) 有丝分裂

  面出宋·吕祖谦《清晓出郊》。

左右共弄笛(植物学名词) 竹黄

句句押韵(植物学名词) 完全叶

绿荫冉冉遍天涯(植物学名词) 完全叶

百般红紫斗芳菲(植物学名词) 完全花

樱杏桃梨次第开(植物学名词) 花序

年年长占断春光(植物学名词) 花冠

  面出唐·殷文圭《赵侍郎看红白牡丹因寄杨状头赞图》:"雅称花中为首冠,年年长占断春光。"

红杏初开第一枝(植物学名词) 花冠

  面出宋·晏几道《采桑子·春风不负年年信》。

梅开第一枝(植物学名词) 花冠

  面出宋·徐元杰《送尹子潜赴省》。

黄菊敧乌帽(植物学名词) 花冠

  面出宋·黄庭坚《减字木兰花》。

织成锦衾碧间红(植物学名词) 花被

  面出清·朱彝尊《鸳鸯湖棹歌之二十九》。

锦衾香馥郁(植物学名词) 花被

面出宋·蔡伸《菩萨蛮·绣裀枕上云堆绿》。

分明入其门（植物学名词）　　　　　　　　　　　　　　间期
缝隙之中存希望（植物学名词）　　　　　　　　　　　　间期
一边去探源（植物学名词）　　　　　　　　　　　　　　侧根
寒梅独自开（植物学名词）　　　　　　　　　　　　　　单生花
心惘然若水波逝（植物学名词）　　　　　　　　　　　　周皮
万丈楼从平地起（植物学名词）　　　　　　　　　　　　高尔基体
无边落木萧萧下（植物学名词）　　　　　　　　　　　　植物群落
秋风吹渭水（植物学名词）　　　　　　　　　　　　　　植物群落

　　面出贾岛《忆江上吴处士》："秋风吹渭水，落叶满长安。"

淫雨霏霏，连月不开（植物学名词）　　　　　　　　　　短日照
个个从师，个个为官（植物学名词）　　　　　　　　　　筛管
好好先生拉到家（植物学名词）　　　　　　　　　　　　嫁接
那猴在山中，与狼虫为伴，虎豹为群，獐鹿为友，猕猿为亲。（植物
学名词）　　　　　　　　　　　　　　　　　　　　　　聚花果

　　面出《西游记》第一回。

巴到天明各自飞（植物学名词）　　　　　　　　　　　　雌雄异株

　　面出明·冯梦龙《警世通言》："夫妻本是同林鸟，巴到天明各自飞。"

无边落木萧萧下（植物学名词，卷帘格）　　　　　　　　完全叶
人间四月芳菲尽（植物学名词，卷帘格）　　　　　　　　完全花
千金散尽（植物学名词，卷帘格）　　　　　　　　　　　完全花
明日落红应满径（植物学名词，卷帘格）　　　　　　　　完全花
不见紫锦衾（植物学名词，调尾格）　　　　　　　　　　无被花

　　面出南朝·江淹《学梁王兔园赋》。

高层住宅购置费（植物学名词，调首格）　　　　　　　　子房上位花
应是绿肥红瘦（植物学名词二）　　　　　　　　完全叶、不完全花

浓绿万枝红一点（植物学名词二）	完全叶、不完全花
风吹雨打剩空枝（植物学名词二，卷帘格）	完全花、完全叶
人生又有一安排（农作物）	大麦
才得波涛变成雪（农作物）	水花生

面出宋·柳永《煮海歌》。

江间波浪兼天涌（农作物）	水花生

面出杜甫《秋兴八首》。

昨夜不期经雨活（农作物）	水花生

面出《红楼梦》诗《种菊》。

衣着看来定宽绰（农作物）	包谷
小荷才露尖尖角（农作物）	花生
不知木兰是女郎（农作物）	花生
龙凤胎（农作物）	花生
忽如一夜春风来（农作物）	花生
挂彩之后保住命（农作物）	花生
看不清，不熟悉（农作物）	花生
何故喝得醉醺醺（农作物）	胡麻
樱花节后人相聚（农作物）	茶
小楼一夜听春雨（农作物）	落花生

面出宋·陆游《临安春雨初霁》："小楼一夜听春雨，深巷明朝卖杏花。"

雨晴红粉齐开了（农作物）	落花生

面出宋·秦观《迎春乐》。

遗漏蓓蕾待绽放（农作物）	落花生
前前后后两相随，怨心全无安如初（农作物）	豌豆
设酒杀鸡似古来（农作物）	燕麦

"燕"通"宴"。麦，甲骨文作"来"。

会意以扣芬芳前（农作物）	蕙苡
弄清真相，不懂装懂（蔬菜）	大白菜
想眼中能有几多泪珠儿，怎禁得秋流到冬，春流到夏（蔬菜）	四季豆

面出《红楼梦》中的《枉凝眉》。

伊人不见来吹笙（蔬菜）	生笋
先天迟钝（蔬菜）	生菜
一帮学子乃新手（蔬菜）	团生菜
分离四十载，合家始团圆（蔬菜）	芦荟
风月场上初出道（蔬菜）	花菜
争逐后土地遭分割（蔬菜）	角瓜
闲下来，有意做新手（蔬菜）	空心菜
锅前柜前寻不见，念念！（蔬菜）	莴苣
东篱初莳菊（蔬菜）	黄花菜
耍油嘴，是新手（蔬菜）	滑菜
勃然而起一齐来（蔬菜，摘顶格）	荸荠
自幼因何便吃香（花卉）	小胡红
落日诸峰霞外明（花卉）	山丹
下次发薪还未到，囊中已经空如洗（花卉）	月光花
铁路站台前，马树槐出马（花卉）	月季

"铁路站台"即月台。马季，原名马树槐，相声大师侯宝林的掌门大弟子，中国相声界领军人和代表人物。

致富做榜样（花卉）	发财树
交响乐（花卉）	合欢
自古伤心唯远别（花卉）	合欢
人到晚年，减少开支（花卉）	老来少花
常逛商场，鲜有购物（花卉）	老来少花

承包之后喜开颜（花卉）	含笑
面带喜色眼缭乱（花卉）	含笑花
一路升迁靠买官（花卉）	步步高花
物价持续上涨（花卉）	步步高花
登台阶而目眩（花卉）	步步高花
漫天要价（花卉）	凌霄花
尚见池边梅错落（花卉）	海棠
银汉昭昭北斗倾（花卉）	满天星

面出元·陆文圭《七夕祈雨》。

银汉横空（花卉）	满天星

面出唐·温庭筠《七夕》："银汉横空万象秋。"

幼树绽桃李（花卉）	樱花
赊账之前，凌乱案头已不见，用心定会有变化（花卉）	樱花
晏子对曰：橘生淮南则为橘，生于淮北则为枳。（花卉，碎锦格）	
	樱花

面句摘自西汉·刘向《晏子春秋》之《晏子使楚》："晏子避席对曰：'婴闻之，橘生淮南则为橘，生于淮北则为枳，叶徒相似，其实味不同。所以然者何？水土异也。今民生长于齐不盗，入楚则盗，得无楚之水土使民善盗耶？'"这句话后来缩为成语"南橘北枳"。枳：落叶灌木，味苦酸，球形，也叫枸橘。南方之橘移植淮河之北就会变成枳。比喻同一物种因环境条件不同而发生变异。扣"草（艹）木化"，草木，指草本植物和木本植物，这里泛指植物。"晏子"扣"婴"，晏婴（前578～前500），字仲，谥平，习惯上多称平仲，又称晏子。碎锦格，别名堆金格、破镜格、集锦格。谜底需两字以上的词句，每字分作二或三字，可不拘上下左右。

永怀愁不寐（花卉二）	含笑、睡香
银汉桥成乌鹊喜（花卉二）	凌霄、合欢

欣见桃李已成林（树木）	开心果树
空缺封面不要紧（树木）	白皮松
彬驳（树木）	杉木

彬驳，文采错杂的样子。驳，驳错，交杂混乱。"彬"字错乱成"杉""木"两字。

从林间相对而来（树木）	枞树
因狡猾不得靠拢（树木）	油松
昨日去村中，又来桥头见（树木）	柞树
林间相会拍手来（树木）	桧柏
村前迎宾，寨后盼郎，相对楼边倚（树木）	槟榔树
相对象时隐林间（树木）	橡树
岁首每到花前来（水果）	山莓
霸气滑头又实在（水果）	牛油果
拦住交错散开来（水果）	兰撒
李白伤心无头绪（水果）	杏子
李耳虽离，跟随前行（水果）	椰子
伤心一掬泪如珠（水果）	酸豆

面出明·龚诩《寓意》。

实在盲目（水果，秋千格）	瞎果
翁翁郁郁（草名）	咸丰草
伏如虎卧、起如龙跳、顿如山势、推如泉流（草名）	随意草

人称"草圣"张旭的草书。

兴来洒素壁，挥笔如流星（草名）	随意草

面出唐·李颀《赠张旭》。

初稿拟就业已完稿（草名，卷帘格）	定经草
鸡声茅店月，人迹板桥霜（草名，摘顶格）	荇草

面出唐·温庭筠《商山早行》。

晨起动征铎（草名，摘顶格）	荇草

面出唐·温庭筠《商山早行》。

刘二安，1951年12月生，河南安阳人。中国民间文艺家协会中华灯谜学术委员会副主任，河南省民间文艺家协会灯谜学委员会会长。编著谜书40余部。

刘铁跟

月台分娩（动物学名词）	胎生
在此一住（动物学名词）	雌
鸟在江边站（鸟名）	鸿
不是项王关公死（鸟名）	翡翠

翡翠，水禽，生长在东南沿海。在树中做巢，体积比鱼狗大。雄性为翡，雌性为翠。

赛鸟得冠军（家禽）	鸭
东洋发令等未来（兽名）	羚羊
猎头猎头都过生日（兽名）	猩猩
瓤籽在何处（兽名，徐妃格）	狐狸
宁愿不赚钱（兽名，徐妃格）	猞猁
龋齿（昆虫）	蚜
才见老大逮俩虫（昆虫）	蚱蜢
鲁北老家（鱼名）	鲤
苏南老汉见俩虫（节肢动物）	蜈蚣
俩虫分开就变化（爬行动物）	蜥蜴

孔子带路(环节动物,徐妃格)	蚯蚓
所带钱有结余(植物学名词)	不完全花
钞票用尽(植物学名词)	完全花
主动一点来一回(农作物)	玉米
换米(农作物)	粳
感觉不灵敏而已(蔬菜)	木耳
子牙出世(蔬菜)	生姜
个个小子戴草帽(蔬菜)	竹荪
只得亚军罢了(蔬菜)	银耳
看到就搜集(蔬菜,摘顶格)	苋菜
身长一样(蔬菜,摘顶格)	茼蒿
一块来摘取(蔬菜,摘顶格)	荠菜
公布提前(蔬菜,摘顶格)	萱草
众多客人喜上眉梢(花卉)	广西含笑
负担消费(花卉)	荷花
雨下横山草连生(花卉)	雪莲
国有森林(树木)	松
话说森林(树木)	柏
十分红(水果)	毛丹
哥哥分开很坚决(水果)	可可果
获利一角换朱砂(水果)	红毛丹
受宠升官(水果)	红提
瓢已分开刚出示(水果)	西瓜
某大户的变迁(水果)	庐柑
御点头名见孤后(水果)	状元瓜
饭后林中会客(水果)	板栗

一刀刺下流两点（水果）	枣
每早来去人四十（水果）	草莓
客人行李（水果）	栗子
益于东方（水果）	梨
里斯本拔牙（水果）	葡萄
每逢夜晚到草上（水果）	黑莓
早晨差一点（水果，秋千格）	文旦

刘铁跟，1949年4月生，河北肃宁人。

刘精耕

紫鸾低舞矶滩畔（鸟名）	几维鸟
纵横四方走天下，跃马扬鞭奔前方（鸟名）	雷鸟
孤星伴残月，圣上骑马归（家禽）	鸡
早先行善未扬言（家畜）	羊
沉冤终得吐出声（家畜）	兔
星坠晚空明月光（家畜）	兔
奇才对句应猪头（家畜）	狗
堂下诗仙是奇才（家畜）	猪
纵横二十载，奇才走四方（家畜）	猫
父亲软蛋躲起来（兽名）	大熊猫
演出之前猜灯谜（兽名）	虎
浪花淘尽显奇才（兽名）	狼
林冲仰头离去（兽名）	豹子

真心不二,爱心牵挂(昆虫)	天牛
大虫就在我面前(昆虫)	天蛾
我独扬帆奔向前(昆虫)	天蛾
古田旧貌换新颜(昆虫)	叶甲
动物王中王(昆虫)	虎甲
上海直接到山东(鱼名)	油鱼
鲁北下雪日落时(鱼名)	鲟
舟近星桥花已残(爬行动物)	蛇
中宵双星现村头(农作物)	小米
双鱼水中跃,二鸟枝头闹(农作物)	小米
觅宝南楼东北方(农作物)	玉米
挂念陇上老百姓(农作物)	甘蔗
一会草上牧羊,一会河边垂钓(农作物)	洋芋
窗前种麻,码头植草(蔬菜)	口蘑
一生喜爱四方游(蔬菜)	土豆
村头卖瓢赚了钱(蔬菜)	木瓜
狐毯里面翻个身(蔬菜)	毛瓜
含苞开放定出采(蔬菜)	包菜
香飘草上留鸟迹(蔬菜)	白菜
四十之后人皆老(蔬菜)	芜菁
碧空如洗一草亭(蔬菜)	芥蓝
苏北初草已见采(蔬菜)	苋菜
采贝工作二十载(蔬菜)	贡菜
田间草上蛙声响(蔬菜)	苦瓜
花瓣残落叶乱飘(蔬菜)	苦瓜
孤儿流落东湖边(蔬菜)	胡瓜

传令埋伏草丛中（蔬菜）	茯苓
改革三十载，如意面貌新（蔬菜）	草菇
前辈一生正直现丰采（蔬菜）	韭菜
梅枝松柏苦相依（蔬菜）	香菇
采来松柏寄思念（蔬菜）	香菜
个个思君心里哀，篱前不见伊人来（蔬菜）	笋
东西采花瓣，竹前赠伊人（蔬菜）	笋瓜
节节高兮齐勃起（蔬菜）	荸荠
老虎一除喜心间（蔬菜）	蚕豆
采来花粉化作蜜（蔬菜）	甜菜
本领过硬别胆怯（蔬菜）	棒菜
外邦来侵犯，一锤断其爪（蔬菜）	番瓜
塞外安家四十载（蔬菜）	葫芦
莫在园里乱穿梭（蔬菜）	酸模
掷米成珠四十石（蔬菜）	蘑菇

　　传说麻姑能掷米成珠。

白云生处有人家（蔬菜，徐妃格）	芦荟
一道残阳铺水中（蔬菜，摘顶格）	菠菜
不见玉颜空死处（花卉）	土沉香

　　面出唐·白居易《长恨歌》。

西村南北产毛竹（花卉）	木笔
闲散出门下墀来（花卉）	木犀
栏前远山耸空中（花卉）	兰松
分进合击出奇兵（花卉）	龙衣
败鳞残甲满天飞（花卉）	龙角

　　面出宋·张元《雪》。

顾客个个心欢畅（花卉）	如意花

二人当帮手，圣上又掌权（花卉）	迎春
提前剪西服，早晚结秦晋（花卉）	报春
落户华北四十载（花卉）	芦花
捣药月宫桂飘香（花卉）	兔子花
晚会上叶其韵而和之（花卉）	夜合
漂泊六十载，化秣山水中（花卉）	茉莉花
来人一张口，圣上遣钦差（花卉）	金合欢
国色天香数牡丹（花卉）	指甲花
夕阳方照桃花岭（花卉）	映山红
遥知不是雪（花卉）	香梅
天价消费（花卉）	凌霄花
心中图的是钞票（花卉）	款冬
亭后此松柏，系为先生栽（花卉）	紫丁香
星星隐约共日月，林海前后寒花开（花卉）	腊梅
春雨连绵妻独宿（花卉，梨花格）	牡丹
六十年一个轮回（花卉，调尾格）	指甲花
新疆首府赴齐鲁（树木）	乌木
九九重阳节，人又会村里（树木）	茶树
先生机敏乘马归（水果）	乌梅
圣上得利靠机动（水果）	凤梨
重阳急于回四川（水果）	巴蕉
准备在前，冲刺抢先（水果）	冬枣
村前码头共留连（水果）	石榴
柳叶错落码头前（水果）	石榴
出名之后又升官（水果）	红提
木工凳上续前缘（水果）	红橙
孤儿流浪漂东北（水果）	西瓜

谜面	谜底
鹤舞林间洮水流(水果)	杨桃
鹤飞东海柳枝前(水果)	杨梅
插上刺刀冲向前(水果)	枣桃
洮水干枯已一月(水果)	胡桃
村头白草先已焦(水果)	香蕉
林区养猪上百万(水果)	核桃
逃之夭夭十八载(水果)	桃梨
犁牛奔走村西头(水果)	梨
初冬连下雨,力争节前归(水果)	莲雾
浪里撒网四十载(水果)	菠萝
节前横山连降雨(水果)	雪莲
黔西梅花先后开(水果)	黑莓
每次探监草草归(水果)	蓝莓
林间四点抱婴儿(水果)	樱桃

刘精耕,1948年11月生。江西新余人。南通市职工灯谜协会理事,南通市群艺谜社理事。

闫 涛

谜面	谜底
乡音无改鬓毛衰(动物学名词)	不完全变态
鸳鸯不独宿(动物学名词)	两栖
画虎不成反类犬(动物学名词)	完全变态
岩上又见凤凰栖(鸟名)	山鸡
中原路上遇八哥(鸟名)	白鹭

一鸣大变样（鸟名）　鸠
黄昏前后八哥归（鸟名）　鹊
树中黄鹂唧唧声（家禽）　鸡
此树后面飞鸟来（家禽）　柴鸡
我去鸡西（家禽）　鹅
先生赴约别太晚（家畜）　大白兔
未必出头（家畜）　山羊
一直真心抓重点（家畜）　羊
兰花一直未开花（家畜）　羊
挺腰揭丑不为羞（家畜）　羊
上房叫骂不还口（家畜）　驴
火尽炉寒妈失女（家畜）　驴
只缘佳句重歪才（家畜）　狼狗
一旦改革，便有收获（家畜）　猎犬
先猜的是首都（家畜）　猪
画中金鼠开宴会（兽名）　针鼹
几度没有顾虑心（兽名）　虎
毕业虚度先失机（兽名）　虎
惹不起躲得起（兽名）　熊猫
猴头吃罐头（兽名）　獾
人生变换一瞬间（昆虫）　天牛
做人一生为改革（昆虫）　天牛
驻足东眺空搔首（昆虫）　跳蚤
清浊终须化尘土（两栖动物）　小青蛙
齐鲁一直在改革（爬行动物）　甲鱼
阶前累见转陀螺（爬行动物）　蛇
负责后台（软体动物）　贻贝

三教九流都来往（植物学名词）	杂交
偏我来时难逢春（植物学名词）	花期不定
古田（植物学名词）	复叶
春兰夏荷秋菊冬梅（植物学名词）	总状花序
苯（植物学名词）	草本共生
祝寿（植物学名词，卷帘格）	生长期
黛玉夺魁菊花诗（植物学名词二）	风选、林冠
贬轻襄阳漫士（农作物）	小米
桐柏峰头别起庐（农作物）	山麻

面出郁达夫旧体诗集《舒姑屏题壁》句。

有心有鬼成恶魔（农作物）	亚麻
脑袋不小，却是傻帽（蔬菜）	大头菜
幽山点点隐天际，新月弯弯悬空中（蔬菜）	丝瓜
采集化石去苏南（蔬菜）	白菜
皇上失足踩花心（蔬菜）	白菜
精彩之中藏底蕴（蔬菜）	青菜
南下游西湖，断桥圆旧梦（蔬菜）	胡萝卜
月初相会意中人，晚上林间见真心（蔬菜）	香椿
没啥本事，还见一个爱一个（蔬菜）	菜花
转眼二十开外（蔬菜）	萝卜
献上爱心忆旧梦，穿衣缝补需花前（蔬菜）	萝卜
内戚弄权，民间难出头（蔬菜）	野山椒
镇三山和小李广武功很差（蔬菜）	黄花菜
双方来至异乡，工作十分融洽（花卉）	一串红
男儿来日有前程（花卉）	丁香
岭头人在草木中（花卉）	山茶

一定有两个字义(花卉)	文川
儿奔前程日光明(花卉)	月季
胜利前进开好头(花卉)	月季
酥胸半掩好少女(花卉)	月季
改革二十载，点点见真心(花卉)	兰花
四方团结帮后进，一点一滴献真心(花卉)	吊兰
半边堤柳有莺啼(花卉)	杜鹃
红得十分特别(花卉)	牡丹
离休四十载，为人更虚心(花卉)	茶花
离开佳木斯，此后去苏南(花卉)	桂花
每脱困境，变得宽心(花卉)	梅花
每次桥头相会，花前月下叙旧(花卉)	腊梅
李子摘后叶变形(树木)	柚
相约梧桐前，成双又成对(树木)	桑树
对造林有利(树木)	梨树
几处封铅有根据(树木)	银杏
岭前造林旧貌改(水果)	山楂
放权得利几度闻(水果)	凤梨
获利机会又来了(水果)	凤梨
岩下有田宜种柳(水果)	石榴
漂流东南孤儿弃(水果)	西瓜
呆头呆脑分不清(水果)	杏
连日平添虚荣心(水果)	苹果
萍水相逢，日日相伴十八载(水果)	苹果
一年见效(水果)	青果
南京林中雾茫茫(水果)	柠檬
新月疏林山水间(水果)	梨

连本带利转存了（水果）	梨子
横山接连飘雨落，整日不见采茶人（水果）	雪莲果
明为霹雳火，应是扑天雕（水果）	榛子
松林遮蔽石头城（水果，徐妃格）	柠檬

闫涛，字博雅，网名醉汉子、三门飞浪。1970年9月生，河南项城人，周口市灯谜学会副会长，编著有《华夏谜典》《高新慧民间谜语》。

许友金

春蚕到死丝方尽（动物学名词）	长生线
火眼金睛（动物学名词）	发光器官
产品检测（动物学名词）	生物量
如何传给接力棒（动物学名词）	交尾
促进会，有作为（动物学名词）	伪足
谜面扣底不别扭（动物学名词）	自切
肠中车轮转（动物学名词）	体循环
面出《悲歌》。	
脾气七天一发作（动物学名词）	性周期
连连看（动物学名词）	复眼
转起呼啦圈（动物学名词）	圆形动物
学习该重视（动物学名词）	效应器
去污粉见效（动物学名词）	排脏现象
家家男女齐参战（动物学名词）	第二性征

书中自有千钟粟,书中自有颜如玉,书中自有黄金屋(动物学名词二)	本能、管足
悬虱如轮(动物学名词二)	视觉、圆形动物
回头一语劝儿辈,一见来人让三分(鸟名)	子规
离开汕头到西湖(鸟名)	山胡
张翼德凯旋(鸟名)	归飞
皓首斑斑东归人(鸟名)	白灵
总在期待(鸟名)	老等
老吾老以及人之老(鸟名)	寿带
一乱枭雄欺圣上(鸟名)	松鸡
珠联璧合(鸟名)	属玉
霹雳一声闪白练(鸟名)	雷鸟
白练,鸟名。	
共去空中一飞鸣(鸟名)	鹊
宝玉出走鸳离散,急得心焦如火燎(鸟名)	鸲雏
与改革水火不容,准先重点遭淘汰(鸟名)	燕隼
豪杰不负英雄花(鸟名)	戴胜
未来敢为天下先(兽名)	大头羊
九州谜事红似火(兽名)	华南虎
闻鸡起舞(昆虫)	跳蚤
癸巳来临瑞雪飘(爬行动物)	白花蛇
点点滴,酿成蜜(爬行动物)	蛇
王司徒巧使连环计(植物学名词)	分布格局
质本洁来还洁去(植物学名词)	生长素
桃李英姿站成排(植物学名词)	生态系列
慈禧不使生人办事(植物学名词)	后熟作用

日边红杏倚云栽(植物学名词) 阳生植物

酒入愁肠(植物学名词) 春化作用

  谜面为范仲淹《苏幕遮》:"酒入愁肠,化作相思泪。"

受奸柱之虚辞(植物学名词) 植被图

  谜面为曹植《九愁赋》句。

部落(植物学名词二) 集群、安居

中国粮食好(农作物) 玉米

劳作在先,四处打工,离绪纷扰(农作物) 红薯

共义举一来百应(蔬菜) 茭白

刘备、孙权、曹操,势成鼎立(花卉) 三分三

疏影五六分(花卉) 三角梅

掏出钱包买东西(花卉) 口袋花

遂令天下父母心(花卉) 女儿香

  面出白居易《长恨歌》:"遂令天下父母心,不重生男重生女。"

天天有酒(花卉) 日日春

每天按计划消费(花卉) 日照花

移植柏树(花卉) 木香

春到人间遍地锦(花卉) 木绣球

春兰夏荷秋菊冬梅(花卉) 四季花

断案分辨是是非非(花卉) 安桂

策勋十二转,赏赐百千强(花卉) 达木兰

  面为《木兰辞》句。

晚艳芬芳(花卉) 夜来香

  晚艳,花名。

与江夏神童为友(花卉) 结香

  黄香年十二,博学经典,京师号曰:"天下无双,江夏黄童。"

满天腾焰火(花卉) 凌霄花

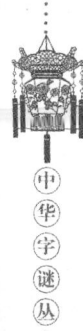

同行十二年,不知木兰是女郎(花卉)	密紫花
凯传归来是木兰(花卉)	旋复花
人不风流只为贫(花卉)	富贵花
有心惜月东海春(花卉)	腊梅
憩鹅傍松柏(树木)	白杨
只见千树万树华灯放(树木)	观光木
续断、红花、木耳(树名)	连香树
权利几度变迁(水果)	凤梨
春入环山草如匀(水果)	苹果
走红的宁德城(水果)	香蕉

福建宁德别称"蕉城"。

许友金,1946年10月生。厦门市职工谜协副会长,同安谜协会长。编著谜书18册。

许泽金

季军是巴黎(动物学名词)	三名法
一再心系夫人(动物学名词)	三态
猜对活泼得东西(动物学名词)	中生动物
老婆来责问(动物学名词)	内质
别时奉先表喜欢(动物学名词)	分布中心
一辈比一辈凋落(动物学名词)	代谢
替我表感激之意(动物学名词)	代谢
第二只眼(动物学名词)	亚目

王佐断腕（动物学名词）	自残
排座次（动物学名词）	序位
维护出国读书人的声誉（动物学名词）	保留学名
重新联络（动物学名词）	复系
有形可检，有数可推（动物学名词）	祖征

  面出祖冲之名言。征，验证、检验之意。

谢谢领导（动物学名词）	感官
今日我与鸟相伴（鸟名）	天鹅
丹青描春山（鸟名）	画眉
女排不入城（鸟名）	郭公

  郭公，布谷鸟的别称。布谷鸣声如呼"郭公"，故称。

空中集结（鸟名）	隼
并颈鸳鸯（鸟名）	鸽
鸟宿池边伴残红（鸟名）	鸿
丈夫本事大（家畜）	公牛
画中狗头花半掩（家畜）	猫
乙未领头迎未来（兽名）	羚羊
初平乃叱曰（兽名）	黄羊

  面出《神仙传·黄初平》句，下句为"羊起"。

今日不装熊（昆虫）	天牛
沟边虫已灭（昆虫）	水虻
改田被押后（昆虫）	叶甲
行行出状元（昆虫）	步甲
谜佳排榜首（昆虫）	虎甲
工资排第一（昆虫）	薪甲
码头失马（鱼名）	石首
这事坏了有玄机（鱼名）	黄鱼

晚唐诗人鱼玄机。

山东再现新面貌(鱼名)	鲁鱼
这边失偏颇(鱼名,徐妃格)	鳑鲏
双十一在闽中(两栖动物)	蛙
扎西去参加山东一日游(爬行动物)	龟
闽中养犬四十载(爬行动物)	蟒
剖疑不费力(爬行动物,徐妃格)	蜥蜴

登山趁得春三月(植物学名词)	上行脉序

面出宋·袁说友《梨花》句。序,指季节。

登封留侯是张良(植物学名词)	上位子房

张良,字子房。

漂泊随流萍(植物学名词)	不定根
杨修因何被斩首(植物学名词)	中肋
华夏名山(植物学名词)	中脉
风尚进课堂(植物学名词)	气室
上不了(植物学名词)	合子
举头望明月(植物学名词)	托盘
二胎分娩费时久(植物学名词)	次生生长
风流满天下(植物学名词)	球花
一入关口变新貌(农作物)	大豆
一人相伴广造林(农作物)	大麻
话筒南京产(农作物)	小麦
十二点一定来(农作物)	玉米
万紫千红总是春(农作物)	多色花生
相思枫叶丹(农作物)	红豆
非要三方来用力(农作物)	咖啡

美人一出半掩姿（农作物）	姜
突出众山间（农作物）	高粱
此言差矣（蔬菜）	白菜
采得药草重一斤（蔬菜）	芹菜
奔波二十载，药草来采集（蔬菜）	菠菜
转眼二十载，梦断芳心转（蔬菜）	萝卜
杜鹃啼叫复见血（花卉）	月月红
江妃方欲凌波去（花卉）	水仙
一人出关（花卉）	兰
中国皇冠（花卉）	龙王帽
待到秋来九月八（花卉）	金菊花

面出黄巢《不第后赋菊》句。

莲叶掩映无穷碧（花卉，卷帘格）	翠盖荷
谁是"东风第一枝"（花卉二）	指甲花、迎春
辽阔中国遍幽客（树木）	广玉兰

兰花别名"幽客"。

四少梦断西洋（树木）	桫椤
每到春来（树木）	梅
广植林木迎兔年（树木）	麻柳
放权村容变新貌（树木）	榕树
离休进山有征兆（水果）	仙桃
来客惊呆了（水果）	西瓜
迎春闹市至深夜（水果）	柿子
无人知是荔枝来（水果）	神秘果
早到海边倍挂念（水果）	草莓
儿洒泪珠在枕边（水果）	桃
李花开放霉雨消（水果）	梅子

比拼漂亮聚成都（水果） 賓美蕉

许泽金，网名微风，1954年8月出生。四川夹江人，乐山市灯谜协会理事。

孙胜利

那畜生真没骨气（动物学名词） 无脊椎动物
秃顶板寸大背头，朝如青丝暮成雪（动物学名词） 发情
鸟中建交要点（动物学名词） 鸟
拧紧龙头省水，及时熄灯省电（动物学名词） 关节
不走前门搬东西（动物学名词） 后口动物
没有高端笔扇（动物学名词） 尾羽
皇后诞太子（动物学名词） 孤雌生殖
山上乱穴人犬居（动物学名词） 齿突
宝贝孕期受教育（动物学名词） 胚胎学
本来是意态灵活感人的内容（动物学名词） 原生动物
绍曰："可惜吾上将颜良、文丑未至！得一人在此，何惧华雄！"（动物学名词） 换羽

　　面出自《三国演义》第五回。羽作"关羽"解。

从秋到春（动物学名词） 越冬
有争先恐后，无畏尾畏首（动物学名词） 鳋
门旁松柏有鸟来（鸟名） 白鹇
知难而退叹变样（鸟名） 血雉
斑纹青蛙（鸟名） 花田鸡

山路上遇鸟衔石（鸟名）	岩鹭
莫疑玉皇那老儿（鸟名）	信天翁
鸟影弄月有了呀（鸟名）	鸦鹃
每有鸿运，开工建区（鸟名）	海鸥
元旦前后育新苗（家畜）	羊
上去查，有收获（家畜）	猎犬
靠岸离厂去自首（兽名）	山羊
立刻招致批评斥责（兽名）	马来熊
西南对面有头牛（兽名）	东北虎
免予起诉，小子初犯（兽名）	兔狲
叫声郎呀就是有点狠（兽名）	狼
三丫调配化血丹（兽名）	盘羊
给予邻里，马上入户（兽名）	野驴
此后接散客（兽名，徐妃格）	骆驼
放弃有好处（兽名，徐妃格）	猞猁
全争着上了一变电设施（昆虫）	金龟子
老叶生虫别挂念（昆虫）	蝶

"叶"字的繁体"葉"挂掉念（艹）生出"虫"即为"蝶"。

鲁太太离日去整容（鱼名）	大头鲤
半截砖道去鲁南（鱼名）	石首鱼
泪闪目光后悔吗（鱼名）	海马
画中一色变（鱼名）	鲍
桂木生虫（两栖动物）	林蛙
半新柜生虫（爬行动物）	巨蜥
安全电改装，争先领头羊（爬行动物）	金龟
装扮群峰冠天下（爬行动物）	穿山甲
景上题虫二，新梅忽半开（爬行动物）	蜥蜴

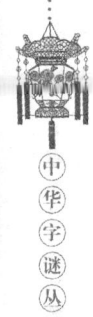

弄下破茧太容易（爬行动物）	蝌
青梅酒家半隐现（哺乳动物）	海豚
子子孙孙无穷匮也（植物学名词）	生长期
秋前大学读四年（植物学名词）	禾本科
为苏北有多少劲出多少力（植物学名词）	茎
调查组直接去苏南（植物学名词）	草本
五柳先生二三事（植物学名词）	森林
心与心相连，放心就宽心（植物学名词）	蕊
屋顶有空座（植物学名词，上楼格）	上位子房

依谜格将最后一字移到首位，读作"房上位子"。

明明白白消费（植物学名词二）	花、果实
拆大补小定宽心（农作物）	荼
李经理铺床（农作物）	麻子
短横先抹去（农作物）	黄豆
一叠日本币（农作物）	棉
溪头卧剥莲蓬（蔬菜）	小儿菜

面为辛弃疾《清平乐·村居》句，承上句"最喜小儿无赖"会意扣合。

武当七步散（蔬菜）	山药
骂不还口哭声停（蔬菜）	马蹄
李姓孤寡没生子女（蔬菜）	木瓜
闲来联系关门去（蔬菜）	木耳
吃不了兜着走（蔬菜）	包包菜
背上孤儿去（蔬菜）	北瓜
清楚计消费，两张五十元（蔬菜）	白花百合
尤念残月配彩页（蔬菜）	龙须菜

苦等在前,享乐在后(蔬菜)	竹荪
"小姐"害怕炒鱿鱼(蔬菜)	鸡毛菜
外语水平实在差(蔬菜)	洋白菜
十月多进口,亲自给加薪(蔬菜)	胡芹
适逢此翁写红楼(蔬菜)	胡芹

适,指胡适。红楼,指《红楼梦》,作者曹雪芹,尊称为芹翁。

次子念念不忘瓜(蔬菜)	茨菰
本是树树皆秋色(蔬菜)	原叶大黄
集散孤儿去(蔬菜)	隼人瓜
老太太一再搜寻出入口(蔬菜)	婆罗门参
仆人去罢名茶上(蔬菜)	萝卜
外交活动二十四载(蔬菜)	萝卜
醒来翻阅红与黑(蔬菜)	紫苏
兹有心如整三十(蔬菜)	慈菇
蓬头女伴推磨苦(蔬菜)	蘑菇
天竺北部没有风(蔬菜,粉底格)	印度南瓜

以"印度南刮"扣。

银圆先给上小炒(蔬菜,调首格)	洋大头菜

银圆俗称大洋,以"大洋头菜"扣。

赤橙黄绿蓝紫(蔬菜,摘顶格)	芫菁
大概九两九钱九(蔬菜,摘顶格)	药芹
遇到大个子(蔬菜,摘顶格)	蓬蒿
主动对接查下去(花卉)	玉树
解开的悬念(花卉)	白芍
蒲鞭示耻(花卉)	含羞草

《后汉书·刘宽传》载:刘宽为南阳太守,为人温厚宽恕,吏民有错只用蒲草编的鞭子责罚,使其知耻辱则已。

老公变脸六十载（花卉）	芙蓉花
在下廖化念念不舍（花卉）	蓼花
中土建交休分离（树木）	杜仲
皆下床底下（树木）	柏
在地愿为连理枝（树木）	相思树

面句出自白居易《长恨歌》。

对立早和解，清楚后统一（树木）	香樟树
扎根首钢品位高（树木）	银杏
铝出口存根（树木）	银杏
塞上夺标问杏花（树木）	棕榈
母子受株连（树木二）	梅、李
人约仙林一日游（水果）	山楂
根由海鸟逐浪飞（水果）	乌梅
义演二日（水果）	文旦
前线是要扛得住（水果）	红提
木工登记先编组（水果）	红橙
落户甘分床（水果）	庐柑
妹子止啼不见好（水果）	味帝
春联贴反要下去（水果）	板栗
某一来就变了（水果）	柑子
晦迹五十载（水果）	草莓
氢气泄漏，林间有兆（水果）	核桃
生员解困遇街中（水果）	桂圆
暮冬雪上，靠边开车（水果）	莲雾
造林有利心无悔（水果）	梅梨
李耳到陕西（水果）	椰子

李耳在函谷关写成《道德经》后，一路西行至鳌屋（今陕西省

西安市周至县),遂在此驻足,并结草为楼修行说经。

| 来宾伴郎入林间(水果) | 槟榔 |
| 在姚经理林经理共同负责下(水果) | 樱桃 |

孙胜利,网名浮香。1968年生,江苏宿迁人。南通群艺谜社宿迁分社社长。

苏 剑

| 笔下尽逢源(动物学名词) | 出水管 |
| 妻子不相识(动物学名词) | 对生 |

　　面出唐·寒山《诗三百三首》。

| 义参天地,道衍春秋(动物学名词) | 关节 |

　　面为洛阳关庙联语。

| 北境烽烟急(动物学名词) | 临界点 |

　　面出唐·李频《送姚侍御充渭北掌书记》。

| 边庭烽火惊(动物学名词) | 临界点 |

　　面出隋·薛道衡《出塞》。

| 拟作归田计(动物学名词) | 变种 |

　　面出唐·白居易《自咏五首》。

| 解甲归田(动物学名词) | 变种 |
| 耕田凿井自无已(动物学名词) | 恒有种 |

　　面出北宋·苏辙《息壤》。

| 常耕清净田三段(动物学名词) | 恒有种 |

　　面出元·谭处端《瑞鹧鸪》。

人在江湖,身不由己(动物学名词二)	山中管,水水管
驭鹤西游人成仙(鸟名)	山鸡
空中鹊飞向西南(鸟名)	共鸟
千般变化自在鸣(鸟名)	百舌鸟
一别王维已十载(鸟名)	红隼
冰水消处鸟可归(鸟名)	河乌
文王称王,八方始定(鸟名)	斑穴
怎生负得当初约(家畜)	小牛

　　面出唐·冯延巳《鹊踏枝》。

平生独往愿(家畜)	牛

　　面出元·赵孟頫《罪出》。

飞虹隐约挂山峰(昆虫)	工蜂
先撒泼,后动蛮,尽日晃荡(昆虫)	发光虫
虽未口干,早令上茶(昆虫)	草蛉
逞强一隅,有点自大(昆虫)	臭虫
改天我再到蜀中(昆虫)	蚕蛾
秋分时节先捕鱼(鱼名)	刀鳅
执念归渔伴终生(鱼名)	半鲶
不占鳌头拒前行(鱼名)	巨口鱼
兄长兴起,不日入鲁(鱼名)	光口鱼
花间放纵初尝鲜(鱼名)	华鱼

等闲桃李又累累(植物学名词)	双果悬

　　面出宋·黄庭坚《定风波·荔枝》。

朵朵波心现(植物学名词)	水生花
古道犹看蔓草生(植物学名词)	丛径

　　面出唐·法振《送韩侍御自使幕巡海北》。

远道参荆棘（植物学名词）	丛径

  面出唐·元稹《寄吴士矩端公五十韵》。

宵映聚萤书（植物学名词）	光合作用

  面出唐·王维《清如玉壶冰》。

黄四娘家花满蹊（植物学名词）	压条

  面出唐·杜甫《江畔独步寻花·其六》："黄四娘家花满蹊，千朵万朵压枝低。"

自小不相识（植物学名词）	多年生

  面出唐·崔颢《长干行》。

依然旧相识（植物学名词）	早熟

  面出南北朝·吴均《赠杜容成》。

山杏溪桃次第开（植物学名词）	有限花序
槐花落尽全林绿（植物学名词）	完全叶

  面出宋·陈与义《秋日》。

篱边黄菊为谁开（植物学名词）	花盘

  面出唐·李嘉佑《答泉州薛播使君重阳日赠酒》。

何以解忧，唯有杜康（植物学名词）	春化作用
乡村四月闲人少（植物学名词）	种群
园圃多荒芜（植物学名词）	稀有种

  面出唐·韦应物《种瓜》。

博山轻雾锁崔嵬（农作物）	包谷

  面出宋·曾慥《浣溪沙》。

重新示范夺先进（蔬菜）	大蒜
未在一起少关联（蔬菜）	木耳
胸无点墨（蔬菜）	包心白
一瓣心香本无形（蔬菜）	白瓜
爱上香茗弃浮名（蔬菜）	白菜

了解之后喜在心(蔬菜) 豆角
喜迎变化花正开(蔬菜) 豆苗
晓看红湿处(蔬菜) 夜开花
　　面出唐·杜甫《春夜喜雨》:"晓看红湿处,花重锦官城。"
彩袖半掩泣花前(蔬菜) 油菜
全力尽孝费苦心(蔬菜) 茄子
为情伤心终生孤(蔬菜) 青瓜
一生悲情心俱碎(蔬菜) 青韭
半生劳苦姿容孤(蔬菜) 茨菰
走马上任,起草公文(蔬菜) 茭白
前程暗淡回首苦(蔬菜) 茴香
北方荒芜齐开采(蔬菜) 荠菜
采得新茶白送人(蔬菜) 香菜
春来同去游桐柏(蔬菜) 香椿
吐露真心得并头(花卉) 一叶兰
三方称王纷争起(花卉) 一品红
莫要放纵惹毁灭(花卉) 大火草
好胜心盛和为先(花卉) 月季
日中锄禾先休息(花卉) 木香
休引山泉近松柏(花卉) 水仙
入山求全卸任后(花卉) 仙人球
休惹武松正后悔(花卉) 代梅
国内栏目不相同(花卉) 玉兰
何苦改天旷日远(花卉) 吉庆莲
纵有不舍也白搭(花卉) 百合
连吃苦头再化缘(花卉) 莲花
头颅得保仍横行(花卉) 黄栌

目不转睛盯图中（树木）	冬青
举目霜林叶叶黄（树木）	观光木

面出宋·洪适《浣溪沙》。

休要硬留实不便（水果）	石榴
台南土旺花初开（草名）	三叶草
午后紧盯莫移目（草名）	大丁草
十载抗旱育新苗（草名）	田千草
节前择日，趁早入京（草名）	景草
一生苦累，此去归田（草名）	紫草

苏剑，网名华山剑。1957年7月生，陕西榆林人。中华灯谜学术委员会副主任，长安文虎社社长。

苏 颖

背后没有盯梢者（动物学名词）	无尾目
悝（动物学名词）	日行性
剃个和尚头去相亲（动物学名词）	发光求偶
出晋南，去闽中（动物学名词）	亚门
眼前就是晋北（动物学名词）	亚目
传给最后一棒（动物学名词）	交尾
一放假就补觉（动物学名词）	休眠
假装满意（动物学名词）	伪足
捍卫"APEC蓝"（动物学名词）	保护色
胜方属云南（动物学名词）	胎生

首富要开眼,今先来闽中（动物学名词）	食虫目
已凉天气未寒时（动物学名词）	感温阶段
牙科和眼科（动物学名词）	管齿目
圣主朝朝暮暮情（动物学名词二）	日行性、夜行性
来见卫青的三姐（鸟名）	子规

　　卫青的三姐即卫子夫。

我二人同去鸡西（鸟名）	天鹅
乘机返程（鸟名）	归飞
鸟人,一直在我之上（鸟名）	企鹅
叶子变形（鸟名）	吉了
水路也可到鸡东（鸟名）	池鹭

　　鸡东为黑龙江县名,临水。

来到山区雕石鸟（鸟名）	岩鸥
又见雄鸟上枝头（鸟名）	松鸡
没面目知道,神行太保必报捷（鸟名二）	焦明、戴胜
鸿江一别又重逢（家禽）	鸡
一直处在气头上（家畜）	牛
又要留洋住一载（家畜）	滩羊
左物右码（家畜二）	牛、马

　　面为天平称量用法。

岭前岭后羊成堆（兽名）	山羚
旧尘散落被半遮（兽名）	坡鹿

　　"尘"字的繁体为"塵"。

迎辛卯,贴春联（兽名）	林兔
三点会结束,四点能赶来（兽名）	浣熊
玉龙飞舞迎辛卯（兽名）	雪兔
廷弼有了座骑（兽名,卷帘格）	马来熊

"廷弼"借指明末将领熊廷弼。

桂林何以甲天下(昆虫)	山水牛
神州第一谜(昆虫)	中华虎甲
人的一生有变化(昆虫)	天牛
上百只虫奔我来(昆虫)	石蛾
春到后,挥戈入闽中(昆虫)	划蝽
寺前火起闯出门(昆虫)	灶马
有了快感你就喊(昆虫)	呼乐

谜面为池莉小说名。

独以红色为佳(昆虫)	狼蛛
重视正见明浊清(昆虫)	潮虫
长长谜笺有玄机(鱼名)	面条鱼
赴宴有玄机(鱼名)	食人鱼
玄机藏文中(鱼名)	章鱼

"玄机"借指晚唐著名诗人鱼玄机。

下月十二到闽中(无脊椎动物)	青虾
浊水没一点改变(软体动物)	冰虫
云南方面负责到底(软体动物)	贻贝
来闽中见了一回(海洋动物)	蚬子
猪八戒的兵器可不长眼(海洋动物俗称,朱履格)	虾爬子

按照谜格,谜底尾字保持正音,其他字谐音,写为"瞎耙子"。

放生池边每日来(棘皮动物)	海星
每月一日三点聚(棘皮动物)	海胆
确实是个慢性子(植物学名词)	果肉
一杆进俩(植物学名词)	树干
这锦衾乃为陈留王所有(植物学名词)	被子植物

陈留王曹植。

陶斯亮（植物学名词） 喜光

BT下载，难寻源文件（植物学名词） 稀有种

　　BT下载是一种网络下载资源的方式，需有种子文件。

既聪明又实在（植物学名词） 颖果

油条的确卖没了（植物学名词，卷帘格） 无子果实

望梅止渴（农作物） 水花生

清户（蔬菜） 上海青

五一之后期待高总来（花卉） 二月兰

当前首相避之不及（花卉） 小檗

不打诳语（花卉） 云实

念及烂柯人（花卉） 木荷

下笔绘鸟月，再落一方印（花卉） 毛鹃

互相斗战99回，再战主人终败退（花卉） 东北百合

　　第一百回合主人败北。

心心相印，心有所念，就要主动一点（花卉） 玉蕊

四十载后的约会（花卉） 芍药

　　勺由后"的"扣出。

如来先把钱付了（花卉） 佛头花

庵前又见鸟入林（花卉） 鸡麻

由此落草后，江边来猎艳（花卉） 油菜花

平整草皮，三点前要完成（花卉） 苹婆

　　前"要"完了，剩下后面"女"字。

化作小美人（花卉） 金灯

南宁位于西南（花卉） 金灯

水火不容五行中（花卉） 金桂

由此儿女共泪垂（花卉） 姚黄

谜面	谜底
异乡留客栈,客走不归田（花卉）	柳线
江湖绿半边（花卉）	胡红
始终不见江湖水（花卉）	胡红
是怎么火的（花卉）	胡红
上药,每人一小杯,行不？（花卉）	茶梅
草草前来齐为尼（花卉）	荠苨
起初分有错,来一下（花卉）	赵粉
十一让1点来,1点必到（花卉）	韭兰
自友别后谨言行（花卉）	夏堇
猜谜之后,满饮此杯（花卉）	射干
同赏溪边错落梅（花卉）	海桐
我有招,请宽心（花卉）	莪术
连失三金,二度落泪（花卉）	铁兰
聚合松香（花卉）	凝馨

面为化工产品。

趁天黑逃遁（花卉,梨花格）	榆叶梅

谐音为"于夜没"。

花后正在植松柏（树木）	白桦
忽如一夜春风来（树木）	华盖木

启下句"千树万树梨花开","华"通"花"。

树林里旅游（树木）	观光木
游春（树木）	观光木

五行与季节对应表中,"木"对应为"春"。

休要搞分裂,中土必统一（树木）	杜仲
笑对林冲（树木）	栎树
一对蝴蝶林间舞（树木）	栾树

蝴蝶象形为"亦"。

上山植树,赚钱糊口(树木)	饭豆
小霸王、打虎将以稳为先(树木)	稠李

借指《水浒传》中小霸王周通、打虎将李忠。

当下转身留个影(水果)	山竹
望西北,一草一木入画中(水果)	芒果
实在令人吃惊(水果)	奇异果
伴在梅边五十载,一日不离(水果)	草莓
海边居十日,念念不忘(水果)	草莓
李耳移身东郊(水果)	椰子
龚半伦吃醋(水果)	酸橙

龚橙,龚自珍子,人称"龚半伦"。

苏颖,网名 sirwolf。1972 年 2 月生,沈阳人。中华灯谜学术委员会常委,春风谜社社长,辽宁网络灯谜协会会长,沈阳市和平区民协灯谜学会秘书长,游子吟谜社理事,长安文虎社理事等。

苏德友

正副领导几月归(动物学名词)	二头肌

正副领导两个头头。

再论身份(动物学名词)	二道体区
喧呼闻点兵,借问新安吏(动物学名词)	几丁质

面为杜甫《新安吏》诗句,质问有几个壮丁可征用。

位于魏、蜀、吴之间(动物学名词)	三角座
老爹与儿成搭档(动物学名词)	大配子

有的地方称爹为"大"。

老婆吊脸子(动物学名词)	内板
藏兵于山脚(动物学名词)	冈下窝
元日元宵有区别(动物学名词)	分节
雏羽未丰(动物学名词)	方翼

　　谜面意为方才长出羽翼。

"咏絮之才"何所指(动物学名词)	代谢

　　东晋谢道韫有咏雪句"未若柳絮当空舞",后以"咏絮之才"代指谢道韫或有文才的女性。

雪天张罗待燕雀(动物学名词)	冬候鸟
秋后睡晚(动物学名词)	冬眠
乱排废液要严查(动物学名词)	出水管
连山弟子是楷模(动物学名词)	出生率

　　连山,组成"出"。

东坡随身携书袋(动物学名词)	包皮
未改动原貌(动物学名词)	半变态
五成牛羊已捆绑(动物学名词)	半索动物
油头滑脑受重视(动物学名词)	发光器

　　油头滑脑指发光的头。重视可称"器"。

双胞胎(动物学名词)	对生
叔梁纥晚年与颜氏所生者(动物学名词)	产孔

　　叔梁纥晚年与颜氏所生者是孔子。

生面温情(动物学名词)	产热
最烦相聚(动物学名词)	会厌
奴颜婢膝招人嫌(动物学名词)	会厌软骨

　　奴颜婢膝者被称为软骨头。

九泉之下结连理(动物学名词)	会阴

都像是领导(动物学名词) 全头类

相依为命(动物学名词) 共生

五月十三吃刀削(动物学名词) 关节面

  农历五月十三是关公节,习俗吃刀削面。

正好一角(动物学名词) 刚毛

往来于东西(动物学名词) 动物

一截遗欧,一截赠美,一截还东国(动物学名词) 动脉

  面为毛泽东词《念奴娇·昆仑》句,会意为移动山脉。

幽王烽火悦褒姒(动物学名词) 动情周期

  周幽王为博褒姒一笑动用烽火。

瞬间八仙已过去(动物学名词) 动眼神经

工力相当(动物学名词) 同功

东西(动物学名词) 同物异名

则天阴下笑脸(动物学名词) 后转板

  谜面意思是则天皇后由笑脸转为板着脸。

一人滴泪夜夜心(动物学名词) 多态

晚会有打算(动物学名词) 多度

  "度"是考虑、打算的意思。

习惯天天吃夜宵(动物学名词) 多食性

365日7天为限(动物学名词) 年周期

千木所构(动物学名词) 成体

不败者老练(动物学名词) 成熟

藏有各种毛笔(动物学名词) 收集管

翼德云长刚上道(动物学名词) 初级飞羽

  "刚上道"双关初级水平。

2012年生出双凤胎(动物学名词) 妊娠

  2012年为壬辰年,双凤胎为两女。

150

谜面	谜底
旁边牙人不熟悉（动物学名词）	侧生齿
目不正视（动物学名词）	侧眼
雄信骁捷,善用马槊,名冠诸军,军中号曰飞将。（动物学名词）	单态

面句为单雄信威武的样子。底中单（dān）变读为"shàn"。

天生只爱吃（动物学名词）	单食性
一孔之见（动物学名词）	单眼
三月和风满上林（动物学名词）	季相

面出宋·晏殊《浣溪沙》句。三月为一季。

拜在邓析门下（动物学名词）	学名

邓析为名家代表人物。

守卫空前绝后（动物学名词）	保护色
一人一本换着看（动物学名词）	变形体
翻脸不认人（动物学名词）	变态
轮作（动物学名词）	变种
挪移火炉冷热改（动物学名词）	变温动物
回信给东坡（动物学名词）	复苏
偏与正房有嫌隙（动物学名词）	室间隔
借腹生子（动物学名词）	假孕

谜面意为假借别人的肚子怀孕。

你挑水来我耕田（动物学名词）	偶见种
象牙调羹（动物学名词）	匙骨
他是本乡民（动物学名词）	基体

谜底拆为"其本土人"扣合谜面。

土木之变他叛乱（动物学名词）	基板

明代瓦剌部落借故反叛之典。

迁墓期有变（动物学名词）	基膜

北房住何人（动物学名词） 宿主
　　民间住房习俗，北房住的是主人。
考察要公示（动物学名词） 检索表
攒钱为了谈女友（动物学名词） 储蓄泡
转学来的学生受重视（动物学名词） 插入器
　　转来的学生是插班生。
心里一阵慌乱（动物学名词） 感觉毛
皇上花天酒地（动物学名词） 寡食性

东厢西厢谁居室（植物学名词） 子房
未知故乡在何方（植物学名词） 不定根
以诗传情（植物学名词） 风媒
分田分地（植物学名词） 叶舌
都不熟悉（植物学名词） 共生
周瑜孔明掌中俱是"火"字（植物学名词） 合点
某些追星族闹不团结（植物学名词） 有丝分裂
　　追星族，粉丝。
确实是东坡（植物学名词） 果皮
出门看伙伴，伙伴皆惊慌（植物学名词二） 雄花、雌花
　　面为《木兰辞》句，意思是辨不清花木兰是雄是雌。
刘关张同来（农作物） 三麦
　　"麦"别名"来"。
自愿办理念书事（农作物） 甘薯
记得朱笔签署（农作物） 红薯
念念不忘看北斗（农作物） 苜蓿
八九之时何鸟来（农作物） 燕麦
　　民谚"八九燕子来"。

眼前突现一座山（农作物）	霍梁
上峰说定要草书（蔬菜）	山药
凤姐心狠大管家（蔬菜）	长辣椒

《红楼梦》中的王熙凤诨名"凤辣子"。

老大的念头重（蔬菜）	苦苣
王贵草信复情人（蔬菜）	茴香

李季诗《王贵与李香香》，李香香是王贵的心上人。

兰花兰香都喝醉（蔬菜）	茼蒿

兰花兰香双关人名和草名，代"艹"。都喝醉，同喝高了。

姑娘二十一朵花（蔬菜）	香菇
此君无人说她傻（蔬菜）	笋瓜

"此君"为"竹"的别称。瓜，傻。

一般说来是生手（蔬菜）	普通白菜
层林尽染（花卉）	山丹
相如千里完璧归（花卉）	马蔺
董狐记史，刘德求是（花卉）	云实

刘德，汉景帝第二子，栗姬第二子。谥献王，河间献王。《汉书》对刘德的好学精神作了高度评价，赞扬刘德"修学好古，实事求是"。

窦娥冤屈天有应（花卉）	六月雪

窦娥喊冤而死，传说农历六月夏日下雪。

居易中进士（花卉）	白及

白居易中过进士，隋唐及第只用于考中进士。

撒盐空中差可拟，未若柳絮因风起（花卉）	白雪花

面为谢道韫与谢朗咏雪典。

立根原在破岩中（花卉）	石竹

郑板桥在《竹石》画上题诗："咬定青山不放松。"

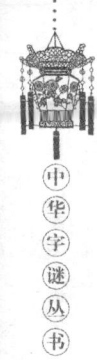

一人一口乐陶陶(花卉) 合欢

一斗之才(花卉) 百合

  体积单位1斗等于100合。

问君能有几多愁(花卉) 郁李

  面出李煜《虞美人》。

端砚上有金线、青花、冰纹冻(花卉) 络石

  "鱼脑冻""蕉叶白""青花""金银线""冰纹冻"等皆是端砚石品的纹路。

庵里众僧念念经(花卉) 荠苨

吉林改革连连出彩(花卉二) 桔梗、一串红

英雄求实不戴花(树木) 木棉

  木棉,又称英雄花。不戴花,底中销去"花"字。

  苏德友,网名杯弓。1947年10月生,河南卫辉籍,世居银川。宁夏灯谜学会会长,银川市灯谜学会名誉会长。编著出版有灯谜书籍《苏德友论谜》《咏菊苑谜谭》《宁夏灯谜1973—2012》。

杜玉树

鸳鸯不独宿(鸟名) 鸧

老树掩村鹤鸟栖(家禽) 鸡

喜鹊登上东南枝(家禽) 鸡

双方退让骂不成(家畜) 马

进取一生,奉献一生(家畜) 牛

丫头一直献真心(家畜) 羊

首先要直接三通（家畜）	羊
含冤丢官帽，安逸弄飞舟（家畜）	兔
晚上日落孤星闪（家畜）	兔
猴头牵着马驹走（家畜）	狗
歌讴传声韵，奇才不够多（家畜）	狗
虑心消在清风里（兽名）	虎
大伯是奇才（兽名）	猴

　　古爵位有公、侯、伯、子、男。

一钩新月星桥下，孤帆一片到闽中（爬行动物）	蛇
鸵鸟飞奔追萤火（爬行动物）	蛇
天上的星星数不清（农作物）	大麻
水中双鱼跃，枝头鸟双栖（农作物）	小米
点点春色满南京（农作物）	小米
三分春色五羊城（农作物）	木麻
春色点点满中国（农作物）	玉米
四面环山青草盛（农作物）	田菁
青苗变了样（农作物）	田菁
留下悬念，猜出一半（农作物）	田菁
广贴春联一片丹（农作物）	红麻
一点爱心向蓝天，梦断今宵在床前（农作物）	苎麻
直接三通寄客心（农作物）	麦
广植杨柳迎春色（农作物）	青麻
绿化广东靠植树（农作物）	青麻
河边广造林，植树就变样（农作物）	洋麻
虚荣心人皆有之（农作物）	茶
天子皆是脱俗人（农作物）	御谷

谜面	谜底
半帘秋色入西楼（农作物）	棉
南宫作客（农作物）	粟
眉月婢女下西楼（农作物）	稗
千里人归滔水流（农作物）	稻
入目瞧花前，疑是老万来（农作物）	蕉藕
节前有约先上岗（蔬菜）	山药
鸭声半咽出笔端（蔬菜）	毛瓜
前线重逢七月里（蔬菜）	丝瓜
图中鹰爪抓小鸡（蔬菜）	冬瓜
城西也有孤儿游（蔬菜）	地瓜
权出外戚，以小压大（蔬菜）	尖椒
草亭外边种丝瓜（蔬菜）	芥菜
念念不忘合家团聚（蔬菜）	芦荟
中医短缺，争先使用（蔬菜）	豆角
疑是天断架高桥，眉月三星茶人杳（蔬菜）	贡菜
有子称孤方三十（蔬菜）	苦瓜
秋葫芦（蔬菜）	金瓜
采用二锅头，整整三十载（蔬菜）	金针菜
老头外出一年整（蔬菜）	青豆
格格花前弄清芬（蔬菜）	茴香
难分高下四十载（蔬菜）	茼蒿
先辈留下一金针（蔬菜）	韭菜
千里人归明月隐，数点秋雨近重阳（蔬菜）	香菜
枯木逢春吐芬芳（蔬菜）	香椿
王婆叫卖七月里（蔬菜）	瓠瓜
零落成泥碾作尘（花卉）	土沉香
欲到中山留个影（花卉）	文竹

谜面	谜底
芙蓉树（花卉）	木荷
出淤泥而不染（花卉）	白莲
万家乐，乐万家（花卉）	合欢
分忧愁（花卉）	合欢
一到中原讲团结（花卉）	百合
人约黄昏后（花卉）	夜合
山寺桃花始盛开（花卉）	晚来香
小桥流水梅方绽（花卉）	海棠
念念不忘为何改革（花卉）	荷花
持续改革四十载（花卉）	莲花
佳人游春到山西（花卉）	银桂
第四季度开支（花卉）	款冬花
春眠不觉晓（花卉）	睡香
花径不曾缘客扫（花卉）	鲜客来
游子李鬼到岭前（树木）	山槐
吊脚楼头植松柏（树木）	木棉
反手上篮（树木）	毛竹
一弯清流四时春（树木）	水曲柳
四季松柏不凋谢（树木）	冬青
开柜添衣衫（树木）	巨杉
中原桃李挂满枝（树木）	白果树
春来客欲上碧空（树木）	石栗
枫叶似火（树木）	红树
枫林朝醉酒（树木）	红树
罗成十八受吹捧（树木）	红椤
年年伊始是新春（树木）	杉
西楼自有四时春（树木）	杞柳

157

戈壁滩上种红柳（树木）	沙木
重金开栈为大家（树木）	金钱松
慷慨解囊（树木）	金钱松
梦断今宵天已亮（树木）	柏木
黛玉四时形容瘦（树木）	柳杉
游子李白得团聚（树木）	圆柏
林中来了弹冠客（树木）	格木
枝头蝴蝶舞翩跹（树木）	栾
共同迎君到村头（树木）	珙桐
广贴春联喜迎春（树木）	麻栎
乐植树，广造林（树木）	麻栎
村中又有婚假事（树木）	喜树
栎（树木）	喜树
白天紧张（树木）	黑松
立春前后变化大（树木）	榆
栾（树木）	蝴蝶树
岁首造林改旧貌（水果）	山楂
大漠明月落枝头（水果）	沙果
戈壁植树好处多（水果）	沙梨
石榴盛开似火燃（水果）	花红
客登西楼迎春归（水果）	板栗
点点爱心献新春（水果）	枣
见了青天悬案结（水果）	面包果
王婆叫卖声声甘（水果）	甜瓜
西楼夜半重耳来（水果）	椰子

　　杜玉树，1938年1月生，河南巩义人。巩义市职工灯谜楹联协会副会长。

李玉虹

木兰从军(动物学名词)	化性
井底之蛙看天空(动物学名词)	单孔目
混浊之水要清除(动物学名词)	昆虫
只盼"八九"燕子来(动物学名词)	候鸟
固定资产占多数(动物学名词)	稀有动物
放学以后见老公(鸟名)	子规
一上南岛又见面(鸟名)	山鸡
呈上奏疏(鸟名)	告天子
素描点春山(鸟名)	画眉
奴身乔装无凡心(鸟名)	娇凤
心里惦记鸿鹄来(鸟名)	相思鸟
安居北京(鸟名)	家燕
下个星期放上集(鸟名)	雕
洪流暴涨(家畜)	水牛
就我一人到河南(兽名)	大象
黑、吉、辽三省搞谜会(兽名)	东北虎
火了唐寅(兽名)	华南虎
岁首未见翼王来(兽名)	岩羊
我一回家就献丑(兽名)	野牛
人的一生巧安排(昆虫)	天牛
我妈是个挡车工(昆虫)	纺织娘
只求减负度一生(昆虫)	豆牛

杀人灭口(昆虫)	灶丁
递个眼色就明白(昆虫冠量)	二个知了
白头到老度一生(鱼名)	牛舌
太公垂钓,愿者上钩(鱼名)	罗非鱼
入秋以前调山东(鱼名)	香鱼
闺中尺素放两边(鱼名)	鲑鱼
再到山东搞改革(鱼名)	鲳鱼
左右信使拥万岁(鱼名)	鳙鱼
伴随乔国老,蜂蝶兜兜飞(节肢动物)	蜈蚣
连日不下雨,残虹映佳人(两栖动物)	青蛙
甩开两袖争先进(爬行动物)	龟
还原镜头鱼上钩(爬行动物)	金龟
戴上博士伦,把盏竹叶青(爬行动物)	眼镜蛇
春蚕知了好解释(爬行动物)	蜥蜴
鲁北到鄂西,来往尺素书(爬行动物)	鳄鱼
春日人游无愁心(植物学名词)	三秋
每月节约存银行(植物学名词)	不完全花
四海为家(植物学名词)	不定根
前楼未改动(植物学名词)	木本
西楼上青底下紫(植物学名词)	木素
古代宫刑为何意(植物学名词)	去雄
终身不吃荤(植物学名词)	生长素
西湖断桥游西湖(植物学名词)	乔木
戈壁滩上防护林(植物学名词)	沙生植物
开我东阁门,坐我西阁床(植物学名词)	花房

谜面为《木兰辞》句。

群芳争艳数牡丹（植物学名词）	花冠
工厂开工三班倒（植物学名词）	连作
旧貌换新样（植物学名词）	变态叶
杜先生三十载如一日（植物学名词）	草本
鼎力拥权，力不从心（植物学名词）	桑林
万紫千红斗芳菲（植物学名词）	盛花期
杨柳桥头迎桃李（植物学名词）	森林
熟路（植物学名词，求凰格）	对生叶
自小在一起，目前少联系（植物学名词二）	早熟、多年生
只有三人作安排（农作物）	大豆
就业一定广植林（农作物）	亚麻
三方合作并非得力（农作物）	咖啡
塞外喝酒已酩酊（农作物）	胡麻
人到三十才脱困（农作物）	茶叶
登基之后玩秋千（蔬菜）	土豆
签约上岗二十载（蔬菜）	山药
离休之人收孤儿（蔬菜）	木瓜
先等图中伊人来（蔬菜）	冬笋
素食饺子无肉馅（蔬菜）	包菜
小叔大连又掌权（蔬菜）	尖椒
花瓣凋落叶凌乱（蔬菜）	苦瓜
美味佳肴无心情（蔬菜）	青菜
挂念郊外吐真情（蔬菜）	茭白
迎春春联写青莲（蔬菜）	香椿
糖醋排骨少放醋（蔬菜）	甜菜
何谓"满汉全席"（蔬菜）	盘菜
虽然是肉麻，也要作榜样（蔬菜）	酸模

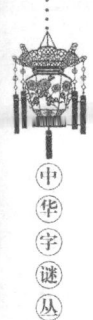

退休以后返老家（蔬菜，梨花格）	茴香
仙人隐居草木间（花卉）	山茶
岁首迎春人思念（花卉）	山茶
岁首琴心撩春草（花卉）	山茶
几度岁首人又来（花卉）	凤仙
每天做事都马虎（花卉）	日日草
简直不像样（花卉）	木兰
自动与人结同心（花卉）	百合
退休以后养小三（花卉）	老来变花
广寒宫里吐芬芳（花卉）	冷香
献丑来红土地（花卉）	牡丹
秋后一定摆宴席（花卉）	款冬
只见东北有微风（树木）	水杉
何人报到何人缺席（树木）	可可
村前寨后飘柳絮（树木）	杉木
两只仙鹤落林间（树木）	杨树
退休之人配成双（树木）	松树
入秋方到山东来（树木）	银杏
解困山西又一村（树木）	银杏树
真是乐死人（水果）	开心果
徐妃半妆面见谁（水果）	龙眼
朱笔之下求丸药（水果）	红毛丹
呆子丧儿乱了套（水果）	杏
归客乃是林散之（水果）	板栗
盼望疏林两倾心（水果）	枇杷
雾锁少林来金陵（水果）	柠檬
带行李赶集（水果）	柿子

林间八戒先逃走（水果）	核桃
大圣伪装献寿果（水果）	猕猴桃
林间老公迎宾客（水果）	槟榔
说话肉麻要脸红（水果）	酸枣
预感有孕夜做梦（水果）	樱桃
精神失常是实（被子植物）	疯人果

李玉虹，网名虫鸣。1948年8月生，浙江临海人。临海市灯谜协会副秘书长。

李成昌

下笔写前言（动物学名词）	毛序
脊梁穿刺（动物学名词）	骨针
小心前面带刺的玫瑰（动物学名词）	警戒色
护花使者（动物学名词）	警戒色
九弟兄长有几位（鸟名）	八哥
只求开口先献歌（鸟名）	八哥
每到义乌来汇集（鸟名）	海鸥
离开淮水，前度少林（鸟名）	麻雀
投笔上前线，崛起迎未来（家畜）	绒山羊
奇才再现，都是美言（家畜）	狼狗
婚事告吹只因丑（家畜）	黄牛
老骥伏枥脚不停，气喘汗流了一生（家畜）	骡子
孤身能把余热献，奇才屈就种草田（兽名）	大熊猫

说完了藏起来(兽名)	云猫
主场失利风度在(兽名)	东北虎
任凭虚度业成空(兽名)	虎
别墅后面孩子不见(兽名)	野猪
诏书无言半隐貌(兽名)	貂
投资房产见效益(兽名,徐妃格)	猞猁
二人因丑而整容(昆虫)	天牛
茧已破,龟缩头,够呛(昆虫)	苍蝇
中医方能疗病源(昆虫)	知了
为义字,虽断头,一生足矣(昆虫)	蚊子
蝴蝶前引路,文君紧相随(昆虫)	蟑螂
的卢救主,赤兔绝食(昆虫,徐妃格)	蚂蚁
夫人挨骂变了形(鱼名)	大马哈
碰到游鲨一定小心(鱼名)	沙丁鱼
月映西湖可逐舟(鱼名)	河豚
书法大赛有玄机(鱼名)	墨斗鱼
咸鱼放心用水涤(鱼名)	鳡条
佳人梦断烛火残(两栖动物)	林蛙
水中每见鱼摆尾(爬行动物)	海龟
水浊只因雨倾沱(爬行动物)	蛇
心憋不住露玄机(爬行动物)	鳖
大盗行窃趁天黑(软体动物)	乌贼
须臾人至水四溅,三钩同时垂下来(哺乳动物)	鼠

人活着钱没了(植物学名词)	不完全花
浪迹天涯,四海为家(植物学名词)	不定根
雨后春笋(植物学名词)	水生植物

野火烧不尽,春风吹又生(植物学名词)	多年生草本
针锋相对(植物学名词)	芒尖
固若金汤当属实(植物学名词)	坚果
明日不一定能来(植物学名词)	胚
调查取证抓落实(植物学名词)	核果
迎娶新娘(植物学名词)	嫁接
一见孙子喜在心(农作物)	小豆
丰收后活动少,又来支援(农作物)	小麦
主动让三尺(农作物)	玉米
庄前育林,一生为业(农作物)	亚麻
秋后无果心伤情(农作物)	青稞
西风昨夜过园林(农作物)	落花生

启下句:"吹落黄花满地金。"

笔砚放两端,岩下笋初现(花卉)	石竹
白首终生人同心(花卉)	百合
拿不出手自调整(花卉)	百合
好饭不怕晚(花卉)	夜来香
重整寺容欲栖身(花卉)	射干
泉里流水渠自成(树木)	巨柏
天寒松且挺,见景必摄影(树木)	冷杉
春临枝头鸟对鸣(树木)	杏树
二约棋王同布局(树木)	珙桐
乘机取利先发难(水果)	凤梨
白首同心,把春挽留(水果)	石榴
一半洒脱一半孤(水果)	西瓜
小二拿瓢来(水果)	西瓜
逸言难免出下策(水果)	枣

李成昌,曾用名李承昌,网名微尘。1955年生,吉林德惠人。黑龙江省灯谜学会会员。

李国安

游走于东西(动物学名词)	动物
生来就会猜灯谜(动物学名词)	隐性遗传
空中托运可可来(鸟名)	八哥
五台鲁达把身安(鸟名)	山和尚
奉先来到鸿沟里(鸟名)	布谷
摆席一直到午夜(鸟名)	燕子

"燕"通"宴"。

晏子孙子皆鹰扬(鸟名)	鹦鹉
休闲之后得此鸟(鸟名)	鹇
又见白头翁(家禽)	鸡
圣上是位白头翁(家禽)	鸡
未见此前仙人离(家畜)	山羊
丈夫炒股真红火(家畜)	老公牛
先生脾气真叫犟(家畜)	老公牛
接连失败还要吹(家畜)	老黄牛
入狱之前吟一句(家畜)	狗
一败涂地真窝囊(兽名)	北极熊
拔河赛成绩列入试卷分(兽名)	考拉
拔河赛前先测试(兽名)	考拉

两番先猜都猜不（兽名）	狒狒
先猜的是先生（兽名）	狮
战战兢兢来伴君（兽名）	恐龙
养对藏獒不挣钱（兽名）	狡狮
此前未加询问（兽名）	盘羊
回望千里荒芜地（兽名）	野马
爽直痛快是悟能（兽名）	豪猪
两人相约守一生（昆虫）	天牛
迎面飞来一草蛉（昆虫）	皮虫
不搞清楚不罢休（昆虫）	知了
江郎才尽失聪颖（昆虫）	知了
突然发怒叫天子（昆虫）	变色龙
螳螂一曲蝉一曲（昆虫）	蛐蛐
舞蹈家传资历深（昆虫）	跳蚤

"蚤"通"早"。

纺陷阱，织阴苔，中军帐，候客来（昆虫）	蜘蛛
蟑螂螳螂做统领（昆虫）	蟋蟀
围棋比赛何特点（鱼名）	比目
脑袋竟是花岗岩（鱼名）	石首
苏州老汉养蛐蛐（节肢动物）	蜈蚣
直到山东才分离（爬行动物）	甲鱼
不难分辨虱与蚤（爬行动物）	蜥蜴
来到鄂西养泥鳅（爬行动物）	鳄

寿似南山不老松（植物学名词）	生长期
相见互不识（植物学名词）	共生
莫待晓风吹（植物学名词）	催花

　　面为唐代女皇武则天《腊日宣诏幸上苑》句."花须连夜发,莫待晓风吹。"

花轿未到就须迎（植物学名词）	嫁接
相继出阁两姐妹（植物学名词）	嫁接
夫妻培育一枝花（植物学名词）	雌雄同株
珍品就数杂交稻（农作物）	玉米
第二是要广造林（农作物）	亚麻
袭人亦不识（农作物）	花生
三十日如三十载（蔬菜）	草菇
除非如此便一致（蔬菜）	韭
花前忽然挨一刀（蔬菜）	葱
正为二小重设计（蔬菜）	蒜
宰相本姓朱（花卉）	一品红
秋灯暗淡明月隐（花卉）	丁香
一朵芙蓉现碧波（花卉）	水芙蓉
嫦娥奔月（花卉）	仙人球
便是布衣也留芳（花卉）	白丁香
俞伯牙缘何摔琴（花卉）	吊钟
赤字皆因开支大（花卉）	红花
青松挺且直（花卉）	忍冬
唯有月下不得啼（花卉）	杜鹃
望眼欲穿四十载（花卉）	芭蕉
星月作伴茉莉开（花卉）	夜来香
众香国里最壮观（花卉）	指甲花
烂（花卉）	热带兰
郁金香产地考（花卉）	荷花
姜太公指点封神榜（花卉）	排仙

全(花卉)	滴滴金
淦(花卉)	滴滴金
西南方向很吃紧(树木)	东北松
一笔写成两个字(树木)	竹
洞房花烛相拥眠(树木)	夜合欢
猜谜一针见血(树木)	虎刺红
钱凑齐后同高兴(树木)	金合欢
立吃地陷坐吃山空(树木)	金钱松
林间传来歌曲声(树木)	栎木
吾与桃李同作伴(树木)	梧桐
峰染夕阳柿已熟(水果)	山里红
气得天子从实招(水果)	火龙果
先上机而后找字(水果)	李
此树价值一百万(水果)	桃
众(药用植物)	人参
戈壁造林第一功(药用植物)	防风
全部是底稿(被子植物)	通草
攀至峰顶猜灯谜(藤本植物)	爬山虎

李国安,网名始祖山人。1945年10月生,河南新郑人。河南省民间文艺家协会灯谜学委员会副会长,郑州市灯谜学会主席。

李明富

非分之想(动物学名词)	不应期

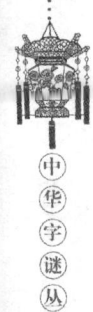

国产大熊猫（动物学名词）	甲生动物
含泪依在妈身旁（动物学名词）	水母体
天鹅湖（动物学名词）	水生动物
来世还做你弟子（动物学名词）	再生

　　此谜两扣，以"来世"扣底一次，又以"还做你弟子"扣底第二次。

举手投足间,显示有身份（动物学名词）	动作地位
器（动物学名词）	多孔动物
罗织（动物学名词）	网状结构
这支队伍不坚强（动物学名词）	柔软组织
绅（动物学名词）	神经节
西湖夜月入画中（动物学名词）	胃液
一月十日到西湖（动物学名词）	胆汁
盼得大雁归（动物学名词）	候鸟
本很精彩感人,切勿现丑（动物学名词）	原生动物
滚球（动物学名词）	圆形动物
摘穷帽,挖穷根,上下可要团结紧（鸟名）	八哥
半只肥鹅犒冠军（鸟名）	巴鸭
南方又见雁归来（鸟名）	火鸡
一泉活水尽流失（鸟名）	百舌
知难而进叹无用（鸟名）	雉
仙人隐踪未可寻（家畜）	山羊
美人一去未归来（家畜）	羊
念着早点来,免得总牵挂（家畜）	草兔
嫁出女之前免访（家畜）	家兔
草率出了则错谜（兽名）	艾虎
牛魔王之子,大声骂悟空（兽名）	红吼猴

《西游记》中,牛魔王之子红孩儿与悟空斗法,后被观世音制服。

透过方孔瞧悟空(兽名)	吼猴
反猜得出个瓜字(兽名)	青狐
猴头抱个未熟瓜(兽名)	青狐
村边遇怪才,拦着要对句(兽名)	树狗
春到鼠年出对句(兽名)	树鼩
三亚航班子时到达(兽名)	海南飞鼠
抬头弯腰奉承好(兽名)	狼
孙悟空荡秋千(兽名)	悬猴
躲藏着不算英雄(兽名)	猫熊
求索未来(兽名)	盘羊
狂放不羁,个性出格(兽名)	野牛
两个大腕,一对怪才(兽名)	猩猩
山东来宾特先上(兽名)	鲁西牛
高老庄八戒逞能(兽名)	豪猪
寻章摘句两怪才(兽名二)	獐、狗
惹恼皇帝(昆虫)	火龙
旧貌变新颜,蜀中且相见(昆虫)	叶蛆
大陆历史之谜(昆虫)	地老虎
中一弹而毙命(昆虫)	蚝
给文中添上一顿号(昆虫)	蚊
一点钟后来见我(昆虫)	蛾
蜀中称帝(昆虫)	蝗
古楼之木,全遭虫蚀(昆虫)	蝼蛄
小坏蛋骗大坏蛋(昆虫)	蠓虫
当了多年的治蠲专家(昆虫,燕尾格)	长管蚜

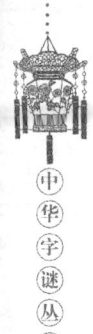

山东改革向前进(鱼名)	鲌
鱼书寄达桂东(鱼名)	鲑
争端一经发生,留下后患至今(鱼名)	鲶
不见佳人不燃烛(两栖动物)	蛙
耍赖把病装,寄生虫一对,合当是如此,莫要去理会(两栖动物)	癞蛤蟆
景阳虎患,冒失撞见(爬行动物)	大蟒
为上岗争先充电(爬行动物)	山龟
前面来只瞎眼鸟,后面钓起无尾鱼(爬行动物)	乌龟
一颗子弹打中它(爬行动物)	蛇
一墙挡住百兽王(爬行动物)	壁虎
蜀中迎来好收成(软体动物)	蚌
两来闽中,合作盈利(软体动物)	蛤蜊

桦树(植物学名词)	中生植物
恼得仲尼手足乱舞(植物学名词)	气孔运动
雨露岂可择地而施(植物学名词)	水分平衡

明代大学士解缙,为人一向真诚厚道,凡是来向他求字者,他皆一一给予满足。有人告诉他什么人该给予,什么人不该给予。他说:"雨露岂可择地而施焉?"坚持一视同仁,平等对待。

海藻(植物学名词)	水生植物
夏荷(植物学名词)	长日植物

根据季节规律,冬时短,夏时长。

身材高挑,皮肤白净(植物学名词)	生长素
一月又一月,月月紧相连(植物学名词)	光合作用
不受管束,不讲信用(植物学名词)	自由水

"水"指办事虚伪,不讲信用。

雄起(植物学名词)	阳性树
和君直接未相见(植物学名词)	种群
花铺盖(植物学名词)	被子植物
世间只有藤缠树(植物学名词)	寄生植物
冬梅(植物学名词)	短日植物
赶场天人流如织(植物学名词)	集群
血性男儿聚一起(植物学名词二)	特有种、集群
夺冠喜在心(农作物)	大豆
十二点一到就来(农作物)	玉米
叶乱花影残,一处一点点(农作物)	毕豆
二十四位异乡打工者(农作物)	红薯
含笑迎弟子(农作物)	花生
高官一到就上菜,席上杯杯不落空(农作物)	苎麻
清辉依旧在,庙前树并排(农作物)	胡麻
早闻花初发,帐前留异香(农作物)	草棉
大山深处藏二鸟(农作物)	高粱

"大山"即指"高"大的山"梁",添进两个小点,象形为"鸟",组成谜底"高粱"二字。

如何才能有结果(农作物)	落花生
入夜又逢生变故(农作物)	黑麦

"入夜"会意出"黑";谜底"麦"字由"又""生"二字变化所得。

草率匆促得谨慎(蔬菜)	小葱
不开口笑是痴人(蔬菜)	木瓜
乙未年里得千金(蔬菜)	生姜
大树旁边会小叔(蔬菜)	尖椒
先在欧美火爆,后在东方上市(蔬菜)	西红柿
节前有客到浙东(蔬菜)	西芹

节前见过面,节后去采访(蔬菜)	苋菜
命运多舛孤儿死(蔬菜)	苦瓜
节前添丁(蔬菜)	茄子
二十四载无家可归(蔬菜)	萝卜
向晚意不适(蔬菜)	黑木耳
亲娘与女苦相依(蔬菜)	慈菇
头不梳脸不洗(花卉)	人面孔花
改天来喝茶饮酒(花卉)	大一品
全面整治话一统(花卉)	大理百合
日边红杏(花卉)	太阳花
主动点点献真心,艺高为人要虚心(花卉)	玉兰花
则群聚而笑之(花卉)	合欢

面为《师说》句。

添瑞气笔走龙蛇(花卉)	吉祥草
大小皆录取,组成五十双(花卉)	尖被百合
故事未完(花卉)	死不了
诗圣月下闻莺啼(花卉)	杜鹃
放电影,迎岁首,灯笼高挂(花卉)	映山红
品行不良,大腕出轨(花卉)	流星花
改造山水乡貌变,一生奉献为红土(花卉)	绿牡丹
资金积累不用愁(花卉)	银合欢
喜逢一群踏青客(花卉二)	合欢、迎春
冠亚军由广西队包揽(花卉二)	金桂、银桂
少年不识愁滋味(花卉二)	童子面、笑靥
带着孙到亭前来(树木)	子京
仙人不遇,村边见鬼(树木)	山槐
羊年初临,轻装上阵(树木)	马尾松

夜尽梦依稀,雪飘落帘前(树木)	木棉
天下为公(树木)	世界爷
大树旁取景留影(树木)	巨杉
论表现,此公列榜首(树木)	白皮松
未能一聚空欢喜(树木)	白栎
从我做起人休闲(树木)	杉
两个老汉在林中(树木)	松树
巷中有棵树挡道(树木)	胡桐
琼岛解围(树木)	海南松
点横撇捺,每日一练(水果)	文旦
下笔描红(水果)	毛丹
闲来出门两兄弟,一矮一高前后行(水果)	李子
甘作奉献,未取其一(水果)	贡柑
未来方能成人君(水果)	味王
未曾闻得杜鹃声(水果)	味帝
榜样在前头,竞争有希望(水果)	枇杷
平添草木入画中(水果)	苹果
树苗移栽到东坪(水果)	苹果
李未成熟桃未红(水果)	青果
心如止水情未识(水果)	柠檬

  谜中借代女影星"林"心如。

春城好后生(水果)	柿子
每对相伴入林来(水果)	树梅
种树有利在儿孙(水果)	梨子
齐朝前走,登临桥头(水果)	脐橙
接连挽留,差人送茶(水果)	榴莲
来宾与郎对春联(水果)	槟榔

村前寨后,把住口子(水果二)　　　　　　　　　　　　　杏、枣

李明富,1955年4月生,四川泸州人。四川谜友联谊会常务理事,泸州市江阳区灯谜协会副理事长。

杨龙生

三人荡舟水四溅(动物学名词)	二态
唐僧师徒过岔口(动物学名词)	三叉神经
单身走上富裕路(动物学名词)	个体发生
当头月高悬,曲径柳丝斜(动物学名词)	小肠
撤职后人肉搜索(动物学名词)	内耳
人脱贫后要虚心(动物学名词)	分化
村前云月移,残花片片落(动物学名词)	本能
一起向前搞改革(动物学名词)	协同进化
小白给厂补漏洞(动物学名词)	同源
内部有几人,明日去安排(动物学名词)	肌肉
引火烧身成现实(动物学名词)	自然发生
饭后村前见,眉月画中变(动物学名词)	舌板
岂能辨我是雌雄(动物学名词)	两性异形
独住林间(动物学名词)	体柱
看上感到受重用(动物学名词)	视觉器
滑轴平移搬东西(动物学名词)	轮形动物
人到古稀争上进,一月建起楼中楼(动物学名词)	软骨
节目返台成习惯(动物学名词)	重演律

屋前戏水十分牛（动物学名词）	犀角
走向一致（动物学名词）	趋同
两性人（动物学名词）	雌雄同体
大胆改革二十载，山东旧貌换新颜（动物学名词）	鳍膜
看法一改皆失去（动物学名词，卷帘格）	完全变态
匠心独具抵岸上（动物学名词二）	上丘、下丘
毒枭一号，开春贩毒（鸟名）	鸩
后苑双鸟日照映（鸟名）	鸳鸯
一到中午就怯懦（兽名）	马来熊
几度心无虑（兽名）	虎
未来有何打算（兽名）	盘羊
垄上日照映山东（鱼名）	龙鱼
跳越上岸得第一（爬行动物）	穿山甲
一生心血扬远帆，花前雁舞伴孤星（爬行动物）	蟒
红里黑（海洋动物）	海参

面为三种海的名字。

每逢生日游湖东（棘皮动物）	海星
消费之后有盈余（植物学名词）	不完全花
零钞全部消费（植物学名词）	不整齐花
内改旧貌需增人（植物学名词）	叶肉
桥前桥后荡秋千（植物学名词）	乔木
两个学子成挚友（植物学名词）	交互对生
领到工资皆消费（植物学名词）	完全花
牡丹之王（植物学名词）	花冠
消费多少（植物学名词）	花盘
夜半解袍衣，躲避是非地（植物学名词）	孢壁

有了住房,不认爹妈(植物学名词)	居间生长
飞刀直接刺中脸(植物学名词)	径向切面
月月登台不一样(植物学名词)	胚胎
大额票面皆消费(植物学名词)	整齐花
消费世界(植物学名词,秋千格)	球花
主动重点解困境(农作物)	玉米
爱上分析四十载(蔬菜)	芹菜
爱上草木非一般(蔬菜)	韭菜
两个排成队,方能见到君(蔬菜)	笋
桥西离别桥东见(花卉)	二乔
日用消费(花卉)	天使花
同心向前进,两个排成队(花卉)	石竹
同心改革二十载,二度指示向前进(花卉)	石蒜
明月映荷前,倾心注云端(花卉)	昙花
横剖面(花卉)	黄十八
吊脚楼前树刷白(树木)	木棉
一对林间乐融融(树木)	栎树

　　杨龙生,1956年10月生,山西河津人。太原市灯谜学会副会长、山西省灯谜学会秘书长。

杨国显

若即若离藕丝连(动物学名词)	不完全分裂
管中窥天瑕疵小(动物学名词)	毛孔

谜面	谜底
未到惊蛰养生息（动物学名词）	冬眠
乾坤一体天作合（动物学名词）	交配
古来情欲本天成（动物学名词）	性色
学问基础浅碟化（动物学名词）	表皮
噪音污染严禁止（动物学名词）	鸣管
特种行业有门神（动物学名词）	保护色
去芜存菁蓄锐气（动物学名词）	受精
化蛹为蝶幻此身（动物学名词）	变态
万紫千红引蜂蝶（动物学名词）	诱惑色
满池子了萍水逢（动物学名词）	浮游动物
如履薄冰不踏实（动物学名词）	虚足
脱胎换骨莲花身（动物学名词）	蜕变
斗牛轮流上阵去（动物学名词）	触角
灯红酒绿宜避之（动物学名词）	警戒色
谨慎严防仙人跳（动物学名词）	警戒色
空中飞翔对对宿（鸟名）	八哥
启蒙家训诫之哉（鸟名）	子规
儒家诫言律儿孙（鸟名）	子规
了却尘缘归仁去（鸟名）	山和尚
古佛青灯隔红尘（鸟名）	山和尚
双宿双飞凌空去（鸟名）	比翼鸟
飞鸿撒播稻粱菽（鸟名）	布谷鸟
披肝沥胆上奏疏（鸟名）	告天子
一日三省彻前非（鸟名）	知更
青光入目视模糊（鸟名）	绿绣眼
满面豆花尽丢脸（鸟名）	麻雀
少年老成发苍苍（鸟名）	黑头翁

中枢滥权遭訾议（鸟名，放踵格）	鹡鸰
童龄稚子练拳术（鸟名，徐妃格）	鹦鹉
凡夫俗子传统化（鸟名，徐妃格）	鹧鸪
颁布圣旨赋任命（鸟名，徐妃格）	鸡鸽
临终刘备托幼主（鸟名，粉底格）	帝雉
鸿飞雁行我领头（家禽）	鸭
有女是娘对口骂（家畜）	马
前生牢中事春耕（家畜）	牛
端详仔细大一点（家畜）	犬
言之在先说明白（家畜）	羊
去掉一点全都赦（家畜）	兔
出口恐吓傻呼呼（兽名）	虎
形态模糊众纷纭（兽名）	象
滚滚红尘展长才（兽名）	熊
你我切割要清楚（兽名，徐妃格）	骆驼
入目尽皆残障儿（昆虫）	孑孓
和盘托出无隐瞒（昆虫）	知了
永远臣服山大王（昆虫）	磕头虫
千里良驹遇伯乐（昆虫，徐妃格）	蚂蚁
一路鞭策登九五（昆虫，徐妃格）	蚂蝗
慈母俨然入幕宾（昆虫，徐妃格）	螳螂
驾轻就熟足挂帅（昆虫，徐妃格）	蟋蟀
海中鳞介腾空去（鱼名）	飞鱼
鳞翔鸿海跃云端（鱼名）	飞鱼
挤眉弄眼传情意（鱼名）	比目
洞开江南无私藏（节肢动物，徐妃格）	蜈蚣
别有用意言辞间（节肢动物，徐妃格）	螃蟹

忍者无敌臻遐龄（爬行动物）	龟
觅婿务必要乘龙（爬行动物）	金龟
后龙长鸣萧萧声（爬行动物）	响尾蛇
隧道竣工拔头筹（爬行动物）	穿山甲
半部《论语》治天下（环节动物，徐妃格）	蚯蚓
鸡鸣狗盗摸黑去（软体动物）	乌贼
离间卓布献美女（软体动物）	西施舌
地价飞涨超严重（软体动物，徐妃格）	牡蛎
团结才会有力量（软体动物，徐妃格）	蛤蜊
远渡重洋勇气足（棘皮动物）	海胆
青年住宅二代屋（植物学名词）	子房
汉初三杰谁居首（植物学名词）	子房上位
努力储蓄致财富（植物学名词）	不完全花
内在外在融一体（植物学名词）	心皮
桥头林边皆一样（植物学名词）	木本
组装义肢顶双足（植物学名词）	代用器官
在地愿成连理枝（植物学名词）	对生叶
峰峰相连各分立（植物学名词）	平行脉
全场聚焦一把罩（植物学名词）	光合作用
又是一年春好处（植物学名词）	年轮
明日转载岁华新（植物学名词）	年轮
夫唱妇随狂刷卡（植物学名词）	两性花
终日忙碌月光族（植物学名词）	完全花
草枯败腐成堆肥（植物学名词）	花
女中豪杰扮强人（植物学名词）	花冠
夫妻收入界线明（植物学名词）	单性花

捷足先登别苗头（植物学名词）	皁
虚虚实实难分辨（植物学名词）	假果
粒粒晶莹盘中飨（农作物）	玉米
鼓励消费高产值（农作物）	花生
瓜熟蒂落结善果（农作物）	落花生
反应迟钝呆老子（蔬菜）	木耳
胸无点墨真草包（蔬菜）	空心菜
呆头呆脑喜憨儿（蔬菜）	菜瓜
老态龙钟暮气沉（蔬菜，摘顶格）	芫菁
凌空飞翔上西天（花卉）	天堂鸟
超凡入圣神射手（花卉）	仙人掌
君子其心坚如铁（花卉）	石竹
出手阔绰富贵家（花卉）	牡丹花
春风一度为盘缠（花卉）	夜合花
朝来无闻暮郁芳（花卉）	夜来香
王者之香铸成鞘（花卉）	剑兰
散尽家财会织女（花卉）	牵牛花
享受健身好幸福（花卉）	康乃馨
盛极而衰走霉运（花卉，徐妃格）	桔梗
君面敷粉比潘安（花卉，摘顶格）	芙蓉
急急唯恐天下乱（花卉，摘顶格）	芭蕉
蝇头生意无商机（花卉，摘顶格）	茉莉花
布下天网捕飞禽（花卉，摘顶格）	茑萝
计划公开不宜迟（花卉，摘顶格）	萱草
提前曝光露真相（花卉，摘顶格）	萱草
雌雄一体连允诺（树木）	可可
上班点名压力大（树木，徐妃格）	柜柳

天生祯祥好结局（水果）	吉利果
一轮明月分秋色（水果）	桂圆
自甘受骗忍冤屈（水果，徐妃格）	柠檬
离情依依难割舍（水果，徐妃格）	榴莲
身怀六甲早预知（水果，徐妃格）	樱桃
尽窥私密无所惧（水果，徐妃格）	橄榄
聚众成群好组合（草本植物）	人参

杨国显，1941年生，台湾高雄人。历任记者、杂志发行人、期刊总编辑，台湾谜学研究会常务监事、高雄县谜学研究会常务理事，创办菜根香出版社。

杨建敏

变动之道（动物学名词）	白化
南京旧貌变（动物学名词）	小叶
蜗居（动物学名词）	小室
细微之处着手（动物学名词）	小管
稍微抓一抓（动物学名词）	小管
儿童顾问（动物学名词）	小管
祖孙三代搬东西（动物学名词）	五口动物
分开采访（动物学名词）	方言
刚会说话（动物学名词）	方言
全是手下搬东西（动物学名词）	无头动物
第一洞（动物学名词）	头孔

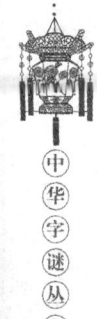

第一个跟帖(动物学名词)	头顶
第一次查询(动物学名词)	头盘
单产(动物学名词)	生殖个体
多云到少云(动物学名词)	白化
洁身若冰雪(动物学名词)	白体
统一就业在眼前(动物学名词)	亚目
假扮已满意(动物学名词)	伪足
彼此之间不熟悉(动物学名词)	共生
集体订正(动物学名词)	同化
晚辈搬东西(动物学名词)	后生动物
先有名后有名分(动物学名词)	多口
个个都秀色可餐(动物学名词)	多食性
捆绑在一起(动物学名词)	并系
不一样的变动(动物学名词)	异化
不一样的吻(动物学名词)	异亲
犯了错误受排挤(动物学名词)	过冷
男女顾问(动物学名词)	两性管
大干(动物学名词)	完全变态
十分有变(动物学名词)	角化
到达花园得分组(动物学名词)	远因
环环紧扣(动物学名词)	连孔
子时来云雨(动物学名词)	夜行性
向导转圈(动物学名词)	环带
投河而死(动物学名词)	终池
白胡子(动物学名词)	表须
直接附和成何字(动物学名词)	变种
服饰总顾问(动物学名词)	穿通管

倒霉到了头（动物学名词）	背甲
吃饭不认真（动物学名词）	食草
不寻常的改变（动物学名词）	特化
实在淘气（动物学名词）	真皮
列举坑蒙拐骗黄毒赌（动物学名词）	排脏现象
依赖朋友圈（动物学名词）	眷群
黑向导（动物学名词）	暗带
老百姓呼吁（动物学名词）	群体说
只有后来可重见（鸟名）	八哥
楼前有鸟正合适（鸟名）	土枭
飞鸟又碰头（鸟名）	石鸡
雪后自动化起火（鸟名）	百灵
晓得有变（鸟名）	知更
本来身份是妓女（鸟名）	原鸡
一人离开会叫鸣（鸟名）	鸽
入住一周（鸟名）	雕
拔河竞走均第一（昆虫）	拉步甲
演讲第一（鱼名）	白甲
统一造林再分组（植物学名词）	木本
也应四海少荒田（植物学名词）	世界种
凡天下田，天下人同耕（植物学名词）	世界种
统一就业心生闷（植物学名词）	亚门
收集火花（植物学名词）	合点
正在扣分少一毛（植物学名词）	托叶
家当世世宁农耕（植物学名词）	老有种
十分结实（植物学名词）	角果

此时刺绣闲（植物学名词）	松针
日落疏林间（植物学名词）	果木
三月有变（植物学名词）	春化
早生挂念未有变（植物学名词）	草本
精耕细作（植物学名词）	特有种
全是火头上说的话（植物学名词）	通气道
实在不真（植物学名词）	假果
虚报成绩（植物学名词）	假果
三连注重培养干部（植物学名词）	营养器官
裸捐心里欢（植物学名词）	喜光
磊（植物学名词）	叠层石
恐慌没有居住屋（植物学名词，卷帘格）	子房无毛
只有南京人在变（农作物）	小谷
推广植树选林（农作物）	木麻
来生一定要主动（农作物）	玉米
一就业就制作木床（农作物）	亚麻
李广到村前（农作物）	麻子
子夜雪纷纷（农作物）	黑花生
当地方言（蔬菜）	土白
上面领导也无能（蔬菜）	大头菜
脑袋发胀人糊涂（蔬菜）	大头菜
呀呀学语很拙笨（蔬菜）	小白菜
门徒是个窝囊废（蔬菜）	生菜
未来战争不了解（蔬菜）	羊角菜
耍滑头手段不高明（蔬菜）	油菜
遇到问题难处理（蔬菜）	疙瘩菜
朗读外语不熟练（蔬菜）	洋白菜

谜面	谜底
一齐登顶合影留念（蔬菜）	茼蒿
吃醋样（蔬菜）	酸模
经常上网（蔬菜，摘顶格）	莳萝
刚进高校可喝点酒（花卉）	大一品
战斗团（花卉）	打不散
月经不断（花卉）	老来红
四季度招待费（花卉）	款冬
依旧花香（树木）	古柏
连声同意（树木）	可可
迎风花开香（树木）	白枫
林间有积土（树木）	桂木
向林散之请安（树木）	桉木
下岗后个个变了样（水果）	山竹
开春获利吐出一半（水果）	山梨
开春获利又有几回（水果）	凤梨
二日布置有点错（水果）	文旦
十分红火（水果）	毛丹
心一慌张来了火（水果）	毛丹
一一离开日本（水果）	杏
权利合并又分离（水果）	梨
暗地里表扬夸奖（水果）	黑美人
表面渗水，转眼多出一半（水果，徐妃格）	菠萝

　　杨建敏，网名四知郎。1960年3月生，江苏如皋人。南通市职工灯谜协会副会长。主编谜刊《人普谜廊》《城管灯谜》。

邱茂文

平(动物学名词) 半变态
人不风流只为贫(动物学名词) 发情期
环保产品(动物学名词) 生物圈
全力促进抓重点(动物学名词) 伪足
不知鸡蛋是何物(动物学名词) 卵生
失去友爱又恢复,一来二去心生情(动物学名词) 受精
女排开始得连胜(动物学名词) 胎生

女排开始,谜底顿读为:女、排开、始。

专车(动物学名词) 逆转现象
乡音无改鬓毛衰(动物学名词二) 原口、表变态
三番五次见兄长(鸟名) 八哥
张翼鹏、张二鹏(鸟名) 叫天子

张翼鹏、张二鹏均为盖叫天(原名张英杰,号燕南)的儿子。

身上衣裳口中食(鸟名) 布谷
智收严颜功属谁(鸟名) 归飞
父兄工作多辛苦(鸟名) 伯劳
一鸣天下知(鸟名) 鸪
劝女快出嫁(鸟名) 催归
周末又来知难得(鸟名) 雉
谁借二桃杀三士,何人篡唐立大周(鸟名,徐妃格) 鹦鹉
依靠石头建渡口(家畜) 马

马+石头=码头,即渡口。

卧看花上新月升（家畜） 牛
横空出世（家畜） 牛
　　"出世"会意为"生"，空缺"横"余"牛"。

大连就是美（家畜） 羊
长大才变美（家畜） 羊
猜得出色不够多（家畜） 狗
先猜到者是八戒（家畜） 猪
孤独半生性多疑（兽名） 狐
马上来办不认真（兽名） 虎
　　马＋虎＝马虎，即办事不认真。

无心虑及失先机（兽名） 虎
一到挂帅先用狠（兽名） 狮
着着领先有创新（兽名） 羚羊
老公降级早猜到（兽名） 猴
直到那时候，才见面貌变（兽名） 猴
临终才明白（昆虫） 知了
一江清水映白帆（昆虫） 螳
母子闽中偶相遇（昆虫） 螳螂
一别六十载，山东面貌改（鱼名） 章鱼
开战之后悟玄机（鱼名） 鲇
周末到云南，来日山东见（鱼名） 鲐
来日山东重相会，转眼又见面貌新（鱼名） 鳗鱼
由此转向悟玄机（爬行动物） 甲鱼
　　鱼玄机，唐代四大女诗人之一。

从此君王不早朝（爬行动物） 变色龙
扬帆把舵驾舟去（爬行动物） 蛇
花下人无踪，窗前蝶有影（爬行动物） 蛇

189

谜面	谜底
号召山东搞改革(爬行动物)	鳄
舅先抛下三把钩,两把小钩钓四鱼,一把大钩却落空(哺乳动物)	鼠
升官靠送钱(植物学名词)	上位花
何当共剪西窗烛(植物学名词)	合点
挥霍一空(植物学名词)	完全花
寂寞开无主(植物学名词,卷帘格)	单被花
古田(植物学名词二)	对生叶、变态
疯狂消费(植物学名词二)	变态、花
晏婴借何杀三士(植物学名词二)	假果、减数分裂
单人枕头组合床(农作物)	大麻
触电感强烈(农作物)	大麻
再到台北先联系(蔬菜)	云耳
何人截江夺阿斗(蔬菜)	云耳
不知子牙是何人(蔬菜)	生姜
大连美女(蔬菜)	姜
非得断开采用(蔬菜)	韭菜
转眼就到二十开外(蔬菜)	萝卜
官居相位,炙手可热(花卉)	一品红
交款一块找七毛(花卉)	三角花
要在斋前留个影(花卉)	文竹
西北造林用了钱(花卉)	木本金银花
直到长大才变美(花卉)	兰
谜目永远不过时(花卉)	虎眼万年青
男女共有二十人(花卉)	荷
花前遇南宫,联句脱口出(花卉)	菊

北宋书画家米芾,人称"米南宫"。

六十寿诞,手上钻戒价上千(花卉,卷帘格)	万带指甲花
万众面皆春(花卉二)	合欢、喜容
栎(树木)	合欢树
闲来出门三更归(树木)	杉
村前偶遇,取景合影(树木)	杉木
一定要抓紧(树木)	杜松
摸着天初见武二郎(树木)	杜松
无私奉献列榜首(树木)	松
向前进,接着跳马堵相眼(树木)	柏
诗仙一去了无踪(树木)	柏
为木偶配对白(树木)	柏树
偶然谈及林散之(树木)	柏树
守株待兔第四春(树木)	柳
说说好汉武二郎,腰宽背阔艺高强(树木)	美人松
我和三春偶相遇(树木)	梧桐树

三春,当代作家,本名陈焕展,1935年生,笔名山村、三春、珊春等。

令堂在旁休乱来(树木)	梅
位居榜首心无愧(树木)	槐
喜见飞鸟落林间(树木)	檎栎
武二郎报仇(树木,秋千格)	雪松
燕然未勒誓不还(树木二)	功劳树、当归

东汉窦宪追击北匈奴,出塞三千余里,至燕然山刻石记功而还。"燕然未勒"指边患未平、功业未成。

又见有利,随机应变(水果)	凤梨
有利机会又抓住(水果)	凤梨

放学之后有闲心(水果) 李
觯困重组见成果(水果) 杏
盼望参加木偶赛(水果) 枇杷
两点一到就结束(水果) 枣
成本一减近百万(水果) 桃
成本一落利升高(水果) 梨
兔触田边树,连守二十载(水果) 榴莲

邱茂文,1964年8月生,安徽六安人。

邱炟若

九妹无姐姐(鸟名) 八哥
银发老汉(鸟名) 白头翁
未上岗(家畜) 山羊
午后股市大跌(兽名) 马来熊
躲进大兴安岭(兽名) 丛林猫
检验一下牵引力(兽名) 考拉
人行横道线看不见了(兽名) 斑马
来客挺粗野,是个票贩子(兽名) 鲁西黄牛
没出息(兽名,徐妃格) 猞猁
虽分二处,没有山峰,田中可见(昆虫) 叶蜂
古楼前后都有虫,木料被毁了(昆虫) 蝼蛄
闽中种瓜能挣钱(昆虫) 瓢虫
要让兄长晓得(昆虫二) 叫哥哥、知了

黑面大盗（鱼名）	乌贼
再到鲁北故乡（鱼名）	鲤鱼
两到山东，皆逢日落时（鱼名）	鲥鱼
鲸是哺乳动物（鱼名）	鲱
去淅西并不难（爬行动物，徐妃格）	蜥蜴
孤儿走失在林边（蔬菜）	木瓜
四十载后，合家团聚（蔬菜）	芦荟
二十四夜一点到（蔬菜）	萝卜
接连诵经不间断（花卉）	一串白
女儿（花卉）	千金子
治安费用（花卉）	太平花
稿子落笔后（花卉）	文竹
从来不知愁滋味（花卉）	长乐
佛手（花卉）	仙人掌
一年开销（花卉）	四季花
有的草变了模样（花卉）	白芍
过年开销要降下来（花卉）	节节花
登山（花卉）	步步高
军费开支（花卉）	角花
通天河怎么过（花卉）	龟背
秋枫霜浓（花卉）	变叶木
美元消费（花卉）	洋金花
满面春风（花卉）	喜容
喜气洋洋聚岗上（花卉，卷帘格）	山合欢
希望客人来林边（树木）	巴西木
东北风三级（树木）	水杉

只见青松不见花(树木) 观光木

邱炽若,1951年10月生,江苏苏州太仓人。苏州市文联谜学研究会会员、太仓市文联谜学研究会副秘书长、太仓市职工灯谜协会会员。

张之义

蛛丝绵绵(动物学名词)	生长线
跟随其后来川东(动物学名词)	尾巴
治理混浊水(动物学名词)	昆虫
岁末星沉一画中(动物学名词)	鱼
牛女相会待喜鹊(动物学名词)	候鸟
拜盟兄弟列九位(鸟名)	八哥
又来养鸡自谋生(鸟名)	企鹅
汉中少见杜鹃落(鸟名)	沙鸡
沱水落下栖双燕(鸟名)	鸵鸟
彩霞辉映乙酉年(鸟名)	锦鸡
双鸟又与天比高(鸟名)	鹧鸪
马上两点又相会(家禽)	鸡
点滴节约用东西(家畜)	羊
首犯拘后汪汪叫(家畜)	狗
照猫画虎不可小(兽名)	大象
两丑争一角(兽名)	牦牛
一心无牵挂(昆虫)	天牛

像是母鸡连声啼（昆虫）	叫哥哥
孤独前行（昆虫）	蝉
山东带头搞改革（鱼名）	草鱼
先到山西后去鲁南（鱼名）	银鱼
蛇头下牢，开封受理（两栖动物）	牛蛙
前情虽逝后挂牵（两栖动物）	青蛙
花纹布头补蚊帐（爬行动物）	长虫
灯谜贴上墙（爬行动物）	壁虎
刚满周岁（植物学名词）	一年生
老鼠洞（植物学名词）	子房
尚有余款（植物学名词）	不完全花
万年青（植物学名词）	生长期
装枕头（植物学名词）	乔木
四季流转（植物学名词）	年轮
桃红柳绿在于春（植物学名词）	花盛期
绿树成荫子满枝（植物学名词）	果林
理由（植物学名词）	变态叶
来人搞修理（农作物）	大米
难当头，求更生（农作物）	小麦
浓雾锁山间（农作物）	包谷
巧妙运球（农作物）	玉米
互让三尺人得便（农作物）	粳米
二小又来念高校（蔬菜）	大蒜
相邀宽心游北岳（蔬菜）	山药
四季未见孤子归（蔬菜）	冬瓜
小叔植树已长大（蔬菜）	尖椒

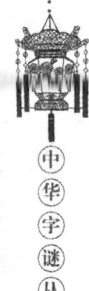

客居丹东市（蔬菜） 山蛭帅
采来花茶半斤（蔬菜） 芹菜
老头解释后，倒听似决斗（蔬菜） 豆角
　　"头"字繁体"頭"去掉后半部为"豆"。
游罢西湖后逗留（蔬菜） 胡豆
二十四载在外游（蔬菜） 萝卜
别发愁（花卉） 合欢
冠军亚军增光彩（花卉） 金银花
与人方便游吉林（花卉） 桔梗
人人宽心可虚心（花卉） 荷花
表面不紧张（树木） 白皮松
父兄快来植胡杨（树木） 伯乐树
条条修改重公布（树木） 梭梭
退休之后来西口（树木） 银杏
垄上樱桃熟（水果） 红龙果
切得沙瓤敬来客（水果） 西瓜
摆脱困境搞四化（水果） 杏儿
迎客松前迎春归（水果） 板栗
每逢早上双花开（水果） 草莓
前面有榜样，该挑后进帮（水果） 核桃
样样该挑一半好（水果） 核桃
先解括弧就甘心（水果） 甜瓜

　　张之义，1934年生，甘肃成县人。伏虎谜社理事，成县老年大学灯谜课教员。著有个人谜集《同谷千虎》。

张士斌

非扑天雕所希望（动物学名词）	不应期

《水浒传》人物李应诨号"扑天雕"。

一定会解禁（动物学名词）	标本
台北台南先后胜（动物学名词）	胎生
若无怠心定获胜（动物学名词）	胎生
与展获有关（动物学名词）	涉禽

被称为"和圣"的春秋时期鲁国柳下惠，原名展获，字禽。

儿争东西而惹事（动物学名词，卷帘格）	非生物因子
易耗品（动物学名词，卷帘格）	短命生物
离岛又一载（鸟名）	山鸡
二人随我去鸡西（鸟名）	天鹅
宁化本土（鸟名）	杜宇
离开营口去鸡西（鸟名）	莺
准备十二点开会（鸟名）	隼
鸡东、连江（鸟名）	鸿

鸡东、连江分别为黑龙江、福建地名。

神行太保与白日鼠互通姓名（鸟名）	戴胜

《水浒传》人物戴宗诨号"神行太保"，白胜诨号"白日鼠"。

上告一直拖下来（家畜）	牛
真心育新苗（家畜）	羊
左拐弯向前直走（家畜）	狗
狱中绝食人形销（家畜）	狼犬

一人到豫东（兽名）	土豸
二人随我到闽中（昆虫）	天蛾
再度笔下写闽中（昆虫）	毛毛虫
粉丝称呼张国荣（昆虫）	叫哥哥
貌似杜十娘情郎（昆虫）	象甲

　　杜十娘情郎名李甲。

离开安徽去鲁南（鱼名）	白鲩
请先去闽中，然后去桂西（两栖动物）	青蛙
虽然重且累，绝口求师长（软体动物）	螺蛳

并非骨子里风流（植物学名词）	不完全花
没准就是杜伯坚（植物学名词）	不定根

　　东汉名臣杜根字伯坚。

不管消费先与后（植物学名词）	无限花序
九处分校（植物学名词）	杂交
隋文帝名副其实（植物学名词）	坚果

　　隋文帝名杨坚。

消费季节（植物学名词）	花序
上网不要淘气（植物学名词）	表皮

　　网上说"不要"为"表"，音与"雯"相近。

得十分求和了（植物学名词）	种子
一早采茶无人影（植物学名词）	草本
颠张狂素有法书，陈王子建留遗著（植物学名词）	草本植物

　　"颠张狂素"指张旭和怀素的草书；曹植字子建，封陈王。

尤显骨气（植物学名词）	特有种
支持课后复习（植物学名词）	翅果
杜伯坚动怒（植物学名词，卷帘格）	气生根

东汉名臣杜根字伯坚。

蒙牛创始人火了（植物学名词，卷帘格） 气生根

牛根生为蒙牛乳业集团创始人。

小李广遭孤立（植物学名词，卷帘格） 单被花

《水浒传》人物花荣诨号"小李广"。

杂色床罩（植物学名词，卷帘格） 单被花

全球捐股第一人发的邮件（植物学名词，卷帘格） 寄生根

蒙牛乳业集团创始人牛根生被誉为"全球捐股第一人"。

为逐金人结同心（农作物） 土豆

破关需同心（农作物） 大豆

天空上面又生变（农作物） 大麦

先到南京，再去娄底（农作物） 小米

主动要求去娄底（农作物） 玉米

约有百来人采药（蔬菜） 大白菜

约二十出头（蔬菜） 山药

美女走光人出丑（蔬菜） 生姜

皇上听后放宽心（蔬菜） 白芹

小叔来到大楼前（蔬菜） 尖椒

客居金城消费增（蔬菜） 西兰花

兰州别称金城。

加好之后放宽心（蔬菜） 茄子

贾琏妹妹的开销（花卉） 迎春花

《红楼梦》人物贾琏的妹妹名叫迎春。

为何从化节节高（花卉） 荷花

出名之后染头发（树木） 山杏

应有三分象二王（树木） 广玉兰

底由"应""二王"离合而得。"二王"指书法史上的王羲之、王

献之父子。

人生若只初相见(树木)	谷木
两权分离又对立(树木)	桑树
镜头捧哏解困境(树木)	银杏
林散之皆对(树木)	楷树
林散之从容应对(树木)	榕树
林散之印章一对(树木)	樟树
燕子楼前燕无影(水果)	李
进口成本变化了(水果)	杏子
连本带利转存了(水果)	梨子
行李发海西(水果)	梅子
一排后面就是了(水果)	提子
确实是曾子舆也(水果,卷帘格)	人参果

张士斌,谜号士隐,别号常州市隐。1967年5月生于江苏宝应。常州市灯谜学会会长。

张礼鹤

路见不平拔刀相助(动物学名词)	气管
假得不能再假(动物学名词)	伪足
闭着眼睛说瞎话(动物学名词)	盲道
腰圆肠满(动物学名词)	腹足
补服绣孔雀(鸟名)	三品鸟

三品鸟,鸥的别名。

五台僧人（鸟名）	山和尚
马上到年初，年初就上马（鸟名）	鸟
素有鸿鹄志（鸟名）	白天鹅
鹤发公公皓首叟（鸟名）	白头翁
采石矶上飞一鸟（鸟名）	凫
区区水域每栖鸟（鸟名）	海鸥
一鸣惊人了不起（鸟名）	鸽子
系念北方泪珠横（鸟名）	燕
出仕嘉州（鸟名，卷帘格）	山乐官
兄（鸟名二）	画眉、八哥
着眼未来（家畜）	羊
洋场犹见古时月（家畜）	湖羊
留洋困难（家畜）	滩羊
相聚马尔代夫首都（家畜）	骡
码头上岗遇三丫（兽名）	岩羊
重视未来心有计划（兽名）	羚羊
安分度日子（兽名）	鼷
醒来吧弟弟（昆虫，卷帘格）	叫哥哥
自由散漫少鱼书（鱼名）	沙鳗
姜太公直钩钓公侯（鱼名）	罗非鱼
离别山东三十载（鱼名）	草鱼
寻根鲁南到鲁北（鱼名）	鲥
碑座龟趺（爬行动物）	石龙子
良人执戟明光里（爬行动物）	守宫
白娘子外甥（爬行动物）	蛇舅母
十二个月怀嬴政（植物学名词）	一年生

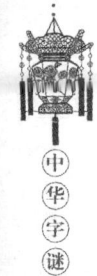

故烧高烛照红妆（植物学名词）	休眠期
共点一盏灯（植物学名词）	光合作用
月光族（植物学名词）	完全花
令正原来是瓦窑（植物学名词）	雄性不育
求不死之药（植物学名词，卷帘格）	生长期
昨夜西风过庭院（植物学名词，卷帘格）	完全花
牛女二星会鹊桥（农作物）	高粱
三尺上下（农作物二）	大米、小米
开拓人生喜在心（蔬菜）	土豆
易牙蒸子（蔬菜）	小白菜

　　易牙给齐桓公当厨师，齐桓公，名小白。

一同念书念到高一（蔬菜）	茼蒿
念念不忘共同提高（蔬菜）	茼蒿
二十四载援外（蔬菜）	萝卜
泪洒吴门（蔬菜）	落苏
淅沥声惊晓梦残（蔬菜）	落苏
沾酒即上脸（花卉）	一品红
朱砂痣（花卉）	一点红
净角（花卉）	人面孔花
峨眉云雾密蒙（花卉）	山茶花
荸荠、地栗、乌芋（花卉）	马蹄参
仅有几处山（花卉）	凤仙
白首同心如一人（花卉）	百合
出水芙蓉（花卉）	旱荷
甘肃省会设何处（花卉）	建兰
后半篇续前半篇（花卉）	扁竹
四十载前早宣布（花卉）	萱草

写鬼写妖高人一等,刺贪刺虐入木三分（花卉）	蒲公英
西施忧国（花卉）	虞美人
层林尽染（树木）	山红树
张道陵发颤（树木）	天师栗
岁寒知松柏（树木）	冬青
横竖撇捺（树木）	四合木
来旅游人生地不熟（树木）	观光木
林业对口（树木）	杏树
生了一个就绝育（树木）	杜仲
郎君面前宽宽心（树木）	芙蓉
湖边树木同承包（树木）	泡桐
黛玉心中自明白（树木）	柏木
共同植树一起干（树木）	珙桐
李纨夫婿李纨儿（树木）	珠兰
梦见少时泪阑干（树木）	桫椤
林中仿佛卧洞宾（树木）	棘
守株待兔田抛荒（树木）	榴
除夕梦回岁首元旦（水果）	山楂
黛玉归西（水果）	板栗
海边度假五十日（水果）	草莓
念书十八载,堪留连（水果）	榴莲
郎伴来宾观木偶（水果）	槟榔
夕来得梦梦熊罴（水果）	樱桃

　　张礼鹤,1942年1月生,浙江镇海人。宁波市职工灯谜协会会长。

张松林

真心不二到华北（动物学名词）	一化
卢前王后到北岳（动物学名词）	上丘
要改旧貌攻尖端（动物学名词）	小叶
三叠高桥影清辉（动物学名词）	月骨
开庭一审（动物学名词）	头盘
来到晋北安个家（动物学名词）	亚门
要从晋北去湘西（动物学名词）	亚目
喜上眉梢安个家（动物学名词）	声门
又进村里找犬洞（动物学名词）	树突
中医到淮中（鸟名）	水雉
农民兄弟正播种（鸟名）	布谷
中原起飞到深圳（鸟名）	白鹏
码头又有鸟飞来（鸟名）	石鸡
一离中原就下雪（鸟名）	百灵
上等鸟儿又飞来（鸟名）	竹鸡
来人做工无报酬（鸟名）	伯劳
黛玉身边有杜鹃（鸟名）	林鸟
孤鸟归来宿南京（鸟名）	枭
中医处方有改变（鸟名）	知更
弓箭射中大天鹅（鸟名）	鸢
每到水区鸟飞来（鸟名）	海鸥
草桥下面杜鹃鸣（鸟名）	莺

又在江边养起鸡（鸟名）	鸿
池鹭前后天上来（鸟名）	鸿鹄
夜半高亭有大风（鸟名）	鹈
夜半归来老北京（鸟名）	燕子
一住就是一星期（鸟名）	雕
主人败在猜谜关（兽名）	东北虎
败得一塌糊涂（兽名）	北极熊
检测之后再搬运（兽名）	考拉
岭西码头展未来（兽名）	岩羊
披星上山独领先（兽名）	狼
二度下马接圣旨（兽名）	羚羊
我为故乡献一生（兽名）	野牛
月朦似水残生影（兽名）	犀牛
残月映斜柳，小舟鸣飞鸟（兽名）	貂
到了七月回故乡（兽名，徐妃格）	狐狸
越过太行夺第一（爬行动物）	穿山甲
旧貌换新颜（植物学名词）	叶
陕西旧貌换新颜（植物学名词）	叶耳
八十一人（植物学名词）	四分体
马路正好才植树（植物学名词）	早材
两个来了整一年（植物学名词）	竹青
面上工作要落实（植物学名词）	果皮
山上有棵树（植物学名词）	根
植林之后有利田（植物学名词）	梨果
实在没有假（植物学名词）	真果
天下首先要同心（农作物）	大豆

前前后后陪一人（农作物）	大豆
前前后后来南京（农作物）	小豆
要到村西广植林（农作物）	木麻
中国重点脱困境（农作物）	玉米
要去湖西购木床（农作物）	胡麻
南京来人终生念（农作物）	茶
在沪住了整一年（蔬菜）	上海青
天下第一美佳肴（蔬菜）	大头菜
岭前相约来种草（蔬菜）	山药
大声说话听不见（蔬菜）	木耳
丘上种草需浇灌（蔬菜）	水芹
河西种了向阳花（蔬菜）	水葵
图中画着西葫芦（蔬菜）	冬瓜
图中有朵向阳花（蔬菜）	冬葵
初夏伊始泉水流（蔬菜）	四月白
洛阳牡丹扬天下（蔬菜）	甲花
两个君子当府官（蔬菜）	竹笋
大大喜字贴斗上（蔬菜）	红百合
要上浙东采头茶（蔬菜）	西芹
四十户人都在说（蔬菜）	芦荟
采草为治青春痘（蔬菜）	疙瘩菜
西部田中现秋色（蔬菜）	金针
没有心情品佳肴（蔬菜）	青菜
为何丘上要种草（蔬菜）	胡芹
何时发薪去省亲（蔬菜）	胡芹
东校花前会诗仙（蔬菜）	茭白
六十日得见如来（蔬菜）	草菇

大概计有四十斤（蔬菜）	药芹
村西酿酒散菲芳（蔬菜）	香椿
王婆连声叫卖夸（蔬菜）	瓠瓜
二十四晚去算卦（蔬菜）	萝卜
山西陕西要改革（蔬菜）	银耳
这盘炒得真是好（蔬菜）	棒菜
西湖迁出四十户（蔬菜）	葫芦
水边住了四十户（蔬菜）	蒲芦
四五乡村花尽芳（花卉）	九里香
有朋真心两点来（花卉）	二月兰
五对姑娘采山茶（花卉）	十姐妹
百十载后还康泰（花卉）	千年健
西峰有一片红枫（花卉）	山丹
上岗之人植草木（花卉）	山茶
北京出差留个影（花卉）	文竹
为何桥上要植草（花卉）	木荷
终于离开来打工（花卉）	冬红
第四季度火起来（花卉）	冬红
个个同心向前进（花卉）	石竹
包头运米来，二十抵晋北（花卉）	亚菊
聚到一起很高兴（花卉）	合欢
大明极盛天下安（花卉）	朱顶红
九九归一不分开（花卉）	百合
大概有勺四十把（花卉）	芍药
一日植树超百万（花卉）	阳桃
乐哈哈地来消费（花卉）	含笑花
高高兴兴买东西（花卉）	含笑花

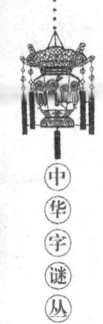

此草长得十分高（花卉）	角蒿
小姐进店零消费（花卉）	鸡蛋花
夜半村前有旗飘（花卉）	郁李
宽心投资建大桥（花卉）	金英
后宫佳丽三千人（花卉）	帝王花
大桥走来两先生（花卉）	牵牛
春天以后勤出力（花卉）	夏堇
成对蝴蝶飞林间（花卉）	栾树
吉林更有大变化（花卉）	桔梗
山西聚会很快乐（花卉）	银合欢
图画之中要签名（花卉）	款冬
悟空脸上受了伤（花卉）	猴面花
五十日内搞宣传（花卉）	萱草
霸王之死在九月（花卉）	翠菊
淮东霜降后，花前赏松柏（花卉）	藿香
楼前竹叶飘（树木）	杉
亲人没来对春联（树木）	梓树
山西定要改困境（树木）	银杏
岭西植林到天亮（水果）	山楂
初一出差到北京（水果）	文旦
阿敏从此火起来（水果）	毛丹
秋后植树上百万（水果）	冬桃
留守码头十八载（水果）	石榴
田里种树缺少水（水果）	沙果
巴林比赛要调整（水果）	枇杷
南京树木遮天地（水果）	柠檬
结对造林到海边（水果）	树梅

每早用心来植草（水果）	草莓
东陵墓前起枪声（水果）	菱角

张松林，网名乐谜。1937年6月生，山西陵川人。山西省灯谜学会副秘书长、长治市职工谜协副会长兼秘书长。编著有《中国谜语大辞典》《毛泽东诗词灯谜鉴赏大辞典》等书，长治市职工谜协会刊《藏智》主编。

张顺社

日本人自幼会养鸟（鸟名）	小天鹅
日本人养鸟（鸟名）	天鹅
春分时节播种忙（鸟名）	布谷
万事不求人，一点全都会（鸟名）	百灵
八哥笑惨了（鸟名）	极乐鸟
污染长江水变黑（鸟名）	河乌
空中绘图（鸟名）	画眉
府上吃顿团圆饭（鸟名）	家燕

燕，通"宴"。

金秋好美来画眉（鸟名）	黄鹂
款待八哥好出征（鸟名）	燕行鸟
土木之变（鸟名二）	杜鹃、走鹃
对方挨骂（家畜）	马
一直向前登上天（家畜）	牛
一分人民币（家畜）	羊

合人民币十块（家畜）	羊
先猜的人（家畜）	猪
先猜两日，用心转变（家畜）	猫
无心考虑几多回（兽名）	虎
夺冠之后躲起来（兽名）	金猫
先生先猜（兽名）	狮
先猜一帅（兽名）	狮
先猜就好（兽名）	狼
斜月柳丝飘，有约前线会（兽名）	豹
一直等候先猜（兽名）	猴
月光点点影，台上残花重（兽名）	熊
打不赢就躲（兽名）	熊猫
无息贷款只还本（兽名，徐妃格）	猞猁
做事要实在（植物学名词）	干果
女人消费，男人也消费（植物学名词）	两性花
难辨雌雄眼迷离（植物学名词）	两性花
有雄心，要虚心，定宽心（植物学名词）	花
虚心待人二十载（植物学名词）	花
想要有个家（植物学名词）	间期
村头有块田（植物学名词）	果
正当十八又相会（植物学名词）	枝
马牛羊的胃，尽是装的啥（植物学名词）	苞
扪心自问（植物学名词）	质体
实在不假（植物学名词）	真果
乔装打扮实在像（植物学名词）	假果
双方二十泼污水（植物学名词）	萼

谜面	谜底
一念之心，心心相印（植物学名词）	蕊
四方与共，念及天下（植物学名词）	蕾
两位人分开二十载（植物学名词）	瓣
儿已安家，家里有后（植物学名词，回文格）	子房
不假即实，实在不假（植物学名词，回文格）	真果
一人醉酒（农作物）	大麻
何谓酩酊（农作物）	大麻
南京出哑谜（农作物）	小米
芙蓉长在秋江上（农作物）	水花生
一旦走红惹人醉（农作物）	火麻
一来便主动（农作物）	玉米
春到羊城贴春联（农作物）	青麻
西湖游人醉（农作物）	胡麻
秋色令人醉（农作物）	黄麻
触电之后没感觉（农作物，秋千格）	木麻
说是新手，实为滑头（蔬菜）	油菜
美酒穿心过，桃花上脸来（花卉）	一品红
南京消费获第一（花卉）	小冠花
姣姣婵娟看未真（花卉）	月光花
佳人先胜杯不空（花卉）	月桂
贴春联，勤用力（花卉）	木槿
点滴表真心，改革要用心（花卉）	兰花
个个主动（花卉）	玉竹
主动上篮（花卉）	玉竹
码头对打（花卉）	石斛
结婚之喜（花卉）	合欢
合口哈（花卉）	含笑

谜面	谜底
天黑之后亲一个（花卉）	夜来香
谜赛方案初拟就（花卉）	虎耳草
佳人夺冠杯不落（花卉）	金桂
夺得第一当谜王（花卉）	金琥
自对春联句（花卉）	枸杞
城西草木早化土（花卉）	桂花
街中枝头一串红（花卉）	桂花
一起到西城，共同来植树（花卉）	珙桐
秋后设宴（花卉）	款冬
秋后题字（花卉）	款冬
图中绘四季（树木）	冬青
兔年贴春联，又到城西来（树木）	柽柳
聚众村头来种田（水果）	人参果
个个岁首来相会（水果）	山竹
岁首迎春，离开日本（水果）	山楂
提前要求散伙，美人一直不分（水果）	兰撒
充耳不闻装二，其实是在捧哏（水果）	龙眼
陇西行，二位来捧哏（水果）	龙眼
如火如荼十分艳（水果）	红毛丹
一来就解困了（水果）	杏子
抢先别落后，一点点结束（水果）	拐枣
望多参加春联赛（水果）	枇杷
用心转变协力上，后劲十足又协力（水果）	荔枝
广西中秋月（水果）	桂圆
黛玉乐意到宁波（水果）	桶柑
小伙作客献春联（水果）	槟榔
白发染黑烫菊花（药用植物二）	乌头、卷耳

张顺社,1956年2月生,重庆人。重庆市灯谜学会会长。

张思祥

乡间四月无闲田（动物学名词）	广布种
耕田雇用异乡人（动物学名词）	外来种
岁末杏花来西北（动物学名词）	本名
眼前一定可就业（动物学名词）	亚目
三方相聚在浦东（动物学名词）	回哺
秃顶用药显效果（动物学名词）	自然发生
苍南一别赴闽中（动物学名词）	茧
八哥先溜走（动物学名词）	留鸟
校园扩招（动物学名词）	增生
与兄分别后（鸟名）	八哥
岩上又有鹰飞过（鸟名）	山鸡
湖畔可是马先生（鸟名）	河乌
码头一别赴南京（家畜）	小马
一月二日明星来（家畜）	牛
乃来娄底度一生（家畜）	奶牛
入夜哨前人潜伏（家畜）	名犬
润（家畜）	守门狗
都猜了一半（家畜）	猪
奇才留下放宽心（家畜）	猫
小心一点天下安（家畜）	警犬

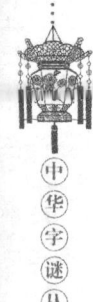

不见后牛夫码头（家畜一）	十、马
我在故乡度一生（兽名）	野牛
起航扬帆鲨鱼游（昆虫）	沙虫
盲目出走来闽中（昆虫）	蛇
一点风中孤帆扬（昆虫）	蚊
二人联合抓蛇头（昆虫）	蚕
乘机山东一日游（鱼名）	飞鱼
一纸空文（鱼名）	白条
可解蛇头去江东（甲壳动物）	河蟹
陇西一别下闽中（节肢动物）	龙虾
一别揭西浊水清（节肢动物）	蝎
山东一直搞改革（爬行动物）	甲鱼
闽中首富来东北（爬行动物）	蛇
行贿之后是非生（海洋动物）	干贝
每逢生日聚江西（棘皮动物）	海星
每月一日到浦西（棘皮动物）	海胆
费用支出（植物学名词）	开花
起程果见清水流（农作物）	青稞
为种林木又进庄（农作物）	柽麻
帘下异香来（农作物）	棉
秋收之后运碑石（农作物）	稗
同游嵩山四十载（蔬菜）	茼蒿
来宾寨后采芋头（蔬菜）	槟菜
初稿当日寄南宁（花卉）	丁香
五更初会断桥边（花卉）	二乔
半年之后终平反（花卉）	六月雪

谜面	谜底
二人结合留个影（花卉）	天竹
楠木砍伐运码头（花卉）	石南
方到帐前出手拦（花卉）	吊兰
木栏拆出不对头（花卉）	米兰
东风第一枝（花卉）	报春花
每见窗前林参差（花卉）	杏梅
日出云散玫瑰开（花卉）	昙花
碧玉妆成一树高（花卉）	柳线
少候二人来码头（花卉）	砂仁
吉日起程先联络（花卉）	结香
同游江畔梅开放（花卉）	海桐
到海南消费（花卉）	琼花
张网捕得麻雀来（花卉，摘顶格）	茑萝
乘机天上飞（树木）	大枫
笔断意连（树木）	毛竹
一对枕头分哥用（树木）	可可树
忽如一夜春风来（树木）	白果树
异乡木工来聚会（树木）	红桧
春联一对方贴上（树木）	杏树
希望先来有机遇（树木）	枫
卯时安见黛玉来（树木）	柳桉
桃要留一半（树木）	栗
安置脚架（树木）	桉
双双进村来断案（树木）	桑树
砍伐林木先辞退（树木）	梓
入住西楼心不愁（树木）	楸
春联一对少游书（树木）	榛树

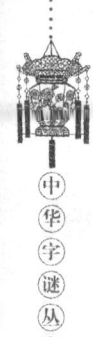

对象约会桦林边（树木）	橡树
客人村前采草莓（水果）	西梅
留下一连种草木（水果）	榴莲

　　张思祥，网名谜言趣语。1967年1月生，贵州省大方县人。大方县灯谜协会会员。

陆建堡

别想睡觉（动物学名词）	休眠
旧貌彻底换新颜（动物学名词）	全变态
所搬东西是大米（动物学名词）	动物分类
鸿雁在云鱼在水（动物学名词）	两栖动物
红花随雨翻作浪（动物学名词）	赤潮
日照花影重，集中在一点（动物学名词）	昆虫
山东短日照，产大米（动物学名词）	鱼类
为何要吃不死药（动物学名词，卷帘格）	生长期
九个兄弟中最小（鸟名）	八哥
北京城西荡秋千（鸟名）	土燕
无所不精（鸟名）	百灵
成都草堂（鸟名）	杜宇
楼前屋后房相连（鸟名）	杜宇
一心以为鸿鹄将至（鸟名）	相思鸟
鸟又回到我故乡（鸟名）	野鸡
我来鸡又飞（家禽）	鹅

岭前植树变了样(家畜)	山羊
既温顺,又执著(家畜)	水牛
有用之物勿丢掉(家畜)	牛
带鱼味道美(家畜)	羊
每战皆败真笨蛋(兽名)	北极熊
先生有奇才(兽名)	狮
遇见先生才弯腰(兽名)	狮
狠(兽名二)	象、狼
人生一定巧安排(昆虫)	天牛
竞走第一(昆虫)	步行甲
无所不晓(昆虫)	知了
一点不对,一点中意(昆虫)	蚊
从左到右看是虫一只,从右到左看是一只虫,左右合起看,还是一只虫(昆虫)	蝉
儿子随母,两入闽中(昆虫)	螳螂
捕蟹捞虾抓青蛙(鱼名)	罗非鱼
十二月到山东一日游(鱼名)	青鱼
苏州老翁(节肢动物,徐妃格)	蜈蚣
两个闺女出门到鲁北(两栖动物)	娃娃鱼
其中它有一点(爬行动物)	蛇
岩石下,虫先到(环节动物)	山蛭
明月当头帆影映(软体动物)	蛸
年年有余(植物学名词)	不完全花
彼此相见不相识(植物学名词)	互生
向阳花木常向阳(植物学名词)	长日照植物
夜音古调思归根(植物学名词)	叶

断桥重建展新貌（植物学名词）	乔木
万物生长靠太阳（植物学名词）	光合作用
一岁一枯荣（植物学名词）	多年生植物
青梅竹马（植物学名词）	早熟
江水清，绿初现，又到村中贴春联（植物学名词）	红树林
重阳七人相团聚（植物学名词）	花
消费时间分先后（植物学名词）	花序
十分真实（植物学名词）	角果
田上长草，细看不是草（植物学名词）	苗
又进入村中（植物学名词）	树
三十日相会（植物学名词）	草
消费高峰时间（植物学名词）	盛花期
杨柳枝头两度春（植物学名词）	森林
苦（植物学名词二）	花冠、变态叶
落红不是无情物（植物学名词二）	花粉培养、花

面出龚自珍《己亥杂诗》其五，启下句"化作春泥更护花"。

水中鱼儿一对，树上鸟儿一双（农作物）	小米
东风吹拂群芳发（农作物）	春花生
须知盘中餐，粒粒皆辛苦（农作物）	珍珠米
扬帆之后昂头向前朝东方（农作物）	棉
植物何时才结果（农作物）	落花生
二小二小，头上长草（蔬菜）	蒜
齐鲁青未了（蔬菜冠产地）	山东大葱
消灭蚊虫，个个有份（花卉）	文竹
村前双星照平川（花卉）	木兰
造林勤出力，还要巧安排（花卉）	木槿
小窗含远山，平川隐双鸥（花卉）	台兰

重阳随夫到成都（花卉）	芙蓉
艳冠群芳（花卉）	指甲花
十两米装半包（花卉）	菊
草长叶出显新姿，林间双鸟窝中栖（树木）	苦楝
来到广西又进村（树木）	桂树
秋山四方皆春色（树木）	银杏
雨润横山四时春（树木）	雪柳
上岗到村前查看（水果）	山楂

陆建堡，1942年5月生，海南文昌人。海口市灯谜协会副会长。

陈昌年

思妇闺中意（动物学名词）	心房
迎风户半开（动物学名词）	气门
湘江斑竹枝（动物学名词）	水管
带经还荷锄（动物学名词）	本地种
欲睡难成寐（动物学名词）	休眠
浊浪排空（动物学名词）	成虫
摧眉折腰事权贵（动物学名词）	软骨
阿娇合贮黄金屋（动物学名词）	保护色
花柳蒙迷不可贪（动物学名词）	警戒色
空中河水流清影（鸟名）	八哥
请君为我倾耳听（鸟名）	告天子

杏帘在望(鸟名)	告春
笔向春山细细描(鸟名)	画眉
雨后田鸡又走开(鸟名)	雷鸟
六出飞花压青楼(鸟名)	藏雪鸡
从谜五十载(兽名)	艾虎
人生似幻化,终当归空无(昆虫)	天牛
人生变化无端起(昆虫)	天牛
命中人生有离合(昆虫)	天牛
虽(昆虫)	叩头虫
单独接触(昆虫)	角蝉
春到闽中(昆虫)	蟮
秋波横欲流(金鱼名俗称)	水泡眼
鳞迹不沾埃(鱼名)	白鱼
萧疏秋后离开鲁(鱼名)	香鱼
摇橹离别新月挂(鱼名)	香鱼
开封长播誉,灵渠永留芳(鱼名)	嘉鱼

　　面为鱼姓宗祠联。上联指明代鱼侃,字希直,晚号颐庵。下联指唐朝鱼孟威。

雪封之后不见虫(两栖动物)	雨蛙
佳人行走入闽中(两栖动物)	蛙
鸵鸟飞离浊水奔(爬行动物)	蛇
人世若浮萍(植物学名词)	不定根
千树万树梨花开(植物学名词)	木质素
通鉴传名远(植物学名词)	光合作用

　　面为司马府专用联。光指司马光。

九衢行欲断(植物学名词)	径向分裂

一面之词(植物学名词)	表皮
爱书吧(植物学名词)	亲本
桃李盈门(植物学名词)	室内花
画眉深浅入时无(植物学名词)	染色质
千帆竞发(植物学名词)	密度
桂楫满中川(植物学名词)	密度
纤缕自有绪(植物学名词)	微丝
卷起千堆雪(植物学名词)	激素
辟谷留侯饥(植物学名词二)	子房、闭果

面出唐·白居易《裴侍中晋公以集贤林亭即事诗二十六韵见赠》。张良字子房,封留侯。

相对两浮萍(植物学名词二)	共生、不定根
望出天水,源自河津(植物学名词二)	表皮、根系

面为皮府专用联。

古田(植物学名词二)	复叶、易位
王总一来心已断(农作物)	土豆
三人约会总先到(农作物)	大豆
滴泪眼双昏(农作物)	水花生
瑞物已深三尺(农作物)	玉米
辞官二十载(农作物)	甘蔗
青苗参差生(农作物)	田菁
到晓定应三尺雪(农作物)	早玉米
见识闻香不识名(农作物)	花生
米老鼠(农作物)	谷子
莫待晓风吹(农作物)	晚花生
入云画栋栖双鸟(农作物)	高粱
飞雪积白深三尺(农作物二)	落花生、玉米

首先交辞呈（蔬菜）	土豆
烹子献糜（蔬菜）	小儿菜
相约摘蕊在岸头（蔬菜）	山药
待得没人时，偎倚论私语（蔬菜）	云耳
生子成老子（蔬菜）	木耳
临沂折芳巧相赠（蔬菜）	水芹
图里君子在，伊人不见来（蔬菜）	冬笋
弄瓦盖高层（蔬菜）	生姜
小叔一到定成功（蔬菜）	尖椒

郑成功字大木。

芙蓉半放彩先见（蔬菜）	苋菜
此书一出即走红（蔬菜）	卷丹
徘徊喜月离（蔬菜）	胡豆

"喜月"二字离合为底。

皎光一洒花半放（蔬菜）	茭白
夏日相依芙蓉前（蔬菜）	茯苓
归来折芳馨（蔬菜）	茴香
花前重逢共醉酒（蔬菜）	茼蒿
节前重约到沂边（蔬菜）	药芹
春日眉月挂疏林（蔬菜）	香椿
三人虽分别，先前有联系（蔬菜）	蚕豆
未谙姑食性，先遣小姑尝（蔬菜）	盘菜
出塞芳龄正十六（蔬菜）	番瓜
潘叔前行折柳别（蔬菜）	番椒
春梦醒来雨未歇（蔬菜）	落苏
群林结暝色（蔬菜）	黑木耳
清谈吐玉（蔬菜二）	云耳、连珠

山河破碎(蔬菜二)	地瓜、土豆

  瓜剖豆分。

设宴在七月(蔬菜二)	饭瓜、菜瓜
海水平流斗春色(花卉)	三角梅
风流正自合倾城(花卉)	大丽花
无心街里化缘来,施舍一点全节高(花卉)	太行花
身无一寸禄,名扬千万里(花卉)	白丁香
李师师承旨,去其服色,迎驾入房(花卉)	龙面花

  面出《水浒传》第八十一回。

岂待开卷看,抚弄亦欣然(花卉)	合欢
销金帐里笑相偎(花卉)	合欢
葡萄美酒夜光杯(花卉)	丽春
灭烛解罗衣(花卉)	夜来香
映雪传芳(花卉)	康乃馨

  面出韦怀敬《议沙门不应拜俗状》。孙康映雪读书。

撒盐空中差可拟(花卉)	喷雪花

  面出《世说新语》。

岁末设宴迎宾客(花卉)	款冬
当杯但畏花欲落,且向花前同醉眠(花卉二)	迎春、睡香
霸王别姬(花卉二)	将离、虞美人
廿年守节堪夸,贾妻封发(树木)	女贞
几重春又临御宫(树木)	凤凰木
林伯人退依帐前(树木)	木棉
林泉水泻高空吊(树木)	木棉
灾后放宽政策(树木)	火把松
松萝秋后碧(树木)	冬青
发言脸部莫紧张(树木)	白皮松

郎姐相对休别离（树木）   何树

楼头风吹雨（树木）   杉木

林中雨丝斜（树木）   杉木

久闻大夫高名，如雷灌耳。恨云山遥远，不得听教。今闻回都，专此相接。（树木）   迎客松

  面出《三国演义》第六十回。刘备迎接客人张松。

林间乍相逢（树木）   柞木

兔年团结脱困境（树木）   柳

四特芬芳沁药都（树木）   香樟树

  江西樟树产的四特酒是名酒，樟树又有药都之誉。

客先脱帽入疏林（树木）   格木

路边折杨柳（树木）   格木

每到闲中赏疏影（树木）   梅

林海沐清光（树木）   梅

万花纷谢一时稀（树木）   落叶松

开缄日映早霞色（水果）   文旦

不虚此行（水果）   可可果

望长城内外（水果）   龙眼

栖居两处独吹笛（水果）   西柚

夜半又见开几朵（水果）   李子

夜半重逢在村头（水果）   李子

古人连续出成果（水果）   杏

南宋后宫花正红（水果）   杏

树上独栖继续啼（水果）   味帝

酒自御厨来（水果）   味帝

以言神仙尉（水果）   话梅

楼头暗香刚半开（水果）   梨

陈昌年,1964年1月生,江苏如东人。如东灯谜研究会会长。著有《解典析谜》《唐诗谜萃》等谜书。

陈国迁

夙愿能偿连理枝(动物学名词)	共栖
遇见学子,争先入巴(动物学名词)	色觉
有空随月而变(动物学名词)	血腔
正月江西改旧貌(动物学名词)	胆汁
朱门酒肉臭(动物学名词)	食糜
宫中半生缘(动物学名词)	喙
南山一桂树,上有双鸳鸯(动物学名词二)	共栖、共生
百人鸦雀无声(鸟名)	大白鹭

"鹭"拆为"鸟口各止"。

准二点十分到南京(鸟名)	小隼
宴席十分充足(鸟名)	毛脚燕
香飘满门嘉宾来(鸟名)	白鹇

嘉宾,鸟名。

二点准挂医护标志(鸟名)	红隼
路旁青青隐银鸥(鸟名)	苍鹭
乔装为奴有几多(鸟名)	娇凤
两口分离,愁苦半生(鸟名)	啾咕
北京一住十载(鸟名)	燕隼
英雄归来挂红花(鸟名)	戴胜

天下怪才故园中（兽名） 　　　　　　　　　人狼

园字的繁体"園"，中间为"袁"。

儿童迷藏很敏捷（兽名） 　　　　　　　　　小灵猫

小月上岗心无愧（兽名） 　　　　　　　　　山魈

月魄当头岗上移（兽名） 　　　　　　　　　山魈

中原七月出奇才（兽名） 　　　　　　　　　白狐

七月遇奇才（兽名） 　　　　　　　　　　　狐

农历七月别称瓜月。

古枫中旁枝折（昆虫） 　　　　　　　　　　木虱

枫字的繁体为"楓"。

且入闽中旧貌新（昆虫） 　　　　　　　　　叶蛆

闽中月老（昆虫） 　　　　　　　　　　　　红娘虫

一生平乱到河内（昆虫） 　　　　　　　　　豆牛

闽中当先锋（昆虫） 　　　　　　　　　　　金小蜂

闽中日已暝，雨零烛火灭（昆虫） 　　　　　螟蛉

融四岁缘何扬名（昆虫，卷帘格） 　　　　　梨小食

融四岁，能让梨。汉代人孔融四岁时，就知道把大的梨让给哥哥吃。

一方首先来电（爬行动物） 　　　　　　　　鼋

朵朵葵花尽向阳（植物学名词） 　　　　　　长日植物

芰荷罗裙一色裁（植物学名词） 　　　　　　叶绿体

畅游长江（植物学名词） 　　　　　　　　　自由水

学农室内植高粱（植物学名词） 　　　　　　伴生种

少去部分土石水（植物学名词） 　　　　　　砂培法

春来山庄变（植物学名词） 　　　　　　　　根压

立春雨水添杨柳（植物学名词） 　　　　　　泰加林

霜叶纷纷铺地金（植物学名词）	黄化现象
三五赶墟（植物学名词）	集群
一来主动改变（农作物）	玉米
一就业广植杨柳（农作物）	亚麻
眼前投宿两挂念（农作物）	苜蓿
龙泉斩魔鬼（农作物）	剑麻

龙泉，剑名。

宴请又生纷乱（农作物）	燕麦
齐桓公无能（蔬菜）	小白菜

齐桓公名小白。

说是无能第一（蔬菜）	元白菜
王熙凤掌权宁国府（蔬菜）	长辣椒
绿地：足下留情（蔬菜）	护生草
四时青蔬（蔬菜）	柳菜
春夏秋冬开不败（花卉）	月季花
后场出手几多误（花卉）	凤扬
朱雀桥边近矶头（花卉）	石楠
枫染矶头树似火（花卉）	红叶石楠
招聘男子条件放宽（花卉）	罗汉松
西湖香飘秋色重（花卉）	洒金柏
同来西湖赏梅花（花卉）	海桐
花花世界（花卉）	绣球
银河灿烂（花卉）	满天星
分头作战，错过机会（树木）	八角枫
一时获千万（树木）	子京
天黑舅先到村前（树木）	乌桕
图中绘春色（树木）	冬青

秋后清水流（树木）	冬青
春来洞中泉水流（树木）	白桐
乘机吻一下（树木）	枫香
秋临西湖相别（树木）	泪柏
昨日青春不可留（树木）	柞木
又到村中办案（树木）	桉树
每到江中续前缘（树木）	海红
自大一点不要紧（树木）	臭松
春来好事成双（树木）	喜树
村前寨后两口进门认宗（树木）	棕榈
青春汉子心不愉（树木）	椰榆
希望早上出成果（水果）	巴旦杏
宾客春归蜀地（水果）	巴西栗
春城三十天（水果）	月柿
此女乃乙未夜半生（水果）	羊奶子
有利青春无是非（水果）	杜梨
陈年酒水，西楼迎宾（水果）	醋栗
手如柔荑，肤如凝脂，领如蝤蛴，齿如瓠犀（水果，卷帘格）	美人指

面出《诗经·卫风·硕人》。

陈国迁，笔名程谦。1946年10月生，福建长乐人。三明市职工灯谜协会会长。出版个人专辑《谜海荡舟》。

陈春生

含着眼泪叫亲娘（动物学名词）	水母
重点着力，前后促进（动物学名词）	伪足
进门闻得在复习（动物学名词）	耳羽
个别谈话（动物学名词）	群体说
聚众作乐（动物学名词）	群体说
又逢夜临共赏月（动物学名词）	腹膜
前部集结直达江东（鸟名）	红隼
一路辗转到山岛（鸟名）	岩鹭
引力检测（兽名）	考拉
有所广益（兽名，徐妃格）	猞猁
终究会剩下（昆虫，徐妃格）	犰狳
乐其所好（昆虫，徐妃格）	蛐蟮
辨别不难（昆虫，徐妃格）	蜥蜴
恩宠依旧（昆虫，徐妃格）	蟋蟀
母子皆是向导（昆虫二，徐妃格）	螳螂、蟋蟀
川江潮涌（鱼名）	巴浪
山东改革向前进（鱼名）	白鱼
香飘散两地（鱼名）	白桂
及早来办，双方宽心（鱼名）	苏草
早就破茧下来了（节肢动物）	草虾
相会已晚（两栖动物，徐妃格）	蛤蟆
有劳先生（软体动物，徐妃格）	螺蛳

谜面	谜底
有心随主到东方（植物学名词）	中柱
大同改革展新貌（植物学名词）	内叶
土床务先整改（植物学名词）	压条
一番番春秋冬夏（植物学名词）	年轮
十分现实（植物学名词）	角果
两个先生，两个领导（植物学名词）	筛管
春来广造林（农作物）	木麻
十一点来换装（农作物）	玉米
一一买来，用心改装（蔬菜）	芋头
先要二十斤（蔬菜）	西芹
草草写来，不逐一列出（蔬菜）	茎荊
何以为家（蔬菜，摘顶格）	葫芦
寨后村前勤出力（花卉）	木槿
丹枫白露（花卉）	红素
航空费用（花卉）	凌霄花
马上观黄花（花卉）	蛇目菊
来春对句结缘（树木）	枸橼
与我同到林中来（树木）	梧桐
与君共同赏春色（树木）	珙桐
培土造林有收益（水果）	杜梨
花容月貌啥意思（水果，卷帘格）	美人指
赶潮上网（水果，摘顶格）	菠萝

陈春生，谜号东木，福建诏安人。诏安县灯谜协会秘书长。

陈振凡

飘飘何所似(动物学名词)	飞禽类
二点应卯值星夜(动物学名词)	卵生
两处胜景在台中(动物学名词)	胎生
螳螂捕蝉(动物学名词,秋千格)	候鸟
四两可可(鸟名)	八哥
零落成泥更何用(鸟名)	护花
河边树中鸟不多(鸟名)	沙鸡
只研朱墨作春山(鸟名)	画眉
西欧有鸟来,每临涛头立(鸟名)	海鸥
紫鹃含羞献爱心(鸟名)	莺
南苑撷英后,雪雁紫鹃来(鸟名)	鸳鸯
西安名塔分大小(鸟名)	雁
杜鹃啼血声声促(鸟名)	催归
若是丹顶来,必是和靖子(鸟名)	鹤
皓首常念返桑梓(鸟名二)	白头翁、思归
阿妹呼兄描春山(鸟名二)	画眉、了哥
崖头真心育新苗(家畜)	山羊
驿外千里皆桃花(家畜)	马
从不徇私傲气足(家畜)	公牛
泰南始开犁(家畜)	水牛
一生少出丑(家畜)	牛
带鱼不多(家畜)	羊

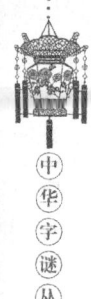

犬子集句独领先（家畜）	狗
将才屈就，白头犹戍边域（家畜）	猪
苑前荷叶犹半残（家畜）	猫
略有相似处（兽名）	小象
上岗育苗展奇才（兽名）	山猫
只因无能才惨败（兽名）	北极熊
先猜猜何处莫纳履（兽名）	狐狸
处心积虑几多成（兽名）	虎
先生诵诗才低头（兽名）	狮
狄娘行使离间计，独琅始终在一起（兽名）	狼
和靖家中权作妻，赵高宫内指为马（兽名）	梅花鹿
狄先生乃公爵之后也（兽名）	猴
皇上太固执（昆虫）	天牛
古风撇弃闻师道（昆虫）	虱
有心不忘茧初出（昆虫）	蛇
鼓上时迁称诨号（昆虫）	蚤
闽中著文写南蛮（昆虫）	蚊虫
洞庭水月掩孤帆（昆虫）	蛄
老叶初凋时，月下虽分离，犹相思（昆虫）	鹃蝶
孤星，小桥，远树，长棹扁舟穿浪去，帆影参差雾中来（昆虫）	蜜蜂
独在闽中话知了（昆虫）	蝉
日落六桥始见虹（昆虫）	螟
烛光暗淡点堂前，帆影清远载郎归（昆虫）	螳螂
识途犹仗义（昆虫，徐妃格）	蚂蚁
春色染庭前（昆虫，徐妃格）	蜻蜓
全是直爽坦白人（昆虫，徐妃格）	蟋蟀
称孤道寡（昆虫冠量）	两个叫天子

不为锦鳞设,只钓王与侯(鱼名)	罗非鱼
即时尺素先后至(鱼名)	鲫鱼
润墨点睛破壁去(鱼名二)	水泡眼、朝天龙
闺中烛虽冷,白首犹同心(两栖动物)	石蛙
稚童山东观日出(两栖动物)	娃娃鱼
土生土长在闽中(两栖动物)	蛙
佳人全无牵挂,施惠安有二心(两栖动物)	蛙
余乃天佑也(两栖动物,徐妃格)	蟾蜍
改颜易容成皇上(爬行动物)	变色龙
窗前残花遮新蝉(爬行动物)	蛇
璧玉成土因风起(爬行动物)	壁虎
解困断后并不难(爬行动物,徐妃格)	蜥蜴
孔夫子前面带领(环节动物,徐妃格)	蚯蚓
半夜三更时,犹闻读数声(哺乳动物)	鼠

半边莲(植物学名词)	不完全花
出阁复迎亲(植物学名词)	嫁接
有点困难(植物学名词二)	光照、休眠
艳骨一捧掩风流(植物学名词二)	花被、覆土
南京初冬扬素絮(农作物)	小麦
中国襄阳漫士(农作物)	玉米

米芾,北宋书画家,号襄阳漫士。

先苦后甜全部署(农作物)	甘薯
高唐梦残心生恶(农作物)	亚麻
蜡梅枝上吐新蕊(农作物)	花生
免却滔水两分香(农作物)	晚稻
楼前梨花映半帘(农作物)	棉

楼西两占迎宾至(农作物)	粟
凉秋雁阵掠水过(农作物)	黍
东一片,西一片,到老不相见(蔬菜)	云耳
四季冰丝(蔬菜)	冬瓜
孟宗泣何物(蔬菜)	冬笋
文拯捋龙须(蔬菜)	包菜
异乡务工到山外,岁终爱心圆旧梦(蔬菜)	红萝卜
上房相会四十载(蔬菜)	芦荟
袭人举金针(蔬菜)	花菜
屈居第二获何牌(蔬菜)	银耳
落户塞北四十载(蔬菜)	葫芦
松龄种佛手(蔬菜)	蒲瓜
念念不忘遇力士(蔬菜)	蓬蒿
百(花卉)	一串白
人卧西岭草木间(花卉)	山茶
南岳人有虚荣心(花卉)	山茶
红八月(花卉)	丹桂
一生仗义数头等(花卉)	文竹
何来苍松前(花卉)	木荷
人在醉翁之意间(花卉)	水仙
这是姚黄,那是魏紫(花卉)	白牡丹

宋代洛阳两种名贵的牡丹品种。

国色天香喻何花(花卉)	白牡丹
御笔亲题(花卉)	龙字
六十载后君颜改(花卉)	芙蓉花
累累硕果压树低(花卉)	垂枝
散作乾坤万里春(花卉)	夜来香

今琴已遭毁,半数心有愧(花卉)	玫瑰
这次第,怎一个,愁字了得(花卉)	郁李

面出李清照词《声声慢》。

层林尽染(花卉)	映山红
夕阳无限好(花卉)	晚来红
金声玉韵咏黄花(花卉)	菊
着手筹措清浊水,于心无愧十八载(花卉)	蜡梅
黄昏前后,孤帆西归。未能一见,于心有悔(花卉)	蜡梅
最后收益被消费(花卉,摘顶格)	茉莉花
重申过年要节俭[花卉(冠量)]	两束迎春花
春江流水参差绘(树木)	红桧
东风吹雨过西楼(树木)	杉
疏林挂住斜辉(树木)	杉
闲随鹤舞忘归门(树木)	杨
网上觅得老公是大夫(树木)	罗汉松
公卿有党排宗泽,帷幄无人用岳飞(树木)	金合欢
中原春来早(树木)	柏
占了湘中秋色(树木)	柏
松香(树木)	柏
吾同林散之在一起(树木)	梧桐
每至村前,必逢林逋妻(树木)	梅
闲立空庭心不悔(树木)	梅
今琴虽断文犹在,个个共闻版筑声(树木)	斑竹
任作白衣卿相,风前月下填词(树木)	朝鲜柳

宋词人柳永出言不逊,得罪朝官,宋仁宗罢了他屯田员外郎,圣谕道:"任作白衣卿相,风前月下填词。"谜底"柳"别解为柳永。

崖头破晓林参差(水果)	山楂

分权应有几多利（水果）	凤梨
红英落尽青梅小（水果）	无花果
僧繇画壁不点何（水果）	龙眼
村头三更候儿归（水果）	李子
宫中春到能解困（水果）	杏
梅西驾舟返，更作闲中客（水果）	板栗
枝头出墙冷初生（水果）	枣
迟暮枝头月影高，后翟苑前蹄痕低（水果）	香蕉
春来牛驾犁（水果）	梨
来西湖，东坡依花前。旧梦难圆，且把爱心细觅（水果）	菠萝
留连苑前系心闲（水果）	榴莲
闲中且将水澄清（水果）	橙
枕头繁灯火掩映（水果）	橙

灯字的繁体为"燈"。

陈振凡，谜号望州山人。1939年2月生，浙江苍南人。虎友谜社名誉社长。编著个人谜集《望州山虎斋谜笺》6卷。

陈绪雄

先生一点骑马归（动物学名词）	鸟
高桥花丛兄未遇（动物学名词）	两栖
虽要离开，还得一比（动物学名词）	昆虫
富后一定喜心间（动物学名词）	兽
从来分居寄篱下（动物学名词）	禽类

孙儿先走又落难(鸟名)	孔雀
大雁往南飞(鸟名)	火鸟
从小就在一处住(鸟名)	雀
岁首迎春样样新(家畜)	山羊
千古之谜(兽名)	老虎
未接调令未报告(兽名)	羚羊
我在故乡拼一生(兽名)	野牛
一对奇才同日生(兽名)	猩猩
皇后离西湖,孤独空对月(昆虫)	珊瑚
庭内满春色,蝴蝶双侧飞(昆虫)	蜻蜓
蝴蝶泉边迎君来(昆虫)	蝗虫
离开山东找先生(鱼名)	白鱼
从山西来到鲁北(鱼名)	银鱼
再度游山东(鱼名)	鲳鱼
苏州渡伯扬双帆(节肢动物)	蜈蚣
一点了,十分口渴,却没水(节肢动物)	蝎子
十一重出门,十二月游闽(两栖动物)	青蛙
布什哗然争首位(爬行动物)	龟
驾舟掌舵可扬帆(爬行动物)	蛇
两虫分开并不难(爬行动物)	蜥蜴
一听征兵就逃跑(爬行动物)	避役
两人一直未分开(植物学名词)	丛植
申请创业在秋前(植物学名词)	亚种
春去春又回(植物学名词)	年轮
未呈请求先调研(植物学名词)	球果
姐妹招亲半成家(植物学名词)	嫁接

夺冠首先要同心（农作物）	土豆
岩花半朝天宇开（农作物）	山芋
一点二十到，二点十八回（农作物）	玉米
一念间，出庶已廿载（农作物）	甘蔗
木兰出世（农作物）	花生
十二月游石林（农作物）	青稞
三八组合喜心间（蔬菜）	土豆
楫散漂四方（蔬菜）	木耳
搜狐上后连接失败（蔬菜）	北瓜
美女大了，开始变牛（蔬菜）	生姜
移苗长子成孤身（蔬菜）	苦瓜
双方一兼容，调和已廿载（蔬菜）	茴香
务工前后喜心间（蔬菜）	豇豆
采集甘草要先舔（蔬菜）	甜菜
转眼外迁二十载（蔬菜）	萝卜
荣登榜首定得宠（花卉）	状元红
秋天八月连夺冠（花卉）	金桂
移步西山看秋菊（花卉）	金银花
正直可倾心，宽心伴两旁（花卉）	荷花
娃娃脸（花卉）	童子面
老三明晚会木兰（花卉，调首格）	月季花
信念永存未改变（树木）	柑
夺得亚军即解困（树木）	银杏
岗上造林要抓早（水果）	山楂
得来全不费工夫（水果）	无花果
无获而告终（水果）	白果
连日碰头在柳下（水果）	石榴

草枯死,即变味(水果)	芒果
天波府中有兰芳(水果)	杨梅
期望青春两倾心(水果)	枇杷
寄人篱下已三春(水果)	林檎
帘下思春芳心动(水果)	柿
春城(水果)	柿
掌权卅载搞改革,还须努力再努力(水果)	荔枝
林中养猪获百万(水果)	核桃
中秋月最明(水果)	桂圆
树梢吐新叶,春隐山水中(水果)	梨
贪恋草木却忘返(水果)	榴莲

陈绪雄,谜号维乐,1943年11月生,广东汕头潮南人。

陈 霄

年怕中秋月怕半(动物学名词)	毛节
扫地恐伤蝼蚁命,爱惜飞蛾纱罩灯(动物学名词)	生物钟
言必有信为上品(动物学名词)	伪口
家当世世守农耕(动物学名词)	恒有种
上下团结禁分裂(动物学名词)	标本
郎君自负妾耳(动物学名词)	背甲

面出冯梦龙《警世通言·杜十娘怒沉百宝箱》。郎君,李甲。

天下甲兵从此息(动物学名词)	离征
黯淡了刀光剑影,远去了鼓角争鸣(动物学名词)	离征

只有汗衫一领,裹肚一条,袜儿一双,瑶琴一张,玉簪一枚,斑管一枝(动物学名词)   寄生物

  面出《西厢记》,莺莺送给张生的六件礼物。

人小志气大(动物学名词)   矮雄

野草闲花休采折(动物学名词)   警戒色

人皆养子望聪明(动物学名词二)   不育、二态

既丢骡子又丢马(动物学名词二)   动物、失重

跳墙越城,如登平地(动物学名词二)   迁飞、移行

  面出《水浒传》:"他是个飞檐走壁的人,跳墙越城,如登平地。"迁,时迁。

不及黄泉,无相见也(动物学名词二)   拟死、会聚

  面出《郑伯克段于鄢》。

那里举得脚步!原来放了绊脚索(动物学名词二)   受精丝、粘足

  面出《西游记》。猪八戒被蜘蛛精吐丝粘住双脚。

两个上下肩掺着,便从后门扶归楼上去(动物学名词二)

                移植、着床

  面出《水浒传》。植,武植(武大郎)。

不可多走一步路(动物学名词二)   管足、移行

几度秋凉鸟就归(鸟名)   秃鹫

十载同相恋,始终梦难圆(鸟名)   林雕

收入牢头实丢丑(家畜)   牛

崔仙一别有年头(家畜)   羊

只躲在水中间(家畜)   波斯猫

腰软蹄矬,战兢兢的立站不住(兽名)   马熊

  面出《西游记》:"那马见了他,腰软蹄矬,战兢兢的立站不住。"

虽美心花因遭弃(昆虫)   恙虫

万卉丛中夺锦标（鱼名）	梅首
母前素筝初抚，闺中寒烛迷离（爬行动物）	箭毒蛙
大丈夫说不出来就不出来（哺乳动物）	老公猫

面为笑话，丈夫躲在床下不敢出来。

功名全仗邓通成（植物学名词）	上位花

谜面为《金瓶梅》中的一句韵语："富贵必因奸巧得，功名全仗邓通成。"句中的"邓通"，系西汉文帝时的宠臣。文帝曾赐之以铜山，许其铸币，以至于"邓氏钱"一度大行。在这里，邓通则是金钱的同义语。

此身萍梗随流转（植物学名词）	不定根
你未曾见过我，我未曾见过你（植物学名词）	互生
纸上龙蛇三五行（植物学名词）	本草
梅心香动（植物学名词）	母株
民生首位先想着（植物学名词）	休眠
各出掌中之字（植物学名词）	合点

面出《三国演义》：两个移近坐榻，各出掌中之字，互相观看，皆大笑。原来周瑜掌中字，乃一"火"字；孔明掌中，亦一"火"字。

十日才结无头案（植物学名词）	早材
分明闲棋隐逸林（植物学名词）	间期
日将月就入其门（植物学名词）	间期
倚门倚闾久相望（植物学名词）	间期
这颗心就稀巴烂（植物学名词）	核分裂
此身乃毫末（植物学名词）	微体
问姓惊初见，称名忆旧容（植物学名词二）	早熟、分生区
进口兰花置舍前（农作物）	大豆
月临果赴约，厢中会张生（农作物）	青稞

老头在前娃在后（蔬菜）	土豆

"头"字的繁体为"頭"，前为"豆"。

岁首邀约去藏南（蔬菜）	山药
力敌当阳百万军，谁敢冲阵扶危主（蔬菜）	云耳

谜面为《三国演义》称赞赵云的诗句。

云雪满高松（蔬菜）	白木耳
小叔一人居榜首（蔬菜）	尖椒
宽心乃于花下行（蔬菜）	芋艿
西郊明月隐，花前鸟低飞（蔬菜）	茭白
初秋时节回相聚（蔬菜）	茴香
苦求变革好起来（蔬菜）	草菇
念念不忘浙东约（蔬菜）	药芹
十载高节如松柏（蔬菜）	香菇
采茶人去日已斜（蔬菜）	香菜
桥畔松柏含春意（蔬菜）	香椿
了却悠心一念生（蔬菜）	茄子
觉来双泪垂（蔬菜，秋千格）	落苏
觉来乱滴孤蓬雨（蔬菜，秋千格）	落苏
老子嘴笨儿语拙（蔬菜二）	大白菜、小白菜
千古无人识（花卉）	死不了
独怕伤心恰伤心（花卉）	百合
淫妇偏思并蒂莲（花卉）	金莲花

面出《水浒传》。莲指潘金莲。

先生愁苦早登天（花卉）	秋葵
始终铭记根相连（花卉）	银杏
松柏抱常心（树木）	白杏
道旁多苦李（树木）	白辛树

面出《世说新语·雅量》。

分章对接须前移（树木）	白辛树
皓首归梓题对联（树木）	白辛树
迎风并散香（树木）	白枫
香风动（树木）	白枫
林卧观无始（树木）	枧木
坞后海棠先凋残（水果）	乌梅
白首尤逢相恨晚（水果）	龙眼
庭前孤星层云散，落木天际燕南飞（水果）	庐柑
重修好后杯不空（水果）	李子
果有改观呈上去（水果）	味王
公证会中休乱来（水果）	松仁
临洮桥畔吹竹笛（水果）	油桃
草率评课先离开（水果）	苹果
甘酸可以解渴（水果）	话梅

南朝宋·刘义庆《世说新语·假谲》："魏武行役，失汲道，军皆渴，乃令曰：'前有大梅林，饶子，甘酸可以解渴。'"

前情了断心间闲（水果）	青果
枕畔灯寒卿心碎（水果）	柳丁
林间对卧吃草莓（水果）	树梅
当朝是非绝，姚宋犹不安（水果）	胡桃

姚宋：姚崇和宋璟。唐开元初期两任名相。

杜鹃鸣处新叶动，临洮东望结早梅（水果）	胡桃
临洮清水影，月近古梅前（水果）	胡桃
湖湘眺望泪双流（水果）	胡桃
每早享用葫芦头（水果）	草莓
谷底松柏影参差（水果）	香白杏

晚秋桥头共结缘(水果)	香蕉
放开重权甚对头(水果)	桑椹
半杯腊酒赏曲调(水果)	醋栗
将要惜别女心碎,把酒相送泪空流(水果)	醋栗
登上楼头题下字(水果)	橙子

陈霄,谜号谜踪侠影,布依族,1971年生,贵州都匀人。

武 骝

饭先吃下别心急(动物学名词)	反刍
"乌合之众"意何为(动物学名词)	杂交群
檐楹来燕雀,鸾鹤自山林(动物学名词二)	家禽、野禽

  面为张耒《夏日十二首》句。

| 王乔归驾红云上(鸟名) | 丹顶鹤 |

  典出汉·刘向《列仙传·王子乔》。

即日雁自来(鸟名)	天鹅
鸳莺补在窟窿上(鸟名)	孔雀
一生跟随吕太后(鸟名)	长尾雉

  汉高祖皇后吕雉,即吕太后。

| 说与和靖子(鸟名) | 白鹤 |
| 还老乘舟去,杜鹃滴血来(鸟名) | 朱鹮 |

  "还"字的繁体为"還"。

| 城头乱未宁(鸟名) | 杜宇 |
| 笔牵山染黛,语引口生津(鸟名) | 画眉 |

一竿钩钓杜鹃月(鸟名) 鸦

解珍在前,李应随后(鸟名) 蛇雕

　　《水浒传》中两头蛇解珍、扑天雕李应。

沙暖睡鸳鸯(鸟名) 鸸鹋

　　面为杜甫《绝句二首》句。

先生初歇驿,又见鸿江飞(鸟名) 褐马鸡

醉归扶路人应笑(鸟名二) 白头翁、一枝花

　　面为苏轼《吉祥寺赏牡丹》:"人老簪花不自羞,花应羞上老人头。醉归扶路人应笑,十里珠帘半上钩。"一枝花即寿带鸟。

啼时惊妾梦,不得到辽西(鸟名二) 相思、怨鸟

　　金昌绪《春怨》句。

驭人容易得(家禽) 鸡

披甲上马,白首点将(家禽) 鸭

白首点将鸡头关(家畜) 马

牵拉大桥了不起(家畜) 牛

晓连星影出(家畜) 牛

来人卧倒太容易(家畜) 犬

丑话说在前头(家畜) 白牛

来日翻身春如是(家畜) 羊

小蕾深藏数点红(家畜) 花猫

　　面为元好问《同儿辈赋未开海棠》句。

适之者,安乐也(家畜) 兔

　　逸,安闲、安乐。

才奇一句便相知(家畜) 狗

初犯者,八戒也(家畜) 猪

且犹落后苦求变(家畜) 猫

二世笑曰:"丞相误邪?"(兽名) 马鹿

245

而出《史记·秦始皇本纪》:"二世笑曰:'丞相误邪?谓鹿为马。'"

侯建通关一技擅(兽名)	长臂猿

　　《水浒传》通臂猿侯建。

主场谜赛遭败绩(兽名)	东北虎
老字号分号(兽名)	虎

　　"号"字繁体写作"號"。

领翔在前群随后(兽名)	羚羊
我的家乡有未来(兽名)	野羊
郊陌观光背已曲(兽名)	野骆驼

　　骆宾王,字观光。

公伯之间才鞠躬(兽名)	猴

　　公、侯、伯、子、男五爵。"侯"居公、伯之间。

索下此来续狗尾(兽名)	紫貂
股市惨跌将身匿(兽名)	熊猫
拉萨未来更美好(兽名)	藏羚

　　令,美好。

中箭虎(昆虫)	蚕
藏匿西峰秘,窗前烛影寒(昆虫)	蜜蜂
泄湖浊水清,短棹独前行(昆虫)	蝴蝶
茧叶老矣草正枯(昆虫)	蝶
全是重点尝头鲜(鱼名)	金鱼
笔下有玄机(鱼名)	墨鱼

　　晚唐诗人鱼玄机。

敖广手下兵和将(节肢动物二)	龙虾、螃蟹
浙中渔场季末,多亏对方支援(爬行动物)	扬子鳄
倾心酿蜜必隐身(爬行动物)	蛇

人虽变动,改制在先(软体动物)	蜗牛
厩下迎初魄,月低入鳌家(海洋哺乳动物)	白鳖豚

会议不断频支出(植物学名词)	多次开花
愿长绳、且把飞乌系(植物学名词)	定日照

面为柳永《长寿乐》句。

等闲妨了绣工夫(植物学名词)	松针
和君云游去东洋(植物学名词)	种群
嫁祸于人(植物学名词)	移栽
文魔秀士,风欠酸丁(植物学名词)	腐生

面为《西厢记》句。

但使主人能醉客,不知何处是家乡(植物学名词)	灌木

李白《客中行》句。木,麻木不知。

只恐夜深花睡去(植物学名词二)	光照、休眠

面为苏轼《海棠》:"只恐夜深花睡去,更烧高烛照红妆。"

出门见伙伴,伙伴皆惊忙(植物学名词二)	雄花、变态

面为《木兰辞》句。

荷尽已无擎雨盖,菊残犹有傲霜枝(植物学名词二,卷帘格)	完全花、叶

面为苏轼《赠刘景文》句。

将关系脱离,同外界绝缘(农作物)	大豆
春阳尽散只身归(农作物)	大豆
北美之行又生变(农作物)	大麦
扫除尘土心中喜(农作物)	小豆
梅兰芳弟子(农作物)	花生
小李广活了八十八(农作物)	花生米

八十八岁称作"米寿"。

云端双星缀，岩底斜枝出（农作物） 豆

四十载来观星象（农作物） 苜蓿

  苜蓿古称金花菜、草头。

右边横短（农作物） 黄豆

雪繁莺不识（农作物） 落花生

  面为唐·温庭皓《梅》句。

只缘类无聚，两下处不来（农作物二） 大米、小米

是非分明，同心上前（蔬菜） 土豆

接壤相思共，边境喜心同（蔬菜） 土豆

娃娃一害怕，鸡皮疙瘩起（蔬菜） 小寒豆

藏北匆归别大意（蔬菜） 小葱

岁首相约去苏南（蔬菜） 山药

绽开但见心香瓣（蔬菜） 木瓜

刃（蔬菜） 长刀豆

终将后继绵飚起（蔬菜） 冬瓜

四季绿油油（蔬菜） 冬葱

  冬为第四季。

玄德学圃，以为韬晦之计（蔬菜） 包心菜

牵牛上板桥，来到草亭下（蔬菜） 生芥

树树皆秋色（蔬菜） 白木耳

七月飞霜（蔬菜） 白瓜

  七月为瓜月。

昆仑灵芝揣胸前（蔬菜） 怀山药

御厨络绎送八珍（蔬菜） 贡菜

  杜甫《丽人行》句。

菁（蔬菜） 青菜头

西方列强分我疆（蔬菜） 洋地瓜

瓜分疆土。

人前矮半截,孤身无子息(蔬菜)　　　　　　　　　　倭瓜

七月已萧然(蔬菜)　　　　　　　　　　　　　　　　凉瓜

　　面出陆游《南轩》:"今年秋早凉,七月已萧然。"

贾客一别后,廿载回心匆(蔬菜)　　　　　　　　　　圆葱

绿色环保(蔬菜)　　　　　　　　　　　　　　　　　圆葱

出淤泥而不染(蔬菜)　　　　　　　　　　　　　　　莲花白

　　面为周敦颐《爱莲说》句。

佛座听禅语(蔬菜)　　　　　　　　　　　　　　　　莲花白

　　莲花座即佛座。佛座作莲花形,故名。

兰虽移植奈无根(蔬菜)　　　　　　　　　　　　　　蚕豆

茧(蔬菜)　　　　　　　　　　　　　　　　　　　　蛇头草

奉上早茶村头采(蔬菜)　　　　　　　　　　　　　　棒菜

芘(蔬菜)　　　　　　　　　　　　　　　　　　　　紫菜头

今天下三分(蔬菜)　　　　　　　　　　　　　　　　鼎足瓜

铁骑声声浑不知(蔬菜二)　　　　　　　　　　　　　马蹄、木耳

脸似葫芦粉刺多(蔬菜二)　　　　　　　　　　　　　面瓜、长豆

尔有母遗,繄我独无(蔬菜二,调首格)　　　　　　　 子姜、生姜

　　面出《郑伯克段于鄢》句。子指郑庄公,姜即其母姜氏。生,生疏,疏远。

耳听嘹唳起,初绿在江边(花卉)　　　　　　　　　　一品红

拜谒夫子庙,捐上香火钱(花卉)　　　　　　　　　　人面孔花

疏影横斜水清浅(花卉)　　　　　　　　　　　　　　干枝梅

　　面为林逋《山园小梅》句。干,通"岸"。谜底意为岸边梅花。

三相开关接错了(花卉)　　　　　　　　　　　　　　天目木兰

西伯出泉下,采药上华颠(花卉)　　　　　　　　　　水仙花

勾栏台上画双眉(花卉)　　　　　　　　　　　　　　兰松

"勾"含使位置调换之意。

改革的苏北,开放的二十载(花卉)	白芍
白头尤记中原困(花卉)	龙柏
香疏散处尽袭衣(花卉)	龙柏
前生坎坷案缠身(花卉)	安桂
空前策划,不怕杀头(花卉)	刺柏
风衣一件手中拿(花卉)	虎皮掌
支前配给针线盒(花卉)	金盏
禄山宫中养作儿(花卉)	胡红
回首叫丫鬟(花卉)	香梅

古时婢女多以"梅香"为名,后因以为婢女代称。

| 消费到广西(花卉) | 桂花 |
| 茵茵春草气蒸蒸(花卉) | 绿绒蒿 |

蒿,气蒸出的样子。

| 羊角挟玉尘(花卉) | 雪枣 |

羊角,旋风,又是枣的别名。玉尘,雪。

| 戏苑奇葩严凤英(花卉) | 黄梅花 |

严凤英,黄梅戏表演艺术家。

| 欲问眠鸥觅芰荷(花卉) | 睡莲 |
| 故旧烛下念相会(花卉) | 蜀荟 |

故旧"烛",意繁体字"燭"。

| 何谓六十华诞(花卉,卷帘格) | 指甲花 |
| 只要人间无病痛,不怕架上药生尘(花卉二) | 长乐、鲜客来 |

面句为中药铺对联。

| 念此失次第,肝肠日忧煎(花卉二) | 郁李、相思子 |

面为李白《寄东鲁二稚子》句。

| 不要用哭声告别(花卉二) | 将离、合欢 |

芍药别名将离。

闲眠尽日无人到(花卉二,卷帘格)	鲜客来、睡美人
羊年将临事忙完(树木)	马尾松
凡有汲井处,即能歌其词(树木)	水曲柳

宋·叶梦得《避暑录话》载:"柳永……为举子时,多游狭邪,善为歌辞。教坊乐工每得新腔,必求永为辞,始行于世,于是声传一时。……余仕丹徒,尝见一西夏归朝官云:'凡有井水处,即能歌柳词。'"

千朵万朵压枝低(树木)	华盖木

面为杜甫《江畔独步寻花》句。

总把春山扫眉黛(树木)	松
曲动桥头雨点乱(树木)	油朴
疏离错落自生香(树木)	柏
湖畔村头见父兄(树木)	胡椒
琼岛狂飙起三更(树木)	海南大风子
十载共同去,变化看广西(树木)	珙桐
染毒之后人变态(树木)	梅
冬初夏末,相对松动(树木)	梭梭
山窗如画度春秋(树木)	银杏
松林雪下尚流水(树木)	棣棠
除夕梦里两相会(树木)	榕树
已经改了模样,查吧(水果)	巴旦杏
多方联手把分查(水果)	巴旦杏
半身刺疼输点滴(水果)	冬枣
厅前飞鸟鸣,画里柳依稀(水果)	石榴
春意砚前留(水果)	石榴
柳叶乱摆碧空上(水果)	石榴

儿身落雨点，回转横样变（水果）	羊桃
解冠客先醉，暗香到枕边（水果）	酪梨
重陷困境，勇于面对（水果）	橄榄

　　武骝，网名白虎山君。1949年5月出生，江苏连云港人，中华灯谜学术委员会常委，连云港市灯谜学会会长。

范咏鹃

叶落草萦绕（动物学名词）	口索
返归之，画横山上色（动物学名词）	反刍
左右皆言"正确"（动物学名词）	两侧对称
重到凡间折春柳，一夕依别后（动物学名词）	卵裂
虽承诺，出口失言（动物学名词）	若虫
因思杜鹃鸣，死前初吻终依别（动物学名词）	咽腮裂
常把责任挑（动物学名词）	总担
和靖待子归（动物学名词）	候鸟

　　和靖，指宋代诗人林逋，字君复，又称和靖先生。林逋终生不仕不娶，无子，唯喜植梅养鹤，自谓"以梅为妻，以鹤为子"，人称"梅妻鹤子"。

耕前思施肥（动物学名词）	腮耙
陇西行笔端，画中流水沁月（动物学名词）	腮笼
白水映月影，承包田上绿初生（动物学名词）	腺细胞
来世愿作同巢鸟（动物学名词二）	再生、共栖
惊魂未定梦不成（动物学名词二）	刚毛、休眠

儿时日诵"曲项向天歌"（鸟名）	小天鹅
莺飞草桥下，泉水流月影（鸟名）	白鹏
山鸟依石合（鸟名）	岩鸽
鸟越山路上碧空（鸟名）	岩鹭
杨柳半凋后，离又难舍（鸟名）	林雕
谁无言，上西楼，终见凋枝头（鸟名）	林雕
梅柳折后难成调，无言又成别（鸟名）	林雕
签到后，去街中放鸟（鸟名）	剑鸻
江鸿飞去寄心愿，又牵挂（鸟名）	原鸡
行人去赶集（鸟名）	隼
终见底事，鹦鹉前不敢，休提（鸟名）	鸲鹆
黛描春山（鸟名）	绿画眉
鹧鸪初飞，休留（鸟名）	鸺鹠
雨收雯开，对横山影，鸿飞江空旭日升（鸟名）	斑鸠
弟捉双鸟竟胡来（鸟名）	鹈鹕
闲墨画鸟不染尘（鸟名）	黑鹏
门槛隔离花前鸟（鸟名）	蓝鹏
痴心又难遇（鸟名）	雉
离之遥远有心惜，鸳鸯初落（鸟名）	鹊鹞
半掩郭前鸟双栖（鸟名）	鹪鹩
湖光水月，鸟影半遮（鸟名）	鹧鸪
君入群岚风起兮（家畜）	山羊
岭前鲜有鱼书至（家畜）	山羊
犹初见，不够多（家畜）	狗
联句现歪才（家畜）	狗
塞北点点春光别样（家畜）	寒羊
渐长无能且躲藏（兽名）	大熊猫

败者遭欺侮(兽名)	北极熊
转日争先逐之去(兽名)	象
抽出手,共分离,群不见君兮(兽名)	黄羊
星星才见朦胧影(兽名)	猩猩
孬种藏起来(兽名)	熊猫
斥责悟空(兽名)	熊猴
直到白首需卿心(兽名)	儒艮
二子离宴巧安排(兽名)	鼹鼠
虹初挂,厮守一生心不忘(昆虫)	牛虻
琴断今将别,入胡册封(昆虫)	珊瑚
既入厂,虽分离,当来电(昆虫)	厩蝇
蛐蛐不作曲,放牛人自知(昆虫)	蜘蛛
蛱蝶落后,倩人去庭下(昆虫)	蜻蜓
复归国,重到闽中(昆虫)	蝈蝈
蟋蟀初临碧石下(昆虫)	蝗虫
湖水流帆影,繁叶初落(昆虫)	蝴蝶
春归古楼,重聚闽中(昆虫)	蝼蛄
佳人离鲁北到鲁南(鱼名)	鲑鱼
重入鲁北,卿初见否,听寄语(鱼名)	鲫鱼
鱼书双至报安康(鱼名)	鲐鲼
别鲁南,去鲁北,心添忧(鱼名)	鳅鱼
深闺情心寄闽中(两栖动物)	青蛙
挽弓直了心愿,再到南蛮(两栖动物)	蚓螈
重返闽中,荣归心愿遂(两栖动物)	蝾螈
余别檐前,蝙蝠初入画(两栖动物)	蟾蜍

独眠罗衾寒袭人(植物学名词)	单被花

谜面	谜底
减肥见奇效（植物学名词）	瘦果
何为二老双亲（植物学名词二）	父本、母本
何谓"卖官鬻爵"（植物学名词二）	高层、上位花
企业领导只重制度化（植物学名词二）	高层、维管束
国粹失传一半（农作物）	玉米
花前半遮柑木落（农作物）	甘蔗
月下清水流客心（农作物）	麦
留宿放目芙蓉前（农作物）	苜蓿
孤木花前并开放（农作物）	菰米
蔷薇开后竞开妍，沅水流，三星新月弯（蔬菜）	芫荽
见花前弄影，脚下踩（蔬菜）	苋菜
花前秋雨回归日（蔬菜）	茴香
同撑竹篙芦苇前（蔬菜）	茼蒿
莲花开后齐来采（蔬菜）	荠菜
春日暗香桥东散（蔬菜）	香椿
不去也罢，分外念（蔬菜）	萝卜
落草后，为非作歹一生（蔬菜）	薤
清辉映牡丹（花卉）	月光花
小小墓前，月中弄影山岩下（花卉）	石蒜
危栏倚断在关前（花卉）	米兰
蔷薇开后见夫容（花卉）	芙蓉
望穿秋水四十载（花卉）	芭蕉
琴断今别离，客心断魂云（花卉）	玫瑰
琴断今离魂散后（花卉）	玫瑰
每约会于花前湖畔（花卉）	海芋
同到西湖赏疏梅（花卉）	海桐
西湖梅开牵衣裳（花卉）	海棠

鸟栖花前旧梦断（花卉）　　　　　　　　　　　　　　苟苣

此系别后花开前（花卉）　　　　　　　　　　　　　　紫荆

每到月临西楼，无心惜别（花卉）　　　　　　　　　　腊梅

赵子龙挺枪开仓，须断后（树木）　　　　　　　　　　云杉

　　面根据《资治通鉴·魏明帝太和二年》之"赵云身自断后，军资什物，略无所弃"自撰而成。

风入松林月断肠（树木）　　　　　　　　　　　　　　枫杨

由来同伴西湖梅（树木）　　　　　　　　　　　　　　油桐

觅佳婿，得似武二郎（树木）　　　　　　　　　　　　罗汉松

联句结缘梧桐前（树木）　　　　　　　　　　　　　　枸橼

疏林亦成对（树木）　　　　　　　　　　　　　　　　栾树

成双成对又到村前（树木）　　　　　　　　　　　　　桑树

偶见骏马入疏林（树木）　　　　　　　　　　　　　　梭梭

与豹子头同宗（树木）　　　　　　　　　　　　　　　棕桐

隶书堂前贴春联（树木）　　　　　　　　　　　　　　棣棠

留得枝头上碧空（水果）　　　　　　　　　　　　　　石榴

半掩琵琶入疏林（水果）　　　　　　　　　　　　　　枇杷

禽登枝头惊夕梦（水果）　　　　　　　　　　　　　　林檎

极目远眺，桥头湖水流（水果）　　　　　　　　　　　胡桃

来日秋收后，有缘会桥头（水果）　　　　　　　　　　香橼

旧梦桥下，波生莲开后（水果）　　　　　　　　　　　菠萝

至秦西楼已夜半（水果）　　　　　　　　　　　　　　榛子

桃花开后留连返（水果）　　　　　　　　　　　　　　榴莲

　　范咏鹃，女，满族。网名嫣然一笑。1969年10月生，黑龙江绥化人。绥化灯谜协会理事，黑龙江灯谜学会会员。

林　宁

飞眼（动物学名词）	长翅目
第二家（动物学名词）	亚门
上诉（鸟名）	告天子
羊肠小道（鸟名，放踵格）	鹭鸶
孟母三迁（鸟名，秋千格）	子规
初婚即孕生下一子（家畜）	奶牛
旧貌已改获新生（家畜）	猎犬
留神门户防野狗（家畜）	警犬
战败涕跪苦求饶（兽名）	北极熊
木兰无长兄（昆虫）	花大姐
精通明史（昆虫，徐妃格）	蜘蛛
视力赛（鱼名）	比目
死硬头领（鱼名）	石首
杨震拒之，杨续悬之（鱼名）	金鱼
二王逝后，赝品层出（爬行动物）	玳瑁
一束红花出碧海（植物学名词）	水生植物
春夏秋冬来复去（植物学名词）	年轮
众香国里最鲜艳（植物学名词）	花冠
星星之火（农作物）	红小豆
大概二十出头（蔬菜）	山药
星火燎原（花卉二）	一点红、一片丹

含饴弄孙（花卉二）	老少年、含欢
共君今夜不须睡（花卉二）	报春、将离
兴在一杯中（花卉二）	迎春、含笑
浪花（树木）	金钱松
十二月（树木）	青松
果（树木）	重阳木
菊展（树木）	黄花松
横（树木）	黄连木
至死犹念桃李情（水果）	芒果
添上一小瓤（水果）	西瓜
太白后裔（水果）	李子
川前林里两倾心（水果）	枇杷
平田上下草木盛（水果）	苹果
植树有益于儿辈（水果）	梨子
妊娠反应（水果，徐妃格）	樱桃
抽测学生（水果二）	核桃、李
一骑红尘妃子笑（水果冠产地）	兴化荔枝

林宁，笔名山啸，四川成都人，成都少城谜社会员。

昌庆锋

《饮膳正要》述延寿（动物学名词）	中养生物
非先生良谋，安能破东吴耶（动物学名词）	水管系统

面出《三国演义》第四十七回。统指庞统。

身披一薄皮（动物学名词） 外套膜

飘飘何所似，天地一沙鸥（动物学名词） 外寄生

  面出杜甫《旅夜书怀》。

遥想公瑾当年，小乔初嫁了，雄姿英发（动物学名词） 动情周期

  面出苏轼《念奴娇·赤壁怀古》。周，指周瑜。

须臾，雷电破壁，二龙乘云腾去上天（动物学名词） 后生动物

  面出《历代名画记·张僧繇》。

誓毕，拜玄德为兄（动物学名词） 次级飞羽

  面出《三国演义》第一回。

佩韦以自缓，佩弦以自急（动物学名词） 两性异形

  《韩非子·观行》："西门豹之性急，故佩韦以自缓；董安于之心缓，故佩弦以自急。"

燕子楼中思悄然（动物学名词） 亲缘关系

  面句为关盼盼诗。

盲人摸象仅得一肢（动物学名词） 触觉小体

脱我战时袍，著我旧时裳。当窗理云鬓，对镜贴花黄。（动物学名词，卷帘格） 性别分化

  面出《木兰辞》。

遂命周瑜为大都督，总水陆军兵；吕蒙为前部先锋；董袭与甘宁为副将（动物学名词，调尾格） 共同祖征

  面出《三国演义》第三十八回，下句为：权自领大军十万，征讨黄祖。

女性圈子话分类（动物学名词二） 姐妹群、白化型

浪子排天罡星第三十六（鸟名） 小燕尾

  浪子指梁山好汉浪子燕青。

奕奕天河光不断（家禽） 星布罗

  面为宋·欧阳修《渔家傲》句。星布罗肉鸡是加拿大雪弗公

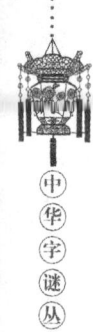

司培育的肉用型配套品系~~~~

我也曾赴过琼林宴（家禽，徐妃格） 鹊鸭

奔腾千里荡尘埃，渡水登山紫雾开。掣断丝缰摇玉辔，火龙飞下九天来（家畜） 夸特马

  面为《三国演义》中描写赤兔马的诗句。

曹阿瞒割须弃袍（兽名） 马来熊

  马，指马超。

成杰思汗率铁骑横跨欧亚（兽名） 蒙古牛

虽同居中仍单身（昆虫） 叶蝉

一生缠死笔头中（昆虫） 竹牛

影后今日挺傲气（昆虫） 星天牛

去捉虫虫乍落单（昆虫） 蚱蝉

两头蛇了解笑面虎（昆虫） 蜘蛛

掉头太过粗心，山东日出才到（鱼名） 大马哈鱼

分开十载念齐鲁（鱼名） 草鱼

三人离秦赴齐鲁（鱼名） 香鱼

佳人去，烛火灭，梦终断（两栖动物） 林蛙

闺中独处后委身于人（两栖动物） 倭蛙

开辟至西域，几回费心虑（爬行动物） 壁虎

差点以为草丛间卧只大虫（爬行动物） 蟒

老翁逾墙走（爬行动物） 避役

  面出唐·杜甫《石壕吏》。

树深时见鹿（探骊格） 动物·丛林猫

日边红杏倚云栽（植物学名词） 上位花

四海无闲田（植物学名词） 广幅种

楚人一炬，可怜焦土（植物学名词） 火烧顶级

面出杜牧《阿房宫赋》。

心愿着装比基尼(植物学名词)   甘露地衣

唯思联手吴学究(植物学名词)   光合作用

莫待晓风吹(植物学名词)   有限花序

  面为唐代女皇武则天《腊日宣诏幸上苑》句:"花须连夜发,莫待晓风吹。"

一树寒梅白玉条(植物学名词)   花色素

若论坐位,自应仍按名次,既不费事,又省彼此推让(植物学名词)

                  总状花序

  面出《镜花缘》第六十九回:百花大聚宗伯府,众美初临晚芳园。

苍松石上生(植物学名词)   破生间隙

把这砒霜下在里面,把这矮子结果了(植物学名词)   短命植物

  面出《水浒传》第二十五回。植,指武大郎武植。

武打、裸体、露胸、骑马、吃饭等都非正身(植物学名词) 演替系列

家居装修要等,木匠令人发怒(植物学名词,卷帘格) 人工气候室

用秤均发派饮品(植物学名词,卷帘格)   水分平衡

特喜爱各种载体上的八卦消息(植物学名词,卷帘格) 风媒传粉

身到十洲三岛(植物学名词,卷帘格)   居间生长

  面出宋·苏庠《清平乐·咏岩桂》。十洲三岛是两组意义相似的道教仙境名称,上有仙人和不死之药。

此布衣之极,于良足矣。愿弃人间事,欲从赤松子游耳(植物学名词二)   上位子房、下位子房

  面出《史记·留侯世家》。张良字子房。

千金散尽还复来(植物学名词二)   完全花、轮生花

  面出李白《将进酒》。

半含泪筵古别离(农作物)   水竹叶

因为缺口大,所以要十六个铜钉,三文一个,一总用了四十八文小钱(农作物)　　　　　　　　　　　　　　　　打破碗花花

　　面出鲁迅作品《风波》。

怎一个乱字了得(农作物)	胡麻
一去添口尚可喜(蔬菜)	土豆
四十总是再无青(蔬菜)	芫菁
念念介意监视之(蔬菜)	芥蓝
念向云间登上去(蔬菜)	芸豆
心中思念心中喜(蔬菜)	豆苗
偏向人处逗留之(蔬菜)	扁豆
去外国多花了不少冤枉钱,真笨(蔬菜)	洋大头菜
vegetable(蔬菜)	洋白菜

　　面为英语"蔬菜"。

古时月映户,半落花瓣间(蔬菜)	胡芦瓜
四十独自远行处(蔬菜)	茭荙
四十加起来,五百克左右(蔬菜)	药芹
理由非能共一处(蔬菜)	韭黄
春日林间眉月升(蔬菜)	香椿
四十分纯做彩头(蔬菜)	莼菜
心里知悉,果断善后(蔬菜)	番杏
梦里花开醒时谢(蔬菜)	落苏
预先部署,草草收场(蔬菜)	薯蓣
以老聃名分,念悠远之心(蔬菜二)	木耳、莜子

　　老子,又称老聃、李耳,字伯阳,楚国苦县(今河南鹿邑县)人。是我国古代伟大的哲学家和思想家,道家学派创始人。

少歇此林,进些香茶,解了口渴(蔬菜二)	沙葛、百合
大庇天下寒士俱欢颜(花卉)	广西含笑

握笔更从容（花卉）	书带草
送你送到小村外，有句话儿要交代（花卉）	勿忘我花

面为邓丽君歌词。

先量十斗，再量五斗（花卉）	石斛
恼人偏在最高枝（花卉）	孤挺花

面出宋·杨万里《探梅》。

拨云见日念造化（花卉）	昙花
同行河边见梅开（花卉）	海桐
梅开先赏始流连（花卉）	海棠
不受尘埃半点侵（花卉）	素馨梅

面出北宋·王淇的七绝《梅》。

二月和风到碧城，万条千缕绿相迎（花卉）	剪春罗
窗花处处丰收景（花卉）	剪秋罗
念念些许真小气（花卉）	蔷薇
裸体青林中（树木）	观光木
下去就下去，反正得去，去后莫扯皮（树木）	坡垒
我今日就参你在本县做个都头（树木）	罗汉松

面出《水浒传》第二十三回。松，指武松。

海水久渍表皮麻（树木）	盐肤木
林姓宗族聚居地（树木）	棕桐
林间会郎心生愉（树木）	椰榆
千山陇树秋（树木二）	阿列布、黄连木
伐木为樵松柏身，曲中相交成知音（水果）	香蕉
两地成员同解困（水果）	桂圆
连连敬茶留人在（水果）	榴莲
徐妃胆大半妆见（水果）	橄榄

昌庆锋,网名郊隐,1968年4月生,安徽巢湖人,合肥市灯谜协会副会长,巢湖市职工灯谜协会会长。

罗泽清

合作搞改革,破格录用人(动物学名词)	个员
树雄心,解困境,改旧貌,为民生(动物学名词)	休眠
抱定牺牲的决心(动物学名词)	拟死
十月一日在江西(动物学名词)	胆汁
南京居住十一载(鸟名)	小隼
年少成名(鸟名)	红子
异乡工作开好头(鸟名)	红子
西楼又住上一周(鸟名)	林雕
爸爸张罗了一桌好饭(鸟名)	家燕

燕,通"宴"。

故乡就在老北京(鸟名)	家燕
马上刻字(鸟名)	蛇雕
儿童笑开颜,同迎丙戌年(家畜)	小哈巴狗
要去西部见母亲(家畜)	马
一半做交易(家畜)	羊
一点一滴正在变(家畜)	羊
乙未年,美的开端(家畜)	羊
带头改革,点滴奉献(家畜)	羊
争先架设桥,变化大一点(家畜)	兔
冕点烛夜读,夜读毕,朦胧见日出,遂灭烛(家畜)	兔

向前一直走，拐个弯才到（家畜）	狗
丁得孙中箭倒下（兽名）	虎
挨打来将是李忠（兽名）	虎
笑容满面是朱富（兽名）	虎
领头者，林冲也（兽名）	豹子
形貌上大为改观（兽名）	豺
我要到河南（兽名）	象
由（兽名）	短尾猴
齐鲁改革向前进（鱼名）	鲌
来日一齐到山东，改变旧貌要争先（鱼名）	鲛鱼
山东重逢时，日日皆出游（鱼名）	鲫鱼
白日遇见的便是那梁山好汉白胜（哺乳动物）	鼠
一生为人正，善始又善终（农作物）	大豆
破吴只需一两点（农作物）	大豆
异乡打工者，转眼二十载（农作物）	红薯
两点召开元首会（蔬菜）	刀豆
申请之后（蔬菜）	上海青
前头呈现新面貌（蔬菜）	土豆
关胜只身入其中（蔬菜）	大刀豆
名列榜首在七月（蔬菜）	木瓜

瓜月，即指农历七月。因七月瓜果飘香，故得名。

立村头，盼聚首，盼不到，又成空（蔬菜）	木耳
姑娘执鞭牧牛羊（蔬菜）	生姜
大叔立春到南京（蔬菜）	尖椒
一片赤诚留史册（蔬菜）	卷丹
念念不忘古巨基（蔬菜）	苦苣

十月孤儿去台南(蔬菜)	胡瓜
节前放宽心,一同登高处(蔬菜)	茼蒿
送来四十套服装(蔬菜)	菜蔌
闻声好像是田鼠(蔬菜)	甜薯
女儿受苦母牵挂(蔬菜)	慈菇
树立雄心改旧貌,松绑之后立头功(花卉)	千日红
下岗之后更主动,一点一滴要上进(花卉)	山玉兰
不掩恶,不虚美(花卉)	云实
榜样在前勤出力(花卉)	木槿
秋后染得枫林醉(花卉)	冬红
放手开拓,个个团结(花卉)	石竹
垄上雪色犹见春(花卉)	龙柏
又结同心,人人争先(花卉)	合欢
是是与非非,分清可断案(花卉)	安桂
美髯公声名显赫(花卉)	朱顶红

  梁山好汉美髯公朱仝。

一生改旧貌,为人品自高(花卉)	百合
就咱一人变了样(花卉)	百合
一稿写就后,十分放宽心(花卉)	角蒿
主动献一点爱心,异乡山水变新颜(花卉)	宝绿
大桥之下又出丑(花卉)	牵牛
晴空一鹤排云上(花卉)	凌霄
一对蝶舞木槿前(花卉)	栾树
每到春来时,同到西湖游(花卉)	海桐
每逢春来便含笑(花卉)	梅花
青石板,数铜钱,九十九,数不完(花卉)	满天星
雾中见西楼,楼台半掩现(树木)	格木

年初村前接母亲（树木）	梅
查出之后先结案（水果）	山楂
抓住机遇又获利（水果）	凤梨
希望一方能果断（水果）	巴旦杏
齐鲁上下团结一致（水果）	文旦
改变旧貌齐向前（水果）	文旦
若无子女陪伴，将要孤寡半生（水果）	西瓜
树先进，莫做好好先生（水果）	李子
一一去日本（水果）	杏
楼前遇见吕奉先（水果）	杏
城西有利于造林（水果）	杜梨
甘愿落户草木间（水果）	芦柑
春到北平呈新貌（水果）	味王
调查之后明是非（水果）	味王
枝上啼，一声声，声声歇（水果）	味帝
放下刺刀向前冲（水果）	枣
闻声像是画眉叫（水果）	话梅
村前夜半吹竹笛（水果）	柚子
林中兴霸会子明（水果）	柠檬

吴国大将甘宁字兴霸，东汉末年名将吕蒙字子明。

兔年之春到南宁（水果）	柳丁
对机构精简心无悔（水果）	树梅
每早必上蓬莱顶（水果）	草莓
节前迎得高堂来（水果）	菜母
春来好登高，切莫要好高（水果）	橙

罗泽清，1967年7月生，福建沙县人。

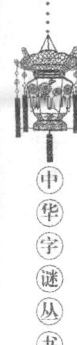

虎　影

河中月影空中来（动物学名词）	口腔
国内改革又放权（动物学名词）	双柱
日落之时星又现（动物学名词）	对生
一抹夕照杏影移（动物学名词）	本名
或重于泰山，或轻于鸿毛（动物学名词）	生死比率
月穿天际水波清（动物学名词）	皮肤
调查改革为人民（动物学名词）	休眠
为展雄心各奔前（动物学名词）	伪口
年轻人挪开东西（动物学名词）	后生动物
主动离台便宽心（动物学名词）	吐弃
一月之内几人来（动物学名词）	肌肉
一月当空挂，柳梢雁阵斜（动物学名词）	体腔
勿使窗前犬起叫（动物学名词）	吻突
儿女尚小由妻养（动物学名词）	抚幼室
自别李湘泪空流（动物学名词）	季相
剪刀缺口有起因（动物学名词）	前咽
一入林中见小二（动物学名词）	标本
月影当空照西畴（动物学名词）	胃腔
一生为人心良善（动物学名词）	食性
嫁女不必高花费（动物学名词）	家化
门人直接离西域（动物学名词）	阈值
带左右撤退到江头（动物学名词）	滞育

对月相思立泉旁（动物学名词）	腮腺
分开怎能活下去（动物学名词）	聚生
傍水树间鸟更少（鸟名）	沙鸡
改革准能得周全（鸟名）	金雕
虫鸣半宿山峰下（鸟名）	蜂鸟
清泉北去林麓下（兽名）	水鹿
西湖独居养鱼苗（兽名）	渔猫
求人还需心恳切（兽名）	儒艮
一生捕鱼，人儿依旧（两栖动物）	大鲵
西畴又见鹭高飞（两栖动物）	田鸡
本人谜作用离合（植物学名词）	二分体
一起喊着要闯关（农作物）	大豆
著作初结集，四载功始成（农作物）	红薯
二点二分即召开（蔬菜）	刀豆
岩下草长林密，庭前落叶纵横（蔬菜）	口蘑
拆开只有二十一（蔬菜）	土豆
一起离关招手别（蔬菜）	大刀豆
袁世凯其实很蠢（蔬菜）	大头菜
人一有权，上下崇之（蔬菜）	大椒
忽见花前犬乱窜（蔬菜）	大葱
花下无奈别小二（蔬菜）	大蒜
一生光彩范先生（蔬菜）	小儿菜
忽见堂前草凝露（蔬菜）	小葱

  露象形为"丶"。

红花岭头灼灼如火（蔬菜）	山药
切勿大意之下，招来一点苦头（蔬菜）	天葱

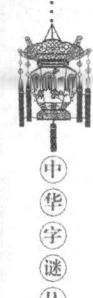

| 若得河中乘击楫(蔬菜) | 木耳 |

"木耳"二字若得"河"字中部之口,则为"楫"。

手下谋反抢登高(蔬菜)	毛豆
新花半开清泉上(蔬菜)	水芹
草发冰初解,登高望长天(蔬菜)	水葵
结户芦旁度一生(蔬菜)	牛蒡
笺上犹洒泪,折条君起行(蔬菜)	冬笋
图中日落草如画(蔬菜)	冬菇
月斜枝上苞正开(蔬菜)	包菜
入监没了甜头,只有苦头(蔬菜)	甘蓝
一同采访牛得草(蔬菜)	生菜
松柏芽初吐,眉月带三星(蔬菜)	白菜
大约就在七月天(蔬菜)	节瓜

约为节约。七月简称为"瓜"月。

杜迁也要冲上前(蔬菜)	地粟
大叔当先上楼来(蔬菜)	尖椒
小子提笔先草就(蔬菜)	竹荪
戴上草笠携孙游(蔬菜)	竹荪
箫笛初弄君终别(蔬菜)	竹笋
工作要先细心点,切勿草率(蔬菜)	红葱
亭下西南草早发,一双足迹有人行(蔬菜)	芋头
凑起来大于二十(蔬菜)	芋头
乃于芦苇下藏身(蔬菜)	芋芳
疏篱映眉月,浅草足下踩(蔬菜)	血菜
上茶解渴安可少(蔬菜)	沙葛
无情终莫惹事端(蔬菜)	芫菁
采纳推介先获荐(蔬菜)	芥菜

疏篱浅草亭如画,残竹二竿立菊前(蔬菜)	芥蓝
等君茅房前会面(蔬菜)	芦笋
三星新月园中照,如画梅枝初着花(蔬菜)	芫荽
半放新蕾莫乱采(蔬菜)	芹菜
采来芙蓉始见面(蔬菜)	苋菜
更喜叶开尽半舫(蔬菜)	豆角

　　"喜"字开去"叶"扣豆。

云端双星闪烁,画里花叶半凋(蔬菜)	豆苗
空山倒映半江苇,雁阵柳边留爪痕(蔬菜)	贡菜
如眉山远柳初发,潭水清清莲露头(蔬菜)	松蕈
草间栖画眉,远山影隐约(蔬菜)	松蕈
江头吹竹笛,雾里远树低(蔬菜)	油麦
池畔柚疏落,草长觅不见(蔬菜)	油菜
胸中无物是蠢材(蔬菜)	空心菜
一望花草半落,不觉槛外春残(蔬菜)	茎蓝
卅载托孤名终成(蔬菜)	苦瓜
半边李杏花凋落(蔬菜)	茄子
银钩起处叶初落,半映苍松月影斜(蔬菜)	金针菜
河中清水逝,云端见双星(蔬菜)	青豆
采菊登高日放晴(蔬菜)	青菜
又是放晴日,小憩西楼上(蔬菜)	青椒
七月流火(蔬菜)	南瓜
房前疏篱隐约,只见月色无边(蔬菜)	扁豆
疏篱圃中绕,流水茅房前(蔬菜)	扁蒲
一笛吹奏君起行(蔬菜)	春笋

　　"笛吹奏君"四字之起始部。

园外苟且先种柳(蔬菜)	枸菌

绿海望无边（蔬菜）	洋葱
朝鲜离别后，廿载居汕头（蔬菜）	洋蓟
半生孤苦终断肠（蔬菜）	胡瓜
月下叶翻卷，停舟近芦前（蔬菜）	胡芹
当初爱女，受苦连月（蔬菜）	胡荽
湖水淹浅草，斜月映梅枝（蔬菜）	胡荽
四月离乱分外苦（蔬菜）	胡萝卜
此次孤自上蓬莱（蔬菜）	茨菰
二十八卷白话文（蔬菜）	茭白
传令设伏藏营前（蔬菜）	茯苓
回顾当初种花时（蔬菜）	茴香

当初"种花时"扣"禾艹日"。

插上茱萸同登高（蔬菜）	茼蒿
六十载间如一日（蔬菜）	草菇
芋头约有二十斤（蔬菜）	药芹
前辈著成书，一定要采访（蔬菜）	韭菜
疏草依稀半如画（蔬菜）	香菇
禾苗穗初发，日照水平流（蔬菜）	香菜
松柏枝头已见春（蔬菜）	香椿
木落泉水尽，草长潭水清（蔬菜）	香蕈
草舍向西日西移（蔬菜）	香蕈
初次获准进京，四处寻找记者（蔬菜）	凉薯
一自折条别后，忽见亭前草长（蔬菜）	夏葱
托子于孤竹君死后（蔬菜）	笋瓜
许攸推荐了一人（蔬菜）	莜子
许攸营前留下字（蔬菜）	莜子
花前李下心悠然（蔬菜）	莜子

送来草药先服用（蔬菜）	莱菔
罗艺若先到来时（蔬菜）	莳萝
惹上巨祸终有苦头（蔬菜）	莴苣
别君到内蒙，书简先草成（蔬菜）	莴笋
采购纯是上等菊花（蔬菜）	蕺菜
离关虽然已二载（蔬菜）	蚕豆
敢夸开口顶呱呱（蔬菜）	瓠瓜
采购甘草不辞辛（蔬菜）	甜菜
采莲船头半盛开（蔬菜）	盘菜
松下采花花初发（蔬菜）	菘菜
只见彩云花前绕（蔬菜）	菜豆
弄波采莲蕾初发（蔬菜）	菠菜
出外四载也宽心（蔬菜）	萝卜
奉茶请人来采访（蔬菜）	棒菜
楼头眉月双星映，画里垂杨叶半凋（蔬菜）	番杏
翻开复习书，改动另起草（蔬菜）	番茄
前度草率太疏忽（蔬菜）	葱头
斜月照破榻，墙头初见花（蔬菜）	塌菜
要下苦心捉鹚鸟（蔬菜）	慈菇
首先要知原委，后要彻底查处（蔬菜）	矮刀豆
小小花蕾初发，一一映影画中（蔬菜）	蒜苗
入沪先开铺，经营药半生（蔬菜）	蒲芦
圃中先浇菜，然后折残花（蔬菜）	蒲芹
登高适逢薄暮初（蔬菜）	蓬蒿
一旦共鸣要调整（蔬菜）	鹊豆
采茶人别后，窗前乍相逢（蔬菜）	榨菜
芙蓉飘落后，转眼又放晴（蔬菜）	蔓菁

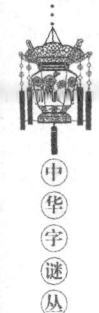

初醉驱骏马,楼头落日暮(蔬菜)	酤樸
穿梭劝酒干莫停(蔬菜)	酸模
单项采购四十斤(蔬菜)	蕲菜
著书预计廿四卷(蔬菜)	薯蓣
云端双星月如水,花前调茶月影斜(蔬菜)	藤菜
如此磨累五十载(蔬菜)	蘑菇
疏槐植庭前,亭下花开初(蔬菜)	魔芋
一入中原命终丧(花卉)	百合

　　命字终部"卩"丧去扣"合"。

一生白首结同心(花卉)	百合
连天心伤愁,登高寻宽心(花卉)	秋葵
双星雁阵依稀见,隐约片帆别有天(水果)	大枣
映日梧桐西岭头(水果)	山楂
隐约平川好垂钓,孤星眉月映行舟(水果)	毛丹
携手初约会,来游西江堤(水果)	红提
两处分栖有缘由(水果)	西柚
离休二载居京中(水果)	杏仁
疏杪映日带露滴(水果)	沙果
楼前一别奔前程(水果)	味王
临别几声叹,栏前一阵香(水果)	味馨
林冲终归要造反(水果)	板栗
运柚辗转到临洮(水果)	油桃
茶尽人离去,心意总难平(水果)	苹果
东楼辞别去,每思赠首诗(水果)	话梅
甘居村西了一生(水果)	柑子
疏枝纵横绕寺后,草莓隐约长楼西(水果)	树梅
早上梅花蕾半开(水果)	草莓

采樵割草临泉前（水果）	香蕉
西楼结缘初秋时（水果）	香橼
晁首领已撤，林冲片刻就回（水果）	核桃
齐登西楼见月圆（水果）	脐橙
李耳辗转入陕西（水果）	椰子
分明要迁往村西（水果）	腰果
二人分别未一季（水果）	榛子
日日来会李春香（水果）	榛子

虎影，本名卢育明，1969年生，广东普宁人。普宁市灯谜学术研究会常务副会长兼秘书长。出版有《幻影神箫》《逍遥虎踪》《碧玉魔箫》《逍遥虎影》《潮汕俗语趣味灯谜》等谜书。

金 鸽

人要虚心，更要真心（动物学名词）	三化
有钱还盼一份爱（动物学名词）	发情期
钢笔别在后（动物学名词）	刚毛
一包药下去后，就开了胃（动物学名词）	细胞
看到出彩却如常（动物学名词）	视色素
一了生前愿（动物学名词）	原牛
杜绝贪污腐败（动物学名词）	排脏现象
春回月复圆（动物学名词）	腹板
眼睛天生会说话（动物学名词，卷帘格）	灵长目
《鸟人》一有看，我一定去看（鸟名）	天鹅

小子,前头不要乱推(鸟名)	鹔鹴
为糊口一下蚀了本,一半家产差点化为乌有(鸟名)	啄木鸟
一鸣惊人受了惊(鸟名)	鸪
草长莺飞觅佳处(鸟名)	鹤
草长桥头又见莺(家禽)	鸡
冠军差一点化为乌有(家禽)	鸭
一点一点,一直在崛起(家畜)	山羊
双方开了骂(家畜)	马
奉献了一生,要求有一点少(家畜)	水牛
先生特丑(家畜)	牛
太容易(家畜)	犬
变化有点大(家畜)	犬
女生仍无一人(家畜)	奶牛
妈的东西重摆放(家畜)	白马
差一点就免了(家畜)	兔子
都猜先生会团聚(家畜)	猪
改革多费心思,就有大点收获(家畜)	猫
后妈确定会见面(兽名)	角马
几回就业都成虚(兽名)	虎
临终很需人来伴(兽名)	儒艮
人生一定有离合(昆虫)	天牛
见大虫一声惨叫(昆虫)	蚕
网虫对酒更当歌(昆虫)	蛐蛐
虽见开口却落单(昆虫)	蝉
月中虽见十分满,草长叶繁孤星沉(昆虫)	蝴蝶
破茧更难得(昆虫)	蠖
一到双十一,到点行动中(两栖动物)	蛙

一号先吃鱼（爬行动物）	鳄
竭水而渔见弊端（爬行动物）	鳖
男儿本色（植物学名词）	雄性花
人来分分类（农作物）	大米
一点一点吃起来，不要一口吞下去（农作物）	大豆
南京，来了一回（农作物）	小米
江东来者为前缘，夜会桥头圆旧梦（农作物）	红薯
先生获彩，太太变脸（蔬菜）	大头菜
岁首约会戴头花（蔬菜）	山药
与人约会来聚首（蔬菜）	云耳
无子后来终落孤（蔬菜）	冬瓜
女性美，人一见了，就动了心（蔬菜）	生姜
打造大美女，来日定成星（蔬菜）	生姜
在外二十四载，回首乡土变样（蔬菜）	红萝卜
投入大点献孤残（蔬菜）	南瓜
双方和解一念间（蔬菜）	茴香
并非一定是白酒（蔬菜）	韭
树木枯萎，中间裂开一口（蔬菜）	香菇
两朵桃花上脸来（花卉）	一品红

面出自三言二拍"三杯竹叶穿心过，两朵桃花上脸来"，意为三杯酒喝下肚，脸上就红了。

先播种子后施肥（花卉）	月季
人要出头，少不了一点追求（花卉）	水仙
就是喜欢买东西（花卉）	可爱花
出了闺门来断案（花卉）	安桂
工人上前线，模范先带头（花卉）	红茶

后夫的约定，念念不能忘（花卉）	芍药
一手弄权双规前（花卉）	扶桑
重又出手夫弄权（花卉）	扶桑
鸣枪在前，起脚在后（花卉）	杜鹃
特别没分寸，一点不用心（花卉）	牡丹
蒙前夫收容，终未受苦（花卉）	芙蓉
若蒙先生来，先把难点解（花卉）	芭蕉
一攻打，鬼子一下完了（花卉）	玫瑰
谜面手中握（花卉）	虎皮掌
苦闷难发泄，花钱索一吻（花卉）	郁金香
铄（花卉）	金合欢
真心对人，点点付出为对方（花卉）	春兰
为己贴上春联句（花卉）	枸杞
动手动口显拘束，权又旁落不由己（花卉）	枸杞
成亲得把嘴来亲（花卉）	结香
林间眉月光隐晦（花卉）	香梅
零落成泥碾作尘（花卉）	香梅
是是非非三十载，成就无与伦比（花卉）	桂花
半生负案逃，荣华终断送（花卉）	桃花
先到货样先获利（花卉）	梨花
游子方离母牵挂，闲来回门奉高堂（花卉）	海棠
为何化缘菩萨前（花卉）	荷花
菩萨前来，有何造化（花卉）	荷花
连着二十日，一直下着雨（花卉）	雪莲
每有错棋，一半要赖（花卉）	腊梅
微风墙头落，风过处，芬芳半空留（花卉）	蔷薇
抓住先机入东海，措手不及擒蛇头（花卉）	蜡梅

本来就开明(树木)	胆木
又见少林罗汉掌(树木)	杪椤
一生本来心无悔(树木)	梅
一半矿床得保留(水果)	石榴
世传飞碟留待解(水果)	石榴
码头桩头得留用(水果)	石榴
先要抓住球,别松手(水果)	西瓜
格格前头来,琵琶半遮面(水果)	枇杷
举目瞧,先生显和蔼(水果)	香蕉
两地解困总动员(水果)	桂圆
敢于一手包揽,又得用点权术(水果)	橄榄

　　金鸽,网名鸽声扬。1972年7月生,浙江岱山人。舟山市职工谜协理事,岱山县职工谜协副秘书长。

周　昕

多无百年命(动物学名词)	不应期

　　面出杜牧《不寝》。《礼记·曲礼上》:"百年曰期颐。"

但满眼杨花化白毡(动物学名词)	视色素

　　面出刘辰翁《沁园春·送春》。

略不熟悉这东西(动物学名词)	微生物
鸟儿一动就散开(鸟名)	兀鹫
周伯通一向主动(鸟名)	白雕

　　周伯通为《射雕英雄传》与《神雕侠侣》中的老顽童,活泼好

动。

放翁前来人脱俗(鸟名)	谷公

陆游号放翁。谷公,即布谷。

江鸿隐迹荆棘中(鸟名)	刺鸟
周末一行先售楼(鸟名)	林雕
松端先不凋,枝头雀始落(鸟名)	林雕
以古为鉴(鸟名)	知更

面出《新唐书·魏征传》,后句"可知兴替"。

几回与奴桥头别(鸟名)	娇凤
机织帕上一鸟飞(鸟名)	棉凫

化用《射雕英雄传》锦帕上"四张机,鸳鸯织就欲双飞"之意。

一岛飞鸟下西洋(家畜)	山羊
氙气泄漏氧气足(家畜)	山羊
展羽飞翔到峰头(家畜)	山羊
进牢之后一生休(家畜)	牛
立秋犹先于处暑(家畜)	香猪
半生独劳累,回首犹苦思(家畜)	猫
岭前垂钩鲜鱼遁(兽名)	山羌
飞燕展双翅,先后相吸引,始终不孤独(兽名)	北极狐
能人杰出终背了运(兽名)	北极熊
客游西北先骑马(兽名)	骆驼
雨里下霾落邵东(兽名)	貂
按品貌先分高下(兽名)	貂
由于浊水流,洪峰达半载(昆虫)	大黄蜂
定南蛮,征西凉,收天水(昆虫)	冰蚕

化用《三国演义》情节顺序。

对方原来是绝色少女(昆虫)	桑象甲

面出温瑞安《血河车》。对方,桑小娥;象甲,绝色。

雨天独行始晚归(昆虫)   雪蚕

  《本草纲目》记载,雪蚕,即冰蚕。

先避浊世始得权(昆虫)   蝶

先索花种后寻鱼(鱼名)   中华鲟

每离码头到浦西(鱼名)   海马

先弃糟粕始鲜明(鱼名)   曹白鱼

入画雪色寺半遮(鱼名)   鲟

征南蛮,无心相拒终折服(两栖动物)   巨蜥

  化用《三国演义》七擒七纵攻心之典。

倾心结交必如蜜(两栖动物)   蛇

翔后共到田垄上(爬行动物)   翼龙

虽吓坏吕布,还怕起异心(海洋动物)   白虾

  化用《三国演义》凤仪亭"布见卓至,大惊,回身便走",李儒劝董卓笼络吕布免生异心。

每回先要猜测够(海洋动物)   海狗

斋筵能益寿(植物学名词,卷帘格)   生长素

  面为俗语,后句"素食可养生"。

约后张生来,崔莺终出现(农作物)   长山药

心里有鬼变恶魔(农作物)   亚麻

半生追梦心宽广(农作物)   芝麻

宿营墓前终无眠(农作物)   苜蓿

林静无争始空旷(农作物)   青麻

帆前李白始迷失(农作物)   籽棉

床前举杯邀古月(农作物)   胡麻

奔徐良就打(蔬菜)   上海青

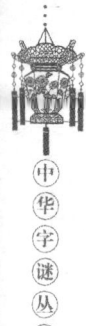

面出《白眉大侠》，说的是海青和尚上阵较量。

奇葩初开椴木下（蔬菜）	大葱
挥管下笔辞伊人（蔬菜）	毛竹笋
拔剑四顾心茫然（蔬菜）	白木耳

  面出李白《行路难》。木，发木。

外罩薄纱始终空（蔬菜）	红萝卜
月光洒庐前，古来始苍茫（蔬菜）	西葫芦
月亮升上蒙古包，却见她也藏花前（蔬菜）	苞脚菇
博彩禁忌终不苟（蔬菜）	枸杞菜
一大早就先破茧（蔬菜）	草石蚕
来日投魏终免苦（蔬菜）	香菇
始受蒙蔽，巨祸终铸（蔬菜）	莴苣
求经西去初若苦，过槛东归终呈甜（蔬菜）	球茎甘蓝

  化用《西游记》三藏取经、苦尽甘来之典。过槛，指历经磨难。

当初不杀后获释，用心招服却终叛（蔬菜）	脚板苕
在外获罪终逃脱（蔬菜）	萝卜
初到吐蕃终建功（蔬菜）	番茄
营房前头苦度月（蔬菜）	葫芦
御厨络绎送八珍（蔬菜，调尾格）	君达菜

  谜底依格读为：君菜达。

求者遍山隅（蔬菜二，摘顶格）	苋菜、蓬蒿

  面出陈毅《幽兰》，按格去掉草字头为：见采逢高。

有酒酡吾颜（花卉）	一品红
欲破曹公，宜用火攻（花卉）	一点红

  面出《三国演义》。点，计策。

初秋亭后月分明（花卉）	丁香
佳节分头上华山（花卉）	八仙花

一个长大胖子握着屠牛尖刀,一个瘦小汉子拿着一件怪样兵刃从左抢至,正面抡动扁担的是个乡农模样的壮汉(花卉)   三角梅

  面出《射雕英雄传》,三人与梅超风打斗。

后悔确定上"二本"(花卉)   三角梅

  二本,二类本科。

积极争先最上进(花卉)   木香
终落笑柄耗半生(花卉)   木笔
留连花楼前,幕帘声声传(花卉)   木莲
低峰薄冰半融化(花卉)   水仙花
当初李娃立宅前(花卉)   安桂

  面化用《李娃传》"见一宅,门庭不甚广,而室宇严邃,阖一扉。有娃方凭一双鬟青衣立"。

集合练功树荫前(花卉)   红茶
二人联手双得权(花卉)   扶桑
日后收服先奏捷(花卉)   报春
因为坍塌一生休(花卉)   牡丹
始破鉴,终践盟(花卉)   金盏

  面化用乐昌公主破镜重圆典故。

半空古月缓前移(花卉)   胡红
搭上货机始获利(花卉)   梨花
半空灿烂迭锦花(花卉)   铁山兰
月横坛前鸟初啭(花卉)   黄杜鹃
每日前楼共邀月(花卉)   腊梅
微薄节省终啬刻(花卉)   蔷薇
微藏蓬首于墙后(花卉)   蔷薇
杜如晦终日为黔首(花卉)   墨梅

  杜如晦,唐代名相;黔首,百姓。

古寺半掩残花枝（树木）	七叶树
城楼前后影踪留（树木）	土杉
前岭核桃先查对（树木）	山楂树
枝头影动心中乱（树木）	云杉
息影始终无动机（树木）	云杉
集会后作别高参（树木）	云杉
此必苦李（树木）	白辛树

面出《世说新语》，前句为"树在道旁而多子"。白，说；苦，辛。

村支书先后竞拍（树木）	白辛树
日前称绝先拍案（树木）	香柏
后怕稽查终出走（树木）	香柏
楠木有洞吾后悔（树木）	海南梧桐
台南锦西同根生（树木）	银杏
先后铸恨终和亲（树木）	银杏
同心"保钓"心恳切（树木）	银杏
自由共和，卢梭先行（树木）	黄栌

法国大思想家卢梭，是共和体制与自由思想的先行者。

动员山村先改革，一生工作为人民（水果）	大岷贡杏
半吹仙箫答岸上（水果）	山竹
先解密，后简化（水果）	山竹
岭前求上签，半空落仙符（水果）	山竹
中风丢了权和利（水果）	凤梨
一日结义伴一生（水果）	文旦
准备冲刺先调整（水果）	冬枣
楼前秋终尽，别后始漂泊（水果）	白梨
陈荒煤先后离沪西（水果）	芦柑

著名已故作家陈荒煤，出生于上海。

椰枣销后终创利（水果）	刺梨
岩下驱犁林场边（水果）	砀山梨
权柄初夺终后悔（水果）	树梅
香楼碧纱刚半卷（水果）	砂梨
枯肠终断有征兆（水果）	胡桃
断桥湖心放目眺（水果）	胡桃
攀登争先最积极（水果）	香橙
晚秋楼后无缘会（水果）	香橼
送郎当兵梦塞上（水果）	槟榔
半生相惜要配合（水果）	醋栗
有心借醉先要权（水果）	醋栗
先吃哑巴亏，之后果渔利（水果）	鳄梨

周昕，网名一棍，1971年2月生，上海人，山东济南市灯谜协会会员。

周松林

白内障手术（动物学名词）	开通目
张弓发射则半成（动物学名词）	长身贝
长相一个样（动物学名词）	生态平衡
没熟的多少钱（动物学名词）	生态价
产品测试（动物学名词）	生物量
造出东西需过秤（动物学名词）	生物量
工作稍有不同（动物学名词）	生活小区

弟子分工有差别（动物学名词）	生活区
大量删减（动物学名词）	节片
人民早想图改革（动物学名词）	休眠
不许愁人睡（动物学名词）	休眠

面出清·纳兰性德《菩萨蛮》。

安同桃李荣（动物学名词）	共生

面出唐·裴说《牡丹》。

巷头吹竹笙（动物学名词）	共生
洪水已落星半露（动物学名词）	共生
备一水酒对下棋（动物学名词）	共栖

备一水酒得"西"，对下棋余"木"和"共"。

恭楷要写在前面（动物学名词）	共栖
千山山前送出关（动物学名词）	迁出
红河激浪（动物学名词）	赤潮
半阴半阳，且心生恨（动物学名词）	阻限
笔笔想整容（动物学名词）	周期变形

笔笔，指华语女歌手周笔畅。

山巅最高点（动物学名词）	顶极
春风吹又生（动物学名词）	复苏现象
门客众多（动物学名词）	重寄生
习惯吃荤（动物学名词）	食肉性
珍馐美馔全搜罗（动物学名词）	食物网
吃货被捆绑（动物学名词）	食物链
田头柳飘，草桥莺落（动物学名词）	留鸟
贪官贪吃又贪色（动物学名词）	腐食性
多余的必须删掉（动物学名词，徐妃格）	沉淀法
原先务农（动物学名词，调尾格）	本地种

空中河畔两相逢(鸟名)	八哥
二叟鬓发斑(鸟名)	白头翁

面出唐·白居易《游悟真寺诗一百三十韵》。

仰头看,泉水清,雾下草桥现(鸟名)	伯劳
奴别桥畔几相见(鸟名)	娇凤
画中残花鸡又飞(鸟名)	鸰
子仪下令(鸟名)	郭公

郭子仪:唐朝名将,德宗时被尊为尚父,亦称郭令公。

知难叹退(鸟名)	雉
了此一生泉下见(家畜)	水牛
先出皇城东郊(兽名)	山都
我先猜对得九分(兽名)	犰狳
迅速躲藏(兽名)	灵猫
生日派对先猜俩(兽名)	猩猩
人需无恨心(兽名)	儒艮
人生一世内(昆虫)	天牛

面出唐·杜牧《洛中送冀处士东游》。世内为一。

园内菜苗早报青(昆虫)	芫菁
骑骅骝领先,骑骆驼落后(无脊椎动物)	马陆
日月星(无脊椎动物)	光参
萤(无脊椎动物)	夜光虫
下边半清半浊(无脊椎动物)	青虾
弯腰鞠躬烦死了(无脊椎动物,卷帘格)	大头虾
选用本义(两栖动物,徐妃格)	蚖螈
徐庆特技称第一(爬行动物)	穿山甲

徐庆,古典名著《三侠五义》中的主要人物之一,五义(陷空岛五鼠)排行第三位,人称穿山鼠。

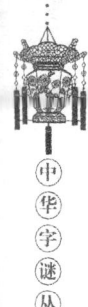

| 台长先赊账(软体动物) | 贻贝 |
| 回看对烛火已灭(软体动物) | 蛔虫 |

天下人同耕(植物学名词) 世界种
  面出《天朝田亩制度》。

翻为逝水悲(植物学名词) 伤流
  面出唐·皎然《哭觉上人(时绊剡中)》。

见之口流涎(植物学名词) 吐水
  面出清·黄遵宪《杂感》。

抵制色诱(植物学名词) 抗性
初雪枝头重(植物学名词) 雨林
再次索问价格(植物学名词) 重要值
模范作表率(植物学名词) 样带
格外具骨气(植物学名词) 特有种
暗思量(植物学名词) 密度
  面出唐·李珣《中兴乐》。

反复思忖(植物学名词) 频度
必须秘密起义(植物学名词,上楼格) 暗反应
向来所问总呆笨(植物学名词,卷帘格) 木质素
需用后视镜(植物学名词,卷帘格) 光反应
图个环境明亮(植物学名词,卷帘格) 光周期
成人之后想不老(植物学名词,蕉心格) 大生长期
孙子出去又生乱(农作物) 小麦
推广焚化(农作物) 火麻
倒水泡浴(农作物) 包谷
主要分出大类(农作物) 玉米
晋北广造林(农作物) 亚麻

口吐狂言，其实孬种（蔬菜）	大白菜
二十出头就约会（蔬菜）	山药
始终没休职（蔬菜）	木耳
先取桥头（蔬菜）	木耳
老头先下笔（蔬菜）	毛豆

头字的繁体为"頭"，前边是"豆"。

背上弧弓去（蔬菜）	北瓜
说话迟钝（蔬菜）	白木耳
客居金城添开销（蔬菜）	西兰花
节前江边来采贝（蔬菜）	贡菜
莫待晓风吹（蔬菜）	夜开花

面出武则天《腊日宣诏幸上苑》。

远山脚下穴，潭边生草木（蔬菜）	松蕈
婴儿面呈饥饿色（蔬菜）	娃娃菜
转眼乱叶错落，望月分外挂念（蔬菜）	胡萝卜
百草一出春回归（蔬菜）	茴香
恰如春季里花卉（蔬菜）	香菇
佳肴味美（蔬菜）	香菜
先去瓢，后挎瓢（蔬菜）	瓠瓜
太阳下山才醒来（蔬菜）	落苏
加入印度古教（蔬菜，上楼格）	婆罗门参
尚在人世（蔬菜，秋千格）	生姜
参观开矿（蔬菜，摘顶格）	苋菜
下元节，桥东会（花卉）	二乔
中餐费用（花卉）	午时花
日用开销（花卉）	天使花
首先植树勤（花卉）	木槿

摇落丹枫素秋后（花卉） 冬红

面出宋·陈三聘《宜男草》。

白头同心寄笔端（花卉） 石竹
半包烂糠（花卉） 米兰
手工绱鞋,鞋没变样（花卉） 红掌
频竖大拇指（花卉） 连翘
小小黄花尔许愁（花卉） 郁金香

面出宋·黎廷瑞《一剪梅·菊酒》。

众香国里数第一（花卉） 指甲花
赴前约,离西湖,到江东（花卉） 胡红
先猜后做（花卉） 射干
九月开销（花卉） 菊花
书记断言,月中离休（树木） 仁杞
枝头飘香到帐前（树木） 木棉
图中清流水（树木） 冬青
画中松柏隐花草（树木） 白桦
厄运到来就发呆（树木） 华盖木
裁员生是非（树木） 吉贝
春临眉山远,村头柳丝飘（树木） 杉松
前锋共失两球丢头功（树木） 苏铁
风吹叶动桥洞边（树木） 油杉
枯草早清理（树木） 苦木
开销如流水（树木） 金钱松
只见梧桐前面人俱走（树木） 枳椇
前后杳寂湖水清（树木） 胡椒
上钩变呆跟上去（树木） 银杏
勤出力,村上广造林（树木） 槿麻

逃之夭夭林场后（水果）	杨桃
辞别后登上某楼（水果）	甜橙
老爷下来赏李花（水果）	椰子

　　"爷"字的繁体为"爺"。

雪梅半落笔下画（菌类植物）	毛霉
雨后泊海边（菌类植物）	白霉
田间留宿（菌类植物）	地星
一半章节先蚀损（菌类植物）	虫草
十二载之后遇雪灾（菌类植物）	灵芝
北斗照荒野（蕨类植物）	七星草
冲出包围圈，同心向前进（蕨类植物）	石韦
盘妻索妻（蕨类植物）	问荆
草上鸿鸟已飞离（藻类植物）	江蓠
允许台上种水草（藻类植物）	浒苔
众多书法家学张旭（藻类植物）	海人草

　　周松林，网名丑老头。1945年11月生，江苏南通人。现为南通市职工灯谜协会荣誉会长兼首席顾问。

周跃建

东坡助人二月游（动物学名词）	皮肤
小崔改装变了样（鸟名）	山雀
我陪二人去鸡西（鸟名）	天鹅
友又扬帆欲东行（鸟名）	布谷

皓首得闲游鸡东（鸟名）	白鹇
维修工出言献计（鸟名）	红隼
先去调集先梳理（鸟名）	林雕
机构精简之后，调谁前去收编（鸟名）	林雕
柳枝绸帷半掩隐（鸟名）	林雕
破除集权后，先去调结构（鸟名）	林雕
集资周转解困境（鸟名）	林雕
有了共鸣，二人释怀（鸟名）	鸽子
闸门开了，飞出一鸟（家禽）	鸭子
川东岩上种兰花（家畜）	山羊
今岁今宵尽，鲜花半开放（家畜）	山羊
崛起的大连会更美（家畜）	山羊
累了上马帮一把（家畜）	骡子
东北除霾先出招（兽名）	貂
西去仪征选蚕种（昆虫）	大蚊
我选蚕种更在行（昆虫）	天蛾
我擒大虫有一招（昆虫）	天蛾
秉烛与我游南亭（昆虫）	灯蛾
擒蛇头我欲先上（昆虫）	谷蛾
首先蛇龄要分清（昆虫）	齿蛉
蝇头文字缺一半（昆虫）	蚊子
双蝶起舞草抽芽（昆虫）	蚜虫
孤帆远影鸦鸟飞（昆虫）	蚜虫
单独前行（昆虫）	蝉
春到豫东蝶起舞（昆虫）	蝽象
同来渔猎，首局占先（鱼名）	洞鲈
街心需先排浊水（两栖动物）	雨蛙

谜面	谜底
渠水清清蝶起舞,花匠心中花开放(爬行动物)	巨蜥
不思上进,随波逐流(植物学名词)	心皮
一夕无梦(植物学名词)	木本
西服塞进包裹中(植物学名词)	胞果
拉着妞妞先进家(植物学名词)	嫁接
如先整改一起干(植物学名词)	嫩叶
全给挥霍一空(植物学名词,下楼格)	无被花
已是黄昏独自愁(植物学名词,卷帘格)	单被花
宁死不屈(植物学名词,秋千格)	坚果
有人配合装开关(农作物)	大豆
人生又遇一转折(农作物)	大麦
本人拆拼巧铺床(农作物)	大麻
图中花开雀低飞,清光水月系客心(农作物)	冬小麦
推广林业干在前(农作物)	亚麻
早种草,先植树,应推广之(农作物)	芝麻
先后雾散清明晴,三人早上飞首尔(农作物)	春小麦
前纺录用心中喜(农作物)	绿豆
豫东提早开分校,教育先行列前茅(农作物)	橡胶草
浦江两岸绿树成荫(蔬菜)	上海青
得中原者心中喜(蔬菜)	土豆
动笔画美女(蔬菜)	大姜
节前回南京,组织种松柏(蔬菜)	小茴香
岁首相约来藏北(蔬菜)	山药
孤子被擒棋终输(蔬菜)	木瓜
采摘花苞(蔬菜)	包菜
三丫整容又改姓(蔬菜)	生姜

笨嘴笨舌（蔬菜）	白木耳
昔日一别沂蒙水，离散相逢尽洒泪（蔬菜）	西芹
通宵驾驶需费用（蔬菜）	夜开花
奉令潜伏四十载（蔬菜）	茯苓
共同长高两宽心（蔬菜）	茼蒿
末将调和后，秦晋终结缘（蔬菜）	香椿
药先送来自安心（蔬菜）	蒽
落户浦东四十载（蔬菜）	蒲芦
独子受宠（花卉）	丁香
每陷困境中，真心先解围（花卉）	三角梅
三十天用完这笔钱（花卉）	月光花
相关栏目主动改（花卉）	玉兰
消除芥蒂之后，二人容易相处（花卉）	芙蓉
武大老婆红杏出墙（花卉）	金莲花
拦在街中间（花卉）	挂兰
池边堂前梅错落（花卉）	海棠
每月调查放宽心（花卉）	腊梅
趁早宣布两宽心（花卉）	萱草
出言搭讪，樱唇半开（树木）	山杏
纵目远眺半岭梅（树木）	山桃
扎根西部，基层帮扶，从我做起（树木）	云杉
渠水清清流不息，又见寺后炊烟起（树木）	火炬树
百里挑一华西村（树木）	白桦
首先举荐会破案（树木）	兴安桧
提前审核要开会（树木）	西安桧
泉水清清蝌蚪游，明月当空倚楼头（树木）	香柏
桂魄初生秋日寒（树木）	香柏

桂魄，月亮的别称。

林间有对鸾鸟飞（树木）	栾树
放权安抚拆迁村（树木）	桉树
张横避之不及（树木）	黄檗
对造林愈加尽心（树木）	榆树
繁红一夜经风雨，是空枝（树木，卷帘格）	无花果
雾中登山峰，齐望东北方（水果）	丰脐
利用机会尽力劝（水果）	凤梨
择日起义飞云南（水果）	文旦
下笔一点再封王（水果）	毛丹
一一抽查（水果）	杏
重点策略先调整（水果）	枣
本该放开上市了（水果）	柿子
要先取行李（水果）	栗子
晁盖躲避下东楼（水果）	桃
晁盖走了李应来（水果）	桃子
牵牛扛犁到村头（水果）	梨
每当我来鸡东，必约花前相逢（水果）	鹅莓
修公园务必出力，抓重点策略先行（水果）	酸枣
清查之后要登记（水果）	橙
行李需登记（水果）	橙子

周跃建，1959年9月生，江西南昌人。江西省灯谜专业委员会副会长。

郑庆元

先生别急乘舟返（动物学名词） 反刍
一等石皮（动物学名词） 甲壳
西到拱桥边（动物学名词） 共栖
方才只觉心跳快（动物学名词） 刚毛
除夕岁末终剿除（动物学名词） 多巢
四天之内夺先机（动物学名词） 两栖
起初听见未上学（动物学名词） 味觉
不看不知道（动物学名词） 视觉
湖北干旱面貌变（动物学名词） 背甲
南望东风起，乘舟月下还（动物学名词） 胚环

  东风起为"一，丿"，与"下"组合成"丕"。

开始说透泼水节（动物学名词） 诱发
半生追根到华北（动物学名词） 退化
仙山隐天际，月色染半空（动物学名词） 腔体
实践出真知（动物学名词） 触觉
大鸟一来就找我（鸟名） 天鹅
小子，先别发难乱来（鸟名） 孔雀
南希整容后，变了新模样（鸟名） 布谷
不要紧张勃公子（鸟名） 松鸡

  勃公子，鸡的别称。

首登蛇峰鸽西飞（鸟名） 蜂鸟
高空鸿雁落江中（鸟名） 鹰

河畔半空月,随舟追逐行(兽名)	江豚
蛇头出洋后,码头去会合(兽名)	羊驼
十分机智藏起来(兽名)	灵猫
可到江边码头去(兽名)	河马
申代表(兽名)	指猴
人有食物猛如初(兽名)	狼
直到晚上雨点落(兽名)	雪兔
一日去打猎,两口又落难(兽名)	獾
日前夸海口(昆虫)	天牛
改变一生,重新做人(昆虫)	天牛
泉水清清,没了蚊子(昆虫)	白蚁
园内青草芽初生(昆虫)	芫菁
谜赛夺冠军(昆虫)	虎甲
湖水清清流,山峰影归帆(昆虫)	胡蜂
回头一看是冬酿(昆虫)	蜜蜂

　　冬酿,蜂蜜。回头一看指倒过来看。

张先生去鲁南(鱼名)	弓鱼
先生来寻觅,渔猎终有获(鱼名)	白鲟
泉水轻流鱼留连(鱼名)	白鲢
打鱼到江边(鱼名)	魟
下书到闽中(节肢动物)	虾
去鲁南上学(节肢动物)	鲎
终于溶解变了样(节肢动物)	蟹
书生烛光下,一别佳人行(两栖动物)	牛蛙
佳人别,梦虽残,又相聚(两栖动物)	林蛙
先去鲁南,后去陇西(爬行动物)	鱼龙
村庄前面立,听蝉柳林西(爬行动物)	麻蜥

此去异常累,流汗干(软体动物)	法螺
房前复习页后注(软体动物)	扇贝
终访下属出点子(植物学名词)	子房
随后合计取边关(植物学名词)	叶耳
湖边游泳终生变(植物学名词)	叶脉
不解之处(植物学名词)	生境
表面嘲讽(植物学名词)	皮刺
一半娇柔显露出(植物学名词)	乔木
歇一会睡觉(植物学名词)	休眠
泉声不绝鸣咽(植物学名词)	伤流
与其一别终牵挂(植物学名词)	共生
南望高架桥,月下胜景现(植物学名词)	再生
唾沫啐地(植物学名词)	吐水
提起古宅终有变(植物学名词)	托叶
高空日照村前头(植物学名词)	果实
二十赴台了心愿(植物学名词)	苔原
满天星斗撒夜空(植物学名词)	点样
放眼村中庄貌变(植物学名词)	根压
一日三省吾身(植物学名词)	密度
先生草莽,焉能委派(植物学名词)	菱蒿
回头大家来相聚(植物学名词)	集群
万众瞩目集一身(植物学名词)	群体
换人来救场(植物学名词)	演替
只等三更人相会(农作物)	大豆
人生又一回转变(农作物)	大麦
一望西峰云水间(农作物)	山芋

298

谜面	谜底
人要泡茶解中暑（农作物）	木薯
主动来见一起走（农作物）	玉米
先介绍江西行署（农作物）	红薯
前线受伤留一命（农作物）	花生
我的故乡广造林（农作物）	野麻
耳听声声似道姑（农作物）	稻谷
麻籽另作新安排（农作物）	糜子
一切短处终暴露（蔬菜）	刀豆
一生多磨费苦心（蔬菜）	口蘑
一到苏北人匆促（蔬菜）	大葱
辞别先生终孤独（蔬菜）	冬瓜
出彩的董先生（蔬菜）	白菜
竹芝初生君房前（蔬菜）	芦笋
播出前另有安排，放宽心（蔬菜）	番茄
与朋分别绿江畔（花卉）	月月红
一上桥头出手拦（花卉）	木兰
接连上茶人告别（花卉）	木莲
半部宝卷一人藏（花卉）	玉兰
举目边陲草地连（花卉）	睡莲
先生终去心留情（树木）	冬青
乐见松柏焕然新（树木）	白栎
化作松柏早晚随（树木）	白桦
炉火正旺人懈怠（树木）	红松
镇前出口，左右相跟（树木）	银杏
风起三更笔纵横（树木）	黄杉
早朝先见孟尝君（水果）	文旦
松柏山水间，枝头新月升（水果）	白梨

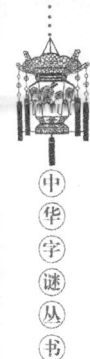

大漠治理终见效（水果）	沙果
巴望疏林来比试（水果）	枇杷
先生梦兆生，长缨终在握（水果）	樱桃

郑庆元，网名玉壶、紫气东来。1949年9月生，山东菏泽人。河南省民间文艺家协会灯谜学委员会副会长，三门峡市灯谜学会会长。

郑学义

西山日落回到家（动物学名词）	亚门
日高花影烛火暗（动物学名词）	昆虫
火鹤（动物学名词）	热带动物
突然南天烈火起（动物学名词）	猛禽
岭前走来黑面郎（兽名）	山猪

　　黑面郎，猪的别名。

我催龙驹归故乡（兽名）	野马
苍穹一生休（昆虫）	天牛
云汉一叶舟（昆虫）	天虫
前前后后拜高堂（昆虫）	豆娘
寅客旧容展新姿（昆虫）	虎甲

　　寅客，虎的别名。

张翼德夜入山东（鱼名）	飞鱼
秋凉明月落鲁北（鱼名）	香鱼
虚度一生，地中捉虫（两栖动物）	牛蛙

闺中怀春盼归帆（两栖动物）	青蛙
由上转下识玄机（爬行动物）	甲鱼
宅前残花蝶留恋（爬行动物）	蛇
小龙绕行入西山（爬行动物，卷帘格）	银环蛇
西河柳（植物学名词）	水生植物
一世清白（植物学名词）	生长素
千门万户曈曈日（植物学名词）	光合作用
旧（植物学名词）	变态叶
馥（植物学名词）	重开花
火叶兰（植物学名词）	热带植物
白牡丹（植物学名词）	植物色素
梧桐树上栖凤凰（植物学名词）	雌雄同株
甲申（植物学名词二）	变态、复叶
入沪定居整一年（蔬菜）	上海青
寒辰个个待君前（蔬菜）	冬笋

寒辰，冬之别称。

花苞前后共采集（蔬菜）	包菜
湘妃留影君方去（蔬菜）	竹笋
草叶翻飞孤儿行（蔬菜）	苦瓜
幼童爱上草桥前（蔬菜）	娃娃菜
西郊草梢结霜雪（蔬菜）	茭白
新鲜时蔬供幼童（蔬菜，上楼格）	娃娃菜
雨后斜燕入天台（花卉）	水仙
来到皖西会净友（花卉）	白莲

莲花洁净不染，因此人们称其为净友。

泉水清漾藕花香（花卉）	白莲

卜寺牵牛别样红（花卉） 牡丹

一时菊绽溢芬芳（花卉） 夜来香

三更芙蓉吐芬芳（花卉） 夜来香

堂前疏梅带雨香（花卉） 海棠

每上西楼面含笑（花卉） 梅花

西山佳人游春归（花卉） 银桂

黔西塘前藕花香（花卉） 墨荷

雨花桥前朱雀飞（树木） 石楠

龚先生踏春游南泉（树木） 龙柏

战马肥死弓弦断（树木） 将军松

昂首向前入疏林（树木） 柏木

衔山落日映疏林（树木） 柚木

如是东风劲向西（树木） 柳杉

　"如是"借指古名女柳如是，以名代姓扣"柳"。

湖水清映松前鹤（树木） 胡杨

溪头梅开柳丝斜（树木） 海杉

山西解困面貌新（树木） 银杏

春到西山鸟飞鸣（树木） 银杏

山谷春归泉水清（树木） 黄柏

夜临南寨，眉月弄影照远山（树木） 黑松

岭前疏林天初晓（水果） 山楂

淡墨点染一枝春（水果） 乌梅

中山夜尽曙光微（水果） 文旦

残红褪尽青杏小（水果） 无花果

夜半春临一时新（水果） 李子

春映西村连南亩（水果） 青果

暮冬高日挂枝头（水果） 青果

四时春映云水间(水果) 柳丁

郑学义,笔名秋枫,1938年2月生,内蒙古丰镇人。

单鑫华

四海无闲田(动物学名词)	广布种
侍儿扶起娇无力(动物学名词)	软骨环
兄弟姐妹已绝交(动物学名词)	亲缘关系
品(动物学名词)	前吸器
两月左右来包工(动物学名词)	胞肛
破晓之后当导游(动物学名词)	透明带
惊慌失措为哪般(动物学名词)	感觉毛
陶令不知何处去(动物学名词)	潜隐体
父子双双细考察(动物学名词二)	大核、小核
夫妻成了抵押品(动物学名词二)	外质、内质
闲话说郭公(鸟名)	白鹇
峦下码头鸟聚合(鸟名)	岩鸽
此生飘荡何时歇(鸟名)	思归
寨后草桥栖双鸟(鸟名)	树莺
口若悬河(鸟名)	阔嘴
黄鹤一去不复返(鸟名)	潜鸟
月半首长到鲁北(鱼名)	胖头鱼
幡然醒悟(昆虫)	知了

脱去衣衫人如玉（植物学名词）	白色体
集体照（植物学名词）	光合作用
一向五谷分不清（植物学名词）	多年生植物
争斗有了大结局（植物学名词）	角果
千里迢迢来相会（植物学名词）	远极面
众人皆怒齐控诉（植物学名词）	通气道
荒山顶上待绿化（植物学名词）	高等植物
白萝卜（植物学名词）	植物色素
树上的鸟儿成双对（植物学名词）	雌雄同株
瞧不起平民百姓（植物学名词）	器官
水床变了样（农作物）	洋麻
花前相约去汕头（蔬菜）	山药
秋天过后装痴呆（蔬菜）	冬瓜
伯约何许人也（蔬菜）	生姜
无言以对（蔬菜）	白木耳
语无伦次（蔬菜）	白木耳
形影不离陌上游（蔬菜）	百合
于乃采摘莲蓬头（蔬菜）	芋芳
一点两点三四点（蔬菜）	连珠
添个男孩放宽心（蔬菜）	茄子
水草（蔬菜）	洋葱头
古月分外爱双打（蔬菜）	胡萝卜
西郊芋头百里挑一（蔬菜）	茭白
高温季节草草约会（蔬菜）	茯苓
一齐采摘莲蓬头（蔬菜）	荠菜
前辈一生植时蔬（蔬菜）	韭菜
黎明之前采花冠（蔬菜）	香菜

水面采集芦苇头（蔬菜）	菠菜
何谓孔方兄（蔬菜）	银耳
扎根东吴（蔬菜）	落苏
一到黄昏便失灵（蔬菜）	黑木耳
麻姑觅石四十载（蔬菜）	蘑菇
眼可欣（花卉）	一见喜
瞧不起妇女（花卉）	丁香
年少不管钱与财（花卉）	大理花
两个书生（花卉）	文竹
说芙蕖,道菡萏（花卉）	白莲
鹤发童颜（花卉）	老少年
上下篇幅要对调（花卉）	扁竹
袭人献上碧螺春（花卉）	茶花
青草上面鳄鱼爬（花卉）	绿萼
天天挂念三丫头（花卉）	莒兰
东北影片（树木）	水杉
刺刀一丢头发乱（水果）	大枣
孤儿走失十八载（水果）	木瓜
冲冠一怒为红颜（水果）	毛丹
先苦后甜为百姓（水果）	甘蔗
村前岩下留个影（水果）	石榴
夜半老鼠聚桥头（水果）	李子
巴西林中两倾心（水果）	枇杷
十八男儿聚安阳（水果）	柿子
每早两头来挂念（水果）	草莓
广西得了一百分（水果）	桂圆

单鑫华,笔名李泰,谜号一粟。1952年生,籍贯浙江绍兴。江苏太仓市文联谜学研究会、太仓市职工谜协会长。

孟凡祥

故人——皆白头(动物学名词)	天敌
会意、拆字(动物学名词)	心音
后贤显高志,几度献爱心(动物学名词)	贝壳
无心作恶,活得阔达(动物学名词)	亚门
狸猫换太子(动物学名词)	后生动物
而今庄貌变(动物学名词)	血压
一举而成,全获榜首(动物学名词)	血栓
耳闻目睹学初成(动物学名词)	听觉
虽不落后比奉献(动物学名词)	昆虫
泰国人妖(动物学名词)	雌雄同体
雪灾之后自求变(鸟名)	百灵
来人进厂住一宿(鸟名)	雁
向前依稀见远树(家畜)	牛
西域来犯离乱苦(家畜)	猫
共改旧貌,终生不贪(家畜)	黄牛
洋中遇难(家畜)	滩羊
两岸猿声啼不住(兽名)	吼猴
重视未来领好头(兽名)	羚羊
两度狂乱心生怕(兽名)	猩猩
吾有二子(兽名)	鼯鼠

人生难得一相逢（昆虫）	天牛
灯谜第一（昆虫）	虎甲
自大一点先滚蛋（昆虫）	臭虫
头虽断，一生守义（昆虫）	蚊
富贵面前，齐头并进（昆虫）	蚊
生活省一笔，用水要节俭（鱼名）	牛舌
从前看印章谜，从后看书信谜（鱼名）	石虎鱼
白日将尽摇橹至（鱼名）	香鱼
山东有雨，安徽多云（鱼名）	鲩
眉月东挂一帆悬（无脊椎动物）	禾虫
虽隔一方尤不变（节肢动物）	龙虾
依稀远树清辉下，佳人离别独先行（两栖动物）	青蛙
挥汗干，一生奉献心无悔（海洋动物）	海牛

苦于创作，尔雅初成（植物学名词）	叶芽
是非颠倒，损失十年（植物学名词）	秆
华夏儿女稳领先（植物学名词）	种子
人有抱负干在先，点滴奉献结同心（农作物）	大豆
一生遭离乱，南京又相聚（农作物）	小麦
只见城头云半隐（蔬菜）	土豆
苦心加赤心，同心共向前（蔬菜）	土豆
困顿之中终旁落，又求进取耻落后（蔬菜）	木耳
同心上前，苦求创新（蔬菜）	豆苗
花瓣旁落月依旧（蔬菜）	胡瓜
结交二十载，中意必尽心（蔬菜）	茭白
春日疏林眉月升（蔬菜）	香椿
共把旧貌改，为公到白头（蔬菜）	黄瓜

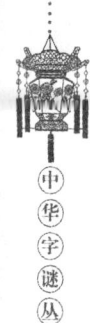

海棠半落五六分（花卉）	三角梅
巧儿娘瞅着冷二郎（花卉）	凤眼莲
晚节不保，入监之后终成杀（花卉）	木蓝
点滴奉献见真心（花卉）	兰
点滴奉献显真心，公字当头树先进（花卉）	兰松
同心改革向前进，解脱困境勤出力（花卉）	白槿
当头典灯谜应作废（花卉）	合掌消
谜会费用（花卉）	虎花
进取一生，奉献一生，大爱无边（花卉）	牵牛
卷土重来获榜首，人有虚心列前茅（花卉）	桂花
村前别晁盖，化缘终无获（花卉）	桃花
放胆改革显高节，困中相助心无悔（花卉）	腊梅
黄童白叟聚睢盱（花卉二）	老少年、合欢
村前冰初消，远山雁阵疏（树木）	水杉
离间计成后，吕布终杀丁原（树木）	古柯
吕布复投丁原（树木）	可可
四方合作，以廉为首，样样领先（树木）	田麻
又逢双节，休要高消费（树木）	佛桑
榜样在先，昂首向前，开发西北先付出（树木）	柏树
面对林冲，逃之夭夭（树木）	桃树
为脱困境，双双离别村中（树木）	桑树
落榜之后心有愧，解脱困境夺魁首（树木）	槐
率先改错旧貌变（水果）	文旦
据实讲来（水果）	白果
中国一瞥（水果）	龙眼
木工甘愿负残生（水果）	贡柑
宫中未见君（水果）	味帝

半载相思心生情（水果）	青果
村头送子泪两行（水果）	桃
面对现实要有底（水果）	腰果
儿已登上榜首（水果）	橙子

孟凡祥，1968年9月生，安徽六安人。六安市灯谜学会副会长。

赵子鑫

两人离别感情散（动物学名词）	二分裂
一木人（动物学名词）	三联体
熔化过程中的固液共存（动物学名词）	不完全变态
里应外合（动物学名词）	内皮
腹藏诗书（动物学名词）	内卷
白土（动物学名词）	分解者
教育改革出现两极端（动物学名词）	化学分化
裹在表面（动物学名词）	包皮
一夕杏花开（动物学名词）	本名
生育高峰（动物学名词）	产热
见面那时没太阳（动物学名词）	会阴
聚集黄泉（动物学名词）	会阴
供出内情有变数（动物学名词）	共肉
云长风骨（动物学名词）	关节
才得十分（动物学名词）	刚毛

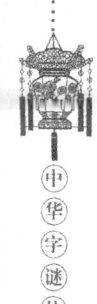

五岭逶迤腾细浪（动物学名词）	动脉
银行储蓄不定期（动物学名词）	存活
诚信为本无需多言（动物学名词）	成体
树上的鸟儿成双对（动物学名词）	两栖动物
蛋壳破了（动物学名词）	卵裂
二女相会在壬辰（动物学名词）	妊娠
唯有仲尼（动物学名词）	单孔
李香一来面貌改（动物学名词）	季相
国境线上燃篝火（动物学名词）	临界点
还是旧模样（动物学名词）	复原
何为冠军（动物学名词）	指甲
全棋皆变（动物学名词）	基体
住着东家（动物学名词）	宿主
生来一贯有二心（动物学名词）	惯性
为师所传无糟粕（动物学名词）	授精
迎客紧相拥（动物学名词）	接合体
心里害怕（动物学名词）	感觉毛
悬梁刺股（动物学名词，调尾格）	古生态学
前缘半空人难集（鸟名）	红隼
两点可见鸟迹乱（鸟名）	河乌
只有一毛钱（鱼名）	单角
难得一生厮守，烛火摇落，佳人安在（两栖动物）	牛蛙
分别消费（植物学名词）	开花
逛完商场钱还在（植物学名词）	无被花
吃尽苦头翻了身（植物学名词）	叶
东南西北且藏身（植物学名词）	四分体

谜面	谜底
表面有洞（植物学名词）	皮孔
只有一起干，才能使得上（植物学名词）	光合作用
春夏秋冬自有序（植物学名词）	年轮
十日才到西村（植物学名词）	早材
拉拢人员太死板（植物学名词）	机械组织
安能辨我是雄雌（植物学名词）	两性花
花皆凋谢何所有（植物学名词）	完全叶
掏钱买帽子（植物学名词）	花冠
真心投入又生变（农作物）	三麦
一人喜心中（农作物）	大豆
园中又生变（农作物）	元麦
激起千层浪（农作物）	水花生
主要变动来一下（农作物）	玉米
霜叶染群山（农作物）	红梁
突然宣告（农作物）	忽布
张茜听后做调整（蔬菜）	西芹
美女一人离去（蔬菜）	姜
一到晚上就傻眼（蔬菜）	黑木耳
年底消费（花卉）	十二月花
林白易装（花卉）	木香
新婚快乐（花卉）	合欢
九九归一（花卉）	百合
林散之每为上客（花卉）	宋梅
把柚切分后（花卉）	变叶木
猜谜共倾尊（花卉）	射干
上岸做生意（花卉）	商陆
期盼客人变呆笨（树木）	巴西木

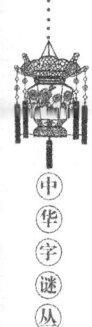

兴得土木后,旧貌变新颜(水果)	杜古
林散之对竞赛的期盼(水果)	枇杷
李小二换装(水果)	柰子
纤纤出素手(水果)	美人指

赵子鑫,网名浪激轻舟。1963年4月生,福建惠安人。福建省惠安县职工灯谜协会会长。

荣耀祥

烈震强掀潮啸暴,狂涛怒卷岛民殃(动物学名词)	水生动物
烟煜起处千层浪,门桃浮为万里舟(动物学名词)	水生动物
我家有棵好牡丹,梁兄要采也不难(动物学名词)	发情期

越剧《十八相送》歌词。

江山不夜月千里,天地无私玉万家(动物学名词)	白化动物

面为元·黄庚《雪》诗句。

四两拨千斤(动物学名词)	经济动物
有羊才罕见(动物学名词)	鱼
闻弦虚坠下霜空(动物学名词)	寒带动物

面出李白《单父东楼秋夜送族弟沈之秦》,意为听到空弦都有可能坠下霜空。

惊弓之鸟(动物学名词)	寒带动物
行到朔点引潮大(动物学名词,卷帘格)	水生动物
走马灯,灯走马,灯熄马停步(动物学名词二)	温带动物、热带动物

其下联为:飞虎旗,旗飞虎,旗卷虎藏身。走马灯利用冷热空

气对流的原理使轮转动。

牛羊混牧送出关,还是旧时落江鸿(鸟名)	朱鹮
未白头,鹊先飞,还是旧时画舫(鸟名)	朱鹮

　　还字的繁体为"還"。

黄鹂不露雨后身,紫燕时翻柳条翼(鸟名)	鹭鸶
上方一线天(家畜)	犬
无奈之下站在前(家畜)	犬
尖子不尖太大不要(家畜)	犬
孤星天头短(家畜)	犬
日夕雨点下难休,污点雪了沉冤起(家畜)	兔猫
廿载种田逞奇才(家畜)	猫
午前就发毛(兽名)	角马
未来之前斗一场(兽名)	角马
猖狂开头,拘捕结束(兽名)	狗狼
八戒行者好自在(兽名)	

　　八戒为"猪",行了"者"字则为"犭"。好,良。

去矛取盾才又弯腰(兽名)	猞猁
午后领导前来,布置丰收前重点计划(兽名)	羚羊
一直等到才弯腰(兽名)	猴
能够照应到底,猎头留下高薪(兽名)	熊猫
全体工人特先进(昆虫)	天牛
终生贡献大统一(昆虫)	天牛
蜜蜂早起识红颜(昆虫)	蜘蛛
闽中廿载难分离(昆虫)	蠖
明白才死,死个明白(昆虫,回文格)	知了
接着山东有雨(鱼名)	鲢
锦鳞耀成群(鱼名)	鲢

本期沧海堪投迹，却向朱门待放牛（爬行动物）	白龟

面出唐·司空图《放龟》。

梁上君子夜遁逃（软体动物）	乌贼
蝴蝶前行中途返（软体动物）	蛔虫
留得一钱看（植物学名词）	不完全花
黛玉分离不甘心（植物学名词）	木本
湖光水月，我居庙前（植物学名词）	叶序
你出门被车撞死（植物学名词）	生长期短
六出飞花入户时，坐看青竹变琼枝（植物学名词）	白化植物

面系唐·高骈《对雪》诗句。

重温鸳梦（植物学名词）	再生花
他年名上凌烟阁，谁羡当时万户侯（植物学名词）	同功器官

面出五代·贯休《献钱尚父》。

惟有功名忘不了（植物学名词）	同源器官
卖炭得钱何所营（植物学名词）	总状花序

面出白居易《卖炭翁》，启下句"身上衣裳口中食"。

柴米油盐酱醋茶（植物学名词）	总状花序
诸峰罗列似儿孙（植物学名词）	脉序
弱冠之年早著书（植物学名词）	草本
落叶满阶红不扫（植物学名词）	植物群落
点灯睡不着觉（植物学名词二）	光照、休眠
春风吹又生（植物学名词二）	宿根、返青
青春园中葵，朝露待日晞（植物学名词三，蕉心格）	珠被、托叶、光照
池上秋开一二丛（农作物）	水花生
楼前草衰雁行斜（农作物）	茶

念念你我一榜进士（蔬菜）	茼蒿
念念旧梦中，外出左右随（蔬菜）	萝卜

　　梦字的繁体为"夢"，其中部为"四"。

隔篱呼取尽余杯（花卉）	一品白
秋赏美景赴香山（花卉）	一品红
殿阁大学士吃香得很（花卉）	一品红
重点加强栏目（花卉）	米兰
失节后终弃之，无颜见郎君（花卉）	芙蓉
草帽蒙头，难识郎貌（花卉）	芙蓉
落草后没下落，何处见郎面（花卉）	芙蓉
分离四十载，盼望一见心急如焚（花卉）	芭蕉
晚节不保，加倍追逐最后权钱（花卉）	茉莉
使我不得开心颜（花卉）	郁李

　　面出李白《梦游天姥吟留别》。

子随其后独揽大权（花卉）	鼠尾掌
大圣行时，忽见有五根肉红柱子（花卉二）	佛手、连翘

　　面出《西游记》第七回。

流芳百世立丰碑（树木）	化香树
一生掏粪谋填肚（树木）	牛矢果
香山居士没有一天闲中过（树木）	白栎
黛玉占卦甚应验（树木）	朴树
风吹林间白（树木）	枫柏
林间双碰头（树木）	柘树
出口大声，动手猛推，夺权对了（树木）	桑
戈壁造林一眼收（树木）	桫椤
北宋亡，令人悲（树木）	槭
森林遭毁叫人忧（树木）	槭

种草改植树,底下你负责(树木)	樱花
抓住机遇,再创业绩(水果)	凤梨
拿得第一分(水果)	状元瓜
秋日无火草也焦(水果)	香蕉
初吻榭前缘(水果)	香橼
黛玉何曾举案齐眉(水果)	槟榔

　　荣耀祥,1942年10月生,江苏无锡市人。无锡市太湖谜艺社名誉社长。

侯　增

客人分住在厢房(动物学名词)	中间宿主
用手扳动,心急不得(动物学名词)	反刍
天生我材必有用,千金散尽还复来(动物学名词)	发光器
是气态,是液态,还是固态(动物学名词)	生物相

　　物相就是物质的各种状态。"生"指生疏之意。

哑口无言,解闷散心(动物学名词)	亚门
演员在前,官员在后(动物学名词)	优先权
假装充分(动物学名词)	伪足
人间万户仰头望(动物学名词)	光周期
勃然大怒(动物学名词)	刚毛
一样的约束,不一样的人品(动物学名词)	同律分节
堕胎起因生男孩(动物学名词)	抑制因子
回到南京(动物学名词)	复苏

严守十八亿亩耕地红线(动物学名词)	恒有种
好记性不如烂笔头(动物学名词)	背神经管
登台获胜(动物学名词)	胎生
再返舞台做分析(动物学名词)	重演论
男女数量失调(动物学名词)	偏性比
垂泪迷眼方入夜(动物学名词)	唾液
人挪活只是表象(动物学名词)	移行上皮
环球同此凉热(动物学名词)	温周期
与世隔绝(鸟名)	杜宇
只觉得天也转来地也转(鸟名)	旋目
请你们歇歇脚呀,暂时停下来(鸟名,徐妃格)	鸺鹠
癸亥之后,乙丑之前,又到酉时(家禽)	鸭子
我是一只小小鸟(家禽)	鹅
十个年头没个完(家畜)	牛
未来心里好害怕(家畜)	寒羊
闯出门来来猜谜(兽名)	马来虎
中国火了灯谜(兽名)	华南虎
春去春来,相伴一生(兽名)	林牛
丢下刀枪,半露狰狞(兽名)	狻猊
借问近来安否(兽名)	盘羊

羊通"祥"。

包子(兽名)	袋鼠
起笔提捺,勾画了了(昆虫)	孑孓
做人犯二就出丑(昆虫)	天牛
一朝被蛇咬,十年怕井绳(昆虫)	毛毛虫
是非安可无(昆虫)	吉丁
王八羔子只为钱(昆虫)	金龟子

中文学后一点通（昆虫）	虮子
海豚音王子来到达拉斯（昆虫）	维塔

　　维塔斯有"海豚音王子"美誉。

休妻别子（昆虫）	鼠妇
中堂郎中，一点再来（昆虫）	螳螂
较量一下，猜猜是啥（鱼名）	比目
一体化生活水处理（鱼名）	牛舌
生活如水一样流淌（鱼名）	牛舌
老公说话很明白（鱼名）	清道夫

　　清道夫鱼属于骨甲鲶科，又叫吸盘鱼、垃圾鱼、琵琶鱼。

色眯眯缩在最后（鱼名）	黄尾
有赤橙绿青蓝紫（鱼名）	黄排
善做清道夫（鱼名）	鳝
特别窝囊躲起来（兽名）	大熊猫
替换后以假充真（爬行动物，徐妃格）	玳瑁
夫运筹策帷帐之中，决胜于千里之外（植物学名词）	下位子房

　　面句出自西汉·司马迁《史记·高祖本纪》，下句"吾不如子房"。

尚未结束，满眼模糊（植物学名词）	不完全花
静坐绝忧恼（植物学名词）	不活动中心
派兵遣将各不同（植物学名词）	分布格局
子子孙孙无穷匮也（植物学名词）	生长轮
活着一直不吃荤（植物学名词）	生长素
活到老，学到老（植物学名词）	生长期
问渠那得清如许（植物学名词）	生源说
全部返工（植物学名词）	光复活

大家都不认识（植物学名词）	共生
如同陌人，天各一方（植物学名词）	共生成分
星星之火，可以燎原（植物学名词）	合点
从呱呱坠地到长命百岁（植物学名词）	初生生长
家有寿翁垂百岁（植物学名词）	居间生长
有且只有，双双上线（植物学名词）	组织
兄弟阋于墙（植物学名词）	胞间隙
未见其人，先闻其声（植物学名词）	滞后现象
既聪明又浮滑（植物学名词）	精油
集中消费要实在（植物学名词）	聚花果
左右同来人（农作物）	大米
山间有山鼠（农作物）	谷子
入秋双鸟落枝前（农作物）	粟
声声呼唤回乡来（蔬菜）	茴香
年届不惑，著作等身（蔬菜）	茼蒿
雨来迨我醉初醒（蔬菜）	落苏
吃醋的样子（蔬菜）	酸模
水纹细起春池碧（蔬菜，摘顶格）	菠菜
爹爹负责管开销（花卉）	大理花

"大"是爹的俗称。

一起上前进网吧（花卉）	巴豆
燃气管理费（花卉）	火把花
领导人名单（花卉）	列当
告慰列宗烧纸钱（花卉）	安祖花
大智若愚（花卉）	尖子木
寒心未肯随春态，酒晕无端上玉肌（花卉）	垂红忍冬

面出自宋·苏轼《红梅三首》。

忍俊不禁（花卉）	急地笑
勤劳刻苦不粗心（花卉）	细辛
天下第一皇（花卉）	帝冠
洪曜赫高丘（花卉）	映山红
只有余香留得住（花卉）	独一味
过分高兴显懈怠（树木）	台大松

台，通"怡"。

说话表面不紧张（树木）	白皮松
周密详尽数赵云（树木）	细子龙
写对春联迎春来（树木）	椿树
确实没有消费（水果）	无花果
易县造林上百万（水果）	杨桃

兆，表示数目时有百万的意思。

巴林参赛（水果）	枇杷
平田除草后植树（水果）	苹果
李耳陕西留遗迹（水果）	椰子
令郎做东分东西（水果）	槟榔

　　侯增，网名心泉，1964年10月生，山东沂源人。发起成立腾龙谜社并任首任社长。

祖振扣

吃不上饭心着急（动物学名词）	反刍
工程合龙（动物学名词）	交尾

别睡着了（动物学名词）	休眠
只待燕归来（动物学名词）	候鸟
沐春光，月当头，西岳纵横游（动物学名词）	消化
洞察世界（动物学名词）	眼球
幺妹行九无长姊（鸟名）	八哥
上千雨点落后峪（鸟名）	布谷
父亲鬓已霜（鸟名）	白头翁
皓首不落后，急中助人献点滴（鸟名）	百灵
父兄手脚忙不停（鸟名）	伯劳
孤儿要上诉（鸟名）	告天子
一人住进厂里来（鸟名）	雁
北方基点，甘心让出去（鸟名）	燕
天宫俯瞰人间道（鸟名，放踵格）	鹭鸶
开发西北鹫高飞（家禽）	鸡
对方爆粗口，也要赶快走（家畜）	马
儿断乳后得用心（家畜）	牛
入狱后，对方哭了（家畜）	犬
老泪洒上海（家畜）	犬

泪字的繁体为"淚"。

鲜鱼已卖完（家畜）	羊
拘留后才低下头（家畜）	狗
共吹竹笛度一生（家畜）	黄牛
中原残月映水牛（兽名）	白犀
老字号在东边（兽名）	虎
逊雪三分白，赵高指为马（兽名）	梅花鹿
我去河南听相声（兽名）	象
王公之后展奇才（兽名）	猴

老迟弃舟贵州西(兽名) 犀
　　迟字的繁体为"遲"。
二人合作度一生(昆虫) 天牛
中医配方添一子(昆虫) 知了
疗疾有方,重病复康(昆虫) 知了
痴子一下病痊愈(昆虫) 知了
虽居下位,大业终成(昆虫) 蚕
闽中一定要夺冠(昆虫) 蚕
孤帆一点,六桥落日(昆虫) 螟
红色专家(昆虫,徐妃格) 蜘蛛
撒网意在虾和蟹(鱼名) 罗非鱼
山东日出晴了天(鱼名) 青鱼
金山隐玄机(鱼名) 银鱼
孤帆一点下陇东(节肢动物) 龙虾
沱水清清,烛光在前(爬行动物) 蛇
二人同心川中游(爬行动物,徐妃格) 蛤蚧

虚岁相同(植物学名词) 一年生
工程未竣款用光(植物学名词) 不完全花
老眼尚能穿针线(植物学名词) 不完全花
松林入云天(植物学名词) 木本
断桥回望树参天(植物学名词) 乔木
生肖十二个,依次值岁来(植物学名词) 年轮
挣少挣多月月光(植物学名词) 完全花
木兰出阁(植物学名词) 花房
同心上前,从不后退(农作物) 大豆
老头前来夺冠(农作物) 大豆

头字的繁体为"頭"。

获奖后去登高(农作物)	大豆
中国产好粮(农作物)	玉米
皇太后要来一游(农作物)	玉米
开始创业,率先下乡造林(农作物)	亚麻
斩断恶魔之根(农作物)	亚麻
为人正直树先进(农作物)	茶
女排要住东楼上(农作物)	粟
酒后发横独去来(农作物)	粟
父亲说要下酒物(蔬菜)	大白菜
三八外出(蔬菜)	萝卜
登高节遇雨心中急(蔬菜)	雪豆
要先劳驾潘后生(蔬菜)	番茄
宁夏村村寨寨(蔬菜,梨花格)	茴香
竹签穿起山楂果(花卉)	一串红
七女下凡尘(花卉)	仙客来
敢问刘禅何许人(花卉)	使君子
晚霞似火照昆仑(花卉)	映山红
日薄西山火烧云(花卉)	晚来红
望眼欲穿,心急如焚(花卉,摘顶格)	芭蕉
前仰后合也无妨(树木)	可乐
两口再度到南宁(树木)	可可
留影何必要求人(树木)	可可
黄昏前后烛火光,村中又见藏木香(树木)	白蜡树
一再下乡造林(树木)	杉木
桥头安水泵(树木)	柘
折戟沉沙蒙古国(树木)	落叶林

根茎叶齐全（水果）	开花果
笔点何处见腾飞（水果）	龙眼
二小开瓢（水果）	西瓜
酒后充横，孤行一时（水果）	西瓜
诗仙育儿（水果）	李子
杨柳桥头送离人（水果）	林檎
南苑游，一定要瞧眉月上西楼（水果）	香蕉
发财之后回广西（水果）	桂圆

祖振扣，1940年出生，河北深州人。北京谜友联谊会副会长，北京楹联学会顾问兼老专家委员会主任。

姚砚库

泥石流（动物学名词）	水生动物
雪地撒米支竹筐（鸟名）	布谷鸟
江边有鸟落毛轻（鸟名）	鸿
雁鸟飞去成一点（鸟名）	鹰
羊肠小道细如线（鸟名，放踵格）	鹭鸶
酒后又见一只鸟（家禽）	鸡
上午驮走一人（家畜）	马
特来入寺度一生（家畜）	牛
无人埋伏（家畜）	犬
好狗有点狠（兽名）	狼
家有二犬保平安（兽名）	猞猁

织女下凡抢新郎（昆虫）	天牛
斯文扫地（昆虫）	知了
向前有病发了狂（昆虫）	虱子
扬帆归它处（爬行动物）	蛇
黑又亮（软体动物）	乌贼
虽然入内仍显丑（软体动物）	蜗牛
荒芜学业十二月（植物学名词）	一年生草本
每月工资存一点（植物学名词）	不完全花
找见发火的原因（植物学名词）	气生根
我想再活五百年（植物学名词）	生长期
因火毁了十口田（农作物）	烟叶
将怂怂一窝（蔬菜）	大头菜
呆头呆脑（蔬菜）	木瓜
高中同学四十载（蔬菜）	茼蒿
诰命夫人皮肤好（花卉）	一品白
酒精过敏不能喝（花卉）	一品红
一帮一（花卉）	对红
两点巧遇花将军（花卉）	米兰
薄利多销四十载（花卉）	茉莉
江边和尚每逢春（花卉）	海棠
念念不忘上海滩群雄（花卉）	蒲公英
话说东方（树木）	云木
豹子头上系白巾（树木）	木棉
林中兔子称大王（树木）	桎柳
人说春联是对联（树木）	桧树
林中四夕少见水（树木）	桫椤

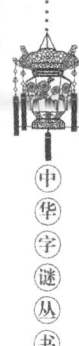

山口有东西（树木）	杉
俞郎恰好三十六（树木）	榆
立春早春相对立（树木）	樟树
削木为利又几度（水果）	凤梨
守株待兔岩下田（水果）	石榴
家庭出身定升迁（水果）	红提
八国联军进北京（水果）	西瓜
两只老鼠在桥头（水果）	李子
断肠人母在林中（水果）	杨梅
好女去了村后集（水果）	柿子
每天早上把书念（水果）	草莓
春去春来郎如宾（水果）	槟榔

姚砚库，网名芒果树，1957年8月生，山西临汾人。

敖耀寰

草桥藏莺,江畔飞鸿（动物学名词）	鸟
聪明生得好眼力（动物学名词）	灵长目
欲说无言心不悦（鸟名）	八哥
我自当空放飞鸟（鸟名）	天鹅
寒来分明见鼯鼠（鸟名）	鹁

寒号鸟是一种叫"鼯鼠"的小动物。因其生性怕寒冷，日夜不停号叫而俗称寒号鸟。

苑中双禽草上飞（鸟名）	鸳鸯

爱惜鸟类须用心（鸟名）	喜鹊
上屋水牛昔时鹊（鸟名）	犀鸟
弟与八哥俩，结伴西湖游（鸟名）	鹈鹕
点点怀念在北方（鸟名）	燕
宝宝玩枪对八哥（鸟名）	鹦鹉
草桥茑散橘木凋（鸟名）	鸫
西南行骗技已穷（家畜）	驴
股市跌惨即隐身（兽名）	大熊猫
对着南岭迎未来（兽名）	北山羊
出场大圣遇曲水（兽名）	台湾猴
百家后起既分明（兽名）	白暨豚
次大陆地图何似（兽名）	亚洲象
狮山前侧有火苗（兽名）	灵猫
春来公子属相明（兽名）	松鼠
几下交接业已虚（兽名）	虎
有钱富绅后分离（兽名）	金丝猴
各掌后舵并驾驱（兽名）	骆驼
先得貌相后约会（兽名）	豹
疏财后义犬重生（兽名）	狻猊
绕着圈子问未来（兽名）	盘羊
荒郊发现双出丑（兽名）	野牦牛
杰出才能对祖先（兽名）	棕熊
生日重聚两先猜（兽名）	猩猩
封侯独领先锋去（兽名）	蜂猴
独占春光心未惜（昆虫）	猎蝽
晓红除虫盘丝洞（昆虫）	蜘蛛
除虫浇水明朝后（昆虫）	蜻蜓

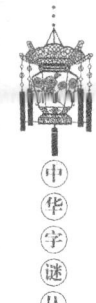

虾兵蟹将当统领（昴中）	鲲鲲
鲁北内定一把手（鱼名）	大头鲤
先前齐鲁人提倡（鱼名）	文昌鱼
何人去江西，月末盘家底（鱼名）	河豚
入山东两看日出（鱼名）	鲤鱼
怀念两尾武昌鳞（鱼名）	鲶鱼
前后挖蛀虫，周围有说法（节肢动物）	螃蟹
风生水起池塘叫（两栖动物）	虎纹蛙
洞越天门第一回（爬行动物）	穿山甲
合同受益两蝇头（软体动物）	蛤蜊
每月流水盘家底（哺乳动物）	海豚
铺盖图案多花草（植物学名词）	被子植物
赤膊小儿种东西（植物学名词）	裸子植物
愿做布衣居草莽（农作物）	甘蔗
伟人离家四十载（农作物）	芦苇
四方共与扫魔鬼（农作物）	黄麻
闲出门时带葫芦（蔬菜）	木瓜
洒水一出十公斤（蔬菜）	西芹
菜头花冠看着摘（蔬菜）	苋菜
老大当头四十载（蔬菜）	苦苣
苗苗出土齐向上（蔬菜）	茼蒿
非得一会采花冠（蔬菜）	韭菜
半部春秋苦女作（蔬菜）	香菇
君子依恋伊人去（蔬菜）	笋
前前后后深加工（蔬菜）	豇豆
两个葫芦亏大了（蔬菜）	瓠瓜

谜面	谜底
山也乐来水也乐(花卉)	合欢
伯牙摔琴谢知音(花卉)	吊钟
九九归一才十斗(花卉)	百合
传统灯谜露锋芒(花卉)	老虎刺
树下塘边伴月鸣(花卉)	杜鹃
有为之士永流芳(花卉)	康乃馨
五短身材三寸足(花卉)	矮金莲
井畔多吟三变词(树木)	水曲柳

宋代词人柳永,原名三变。他的词流传广泛,人称"凡有井水饮处,即能歌柳词"。

谜面	谜底
放任自流(树木)	水松
千年传颂武都头(树木)	长白松
何人不在河边走(树木)	可可
一横一竖一撇捺(树木)	四合木
皇上领头来拜佛(树木)	龙脑香
千树万树梨花开(树木)	华盖木
林前赤兔隐约现(树木)	红柳
何人立荐千里马(树木)	伯乐树
少将五点磨刺刀(树木)	沙枣
昨夜入林间(树木)	柞木
搜索枯肠离又合(树木)	胡杨
如何对春联(树木)	桉树
园林管理处职能(树木)	掌叶木
夜行者(树木)	黑松
垄头举目心无恨(水果)	龙眼
春来一只红蝴蝶(水果)	朱栾
二小接连照画瓢(水果)	西瓜

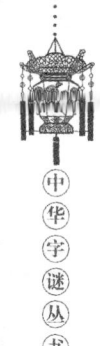

小楼兰芳两名优（水果）	杨梅
平整苗木再移栽（水果）	苹果
八月花，中秋月（水果）	桂圆
浪花集连摘桂冠（水果）	菠萝
桥头续守二十载（水果）	榴莲
入林间大胆一看（水果）	橄榄
但愿长醉不愿醒（水果，徐妃格）	柠檬
举案齐眉敬夫君（水果，徐妃格）	槟榔

敖耀寰，网名葫芦居士。1951年10月生，湖南浏阳人。湖南省民协灯谜学术委员会主任。

袁松麒

花的变幻（动物学名词）	三化
走东走西各自便（动物学名词）	双向选择
归心之急（动物学名词）	反刍
减肥之后（动物学名词）	失重
学习用品（动物学名词）	生物
美国篮球飞人有章法（动物学名词）	乔丹律
第二次（动物学名词）	亚门
为促进互动（动物学名词）	伪足
搬运东西（动物学名词）	动物
淘汰手工操作（动物学名词）	机制
花下复习（动物学名词）	羽化

吃人不吐骨头的东西(动物学名词)	肉食动物
更上一层楼(动物学名词)	行为级
本人很省俭(动物学名词)	体节
本人夜奔江西(动物学名词)	体液
以人为本，周而复始(动物学名词)	体循环
本月亏空一千(动物学名词)	体腔
单独成亲(动物学名词)	孤立木
水流混浊(动物学名词)	昆虫
初涉指导育秧技术(动物学名词)	试管苗
重新建立大使级关系(动物学名词)	复交
水母分割似青白(动物学名词)	毒腺
八仙过海(动物学名词)	神经、多态
分明汗流在一起(动物学名词)	胆汁
等待布谷(动物学名词)	候鸟
屈子本人空向月(动物学名词)	原体腔
小巧玲珑蓄钱袋(动物学名词)	储精囊
孟起千里行(动物学名词)	超重

　　三国人马超字孟起。

河内入图中(动物学名词)	越冬
月月得第一(动物学名词)	腹甲
九校(动物学名词)	聚合杂交
余钱存银行(植物学名词)	不完全花
着手技改树先进(植物学名词)	分枝
沧海一粟(植物学名词)	水生作物
鲜红的太阳永不落(植物学名词)	长日照
支柱错位(植物学名词)	主枝

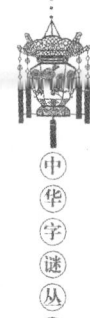

大雪压青松（植物学名词）	叶绿素
活了一百岁（植物学名词）	生长期
天涯共明月（植物学名词）	光合作用
一岁一枯荣（植物学名词）	年轮
骑鹤腰缠十万贯（植物学名词）	杨花
木兰点胭脂（植物学名词）	花粉
浪子回头（植物学名词）	返青

  梁山好汉浪子燕青。

实际表面现象（植物学名词）	果皮
屈子下台放宽心（植物学名词）	苔原
天水又逢春（植物学名词）	雨林
甘为田林改革（植物学名词）	柑果
调整到季中（植物学名词）	种子
人比黄花瘦（植物学名词）	植物肥
两个孤女拉回家（植物学名词）	嫁接
佯装本王（植物学名词）	群体
政权改组正结束（植物学名词）	整枝
问女何所思，问女何所忆（植物学名词，秋千格）	花盘

  谜面见《木兰辞》。

亭下欲至赏松柏（花卉）	丁香
记者自己来消费（花卉）	勿忘我花
了却诗情别千言（花卉）	风信子
日出时分月朦胧（花卉）	龙胆
双手齐推翻夫权（花卉）	扶桑
开放十分特别红（花卉）	牡丹
美好开端迎春到（花卉）	姜花
两地产茶销西北（花卉）	桂花

中有疏梅任流淌（花卉）	海棠
京中自有国色香（花卉）	琼花
疏影分明倒开放（花卉）	腊梅
人至品茶必留连（水果）	榴莲

袁松麒，谜号银风，1948年5月生，江苏常熟人。常熟市灯谜学会副会长，徐市灯谜协会会长。主编《百花谜谭》《银海谜谭》《银风谜萃》《谜海探趣》《智林谜蕾》等谜刊谜集。

顾 斌

名播远投王，深知被重视（动物学名词）	红外线感受器
漂泊年初子方回（动物学名词）	洄游
被蜇之后心不悦（动物学名词）	蜕皮
终究启发先减肥（鸟名）	九扈
一生学无涯，尽览天下书（鸟名）	子规
心若在，市容终改观（鸟名）	布谷
半价焦炭拉进厂（鸟名）	灰雁
残烛映雪见高原（鸟名）	百灵
苦心上贡来维系（鸟名）	红隼
泉上流云动，仙山莺鸟飞（鸟名）	伯劳
起先防守终笼络（鸟名）	陇客
先别硬来，智取为上（鸟名）	知更
中医虽难攻半生（鸟名）	虹雉
翁先生安享陕西（鸟名）	郭公

左右犯难,先后差错(鸟名)	鹡鸰
神行太保显然赢了没面目(鸟名二)	戴胜、焦明

梁山泊好汉神行太保戴宗、没面目焦挺。

老朽身残,童扶于前(兽名)	考拉
领头鼠始终偷油(兽名)	伶鼬
开始策划有方,狂胜领先十成(兽名)	刺猬
猖狂半生乱是非,与人争利品行低(兽名)	猞猁
一生付予田地旁(兽名)	野牛
木出本土,未检验木中纹理(兽名)	斑马
一日君见昭君,貌为第一(兽名)	貂
古装旧装改造(昆虫)	叶甲
瞥了一眼画中鱼(昆虫)	田鳖
连月麦枯残,其中有害虫(昆虫)	胡蜂
令秉火烛早念书(昆虫)	草蛉
南蛮孟获北归早(昆虫)	草蜢
念及前缘,合堆一处(昆虫)	维塔
前辈廉明,再返闽中(昆虫)	蜚蠊
一半是清廷蛀虫(昆虫)	蜻蜓

清廷作清朝廷。

中国北京,改革复兴(昆虫)	蝈蝈
灯谜状元,生就厉害(昆虫二)	虎甲、天牛
广开古梅一花丛(鱼名)	大麻哈
合纵毕生有鲁连(鱼名)	比目鱼
水亭下,东南角落结情缘(鱼名)	河豚
湖鲜出洋进店内(鱼名)	鲇胡
起始如开填埋场,终免除田地荒也(两栖动物)	娃娃鱼
一对出门至闽桂(两栖动物)	树蛙

悬梁清脑,收集萤虫,成就心愿(两栖动物)	蝾螈
半生放权拒独断(爬行动物)	巨蜥
蜡炬断残泪别湘(爬行动物)	巨蜥
夸下口,露一手,先来鲜味,后上好汤(爬行动物)	扬子鳄
圣上遇艳后,先恋而后宠(爬行动物)	变色龙
公而忘私乃崇高,内心狎邪定下流(爬行动物)	穿山甲
虽别离三十载,塞上一见倾心(爬行动物)	草蛇
王莽需求终抵触(爬行动物)	球蟒
辟土讨房,几度出力(爬行动物)	壁虎
师母年高,独活半生(海洋动物)	海狮

不修细行,纵情肆欲(植物学名词)	周皮

面出《晋书·周处传》。

半披青衣,外观淘气(植物学名词)	表皮
基层跑官买官,高层铺张浪费(植物学名词二)	下位花、上位花
白首待君老,同泛五湖船(植物学名词二)	共生、不定根
容貌不凡,性阔达,好奇节(植物学名词二)	坚果、早材

面出《吴书》,"坚生,容貌不凡,性阔达,好奇节",坚指孙坚。

月到中宵始满林(植物学名词二)	晚材、观光木

面出唐·齐己诗《寄匡阜诸公二首》,材通"才"。

堂前收拾入厨中(农作物)	小豆
几经艰苦始终相连(农作物)	凤眼莲
深谷泉流转,下笔落画中(农作物)	水竹叶
饱后又欲去寻欢(农作物)	包谷
先生艺精票房高(农作物)	芦粟
吕奉先不足为虑(农作物)	忽布
终清洗罪名,心喜又团聚(农作物)	罗汉豆

别来一载,李白沾巾(农作物)	籽棉
冬青苗前多监护(农作物)	蓝麦
碧油煎出嫩黄深(农作物二)	火麻、花生

  面出苏轼诗《寒具》,此句写做馓子的场景。

放手开拓廉为首,先进榜样品节高(蔬菜)	口蘑
初见如故萍水逢(蔬菜)	平菇
某君卖呆先生笑(蔬菜)	甘笋
先后辞让,甘于放权,不染尘土(蔬菜)	甜椒
反超后先胜,却生虚荣心(蔬菜)	脚板苕
疏忽大意点点,人终晚节不保(蔬菜)	葱头
一掷千金浑是胆(花卉)	太行花
小鸟化一人形,结草衔环相报(花卉)	太行花

  化用衔环典故。

尽孝凭义理,为人清誉高(花卉)	风信子
欲取一半给一半(花卉)	合欢
生得男孩人受宠(花卉)	达子香
西域特产,周边上市(花卉)	牡丹
朱绂皆大夫,紫绶悉将军(花卉二)	白刺、红掌

  面出白居易诗《轻肥》。

不知明镜里,何处得秋霜(花卉二)	郁李、长老

  面出李白诗《秋浦歌》。

执手相看泪眼(花卉二)	虞美人、将离

  面出宋·柳永《雨霖铃》。

外孙来后,十分拘束(树木)	小叶朴
竹叶飘风树动起(树木)	云杉
首先要会断案(树木)	西安桧
对林散之愈加放心(树木)	榆树

俘陈朝突厥（树木，卷帘格） 新疆杨

面出宋·罗公升诗《读史》，杨指杨坚。

一月一齐至赤峰（水果） 丰脐

头脑极乱还闹心（水果） 月柿

拆散拦不住（水果） 兰撒

白首显高节，尤一再给力（水果） 龙荔

孤栖无伴李易安（水果） 西瓜

运木利润起先少（水果） 沙梨

小贝利一来建头功（水果） 贡梨

先种枣树到刹旁（水果） 刺梨

造林甘于勇为先（水果） 桶柑

榜首登录在纸头（水果） 绿橙

飘沐而至顾横波（水果） 黄皮

飘沐指风雨。将"沐"分为"氵、木"，与"黄皮"合为"横波"。

海鸥飞起我挂念（水果） 鹅莓

此番烛火灭，征兆现后果（水果） 蟠桃

顾斌，网名望文。1973年12月生，江苏扬州人。游子吟谜社社员，镇江市青年宫灯谜俱乐部成员。

徐圣能

游泳池规则（动物学名词） 入水管

丢掉幻想（动物学名词） 不应期

四川卧龙产熊猫（动物学名词） 中生动物

谜面	谜底
控制住你的眼泪(动物学名词)	山水管
那来颜如玉,那来黄金屋(动物学名词)	本能
改革办人各有路(动物学名词)	伪足
洪水退尽西村头(动物学名词)	共栖
还是不熟悉(动物学名词)	再生
亲手开刀(动物学名词)	自切
月月江水清,观泉闽中游(动物学名词)	肛门腺
水土分明(动物学名词)	胆汁
猜谜能手(动物学名词)	射精
家有好女从戎去(动物学名词)	第二性征
吹奏乐器够充分(动物学名词)	管足
大家睡通铺(动物学名词)	聚眠
妈妈一身汗(动物学名词,下楼格)	水母体
八卦山前三层楼(动物学名词,徐妃格)	阻限
春蚕吐丝(动物学名词,调首格)	长生线
春江水暖鸭先知(动物学名词二)	家禽、体温
千里眼,顺风耳(动物学名词三)	视觉、听觉、足
天上飞鸟似七十(鸟名)	大鸨
雪灾后自改革(鸟名)	百灵
集上点点来周全(鸟名)	金雕
神行太保隐名,白日鼠隐姓(鸟名)	戴胜
奉献一生(家畜)	牛
大败之后怯懦生(兽名)	北极熊
五十有风度(兽名)	艾虎
输了一子(兽名)	负鼠
木兰之子(兽名)	花鼠
码头上岗迎未来(兽名)	岩羊

迎春对句出奇才（兽名）	树狗
乙亥年同心安家（兽名）	豪猪
有心依靠孙悟空（兽名）	懒猴
是是非非百虫生（昆虫）	土蝗
闽中盖楼房，旧貌变新颜（昆虫）	叶蛆
水波漂流逐孤帆（昆虫）	皮虫
有心不忘到闽中（昆虫）	蚝
上网人一球传中（昆虫）	蚋
一点会见闽中友（昆虫）	蚾
虽分离，仍用电（昆虫）	蝇
昨日去见雄信（昆虫，徐妃格）	蚱蝉
东楼改旧貌（昆虫，徐妃格）	蝼蛄
张排长去鲁南（鱼名）	弓鱼
人口发生变化（鱼名）	牛舌
四方争先来改革（鱼名）	米鱼
争先用电（爬行动物）	龟
叶公见之，弃而还走，失其魂魄，五色无主（爬行动物）	恐龙
马上见小龙（爬行动物）	蛇
用钱买官（植物学名词）	上位花
张良写字（植物学名词）	子房

张良，字子房。

到处流浪无住所（植物学名词）	不定根
改变旧貌（植物学名词）	叶
用心改革人虚心（植物学名词）	花
木兰的帽子（植物学名词）	花冠
四方植树（植物学名词）	果

不带一丝人间烟(植物学名词)	原生质体
《母亲》作家塑身(植物学名词)	高尔基体
双方吃亏增加(植物学名词)	萼
雨下四方草生长(植物学名词)	蕾
事实失真(植物学名词,秋千格)	假果
工作通宵达旦(植物学名词二)	干、休眠
夫妻各有私房钱(植物学名词二)	雄花、雌花
开关组装要同心(农作物)	大豆
南宁上岗廿一载(农作物)	山芋
广育桃李迎春来(农作物)	木麻
伴湖安家四十载(农作物)	水葫芦
制作木床成一业(农作物)	亚麻
万紫千红一齐开(农作物)	花生
滔滔流水山下过,眉月疏林双鸟栖(农作物)	籼稻
西湖流水清,桃李广栽培(农作物)	胡麻
孤雁栖落草木间(农作物)	茶
前前后后皆青色(农作物)	绿豆
我的故乡产木床(农作物)	野麻
村头秋色孤帆悬(农作物)	棉
一睹菜田变面貌(农作物)	番薯
村头来客落双泪(农作物)	粟
挑担轻飘飘(农作物)	薄荷
前头轻舟系一方(蔬菜)	刀豆
申城之春(蔬菜)	上海青
悟空难逃如来手(蔬菜)	仙人掌
伯约降世(蔬菜)	生姜

三国人姜维,字伯约。

飞雪迎春到（蔬菜）	白木耳
四十载旧貌变化大（蔬菜）	苦苣
一年同心争前头（蔬菜）	青豆
一月方得十斤草（蔬菜）	胡芹
结交青莲甚思念（蔬菜）	茭白
八戒用心变小人（蔬菜）	猪苓
菜田另规划（蔬菜）	番茄
六花飞舞梅绽放（蔬菜，粉底格）	雪里蕻
西湖流水人家（蔬菜，摘顶格）	葫芦
重男轻女（花卉）	丁香
不说空话（花卉）	云实
团结战斗（花卉）	打不散
齐齐哈尔（花卉）	合欢
乐于消费（花卉）	含笑花
御考榜首扬了名（花卉）	状元红
首选牡丹（花卉）	指甲花
夕阳如血（花卉）	晚来红
满脸带笑（花卉）	喜容
一觉入眠到天亮（花卉）	睡香
望眼欲穿（花卉，摘顶格）	芭蕉
话说行者（树木）	白松
大手大脚花费（树木）	金钱松
金山变困境（树木）	银杏
上岗造林整一天（水果）	山楂
齐心一点改旧貌（水果）	文旦
男女结对，种田植树（水果）	可可果
七月迎客荡秋千（水果）	西瓜

春来方把困境改（水果）	杏
每见林中鹤独立（水果）	杨梅
造林归来去洒水（水果）	板栗
守株待兔一男子（水果）	柳丁
每见村中把权分（水果）	树梅
每到早上倍思念（水果）	草莓
闺中迎春月十五（水果）	桂圆
秋前别后来春会（水果）	梨
春来一齐把月登（水果）	脐橙
每到夜晚就思念（水果）	黑莓
丈夫迎客写春联（水果）	槟榔
林中婴儿落泪水（水果）	樱桃

徐圣能，浙江东阳人，1941年8月生，网名小龙、东阳虎痴。上海浦东灯谜研究会会员，银蛇谜社社长。著有《东阳虎迹》。

徐官礼

朱元璋惧内（动物学名词）	马氏管
童仆住两旁（动物学名词）	中间宿主
前后遍鸭蛋（动物学名词）	甲虫
促成改革要有为（动物学名词）	伪足
期待日月双星现（动物学名词）	共生
出门见伙伴，伙伴皆惊忙（动物学名词）	完全变态
积极应对，双方在乎（动物学名词）	呼吸树

谜面	谜底
嫦娥广寒度中秋（动物学名词）	神经节
男女老少插秧忙（动物学名词）	种群
包工靠亲朋（动物学名词）	胞肛
禁止随地大小便（动物学名词）	排泄管
烛暗东坡心不悦（动物学名词）	蜕皮
须防美人计（动物学名词）	警戒色
悟空又称孙行者（动物学名词，卷帘格）	二名法
生来不喜吃素（动物学名词，卷帘格）	肉食性
画中雀，乱纷纷（鸟名）	小隼
凤凰本非凡间物（鸟名）	天堂鸟
航母过处海鸥飞（鸟名）	军舰鸟
皓首独临雪灾后（鸟名）	百灵
维持工作费苦心（鸟名）	红隼
初秋鸟就几度临（鸟名）	秃鹫
山石峥嵘似鸟道（鸟名）	岩鹭
溪流污染水变黑（鸟名）	河乌
何事风流张京兆（鸟名）	画眉
矢鸣人便倒（鸟名）	知更鸟
谁能设计捕猛禽（鸟名）	隼
一鸣惊人（鸟名）	鸹
霜风凛冽鸦声起（鸟名）	寒号鸟
九月鸟鸣乱（鸟名）	鹃鸠
夜来无事逗鹦鹉（鸟名）	黑鹇
唯知有吕后（鸟名）	雉
孔雀张开绿羽毛（鸟名）	翠鸟
老汉不疑上苍意（鸟名，上楼格）	信天翁
夺冠成往事（鸟名，徐妃格）	鹊鸭

仅见雀儿不见人（家禽）	鸡
未能到昆仑（家畜）	山羊
了却一生归泉下（家畜）	水牛
沾染色情一生休（家畜）	黄牛
坐骑吓得四脚软（兽名）	马来熊
变相有点狠（兽名）	日本狼
一败涂地，一蹶不振（兽名）	北极熊
巧分上中下，田忌胜威王（兽名）	角马
待到七点能完成（兽名）	浣熊
独自能将蹄痕觅，出猎一日累先生（兽名）	熊猫
前者个个有奇才（兽名）	箭猪
赚钱靠炒房（兽名，徐妃格）	猞猁
父子俩如出同一模子（兽名二）	大象、小象
大生产运动（昆虫）	天牛
下笔烛光前（昆虫）	毛虫
结义中原独行早（昆虫）	白蚁
亭下唯我秉烛游（昆虫）	灯蛾
欲夺竞走冠军（昆虫）	拟步甲
虽已抢了先，仍用廿度电（昆虫）	苍蝇
游西湖，相逢弃舟独归迟（昆虫）	胡蜂
会一点中文（昆虫）	蚊
颇有冠军模样（昆虫）	象甲
孤独飘零半成空（昆虫）	瓢虫
蜡烛先后点，堂上待夫君（昆虫）	螳螂
云长归天去，赤兔绝食亡（昆虫，徐妃格）	蚂蚁
忽然显冒失（昆虫，徐妃格）	蚱蜢
三日断五匹，大人故嫌迟（昆虫别名）	促织

面出《孔雀东南飞》。

煤堆里钻出一小偷（鱼名）	乌贼
一定要小心鲨（鱼名）	沙丁鱼
网中只有蟹与虾（鱼名）	罗非鱼
近日见鲁达，得手逢徐宁（鱼名）	金枪鱼
专诸匕首何处藏（鱼名）	剑鱼
鲁达一生入沙门（鱼名）	星鲨
闺中尺素双寄（鱼名）	鲑鱼
烛暗梦残佳人逝（两栖动物）	林蛙
闺中独自费猜详（两栖动物）	青蛙
独对桂花展奇才（两栖动物）	树蛙
引产原为早有螟蛉（两栖动物）	蚓螈
喜怒无常是王上（爬行动物）	变色龙
替王冒险王脱险（爬行动物）	玳瑁
秦岭隧道数第一（爬行动物）	穿山甲
每日垂钓，争先潮头（爬行动物）	海龟
采蜜须等三点到（爬行动物）	蛇
墙上悬谜待人猜（爬行动物）	壁虎
带路还靠长春子（环节动物，徐妃格）	蚯蚓

丘处机，字通密，道号长春子，是全真道（道教的一支）掌教人。

一生虽在病中度（软体动物）	蜗牛

柴进前头谁排序（植物学名词）	上位花

小旋风柴进前边是小李广花荣。

辞官去职张良隐（植物学名词）	下位子房
呼延灼后面排着谁（植物学名词）	下位花

梁山好汉双鞭呼延灼后边是小李广花荣。

怒火发在妻身上(植物学名词)	气窒
问姓惊初见(植物学名词)	合生面
菊残犹有傲霜枝(植物学名词)	直立茎
悟空回山群猴集(植物学名词)	聚花果
秦王欲求不老药(植物学名词,卷帘格)	生长期
甘罗十二为丞相,子牙八十遇文王(植物学名词二)	早材、晚材
没有一天不登高(农作物)	大豆
来了一定要主动(农作物)	玉米
古迹因为灾后变(农作物)	烟叶
灵芝只在峰巅间(蔬菜)	山药
美女大了一定牛(蔬菜)	生姜
呆呆的样子如何说(蔬菜)	白木耳
芋头采购二十斤(蔬菜)	芹菜
比干途闻卖何物,却使子牙术不灵(蔬菜)	空心菜
离乱廿载苦,却是同胞女(蔬菜)	苤脚菇
大了不美觉妞丑(蔬菜)	姜
结交廿载在中原(蔬菜)	茭白
廿载回归秋日寒(蔬菜)	茴香
季子去廿载,今日得回归(蔬菜)	茴香
葱头蒜头齐采收(蔬菜)	荠菜
估计能有四十斤(蔬菜)	药芹
枝头初晴挂新月,花前依旧有佳人(蔬菜)	香菇
业已显出秦果乱(蔬菜)	香椿
笔前君方在,子归便觉孤(蔬菜)	笋瓜
烹饪佳肴须放糖(蔬菜)	甜菜
这是什么豆芽(蔬菜)	盘菜
桥在二十四桥外(蔬菜)	萝卜

竖起拇指夸佳肴（蔬菜）	棒菜
芍药房前月依旧（蔬菜）	葫芦
花前子美半觚酒（蔬菜）	蒲瓜
少妇推磨四十载（蔬菜）	蘑菇
乍登台即成明星（花卉）	一串红
直见木槿开得艳（花卉）	三色堇
宠极一时权在手（花卉）	大红掌
望郎此去长相忆（花卉）	勿忘我
东湖夜半觉秋寒（花卉）	月季
耄耋不改风流性（花卉）	长寿花
张口又是哈欠来（花卉）	合欢
白天方到乱纷纷（花卉）	百合
炙手可热握大权（花卉）	红掌
恋女色晚节不保（花卉）	老来变花
心事难启齿，欲笺字迹潦（花卉）	含羞草
节前稍早现昙花（花卉）	芸香
梅压群芳迎乙酉（花卉）	鸡冠花
庄前又见林中鸟（花卉）	鸡麻
复念结网捕黄雀（花卉）	茑萝
分栏来养兔（花卉）	柳兰
定非羊散开（花卉）	韭兰
洞中有梅错落开（花卉）	海桐
共同出力勤收柚（花卉）	黄槿
此系东经二十度（花卉）	紫茎
塞上四十载，早已失恒心（花卉）	萱草
五九和六九，河边看杨柳（树木）	水青树
严寒不改松柏色（树木）	冬青

打虎景阳岗，威名天下传（树木）	红松
入眼唯有胡杨林（树木）	观光木
三下乡，到林场（树木）	杉木
主动显大方，迎春夺魁首（树木）	国槐
黛玉对此怎放心（树木）	柞树
正逢初秋音讯杳（树木）	香樟
路入林中半难觅（树木）	格木
对弈之前黛玉临（树木）	栾树
对破案要先分析（树木）	桉树
县令不灵光，一心只贪金（树木）	悬铃木
画框调整下笔难（水果）	山竹
又有机会能获利（水果）	凤梨
调查吧（水果）	巴旦杏
敖广真的动了气（水果）	火龙果
瑶池蟠桃王母管（水果）	仙人掌果
点睛之笔落何处（水果）	龙眼
怀孕却在未婚前（水果）	羊奶子
子女不在显孤单（水果）	西瓜
脱离困境便说幸（水果）	杏
果有缘分，不必秘藏（水果）	香橼
先随李耳来（水果）	椰子
花前栏畔复留连（水果）	榴莲
惟牡丹尚未开放，即查群芳圃，亦是如此（水果，卷帘格）	无花果
面出《镜花缘》第四回。	
沉鱼落雁，闭月羞花（水果，卷帘格）	美人指

　　徐官礼，1949年生，浙江临海人。临海市灯谜协会副会长。

高东阳

不识货（动物学名词）	生物
独眼（动物学名词）	单孔目
六月天气孩儿脸（动物学名词）	变态
从不染指（动物学名词）	稀有动物
鸟儿巧相逢（鸟名）	凫
奏本于皇上（鸟名）	告天子
屡败无斗志（兽名）	北极熊
瓠（兽名，徐妃格）	狐狸
恍然大悟（昆虫）	知了
情心已断倩人杳，一点半中佳人走（两栖动物）	青蛙
幽簧古调寄此情（爬行动物）	竹叶青
孤帆残花窗前现（爬行动物）	蛇
不难分解（爬行动物，徐妃格）	蜥蜴
参军到鲁北（软体动物）	鲍鱼
湖中倒影（植物学名词）	叶片
零落成泥碾作尘（植物学名词）	花粉
八人一张口，水稻田中有（农作物）	谷
仰观北斗四十载（农作物）	苜蓿
太太爱上虚荣要整容（蔬菜）	大头菜
佳肴广告（蔬菜）	大白菜
易牙烹子献桓公（蔬菜）	小白菜

夕阳似火映春城（蔬菜） 西红柿
须要种葫芦（蔬菜） 胡瓜
挂念西郊泉水流蔬菜（蔬菜） 茭白
不相上下（蔬菜，摘顶格） 茼蒿
奔驰轿车上断桥（花卉） 二乔
门前冷落车马稀（树木） 迎客松
散文（树木） 金钱松
与吾同行入林间（树木） 梧桐
山西脱困换新貌（树木） 银杏树
双胞胎（树木，徐妃格） 樱树
填平荒川，耘田种树（水果） 芒果
齐登楼头赏清辉（水果） 脐橙
青春永驻（水果） 榴莲
忽如一夜春风来（水果，卷帘格） 雪花梨

高东阳，陕西米脂人。宁夏灯谜学会理事，宁夏固原市灯谜学会副会长。

陶维松

后宫佳丽三千人（动物学名词） 一雄多雌
肺腑之言（动物学名词） 心音
炉（动物学名词） 气门
产品入围（动物学名词） 生物圈
孤帆一点出闸门（动物学名词） 甲虫

一行白鹭上青天(动物学名词)	鸟类迁徙
孔雀东南飞(动物学名词)	鸟类迁徙
散闷心,除恶心(动物学名词)	亚门
齐女左右袒(动物学名词)	两栖
吃苦在前独先行(动物学名词)	若虫
观后感(动物学名词)	视觉
石猴出世(动物学名词)	原生动物
有求必应(鸟名)	百灵
稳夺第一(鸟名)	定甲

即寒号虫。又名鹖旦。

中医出方,给人方便(鸟名)	知更
二点离庄,直奔少林(鸟名)	麻雀
乙未年上岗(家畜)	山羊
助残人,要用心(家畜)	牛
苦为改革育奇才(家畜)	猫
孟尝君之子(兽名)	田鼠
终生习灯谜(兽名)	老虎
破格用人选奇才(兽名)	狼
孤独半生(兽名)	狐
一生为帅独领先(兽名)	狮
孢(兽名)	袋鼠
大伯半生孤独(兽名)	猴子

按爵位,大于伯者为侯。

惹不起,躲得起(兽名)	熊猫
日当午(昆虫)	天马
人生一度散复聚(昆虫)	天牛
猜灯谜,获第·(昆虫)	虎甲

差一点射中一球（昆虫）	蚊
晨舞（昆虫）	跳蚤
阎王传令拘徐妃（昆虫）	螟蛉
残花片片落眼前（鱼名）	比目
敢当先锋（鱼名）	石首

　　石达开绰号石敢当。

咱为改革献一曲（鱼名）	曹白
山西山东迎日出（鱼名）	银鱼
月下独前行（节肢动物）	蝎

　　按诗韵目，月下为曷。

我盼徐妃得天佑（两栖动物）	蟾蜍
扬帆启舵舟远行（爬行动物）	蛇
有劳先生扬双帆（软体动物）	螺蛳
准点离校（植物学名词）	父本
月儿弯弯照九州（植物学名词）	光合作用
甲（植物学名词）	变态叶
武大道："你在家时，谁敢来放个屁"（植物学名词）	植被保护
西湖桥畔鹳鸟飞（植物学名词）	灌木
繁红一夜经风雨，是空枝（植物学名词，卷帘格）	完全花
得天下，喜在心（农作物）	大豆
李斯帐前又进言（农作物）	子棉
初夏月夜水清清（农作物）	广青
浴（农作物）	水稻
直到三月才移苗（农作物）	田菁
两点黔西村头见（农作物）	黑米
古树掩村雁横栖（蔬菜）	土豆

谜面	谜底
孤儿外出游西湖（蔬菜）	胡瓜
黎明之前回前营（蔬菜）	茴香
先生小心日本游（花卉）	丁香
人若到齐即开唱（花卉）	大一品
年前造林勤出力（花卉）	朱槿
改革二十载，咱也变化大（花卉）	百合花
壮乡秋色浓（花卉）	金桂
离乡打工去西湖（花卉）	胡红
壮乡迎春（花卉）	桂花
九月木棉开（花卉）	菊花
此系龙图衣（花卉）	紫袍
说话别紧张（树木）	白松
东风劲吹（树木）	杉
畅别上海十八载（树木）	杨
杲杲（树木）	重阳木
立秋之前又进村，调查之后即分田（树木）	香樟树
与我一同来造林（树木）	梧桐
高堂朱颜改（树木）	梅
对于黛玉多包容（树木）	榕树
一骑红尘妃子笑（水果）	开心果
三缄其口义犹在（水果）	文旦
金葫芦（水果）	西瓜
迎春一到呈新貌（水果）	味王
抓住重点建木桥（水果）	枣
此人单干二十载（水果）	苹果
南宁四时春色浓（水果）	柳丁
眉月挂枝头，春临山水间（水果）	梨

枕前古灯灭(水果) 柿

陶维松,1939年生。重庆灯谜学会理事,广西灯谜学会学术委员会成员。与人合著《成语谜解析》《中国名胜谜大观》《精彩灯谜解析》等谜书。

黄全来

本人(动物学名词)	二分体
左拥右抱帝安息(动物学名词)	中间宿主
莫待一点月,几度低空悬(动物学名词)	巩膜
四体不勤,五谷不分,孰为夫子(动物学名词)	刺孔

面出自《论语·微子》,为讥刺孔子的话。

本月落户到冀北(动物学名词)	肩羽
子子孙孙无穷匮也(动物学名词)	恒有种
想是怕了(动物学名词)	感觉毛
一度失业,美中不足(动物学名词)	蹼
小二要先上鱼(动物学名词)	鳔
二人一进厂,有谁还发言(鸟名)	大雁
一点退宿,两点离苏(鸟名)	伯劳
不是关云长,云长早身亡(鸟名)	翡翠
打麻将惨败(鸟名,卷帘格)	北极雀
需人点拨才从良(兽名)	儒艮
春日做生意,有心落实惠(昆虫)	二星蝽
人生离乱盼一聚(昆虫)	天牛

我见大虫不后退（昆虫）	天蛾
园中花蕾先含青（昆虫）	芫菁
本周捕鱼，一定小心（鱼名）	丁鲷
乘便北上赴鲁（鱼名）	香鱼
色既倾国，思乃入神（鱼名）	嘉鱼

面为唐·皇甫枚《三水小牍》记鱼玄机事。

周子鱼身材不低（鱼名，卷帘格）	长体鲂

三国周鲂字子鱼。

人一脱白鱼儿跑（两栖动物）	大鲵
权且分封到闽中（两栖动物）	树蛙
隔日虽然能再见（爬行动物）	蚺
这回园中通了电（爬行动物）	鼋
匠心虽具叹无权（爬行动物）	蜥
一位蛙人（爬行动物）	蝰
内件虽乱无人理（软体动物）	蜗牛
身价提升靠的钱（植物学名词）	上位花
专为把米分与人（植物学名词）	传粉
胖人半分饱（植物学名词）	伴胞
一月来广要坐台（植物学名词）	胎座
悄然起事从者多（植物学名词）	暗反应
居处雨潇潇（植物学名词，卷帘格）	下位子房
庭前怀念林散之（农作物）	芝麻
长大是美女（蔬菜）	姜
撇下采茶人，当日即回来（蔬菜）	茴香
一别遇之无期，未来当多怀念（蔬菜）	藕
女真侵宋边城地（花卉）	安桂

100分钻石的消耗(花卉) 尤拉花

100分钻石即一克拉。

暗香梅尚度,烟波终渺杳(花卉) 秋海棠

每日斜阳挂疏林(花卉) 香梅

脸上有光(树木) 人面子树

待吾驾前参东坡(树木) 五加皮

此去西湖正逢春(树木) 柴胡

罗汉先到少林来(树木) 杪椤

因阻吾望徐元直之目也(树木,卷帘格) 平当树

面出自《三国演义》第三十六回:"凝泪而望,却被一树林隔断。玄德以鞭指曰:'吾欲尽伐此处树木。'众问何故。玄德曰:'因阻吾望徐元直之目也。'"

盗匪拙笨是伪装(树木,卷帘格) 假木贼

一生正义更显高(水果) 文旦

落户甘为采茶人(水果) 芦柑

陈懋平手稿(草名) 三毛草

小马虎(草名) 孩儿草

这金花菜很好(草名,卷帘格) 棒头草

金花菜别名草头,古称苜蓿。

准许汪先生蔡先生赴台(藻类植物) 浒苔

黄全来,网名蓬莱樵子,1985年6月生,河南泌阳人。河南省民协灯谜学委员会会员,长安文虎社理事。著有《黄全来灯谜札记》,与人合著《百家姓灯谜趣话》等。

黄育群

屡次建阳有盘问（动物学名词）	几丁质
三国人物丁原，字建阳。	
真心为人兼虚心（动物学名词）	三化
仲尼归来到村前（动物学名词）	孔板
锄禾日当午（动物学名词）	产热
叛徒变节惹人恨（动物学名词）	会厌软骨
离台售玉川中去（动物学名词）	吐弃
一双玉臂千人枕，半点朱唇万客尝（动物学名词）	多能性
本人一度赴边城（动物学名词）	成体
蜻蜓翻飞舞画桥，云来几度遮残月（动物学名词）	壳层
一年土，二年洋，三年不认爹和娘（动物学名词）	完全变态
及到村西旧貌改（动物学名词）	极叶
宁无一个是男儿（动物学名词）	单口
一别李白入湘中（动物学名词）	季相
你走你的阳光道，我走我的独木桥（动物学名词）	定向选择
学徒心萦残花影（动物学名词）	性比
床前屋漏无干处（动物学名词）	房水
到达边境燃烽火（动物学名词）	临界点
疏林春到汉水逝，画桥点点映新月（动物学名词）	受精
人赏黄花暇日游，环山小舟水平流（动物学名词）	假鳃
归来摆棋是非明（动物学名词）	基板
枉到南荒思故乡（动物学名词）	梳理

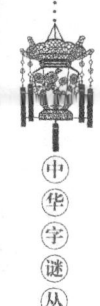

方到离休暮日沉（动物学名词）	惯伱
仲尼年少又遇难（鸟名）	孔雀
正德夫人嫁何人（鸟名）	归飞
岳飞夫人李娃封正德夫人。	
父兄忙碌不懒惰（鸟名）	伯劳
残秋风中去，南客就归来（鸟名）	秃鹫
谜面"南客"是鸟名。	
空山乱叶飘天上，新月断枝挂眼前（鸟名）	画眉
雨后横山笼雾中，窗前画桥孤星栏（鸟名）	雪客
雪客，鹭鸶的代称。	
九点牵手赏画眉（鸟名）	鸯
海南东部一枭飞（鸟名）	棕鸟
千里策马苍首至，先生一点又相逢（鸟名）	董鸡
村头莺啼日落间（鸟名）	鹃
黄昏日落盼孤鸿（鸟名）	鹊
双方吃亏伴精卫（鸟名）	鹦
丝路归飞闲客至（鸟名）	鹭鸶
谜面"归飞""闲客"均是鸟名。	
北方归雁鹭高飞（鸟名）	鹰
从前用心伴魔王（家畜）	牛
干在前头奔未来（家畜）	羊
蒙冤之前逃逸之（家畜）	兔
几度空虚又失业（兽名）	虎
一直守候才变化（兽名）	猴
空中战斗到夜半（昆虫）	八角子
雾中远树隐虹影（昆虫）	工蜂
西湖帆下花月残（鱼名）	泥虾

闽中桂花开（爬行动物）	木蛙
铁面裴宣似虎熊（爬行动物）	兽孔目

梁山好汉裴宣人称"铁面孔目"。

窗前残花惹蝶来（爬行动物）	蛇
几度业成虚，是非避免之（爬行动物）	壁虎
随舅去后残雨飞，三度垂钓在半夜（哺乳动物）	鼠
投石破舟荡水花（植物学名词）	心皮
绽出嫩芽旧貌改（植物学名词）	叶
众人拾柴火焰高（植物学名词）	合点
寺中空等倩人归（植物学名词）	竹青
十分实在（植物学名词）	角果
言不由衷（植物学名词）	表皮
春回中国变一流（植物学名词）	柱头
木兰一直守后防（植物学名词）	样方
公款开支（植物学名词）	雄花
欲与张良同存活（植物学名词二）	子房、共生
一生就业广造林（农作物）	亚麻
林间曲径芳草广（农作物）	芝麻
床边柜前挂龙泉（农作物）	剑麻
塞外广栽松和柏（农作物）	胡麻
李白扬帆随子去（农作物）	棉
鼎足之势可安居（花卉）	三角住
离休廿载去河北（花卉）	木荷
双双相片如芙蓉（花卉）	四照花
横川桅前飘残雨（花卉）	米兰
栽松又植柏，燕子到庭前（花卉）	鸡麻

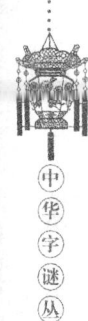

淅沥不断出太阳（花卉）	雨久花
老来芳名满中国（花卉）	晚香玉
堂前梅开须浇水（花卉）	海棠
雾中点点日放晴（树木）	冬青
共同植树人全到（树木）	珙桐
每到岭前近黄昏（水果）	山莓
机构精简后，上岗旧貌改（水果）	山楂
齐观远树映冰轮（水果）	丰脐
卅天集上供西柚（水果）	月柿
圣上大怒实是真（水果）	火龙果
岩下环山好植柳（水果）	石榴
到达包头十八载（水果）	来檬
当头一刀落河中，双枷锁住豹子头（水果）	沙棘
每见画中绘杨桃（水果）	果梅
木桥夜半伴双星（水果）	枣子
萍水相逢李子来（水果）	苹果
离别黑旋风，遇到立地太岁（水果）	柰子
廿载三度前功弃，正值春来又相见（水果）	荔枝
元龙西楼齐赏月（水果）	脐橙
甘为宁波献青春（水果）	桶柑
共伴东坡吹竹笛（水果）	黄皮
每到黄昏登西楼（水果）	黑梅
婴儿四点按摩中（水果）	樱桃

　　黄育群，网名鮀岛庐隐，谜号怀庐主人。1968年7月生，广东普宁人。广东省汕头市职工灯谜协会副会长。出版《庐隐谜稿》，主编《潮汕灯谜百家佳作鉴赏》《潮汕灯谜百家传略》。

萧文亿

回身一箭（动物学名词）	反射
形断意连（动物学名词）	心音
打开闸门浊水流（动物学名词）	甲虫
转业回家侍大人（动物学名词）	亚门
十分有望进上层（动物学名词）	尾巴
毛毛虫（动物学名词）	触角
男男女女对对双双（鸟名）	八哥
八方人迎吕温侯（鸟名）	布谷
老公皓首重复习（鸟名）	白头翁
御状（鸟名）	告天子
万里桥西宅，百花潭北庄（鸟名）	杜宇

面为成都杜甫草堂门联。

闻者足戒（鸟名）	知更
西岭逢春变了样（家畜）	山羊
兔头猪尾天下奇（兽名）	大象
寅年主场失利（兽名）	东北虎
小丫岩下表真心（兽名）	石羊
半解圣心（兽名）	角怪
办事无能难直腰（兽名）	熊猫
牵下桥去拴一起（昆虫）	天牛
寅年改旧貌（昆虫）	甲虎
从棉到布妈全能（昆虫）	纺织娘

小妹没买单（昆虫）	花大姐
中锋一球夺金（昆虫）	蜂
单捉蛇头（昆虫）	蝉
虫食老叶先吃草（昆虫）	蝶
冥王有令抓二虫（昆虫）	螟蛉
徐妃母子紧相依（昆虫）	螳螂
编，接着编（昆虫别名）	促织
眼前皆沉默（鱼名）	比目
鲁北来人要点东西（鱼名）	火鱼
闻失手先碰头（鱼名）	石首
一改旧貌个个争先（鱼名）	竹鱼
一行流亡山东（鱼名）	盲鱼
二日放晴到山东（鱼名）	青鱼
而立年离山东（鱼名）	草鱼
春秋前后去鲁南（鱼名）	香鱼
离别山东奔前程（鱼名）	香鱼
一曲南音醉中原（鱼名）	曹白
小心一下有跳蚤（节肢动物）	对虾
扬帆出丑别佳人（爬行动物）	牛蛙
直达鲁南（爬行动物）	甲鱼
老杨一生运匠心（爬行动物，徐妃格）	蜥蜴
游子方离母心惨（海洋动物）	海参

量入为出（植物学名词）	不完全花
一生护林长相伴（植物学名词）	木本
常将有日思无日（植物学名词）	花期控制
群芳吐艳（植物学名词）	盛花期

谜面	谜底
连理枝头花并开（植物学名词）	雌雄同体
浪里白跳（农作物）	水花生
署理江东二十乡（农作物）	红薯
要成活，得降雪（农作物）	落花生
只有苦心换真心（蔬菜）	土豆
一人之上掌小权（蔬菜）	大椒
二小无奈吃苦头（蔬菜）	大蒜
节前上岗有约定（蔬菜）	山药
内戚南京握大权（蔬菜）	尖椒
两个儿子列前茅（蔬菜）	竹荪
重现高节见风采（蔬菜）	苋菜
松柏长青春长留（蔬菜）	香椿
常夸格格顶呱呱（蔬菜）	瓠瓜
三方鼎立分天下（花卉）	大一品
人人同心又争先（花卉）	合欢
同心改革大中原（花卉）	百合
丫头简直不成样（花卉）	米兰
见夫有权双拱手（花卉）	扶桑
诗圣月下闻蛙鸣（花卉）	杜鹃
牛圈坍塌圈无存（花卉）	牡丹
火烧司马上方谷（花卉）	映山红
帐前树树梨花开（树木）	木棉
是非之中休介入（树木）	杜仲
树树梨花斗雪开（树木）	柏木
样儿变得像水鬼（树木）	洋槐
不费一文办实事（水果）	无花果
未见皇后先叩头（水果）	味王

林散之作客归来（水果）	板栗
不老实（水果）	青果
桃李先后上市（水果）	柿子
松柏有缘春长留（水果）	香橼
权权交易又得甚（水果）	桑椹

萧文亿，1929年5月生，四川新津人。新津县灯谜学术研究会会员。

龚贵明

庭前人小雀鸟多（鸟名）	鹰
比马还累，该减负了（家畜）	骡子
且不见苟且才弯腰，分田才变样（家畜二）	狗、猫
先考虑，去凡心，必虚心（兽名）	老虎
大学生不学之，来日何能称强（昆虫）	天牛
螳螂在前蚊在后，一马见之离去也（昆虫）	蚂蚁
水清月现，家梅半开（哺乳动物）	海豚
好好先生，不管是是非非，不理是是非非，不管不理隐居鲁南（两栖动物）	娃娃鱼
虽内向，度一生（软体动物）	蜗牛
杜绝先联系也（蔬菜）	地木耳
自古相思空伴月（蔬菜）	胡豆
细分工人就变样（花卉）	千日红

谜面	谜底
断刀劈开尖头木（花卉）	小檗
一个有义一个空（花卉）	文竹
白胜在前，黑旋风紧随（花卉）	月季
一笨就毫不上进（花卉）	木笔
人登上海岸（花卉）	水仙
土里长草连一片（花卉）	王莲
咱分开后只一人（花卉）	百合
一旦上台，人要虚心，去其弊端（花卉）	昙花
一待日出便除禾（花卉）	郁金香
先斩之，厚葬之（水果）	车厘子
植木成林，一一落空，不了了之（水果）	李子
某人调离后，必须干前头（水果）	金柑
金枪手被蒙蔽，穿林而去（水果）	柠檬

金枪手为水浒人物徐宁。

谜面	谜底
一再用力，三十终掌权（水果）	荔枝
出去一瞧，田无禾苗（水果）	香蕉
了解本利（水果）	梨子
甘愿攀登者，先刮目相看，不愿攀者不看（水果）	甜橙
先放弃波斯，一定去开罗（水果）	菠萝
有前科，日后一定小心（树木）	丁香
月供香肠（树木）	白杨
同胞相沐赏月光（树木）	泡桐
洞中梅错放（树木）	泡桐
人非草木，每有怀春（树木）	茶梅
春来疏林梨花发（树木）	香椿
春联亦称对联（树木）	栾树
只因开金口，栏前心生恨（树木）	银杏

先安吕布，禁其入门（树木）	椋栯
面对黛玉心相愉（树木）	榆树
黛玉应对，无愧于心（树木）	槐树
分季分周不分杯（树木）	稠李
移植青苗（豆科植物）	田菁
所有土皆属孤拥有也（豆科植物别称）	地瓜子
新月残星乱如麻（草本植物）	广木香
每因分离难团聚（草本植物）	知母
二人同日抵京（草本植物）	景天
倩人侧立清减了（被子植物）	大青
厂产口红各分工（被子植物）	络石
何苦变动（被子植物）	荷叶
一月全变样也（被子植物）	地肤

龚贵明，网名问秋何时红。1963年2月生，四川新津县人。四川省谜友联谊会竞赛部部长、四川省新津县灯谜学术研究会副秘书长。

崔永凯

西北辟田要争先（动物学名词）	鱼
话中意思未吃透（动物学名词）	不完全消化道
华夏特产富意趣（动物学名词）	中生动物
盼有一日去华北（动物学名词）	分化
"凤雏"面容犹未识（动物学名词）	生态系统

想着人民心难安(动物学名词)	休眠
远帆点点映柳后(动物学名词)	虫卵
明月枝头坠,府中阶半藏(动物学名词)	附肢
描绘水母,生动分明(动物学名词)	毒腺
年前子方回,双泪遮目流(动物学名词)	洄游
欲取胜,心不怠(动物学名词)	胎生
宝岛有朋至,一见开心怀(动物学名词)	胚胎
反向驾驶,有违常理(动物学名词)	逆行变态
加强影视作品管理(动物学名词)	重演律
更待拱柏啼翠羽(动物学名词)	候鸟
挥别之后心伤悲,始终系卿两泪垂(动物学名词)	排卵
近前解衫共云雨(动物学名词)	趋光性
公安需防美人计(动物学名词)	警戒色
冒雨而行终是蠢(动物学名词)	蠕虫
恼火弟子性顽劣(动物学名词二)	气门、下皮
欲育二胎,思前想后(动物学名词二)	再生、多度
兄弟九人排老幺(鸟名)	八哥
只有歌舞少吹弹(鸟名)	八哥
昔有双鸟一目眇(鸟名)	乌鹊
二人随我去护鸟(鸟名)	天鹅
撇下儿孙终是难(鸟名)	孔雀
希望整容终出错(鸟名)	布谷
皓首今为七十老(鸟名)	白头翁
门旁疏柏栖宿鸟(鸟名)	白鹇
四处哀鸣株后传(鸟名)	朱鹮
始终知难而进谋改革(鸟名)	血雉
少见水鸟保护区(鸟名)	沙鸥

准能调庶护周全（鸟名）	金雕
每至淮安，照顾周到（鸟名）	海雕
心中苦难初化解（鸟名）	隼
更见呆鸦冢头落（鸟名）	啄木鸟
鸡鸣之后休停留（鸟名）	鸺鹠
百姓拥护方能赢（鸟名）	戴胜
街边路旁百鸟飞（鸟名冠量）	一行白鹭
当先驱，驰前沿，纵惹身后骂，笃定行在前（家畜）	马
偶展奇才拟良句（家畜）	狼狗
改掉前错，终有所获（家畜）	猎犬
几度逐鹿谋崛起（兽名）	山麂
剑割髭髯应丧胆（兽名）	马来熊

面出《三国演义》，曹操为马超所败，见之则逃。

四点能运去码头（兽名）	马熊
白首犹能将苗栽（兽名）	龙猫
曾蒙先父提携（兽名）	考拉
田忌因何荐孙膑（兽名）	角马
从前牺牲笔下记（兽名）	牦牛
错失先机心焦虑（兽名）	虎
恨心相隔弹珠泪，凝望古月犹如初（兽名）	胡狼
貌好无心约终身（兽名）	豹子
才能杰出，才开宗派（兽名）	棕熊
需化解心中的仇恨（兽名）	儒艮
两子溪旁弄流水（兽名）	鼷鼠
生，理应奉献一切；亡，当如烛火尽燃（昆虫）	牛虻
聚散人生宜自谋（昆虫）	白天牛
飞蚊一灭心不怕（昆虫）	白蚁

368

七夕游苑亭中聚,烛光点点更赏心(昆虫)	苍蝇
获悉死讯(昆虫)	知了
一生多义举,孤独始终存(昆虫)	蚊子
草桥烛照远帆归(昆虫)	萤火虫
而我独东向(昆虫)	蛾
孤独始终伴我行(昆虫)	蛾子
双蝶起舞艳色绝,客观必将开口赞(昆虫)	蜜蜂
蜻蜓起舞碧空下(昆虫)	蝗虫
枝头古月世间照,流萤前面断虹残(昆虫)	蝴蝶
终生孤独随风飘(昆虫)	瓢虫
奉献一生,不辞辛劳(鱼名)	牛舌
口才好(鱼名)	白甲
笔落惊风雨,诗成泣鬼神(鱼名)	白甲

面出杜甫《寄李十二白二十韵》,赞李白。

离者始终朦胧记(鱼名)	白肚龙
打鱼东望涛水清(鱼名)	寿鱼
分明倾心化断肠(鱼名)	花脂
半部《春秋》藏玄机(鱼名)	香鱼
有辱先烈始添哀(鱼名)	裂唇
打鱼归来暮日坠(鱼名)	漠鱼
尽说谍报玄机重(鱼名)	鲽鱼
二赴鲁北踏雪行(鱼名)	鳕鱼
失亲女娃心独特(两栖动物)	牛蛙
犹对残虹抛桂花(两栖动物)	树蛙
原以"两头蛇"为荣(两栖动物)	蝾螈
残烛一对斜檐旁(两栖动物)	蟾蜍
推荐理由(两栖动物,徐妃格)	蚓螈

堂前残花实招虫（爬行动物）	小头蛇
日落星垂帆似远，月新桥小花犹残（爬行动物）	白蛇
蛇头伏法左右散，虽死难葬少相识（爬行动物）	沙蟒
鱼儿始终逐日游（爬行动物）	龟
千觞应助圣颜酡（爬行动物）	变色龙
河鱼昂头跃，每欲垂钓钩（爬行动物）	海龟
鸵鸟飞奔独前行（爬行动物）	蛇
园内蝇虫定除净（爬行动物）	鼋
一行古杨间，蜂蝶欣起舞（爬行动物）	蜥蜴
几度辟土心多虑（爬行动物）	壁虎
离鄂东再赴鲁北（爬行动物）	鳄鱼
涸泽而渔有弊端（爬行动物）	鳖
偷渡组织者，思维已停滞（爬行动物，卷帘格）	钝头蛇
细细推理并不难（爬行动物，徐妃格）	蜥蜴

此身何啻似浮萍（植物学名词）	不定根
破坏统一应刀斩（植物学名词）	切向分裂
车既上路用度增（植物学名词）	开花
中堂来了断是非（植物学名词）	叶子
古调重弹已白首（植物学名词）	叶舌
苦心推敲赋《咏月》（植物学名词）	叶脉
屈原徒步越高山（植物学名词）	平行脉
少年习性多相近，长大以后各不同（植物学名词）	成熟区
谁能共吹笛（植物学名词）	竹黄
己身情不专，带坏众拥趸（植物学名词）	自花传粉
古人宴前游玩多（植物学名词）	完全叶
发言可见爱捣乱（植物学名词）	周皮

太过留恋又联络(植物学名词)	变态
必将故土记在怀(植物学名词)	须根系
笔下休恨人心隔(植物学名词)	根毛
留下案底终铸恨,无奈之中谋新生(植物学名词)	根尖
木雕留痕(植物学名词)	根瘤
虚假结论不可下(植物学名词)	真果
拒绝假货受重用(植物学名词)	排水器
伯约负责整军纪(植物学名词)	维管束
拿起笔,为师;放下笔,做官(植物学名词)	筛管
车队出发迎新娘(植物学名词)	嫁接
笔下涌泉终有成(植物学名词)	腺毛
惟应尽此生(植物学名词)	雌性
此生多造化,辗转惟节高(植物学名词)	雌性花
不能一视同仁,导致产生隔阂(植物学名词,卷帘格)	分生区
天子奢靡,群臣必效(植物学名词二)	上位花、下位花
若得天下更心喜(农作物)	大豆
破关更得同心闯(农作物)	大豆
人生离合一叹终(农作物)	大麦
造林行动庆见效(农作物)	大麻
著作四易初付梓(农作物)	木薯
古庙拆后,潸然泪下(农作物)	胡麻
小生转行更加难(农作物)	雀麦
双鸟近栖声声诉(农作物)	粟
秋水蜿蜒星点闪(农作物)	黍
木兰花前把意传(农作物)	薏米
用心改,别太疏忽(蔬菜)	大葱
易牙烹饪桓公餐(蔬菜)	小白菜

半生迁徙苦如初（蔬菜）	丫菇
原色天空最心怡（蔬菜）	甘蓝
四十元，可办妥（蔬菜）	芫荽
意见采纳皆宽心（蔬菜）	苋菜
出嫁离家披盖头（蔬菜）	姜
在外近十月，四方皆挂念（蔬菜）	胡萝卜
终生实在，交往宽心（蔬菜）	茭头
文采川中绝，艺高藏北传（蔬菜）	荠菜
春来秋去终杳然（蔬菜）	香椿
轩前得相遇，耕荒劳如初（蔬菜）	莲藕
由来狐犬难共处（蔬菜）	黄瓜
半生墨椽聊作伴（蔬菜）	黑木耳
廿载磨合，她也吃苦（蔬菜）	蘑菇
父辈口拙，子辈遗传（蔬菜二）	大白菜、小白菜
高校新生之体验（花卉）	大一品
一生建华北，吾定持节高（花卉）	五星花
休要苛求换新装（花卉）	木荷
既要前行，昂起头来，挺进中原；既要前行，拿起笔来，写出中国（花卉）	白玉簪
跌宕始见笔端功（花卉）	石竹
确定用料后引进（花卉）	石斛
半空月照洒如昔（花卉）	江西腊
一行白鸽往东飞（花卉）	百合
节约始终提，终不见节约（花卉）	芍药
环保颜色最可贵（花卉）	宝绿
拨云得见日，菊前人倾心（花卉）	昙花
凭栏与卿把心交（花卉）	柳兰

香炉堂前放，梅花池边开（花卉）	秋海棠
初去蓬莱观红日（花卉）	茳草
倾心何人曲中复（花卉）	荷花
采来杏花芳始传（花卉）	蓿菜
此生念念系基层，同宿同眠民尽拥（花卉）	紫苜蓿
转眼边陲苦半生（花卉）	睡莲
荣辱共度终生伴（树木）	八树
白帆前头疏林远（树木）	木棉
为情伤心，始终不值（树木）	冬青
松柏心常在（树木）	白杏
制作香肠月售光（树木）	白杨
嘴上说是青面兽，笔下写来变石秀（树木）	白杨
十载开花终飘香（树木）	白桦
开后犹带三分香（树木）	龙柏
公然作对后果重（树木）	松树
对策下作准极端（树木）	枣树
已动杀机要对付（树木）	枫树
演林冲，练对白（树木）	柏树
造林选对招，市容终见好（树木）	柿子树
白发皓首梦终空（树木）	香柏
春又至，成双结对把春赏（树木）	桑树
吾与黛玉姓相同（树木）	梧桐
村委拥有选举权（树木）	榉树
林冲从容来应对（树木）	榕树
一生行义举，坦荡少是非（水果）	文旦
有心画柳初揣研（水果）	石榴
三春去罢离人归（水果）	林檎

首节课后下评语（水果）	苹果
授课请注重言辞（水果）	青果
后悔失晚节，一生苦漂泊（水果）	草莓
后勤着力搞支援，基层劳动心光荣（水果）	荔枝
晚秋枫畔吹竹笛（水果）	香柚
留照始终存，稚容若从前（水果）	香蕉
不堪是非扰，又将重权辞（水果）	桑葚
四处奔波，高薪苦多（水果）	菠萝
旧灯熄灭李花开（水果）	橙子
还不如随便猜猜（水果，徐妃格）	柠檬
倾胆镜中看（水果，徐妃格）	橄榄

崔永凯，谜号风为谁起。1981年10月生，山东青岛人。猜灯谜互动谜社副社长、中华国粹网灯谜版版主。

韩庆铭

一离别仆人，顺东赴鄂西（动物学名词）	下颚
白头郎君千里归（动物学名词）	失重
本人有空来赏月（动物学名词）	体腔
层云散尽阿敏来（动物学名词）	尾
周末上头有人来（动物学名词）	足
周末未见来上学（动物学名词）	味觉
丰收之后探望母，朝前走到银川来（动物学名词）	毒腺
二月冀中鹤影现（动物学名词）	胃肠

西湖月当头,栽花把草除(动物学名词)	消化
又到华南来复习(动物学名词)	翅腕
窗前赏月怨心消(动物学名词)	溶血
赴江西见面一举而成(动物学名词)	溶血
来到闽中再参战(动物学名词)	触角
弟兄九人我最小(鸟名)	八哥
一到南充就养鸟(鸟名)	兀鹫
夜半见郎君(鸟名)	子规
八哥在帐前,会见八口人(鸟名)	布谷鸟
一鸟飞离清风里(鸟名)	凫
十字街头度周末,昂首向前献赤心(鸟名)	百舌
特别喜欢戏鸳鸯(鸟名)	极乐鸟
重阳驾舟破浪回(鸟名)	思归
周末独自戏鸳鸯(鸟名)	鸽
淮东二人向前进(鸟名)	雉
儿在北京荡秋千(鸟名)	燕子
共改旧貌度一生(家畜)	黄牛
后天四点能入藏(兽名)	大熊猫
去码头四点能到达(兽名)	马熊
月照远山残花影,星星点点映中原(兽名)	白熊
皇上挺愚笨(兽名)	白熊
节前七人捉耗子(兽名)	花鼠
未到南岳来碰头(兽名)	岩羊
共吹竹笛迎未来(兽名)	黄羊
午前二君灭蚊虫(兽名)	斑马
能在四点躲起来(兽名)	熊猫
我到闽中采灵芝(昆虫)	菜蛾

我在一点半钟到（昆虫）	蛾
离家之后重到闽中，务必尽力夺取丰收（昆虫）	蜜蜂
夫君伴母，再来闽中（昆虫）	螳螂
阆中江畔把手分（鱼名）	巴浪
雁迹点点飞鲁南（鱼名）	火鱼
俺别大人赴鲁北，今荡扁舟水横流（鱼名）	电鲶
横竿垂钓小方塘，转眼鲁北日又出（鱼名）	电鳗
转眼近黄昏，鲁北会前辈（鱼名）	罗非鱼
黎明之前游鲁南（鱼名）	香鱼
别佳人来闽中碰头（两栖动物）	石蛙
岁首争先节电（爬行动物）	山龟
一钩弯月映三星，君在几点游江西（爬行动物）	恐龙
清清沱水断浊流（爬行动物）	蛇
躲藏不从军（爬行动物）	避役
雨露滋润禾苗壮（植物学名词）	水生植物
学子形象全展现（植物学名词）	生态系列
月下共育小蘑菇（植物学名词）	光合细菌
河南长出黄连木（植物学名词）	阴生植物
要陪学子度中秋节（植物学名词）	伴生种
节前到宝岛，入厂见小白（植物学名词）	苔原
露面在村前寨后（植物学名词）	雨林
中秋节后未见君（植物学名词）	种群
岁首离家后，必到渡头游（植物学名词）	密度
秋赴华北露真容（植物学名词）	黄化现象
前前后后奔上来（农作物）	大豆
南京植树到两点（农作物）	小米

春在羊城植杨柳（农作物）	木麻
兰开二度结同心，改山易水建新乡（农作物）	绿豆
星星又伴眉月升，两个伊人已离去（蔬菜）	冬笋
雁阵双行戏星星，一一垂钓亦心宽（蔬菜）	芋头
眉月三星映草木，溪畔残庙犹传声（蔬菜）	油菜
老树纵横掩村落，小篱深锁庭院门（蔬菜）	扁豆
昂首向前进，花前交相映（蔬菜）	茭白
日落残月挂枝头，草木深处留爪迹（蔬菜）	香菜
丹心一点血凝成，栽树植草献上爱（蔬菜）	盘菜
清清沱水断浊流，片月残云雁斜飞（蔬菜）	蛇瓜
兄妹别后三十载，植草造林矿貌变（蔬菜）	蘑菇
全面整治，事事如意（花卉）	大理百合
秋来白帆映彩霞，庄后枝头啼落月（花卉）	云锦杜鹃
东湖三月育杜鹃（花卉）	月季花
主人剩有余利，事事皆能如意（花卉）	东北百合
前头艰难权势变，二人携手来援助（花卉）	扶桑
眉月孤星落归舟，要去垄上把牛牵（花卉）	牡丹
科考头名很吃香（花卉）	状元红
广西赏秋荡秋千（花卉）	金桂
两地栽松育杜鹃（花卉）	桂花
可有雄心植兰草（花卉）	荷花
十八姑娘复员后，来到华北把草植（花卉）	樱花
皇上表现不紧张（树木）	白皮松
同到庙后来，植树把水浇（树木）	油桐
再到河北植梧桐（树木）	重阳木
同入林中赏秋色（树木）	桐柏
岁首共把竹笛吹，远山画眉戏枝头（树木）	黄山松

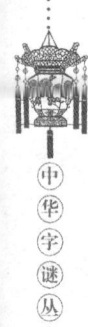

谜面	谜底
桥斗面子泪双流,江畔残庙犹传声(水果)	油桃
岭前林参差,旧貌换新颜(水果)	山楂
四方团结兔年春,厂方改革厂变样(水果)	石榴
来到冀中植树,不要盲目植草(水果)	芒果
寨后柳丝拂曲径,堂前斜雁迎春归(水果)	杨梅
老树纵横掩村落,栽树育禾山水间(水果)	豆梨
望到林中来参赛(水果)	枇杷
植树上十万,江西旧貌变(水果)	油桃
扬手告别码头,上岗快把树植(水果)	砀山梨
海棠开前清水流(水果)	青梅
十载为官把印掌,一再效力亦心宽(水果)	荔枝
黎明前归建淮东,用心改革献余热(水果)	香蕉
逐浪张网四十载(水果)	菠萝
秋雨点点近重阳,留在村前建码头(水果)	番石榴
西凉植树建小桥,雾中公园变新貌(水果)	酸枣

韩庆铭,1943年2月生,湖北鄂州人。重庆市灯谜学会理事。

谢亚芦

谜面	谜底
鸿江一别失先机(鸟名)	凫
布谷声声(鸟名)	告春鸟
寻找中医又为难(鸟名)	雉
前缘已尽下鸿江(鸟名)	鹈
朝鲜大杜鹃(鸟名)	鹃

谜面别解：朝扣晨，鲜为少，大杜鹃是朝鲜的一种鸟。

不如归去(鸟名，徐妃格)	鹈鹕
垒石建码头、起名称石码(家畜)	马
用心向上求一统(家畜)	牛
一定用心抓重点(家畜)	羊
输氧气(家畜)	羊
鲜带鱼(家畜)	羊
马驹跑在狼前头(家畜)	狗
本土旧灯谜(昆虫)	地老虎
闽中旧貌变新颜(昆虫)	蛄
山东改革三十载(鱼名)	草鱼
王祥卧冰意何为(鱼名)	鲍
池鲤起舞跃龙门(鱼名)	跳跳鱼
走出闺门到鲁北(鱼名)	鲑
六十分钟解玄机(鱼名)	鲥
鲁亡后、陷图圄(鱼名)	鲴
玄机未泄漏(鱼名)	鲦
山东连续七日雨(鱼名)	鲷
情心了却尺素表(鱼名)	鲭
玄机夜半传上高(鱼名)	鲟
山东夜见半放梅(鱼名)	鳖
姑娘出闺门，结伴去鲁南(两栖动物)	娃娃鱼
扬帆抵达七星桥(爬行动物)	蛇
亮窃以为不可(软体动物)	乌贼
闽中一角(软体动物)	蚝
参军照于鲁北(软体动物)	鲍鱼

鲍照曾任临海王刘子顼前军参军，故称"鲍参军"。

浮云映水梅半放（海洋动物） 海马

"浮云"系古代马名，借代"马"。

青春作伴集一处（植物学名词） 木本
一人得到十六黍（农作物） 大豆

古代重量单位，《说苑·辨物》十六黍为一豆。

桃花初绽雁阵来（农作物） 茶
庭前有树春先到（农作物） 麻
春意盎然遍申城（蔬菜） 上海青
广泛宣传美佳肴（蔬菜） 大白菜
齐桓公享受美佳肴（蔬菜） 小白菜
杨乃武因谁遭诬陷囹圄（蔬菜） 小白菜
孤儿流落到村前（蔬菜） 木瓜
老子夜半已离去（蔬菜） 木耳

"老子"名即"李耳"，"夜半"属"子"时。

寒凝大地孕竹牙（蔬菜） 冬笋
育桃李美好如初（蔬菜） 生姜
两个结合，吃苦在前，享乐在后（蔬菜） 竹荪
诏书火速报春光（蔬菜） 夜开花

面系唐·杨昌宗诗句。其在武则天作《腊月宣诏幸上苑》后，游上苑观花时作的诗句。

游西湖遗失孤儿（蔬菜） 胡瓜
分集介绍失孤子（蔬菜） 隼人瓜
定三分隆中决策（蔬菜） 鼎足瓜
武夷大红袍（花卉） 山茶
世界战争（花卉） 斗球
栽桃种李勤出力（花卉） 木槿

春秋又冬夏，林边佳人行（花卉）	四季桂
两个码头回头看（花卉）	石竹
独占鳌头得恩宠（花卉）	状元红
百般红紫斗芳菲（花卉）	角花
明月当空等前程（花卉）	结香
广西文化（花卉）	桂花
不断改革四十载（花卉）	莲花
春临西山佳人游（花卉）	银桂
日暮汉宫传蜡烛（花卉）	照殿红
柏华位置需调整（树木）	白桦
独立村前扬手别（树木）	杨
疏林秋色竹影斜（树木）	柏杉
西村旧貌换新颜（树木）	柚
春临厦漳泉（树木）	闽楠
雾中杏开西村边（树木）	格木
芳龄二九出闺门（树木）	桂
摆脱困境心无悔（树木）	梅
观众理解会实现（水果）	人参果
酉时一别孤儿去（水果）	西瓜
孤儿离走泪洒干（水果）	西瓜
孙权在前已一时（水果）	李子
遇到困境需改革（水果）	杏
独孤遗子占鳌头（水果）	状元瓜
杨柳村前人别离（水果）	林檎
夜半楼前邀客卿（水果）	栗子
内举不避亲（水果）	提子
重进九连，留守北营（水果）	榴莲

谢亚芦,笔名璐平。1950年11月生,福建龙海人。原龙海市灯谜协会秘书长,曾参与编辑《龙海谜刊》。

谢德峰

谜面	谜底
虽已别离仍专一,倾心相对联系紧(动物学名词)	昆虫
投靠南蛮瞎了眼(动物学名词)	害虫
只要能改变,宁可弃乌纱(鸟名)	八哥
点点飘絮舞金乌(鸟名)	太平鸟
先生易帜天下乱(鸟名)	布谷
王羲之抄经(鸟名)	企鹅

面出《晋书·王羲之传》:"有一道士养好鹅。羲之往观焉,意甚悦,固求市之。道士云:'为写《道德经》当举群相赠耳。'羲之欣然写毕,笼鹅而归,甚以为乐。"

谜面	谜底
村前人醉卧,一定要鸣号(鸟名)	朱鹮
溪畔驰马飞奔,惊起一路栖雀(鸟名)	池鹭
自动喷火化残雪(鸟名)	百灵
秋来稻先收,雪后原上白(鸟名)	百灵
父兄受连累(鸟名)	伯劳
大鸣大放夸天下(鸟名)	鸮
一人一雕立于河心(鸟名)	鸰
鸟雀群集化小桥(鸟名)	鹊
爱心护鸟谁言弃,飞雀小桥鸟自在(鸟名)	鹤
湖光水月映古迹,滩头隐约现鸟踪(鸟名)	鹳

先生一直盼统一（家禽）	牛
擒获歪才草上飞（家禽）	犬
每逢禁渔缺海鲜（家禽）	羊
隐逸之人人难觅（家禽）	兔
李杜半生才未展（家禽）	猪
股市惨跌人躲藏（兽名）	大熊猫
八卦山前小猴头（兽名）	狼
横山如睡雾初起，异乡隐约貌半露（兽名）	雪豹
只因虫侵麦变异（昆虫）	蜂
夏末丰收扬帆归（昆虫）	蜂
一世胡来半生浊，烛火耗尽终入木（昆虫）	蝴蝶
全靠点滴积累，田间争先夺冠（鱼名）	金鱼
秋山小荷初露角（鱼名）	银鱼
山东有雨雪半融，古村新叶春光异（鱼名）	鲟
树下烛熄春黯淡（节肢动物）	对虾
清浊分流待解析（节肢动物）	青蟹
佳人已杳烛火残，一片情心空托付（两栖动物）	青蛙
冢前垂泪离人世，缠绵化蝶舞春光（爬行动物）	蛇
同心奉献义犹在，闽中改革大变样（软体动物）	文蛤
始终负责到底（软体动物）	贻贝
一点一滴融合（农作物）	大豆
先模先录取（蔬菜）	木耳
道教建树源老子（蔬菜）	白木耳
房前一会后，念念不能忘（蔬菜）	芦荟
合并重组更富足（蔬菜）	豆苗
河边吹竹笛，初冬送先生（蔬菜）	油麦

念念不忘当老大(蔬菜)	苦苣
英语未入门(蔬菜)	洋白菜
花前听松月正明(蔬菜)	胡芹
树下采菇杜鹃鸣(蔬菜)	胡荽
受命出营后,埋伏于营前(蔬菜)	茯苓
受命埋伏荒草前(蔬菜)	茯苓
不相上下,并列前茅(蔬菜)	茼蒿
六十载改革如一日(蔬菜)	草菇
冬末京都终失守,转眼草长全变样(蔬菜)	凉薯
同心上前共建功,尽力全歼上下喜(蔬菜)	豇豆
异才奇著出伶人(蔬菜)	猪苓
在外四处游,观念能转变(蔬菜)	萝卜
转眼在外二十载(蔬菜)	萝卜
淡淡眉月柳梢头,点点归燕画堂中(蔬菜)	番杏
阁中菊花半凋零,点点逐水云飞动(蔬菜)	落苏
酒后莫要乱穿梭(蔬菜)	酸模
苦念木石盟,床前妹容改(蔬菜)	蘑菇
人到汕尾皆嘉宾(花卉)	仙客来
且看鸟啄枝头叶(花卉)	杜鹃
转观念,当先锋,矢志为改革(花卉)	苏铁
从政清正无愧于心,班前班后始终奉献(花卉)	玫瑰
松前对句自在行(花卉)	枸杞
隆中一策,百世流芳(花卉二)	三分三、千年红

世,一个时代,有时特指三十年,百世为三千年。

已是悬崖百丈冰,犹有花枝俏(花卉二)	忍冬、露梅
十载树木靠呵护(树木)	古柯
林间取景影成双(树木)	杉树

闻聊可补见闻之不足(树木)	柳
老树犹在人断肠,伤离人(树木)	胡杨
暗林参差千载景(树木)	香樟
双双驻村当先模(树木)	桑树
看似呆头鹅,实乃鬼精灵(树木)	假木贼
海杉何惧风雨侵(树木)	梅
断桥细流破庙前,残云空中柳梢头(探骊格)	乔木·油松
半仙个个结伴行(水果)	山竹
结伴装半仙,树下共赢利(水果)	山梨
岭前梅花化春光(水果)	山莓
崖上残梅花先放(水果)	山莓
梅岭荷半放(水果)	山莓
日本古城已变迁(水果)	巴旦杏
旧城改造迎新春(水果)	巴旦杏
一别已后悔,酒杯半成空(水果)	西梅
退休前——了结了(水果)	李子
两截残枝掩断墙,一丝细流月当头(水果)	沙棘
杨柳枝前送离人(水果)	林檎
枝头冰魄登山东(水果)	脐橙

谢德峰,笔名白发先生、谢金峰等,1973年3月生,福建龙岩人。龙岩灯谜学会副会长。

蔡 芳

谜面	谜底
重点促进更给力（动物学名词）	伪足
开始有点怕（动物学名词）	刚毛
眼光放远更机敏（动物学名词）	灵长目
表演躲藏之状（动物学名词）	猫科
九弟见兄长（鸟名）	八哥
公字当头，可上可下（鸟名）	八哥
先前走穴非歌后（鸟名）	八哥
只见来了一二人（鸟名）	子规
崖顶鸟随雁追星（鸟名）	山鹰
马周先生住一宿（鸟名）	乌雕
二人宰鸡又请我（鸟名）	天鹅
孙遭乱后又遇难（鸟名）	孔雀
有它有衣有饭吃（鸟名）	布谷
投奔岳家军（鸟名）	归飞
一经点拨乃凡鸟（鸟名）	凫
士子叩首一别去（鸟名）	吉了
四点分开，扬鞭催马上路也（鸟名）	池鹭
屡试不爽（鸟名）	百灵
秋前鸟来就几回（鸟名）	秃鹫
鲲鹏西去又归来（鸟名）	昆鸡
此夕梦断莺低回（鸟名）	林鸟
村前寨后住一周（鸟名）	林雕

意识到了就整改（鸟名）	知更
千言一开，满口鸟人（鸟名）	信鸽
黄昏前后，村中又见鸟归来（鸟名）	树鹊
枪打出头鸟（鸟名）	鸧
枕边不得开口鸣（鸟名）	鸺
一日隔断鹊桥缘（鸟名）	莺
寒来不见寒号鸟（鸟名）	鹗
一人鸣不平，不平等于零（鸟名）	鸽
一鸣惊人无须惊（鸟名）	鸧
知识越多越受累（鸟名）	博劳
林莺惊飞半（鸟名）	椋鸟
日月同辉纵目瞧（鸟名）	焦明
画鸟点睛成了鹰（鸟名）	雁
不平则鸣，无须不平一生休（鸟名）	鹄
天色多晴好，午时至西时（鸟名）	蓝马鸡
当年夺魁结鸾俦（鸟名）	鹊鸭
人带鸟仔去南京（鸟名）	鹑
复习仅知前半段，前面不难后面难（鸟名）	翟雉
开始鸣号，西鸽飞向鄂东去（鸟名）	鹗
昔断鹊桥后难逢（鸟名）	鹤
二十四点前后，抵达北京中心（鸟名）	燕
若得黄花插满头（鸟名）	戴菊
画鸟画雁要点睛（鸟名）	鹰
旧时鸟儿不分离（鸟名）	鸱
一道细线（鸟名，放踵格）	鹭鸶
是非之地（鸟名，徐妃格）	鸺鹠
一对怪才妙语连珠（家畜）	狼狗

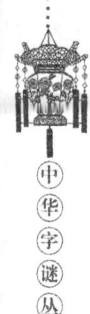

田上长草才怪哩（家畜）	猫
三点能完，拖到四点（兽名）	浣熊
学先进，争先进，四方一同向前进（节肢动物）	鲎
向前观景鱼贯而入（海洋哺乳动物）	白鲸
三星每朝东，日出地平线（棘皮动物）	海胆
我真的还想再活五百年（植物学名词，卷帘格）	生长期
一到金顶登上去（农作物）	大豆
金顶在前头，一定要同心（农作物）	大豆
横向联合，广为造林（农作物）	木麻黄
共游黄河边，草木与人亲（农作物）	油茶
杨乃武与之成冤案（蔬菜）	小白菜
崔莺前来赴约（蔬菜）	山药
又制双弓称桑弧（蔬菜）	木瓜
本当一行，孤独西去（蔬菜）	木瓜
下笔托孤送子归（蔬菜）	毛瓜
须注意点（蔬菜）	毛豆
孤子一掷图破格（蔬菜）	冬瓜
含苞待采（蔬菜）	包菜
一早即起采百草（蔬菜）	白菜
大叔来到小桥头（蔬菜）	尖椒
大小一一放宽心（蔬菜）	芋头
要上藏北近前来（蔬菜）	西芹
有人合作，兼并四方（蔬菜）	豆苗
日间除草拉拉呱（蔬菜）	苦瓜
出口外销定在十月二十四（蔬菜）	胡萝卜
分开三十日，犹如三十载（蔬菜）	草菇

人隔千日，如别卅载（蔬菜）	香菇
八千日受苦终成婆（蔬菜）	香菇
日前先种番薯（蔬菜）	香菜
离秦之日便杳然（蔬菜）	香椿
两点闭幕后入京签署（蔬菜）	凉薯
廿载磨折婆受苦（蔬菜）	蘑菇
儿来——安排妥（蔬菜，摘顶格）	芫荽
位极人臣得恩宠（花卉）	一品红
孤芳自赏临疏影，独酌黄昏伴暗香（花卉）	一品梅
岭头草木多怡人（花卉）	山茶
岭前草木也撩人（花卉）	山茶
三十天用度，九十日开支（花卉）	月季花
一直变样要分开（花卉）	木兰
重点先树，真心为公（花卉）	兰松
二点加三点，还要再多点（花卉）	玉兰
圣手书生生别离（花卉）	龙字
得宠一下就了断（花卉）	龙字
邻女墙头复窥宋（花卉）	安桂
大白日要巧安排（花卉）	百合
江畔绿岸头，草木也撩人（花卉）	红山茶
错杂绿树江海边（花卉）	红梅
二人连手双掌权（花卉）	扶桑
特别要小心一点，周边要加固一点（花卉）	牡丹
阿鹏意中人，捧出香茗来（花卉）	金花茶

"阿鹏"与"金花"是电影《五朵金花》中的主要人物。

玉人拆解闺中术（花卉）	金桂
太阳初出光赫赫（花卉）	映山红

谜面出自赵匡胤《咏初日》诗,"太阳初出光赫赫,千山万山如火发。"

离乡重出江湖前(花卉)	胡红
纵然人同草木,用心也能转化(花卉)	茶花
每日先移林边栽(花卉)	香梅
城头草木化为土(花卉)	桂花
是是非非化解茶中(花卉)	桂花
人可用心转化,放宽心吧(花卉)	荷花
安可言而无信,重在用心转化(花卉)	荷花
怀揣王者之香(花卉)	兜兰

兰有"王者之香"美誉。

海边草木早衰化,犹自凌寒独自开(花卉)	梅花
寻根本土土成金(花卉)	银桂
此时此节家家雨,开开落落两由之(花卉)	黄梅花

谜面前句化用宋·赵师秀《有约》诗句"黄梅时节家家雨",后句化用鲁迅《悼杨铨》诗句"花开花落两由之"。

昔时每见月边桂(花卉)	腊梅
青石板,石板青,青石板上钉银钉,夜里发光亮晶晶(花卉)	满天星
二十载相会老下属(花卉)	蜀荟

属的老字为"屬"。

万树松萝万朵银(树木)	华盖木

谜面出自元稹《南秦雪》诗:"千峰笋石千株玉,万树松萝万朵银。"

半江绿杨影,村居叙西游(树木)	红杉树
爷爷护林真不错(树木)	松树
林业公安在对面(树木)	松树
树形象(树木)	榕

容许结对对春联（树木）	榕树
一甲（水果）	人参果
人心统一，个个献策抓重点（水果）	大枣
齐上最高巅（水果）	文旦
狂风落尽深红色，绿叶成荫子满枝（水果）	无花果
图中点缀花一束，最终还须再点缀（水果）	冬枣
又要留下兴土木（水果）	圣女果
沈周画柳（水果）	石榴

沈周，明初书画家，号石田。"石田"与"柳"参差组合成"石榴"。

岩下参差柳，移到画中来（水果）	石榴
前线攻略，决策前后（水果）	红枣
四本旧书变了样（水果）	西柚
栖止一日就徙迁（水果）	西柚
森林被毁田少水（水果）	沙果
巴林参比程序变（水果）	枇杷
改革之中人为重点（水果）	枣
苗木半移栽（水果）	苹果
离开本市了（水果）	柿子
临洮变了样（水果）	洋桃
月挂古木纵目眺（水果）	胡桃
用心改革树先进，一再给力来支持（水果）	荔枝
八月团聚（水果）	桂圆
齐登月上来折桂（水果）	脐橙
一木一草留在连里（水果）	榴莲
草木勾留结连理（水果）	榴莲
勇于正视（水果，徐妃格）	橄榄

蔡芳，谜号其乡居主人，1953年10月生，福建尤溪人。永安市燕江谜社社长。著有《桂峰谈谜录》等6本个人灯谜文论集及《教你猜字谜》等11本普及性灯谜读物。

蔡建荣

谜面	谜底
东西运河（动物学名词）	水中动物
全面净化混浊水（动物学名词）	昆虫
乳燕河畔成对影（鸟名）	八哥
炒锅旁边是翠鸟（鸟名）	大勺鹬
路世伟脸上有斑点（鸟名）	大山雀

大山是加拿大人马克·罗斯韦尔的中文名字，他曾在多伦多大学东亚系攻读中国研究并起中文名字路世伟。

主人后坞抓小雀（鸟名）	乌鸫
小崔下山一直去（鸟名）	云雀
领导紧跟小姐后（鸟名）	长尾鸡
断弦未续为翕和（鸟名）	玄凤

凤翕和，字邻凡，明朝吴县人。崇祯年间，任汉阳通判。姓名借代。

闲里说紫鹃（鸟名）	白鹇
有一鸟风中飞（鸟名）	凫
年虽期颐犹不痴（鸟名）	百灵
沾染胭脂到下巴（鸟名）	红点颏
分明殿前直说（鸟名）	告天子

谜面出敦煌曲子词。

心头怒火(鸟名)　　　　　　　　　　　　　　　　　　怀南

中华鹧鸪,又称中国鹧鸪、越雉、怀南。

黄颡会见守门使(鸟名)　　　　　　　　　　　　　　　鱼狗

黄颡,鱼名,属鲶形目,鳠科,黄颡鱼属。守门使,狗别称。

孝鸟与斑哥(鸟名)　　　　　　　　　　　　　　　　　鸦虎

孝鸟,乌鸦的别名。《说文·乌部》:"乌,孝鸟也。"斑哥,虎的别称。

八哥一点也不优秀(鸟名,上楼格)　　　　　　　　　　太平鸟

画眉喧鸣群峰间(鸟名,卷帘格)　　　　　　　　　　　山噪鹛

小姐柔情岂善心(鸟名,卷帘格)　　　　　　　　　　　黑水鸡

四兄弟奏本章(鸟名二)　　　　　　　　　　　　八哥、告天子

错识子由二十载(兽名)　　　　　　　　　　　　　　　艾鼬

与子对句在西楼(兽名)　　　　　　　　　　　　　　　树鼩

方觉池边有漏电(昆虫)　　　　　　　　　　　　　　　水黾

刚发草芽遭蚁噬(昆虫)　　　　　　　　　　　　　　　牙虫

一生流亡如飞蛾(昆虫)　　　　　　　　　　　　　　　牛虻

飞鸟入户烛火灭(昆虫)　　　　　　　　　　　　　　　虫扇

黄毛菩萨空中现(昆虫,秋千格)　　　　　　　　　　　天牛

总司天下鳞族,乃百鳞之主(鱼名)　　　　　　　　　　帝皇鱼

面出《镜花缘》。

情侣互通尺素(鱼名)　　　　　　　　　　　　　　　　鸳鸯鱼

早起站前见金鲤(鱼名)　　　　　　　　　　　　　　　章鱼

善用河豚治肝疸(鱼名)　　　　　　　　　　　　　　　黄鳝

方见玄机离鲁南(鱼名)　　　　　　　　　　　　　　　鲂鱼

鲁北接连家书至(鱼名)　　　　　　　　　　　　　　　鲑鱼

即刻赴鲁南重聚(鱼名)　　　　　　　　　　　　　　　鲫鱼

| 感怀鲁北重逢时（鱼名） | 鳂鱼 |

国清寺前遇花姬（爬行动物） 天台蛙

  国清寺位于浙江省台州市天台县；花姬蛙，体形较小的蛙类。

心中萦绕唯素贞（爬行动物） 白环蛇

每见闽中多大洼（爬行动物） 海蜈

黑夜之中撞小偷（软体动物） 乌贼

合昏尚知时（植物学名词） 花期

  唐·杜甫《佳人》诗："合昏尚知时，鸳鸯不独宿。"

开发月球计划（植物学名词） 高等植物

绿化月球计划（植物学名词） 高等植物

零落依草木（植物学名词） 寄生根

孤燕残菊斜篱上，小舟横水平堤旁（蔬菜） 大葱

约见茅峰前（蔬菜） 山药

廿载匠心挥汗干（蔬菜） 水芹

图中虫尾有爪痕（蔬菜） 冬瓜

背上遗孤子（蔬菜） 北瓜

池塘半毁，西楼残败（蔬菜） 地栗

见到大叔堂楼前（蔬菜） 尖椒

伊人刚去四个来（蔬菜） 竹笋

清泪洒落岳墓前（蔬菜） 西芹

阶后破槛残花重（蔬菜） 芥蓝

户外四十人在说（蔬菜） 芦荟

采得四十斤（蔬菜） 芹菜

逗之不料起争斗（蔬菜） 豆角

江边宽心来采贝（蔬菜） 贡菜

宴食归来终得狐（蔬菜） 饭瓜

刘昌封侯因圆滑(蔬菜) 　　　　　　　　　　　　　　　　油麦

　　刘昌封为麦侯,成为麦姓始祖。

江边舟激浪,窟前采葱头(蔬菜) 　　　　　　　　　　　　空心菜

魏文帝监视四十载(蔬菜) 　　　　　　　　　　　　　　　苤蓝

　　魏文帝,曹丕帝号。

破架残花李树枯(蔬菜) 　　　　　　　　　　　　　　　　茄子

重逢闺中女,采得头茶归(蔬菜) 　　　　　　　　　　　　娃娃菜

秋前挂念回归日(蔬菜) 　　　　　　　　　　　　　　　　茴香

由此后排共一列(蔬菜) 　　　　　　　　　　　　　　　　韭黄

春日楼前遇秃头(蔬菜) 　　　　　　　　　　　　　　　　香椿

叔在楼前后空翻(蔬菜) 　　　　　　　　　　　　　　　　番椒

跌入悬崖一梦醒(蔬菜) 　　　　　　　　　　　　　　　　落苏

酒后落日暮,骏马奔西村(蔬菜) 　　　　　　　　　　　　酸模

酒刚入喉面便绯(花卉) 　　　　　　　　　　　　　　　　一品红

好汉自流芳(花卉) 　　　　　　　　　　　　　　　　　　丁香

断桥边上双开道(花卉) 　　　　　　　　　　　　　　　　二乔

初入高校学评酒(花卉) 　　　　　　　　　　　　　　　　大一品

蔡锷狎妓传风流(花卉) 　　　　　　　　　　　　　　　　凤仙花

　　小凤仙以其才貌艺俱佳,名震京师,成为名妓。蔡锷将军为避袁世凯耳目,故作韬晦之计,常到八大胡同妓院走动,在"云吉班"结识了小凤仙,蔡锷出钱替小凤仙赎了身。

郎君离别四十载,枕畔犹记旧时颜(花卉) 　　　　　　　　木芙蓉

人在桂林胜景中(花卉) 　　　　　　　　　　　　　　　　水仙

三度改变始羡慕(花卉) 　　　　　　　　　　　　　　　　兰花

荷叶之上尽积雪(花卉) 　　　　　　　　　　　　　　　　白莲

碧空之上留个影(花卉) 　　　　　　　　　　　　　　　　石竹

闲中来到南码头(花卉) 　　　　　　　　　　　　　　　　石楠

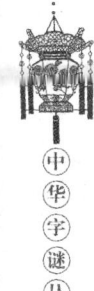

清明木兰开,直到端午谢(花卉)	节节花
移案出闺门(花卉)	安桂
历尽劫难得重生(花卉)	死不了
期颐夫妻爱牡丹(花卉)	百合花
枝头双鸟半遮栏(花卉)	米兰
夜半伊人别,栏东鸟鸣飞(花卉)	君子兰
一掷千金不皱眉(花卉)	含笑花
满意购物(花卉)	含笑花
秋日早聚散,雪后花凋残(花卉)	灵香草
空月亭前牛犁地(花卉)	牡丹
双鸟又飞去,半夜落枝头(花卉)	鸡子木
择夫求高节(花卉)	罗汉竹
两地各春秋(花卉)	金桂
人不风流只为贫(花卉)	金银花
春来寻芳海防前,夏末喜下华南去(花卉)	洛阳花
母亲因何而挂心(花卉)	相思子
和尚上香着了火,楼前半毁悔泪流(花卉)	秋海棠
异乡江湖水清清(花卉)	胡红
春到人间七人聚,踏尽芳菲后归去(花卉)	茶花
楼前每日见秃头(花卉)	香梅
日边红杏倚云栽(花卉)	凌霄花
每见和尚来化缘,茶水定叫人来献(花卉)	海棠花
何用改革四十载(花卉)	荷花
孟子要离去,饯别前秋菊正盛开(花卉)	黄金盏
龙袍新染栾树花(花卉)	御衣黄
赚钱最是十二月(花卉)	款冬
国色天香无可比(花卉)	赛牡丹

  虞美人又名赛牡丹。

梁祝翩翩绿萼间（花卉）	蝴蝶梅
移得梅花入户种（花卉）	藏报春
项羽爱美人（花卉）	霸王花
最后受益因变革（花卉，摘顶格）	茉莉花
鹤发童颜初逢乐（花卉二）	老少年、一见喜
双眉之间见赤痣（水果）	山里红

  蔡建荣，谜号杏林虎。虎友谜社社长，《虎友谜苑》《中国报刊谜汇》主编。编著谜书30多种。

蔡秋湖

春风入庭院（动物学名词）	气门
光着身子搬东西（动物学名词）	节肢动物
真宗因何贬李妃（动物学名词）	后生动物

  取典于《狸猫换太子》故事。

对内一定先查人（动物学名词）	肉柄
挡在门槛前（动物学名词）	阻限

  限，门槛。

周围东西不许搬（动物学名词）	环节动物
瞎吹一通（动物学名词）	盲道
花花绿绿涂满身（动物学名词）	染色体
十月一日去港后（动物学名词）	胆汁
沉睡的古老中国（动物学名词）	夏眠

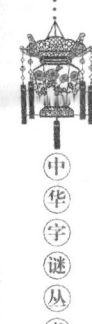

老老少少来查对(动物学名词二)　　　　　　　老鹰、小鹰

道上黄鹂空依依(鸟名)	白鹇
心事满腹说与君(鸟名)	告天子
问君之罪(鸟名)	告天子
秋风落花残(鸟名)	金雕
不如早还家(鸟名)	思归
源头流水并鸳鸯(鸟名)	原鸡
城市老爷(鸟名)	郭公
黄叶翻飞各一方(鸟名)	啾咕
谁知前后都不见(鸟名)	雉
大道直如发(鸟名,放踵格)	鹭鸶
堂上又见凤凰栖(家禽)	母鸡
此道未必在(家畜)	白羊
春来正好一个样(家畜)	同羊
冷冻猴头(家畜)	寒羊
岭前祥光照(兽名)	山瑞
似扇、似柱、似壁、似索(兽名)	四不像
君非君,臣非臣;父非父,子非子(兽名)	四不像
实在窝囊(兽名)	果熊
头回见林冲(兽名)	豹子

头回,"头"来,就是豹子头,即林冲。

有人需要,以金兑银(兽名)	儒艮
子去兮复来兮(兽名)	鼢鼠
孙悟空三打白骨精(兽名二)	猴子、角怪
远树雾中现,孤帆驶前来(昆虫)	马蜂
一日犹如渡一生(昆虫)	天牛
慈母手中线(昆虫)	纺织娘

独自闽中来（昆虫）	蛾
子之媳也（昆虫）	鼠妇
雾中远树孤帆影，荡舟激桨上家来（昆虫）	蜜蜂
虽分开，会来电（昆虫）	蝇
孤帆一片浪上行（昆虫）	潮虫
楼前不见古帆影（昆虫）	蝼蛄
泪洒红楼（鱼名）	石斑
山东阴雨不间断（鱼名）	鲢鱼
一一下放到闽中（节肢动物）	对虾
放学之后钓鱼来（节肢动物）	鲎
鱼上钩一扯溜走（爬行动物）	龟
跨越巅峰得第一（爬行动物）	穿山甲
闽中之行（软体动物）	蚵
虽要分开先会面（软体动物）	蛤
日日尤盼山东会（软体动物）	鱿鱼
内部虽开放，有物请勿动（软体动物）	蜗牛

独自去林中（植物学名词）	木本
结婚几载始分娩（植物学名词）	多年生
瘦身须靠戒肥荤（植物学名词）	纤维素
费用已落实（植物学名词）	花果
集中使用（植物学名词）	花聚
其实（植物学名词）	前期落果
张旭字帖（植物学名词）	草本
本来就是富贵人家（植物学名词）	根系发达
离开中街，前后站台（植物学名词）	培土
消费高峰（植物学名词）	盛花期

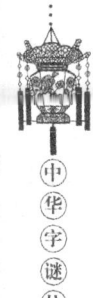

马上黄花入眼来(植物学名词)	忽日菊
灼若芙蓉出绿波(农作物)	水花生
兴霸念着徐元直(农作物)	甘蔗
山西北部广植林(农作物)	亚麻
未腊梅先发(农作物)	早花生
龙泉锈斑点点(农作物)	剑麻
美酒一杯桃花脸(农作物)	春花生
客人一定来(农作物)	粟
太行山耸入云端(农作物,粉底格)	高粱
脑袋瓜不小,就是有点笨(蔬菜)	大头菜
孤儿走失人发呆(蔬菜)	木瓜
春来狐犬皆藏匿(蔬菜)	木瓜
颠倒孤村前后行(蔬菜)	木瓜
红皮书(蔬菜)	卷丹
眼看倒像二十开外(蔬菜)	萝卜
官居相位人受宠(花卉)	一品红
绿酒初尝人醉色(花卉)	一品红
桃李梅竞相斗艳(花卉)	三角花
暗香已有五六分(花卉)	三角梅
孩子都从林中过(花卉)	小木通
霞染峰头一片红(花卉)	山丹
简单几句不要紧(花卉)	云片松
每日费用(花卉)	天使花
日用钱(花卉)	太阳花
十里阳光十里荷(花卉)	日照花
天天挥霍不悔改(花卉)	日照花
人到汕头起变化(花卉)	水仙

秋后山枫片片丹（花卉）	冬红
万绿丛中一点红（花卉）	叶藏花
主动上前先开票（花卉）	玉兰
一字不识亦走红（花卉）	白丁香
全省元宵牡丹展（花卉）	节节花
一品清官头上珠（花卉）	朱红顶
一一前头移三尺（花卉）	米兰
日暮紫绵无数开（花卉）	夜来香
莫待芬芳散（花卉）	夜来香
先前，左右两头挂谜面（花卉）	虎皮兰
文化娱乐（花卉）	金合欢
道姑四十已到齐（花卉）	苁蓉
冲向高空眼迷离（花卉）	凌霄花
周转一点费用（花卉）	流星花
表现乐观（花卉）	喜容
分开也能活下去（花卉二）	将离、死不了
洞中梅已开，山人下泉来（花卉二）	海桐、水仙
道上春风吹杨柳（树木）	云杉
南面镇守不严密（树木）	火把松
秋后更葱茏（树木）	冬青
枫叶成片染秋色（树木）	红树林
一看赤裸人发呆（树木）	观光木
森林一览（树木）	观光木
洞中自有春色在（树木）	油桐
龙图离洞悟先机（树木）	泡桐
西河春已到，同胞一月游（树木）	泡桐
谜面不紧凑（树木）	虎皮松

谜面	谜底
秋风秋雨弄秋荷（树木）	皂线莲
某见之左右（树木）	柑
翻转枯肠（树木）	胡杨
村前寨后洞有水（树木）	桐木
开禁入宫门（树木）	棕榈
行者乐（树木）	猴欢喜
林中面貌真不错（树木）	榕树
春秋之后有先兆（水果）	冬桃
行行都实在（水果）	可可果
说得实实在在（水果）	白果
出生晨日映秋波（水果）	龙眼
要上村头由此进（水果）	西柚
人已离休，啥舍不得（水果）	杏
调味一流（水果）	杏
林海东汤水不进（水果）	杨梅
呈本有改动（水果）	味王
希望林中见高低（水果）	枇杷
放一点点去辛辣（水果）	枣
草上蜻蜓点点，画中春意融融（水果）	苹果
一年终归有成效（水果）	青果
春临北京（水果）	柿
每日五支以上（水果）	草莓
每日重念费苦心（水果）	草莓
塘荷动青霭（水果）	莲雾
霹雳火作别打虎将（水果）	榛子
格格的确心慌惊悚（水果二）	圣女果、毛栗
云笼荷花岭上筠（水果二）	莲雾、山竹

擢拔赵云有目光(水果二) 提子、龙眼

蔡秋湖,网名金水桥之星。1946年9月出生,厦门同安人。厦门市灯谜协会理事,同安区灯谜协会副会长。

蔡祖德

大脚皇后统辖(动物学名词)	马氏管
饭后心不急(动物学名词)	反刍
青山不改旧时容(动物学名词)	无变态
路见不平一声吼(动物学名词)	气管
三十年河东,三十年河西(动物学名词)	世代交替
乡音无改鬓毛衰(动物学名词)	半变态
不许打瞌睡(动物学名词)	休眠
放开第二胎(动物学名词)	再生
方才直发抖(动物学名词)	刚毛
东家食,西家宿(动物学名词)	两栖
男扮女装,女扮男装(动物学名词)	性逆转
飞流直下三千尺(动物学名词)	放长线
望长城内外,惟余莽莽(动物学名词)	视色素
侍儿扶起娇无力(动物学名词)	软体动物
把一切问题都自己扛(动物学名词)	总担
胜出宝岛(动物学名词)	胎生
四海为家(动物学名词)	寄生
路边的野花不要采(动物学名词)	警戒色

眼见生得真机敏(动物学名词,卷帘格)	灵长目
寂寞开无主(鸟名)	一枝花
悬在空中,可上可下(鸟名)	八哥
鬓发苍苍一老叟(鸟名)	白头翁
千里莺啼绿映红(鸟名)	告春鸟
龙兄虎弟在堂上(家畜)	小兔
后妈骂不还口(家畜)	马
奉献一生,吃的是草,挤出的是奶(家畜)	牛
婚前先孕毁一生(家畜)	奶牛
春来就变样(家畜)	羊
旧岁今宵尽,迎得乙未来(家畜)	老山羊
一点损失,着手挽回(家畜)	兔
奇才留下悬念(家畜)	猫
几度得出虚根(兽名)	虎
狂狼先后起,看来有点狠(兽名)	狼
牛头马面,竭泽而渔(鱼名)	乌鱼
古代花色谜(鱼名)	老虎斑
日落之时,山东有雨(鱼名)	过鱼
壮家消费有玄机(鱼名)	桂花鱼
中国灯谜数第一(鱼名)	黄虎头
战后去山东,再度二日游(鱼名)	鲇鱼
转眼日又落,左右皆玄机(鱼名)	鳗鱼
舅兄先后独自到鲁北(两栖动物)	大鲵
春色满闽中,佳人已离去(两栖动物)	青蛙
听声疑似"豫园"(两栖动物)	鱼螈
孤帆一片闽中来(爬行动物)	蛇
墙上挂谜笺(爬行动物)	壁虎

梁上君子夜间来(软体动物)	乌贼
钱在银行,人在天堂(植物学名词)	不完全花
怒发冲冠有缘由(植物学名词)	气根
传言夜来旧貌变(植物学名词)	叶
经冬复历春(植物学名词)	年轮
男人风流,女人也风流(植物学名词)	两性花
梁山好汉小李广,忠义堂上排老九(植物学名词)	花序
众香国里最壮观(植物学名词)	花冠
轻车简从,用心改革(植物学名词)	茎
一杯竹叶穿肠过,两朵桃花脸上来(植物学名词)	春化作用
寻得良机便下凡(植物学名词)	根
摘下假面具,露出真原形(植物学名词)	脱落现象
开会之前先关机(农作物)	大米
人生离合又一遭(农作物)	大麦
当前又生变化(农作物)	小麦
楼前贴春联,进厂献丹心(农作物)	木麻
一石激起千层浪(农作物)	水花生
树上鸟儿成双对,横山倒影掩孤星(农作物)	玉米
徐元直先苦后甜(农作物)	甘蔗

  三国人徐庶字元直。

异乡山水喜在心(农作物)	绿豆
共把旧貌改,首先要同心(农作物)	黄豆
孤村里面回头看(蔬菜)	木瓜
念念不忘盛夏时节(蔬菜)	茯苓
四十载波折始得头彩(蔬菜)	菠菜
五月与七月(蔬菜)	蒲瓜

叶落归根返桑梓(蔬荸,梨花格)	茴香
匠心独运终出彩(蔬菜,摘顶格)	芹菜
朱唇得酒混生脸(花卉)	一品红
宋江装疯,柴进卖傻(花卉)	二乔
汕头人节节在变化(花卉)	水仙花
举秀才,不知书(花卉)	白丁香
鬓已斑(花卉)	白及
飞起玉龙三百万(花卉)	白雪花
码头留个影(花卉)	石竹
归来见天子(花卉)	龙面花

　　面出《木兰辞》。花,指花木兰。

高高兴兴来聚会(花卉)	合欢
满面春风(花卉)	含笑
湘中大地,月落乌啼(花卉)	杜鹃
使我不得开心颜(花卉)	郁李

　　面为李白《梦游天姥吟留别》诗句。

不爱江山爱美人(花卉)	帝王花
夕阳度西岭,为霞尚满天(花卉)	映山红
直上九重天(花卉)	凌霄
吉林变样面貌新(花卉)	桔梗
嫩绿叶中缀黄花(花卉)	翠菊
楼前香飘帘半卷(树木)	木棉
四季郁郁葱葱(树木)	冬青
眼看树林全被毁(树木)	观光木
影后入疏林(树木)	杉木
哪个是玉环(树木)	胡杨
林海无边(树木)	梅

一生心血献西部,携手团结天下人(树木)　　　　　　　　菩提
横行作乱,于心有愧(树木)　　　　　　　　　　　　　　黄槐
破案后重组(树名)　　　　　　　　　　　　　　　　　　桉
岁首迎春春来早(水果)　　　　　　　　　　　　　　　　山楂
僧繇在何处点睛(水果)　　　　　　　　　　　　　　　　龙眼
人一出名无穷汉(水果)　　　　　　　　　　　　　　　　红富士
酒后一别游子孤(水果)　　　　　　　　　　　　　　　　西瓜
戈壁滩上已落实(水果)　　　　　　　　　　　　　　　　沙果
三春之后,束手就擒(水果)　　　　　　　　　　　　　　林檎
春满画桥有余寒(水果)　　　　　　　　　　　　　　　　枣
评课之后留悬念(水果)　　　　　　　　　　　　　　　　苹果
到广西团聚(水果)　　　　　　　　　　　　　　　　　　桂圆
北方佳丽(水果)　　　　　　　　　　　　　　　　　　　黑美人
登上西楼(水果)　　　　　　　　　　　　　　　　　　　橙

蔡祖德,1942年11月生,广东潮阳人。汕头市潮阳区谜协顾问。

蔡家枢

从来办事合天伦(动物学名词)　　　　　　　　　　　　二化
走前开口和古调(动物学名词)　　　　　　　　　　　　叶足
首尔夺得第一名(动物学名词)　　　　　　　　　　　　头冠
离晋隔别满一载(动物学名词)　　　　　　　　　　　　亚目
谷前花开飞鸽临(动物学名词)　　　　　　　　　　　　合鸣

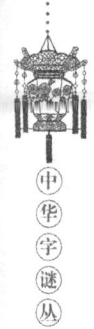

唢呐吹后入圃游(动物学名词)	回唧
路歧人不见(动物学名词)	盲道

面为唐·马戴《酬刑部姚郎中》句。路歧,岔道;人不见,别解为盲。

取胜更应不心怠(动物学名词)	胎生
囫囵吞枣(动物学名词)	食草
江头月正圆,堂前花初开(动物学名词)	消化
君受难后改了样(动物学名词)	集群
我喂一鸟盼长大(鸟名)	天鹅
十姐妹游温岭(鸟名)	太平鸟

十姐妹为鸟名,温岭市别称太平市。

小集别后年将终(鸟名)	朱雀
江边放马驰,路边赏鸽飞(鸟名)	池鹭
一望烟起白雪下(鸟名)	百灵
房前花木荣,蕉后飞鸟栖(鸟名)	芦莺
早上花鸟满路间(鸟名)	草鹭
雨歇又见田鸡跃(鸟名)	雷鸟
心爱之鸟终难得(鸟名)	鹆
凯旋归来受尊奉(鸟名)	戴胜
白鹤画桥立,唢呐花前扬(鸟名)	鹳

白去鹤字中之画桥(即一)剩"隹、鸟"立出,"唢、呐、花"三字之前扬出来为"口、口、艹",诸部合为鹳。

凤鸟几度飞腾去(家禽)	鸡
日照川中鸿先飞(家禽)	鸭
欲争头筹须用心(家畜)	牛
大江前边波音达(家畜)	犬

"大"取整字,江字之前边取"丶",合成犬字。波音达是犬名。

此谜面运用"拆字提义法"。

川中有兰名声扬(家畜)	羊
前后封锁为拘狼(家畜)	狗
有一狂者自封王(家畜)	猪
收获之后重整田(家畜)	猫
犹思先前故园中(兽名)	猿

犹思先前扣"犭",故(繁体字)园为園,其中间为"袁",合为猿。

大道本无生(昆虫)	天牛

面为唐·贯休《桐江闲居作十二首》句。

江头花初开,蜂蝶泉前来(昆虫)	蝗虫
枉在鲁北居十载(鱼名)	桂鱼
姐妹先后离鲁,桂东二度相聚(两栖动物)	娃娃鱼
洼后村前蝶双伴(两栖动物)	树蛙
离鲁之后入川中(爬行动物)	甲鱼
隔别三十载,它日聚闽中(爬行动物)	草蛇
宅前花后蝶先来(爬行动物)	蛇
旦离村前田间行(植物学名词)	干果
共聚弄笛好开怀(植物学名词)	竹黄
离休则思垦荒土(植物学名词)	侧根
不驯顺,难对付,不言了(植物学名词)	周皮

不驯顺,难对付扣调皮;不言了,则剩周皮。

围坐赌青梅(植物学名词)	周位花

面为宋·陈克《菩萨蛮》句。围坐,扣"周位";青梅,扣"花"。

经校对其内部并不团结(植物学名词)	核分裂
专候见到梦得君(植物学名词)	等面叶

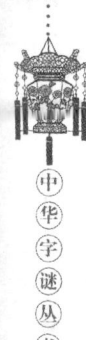

底解为：等候面见叶梦得，以扣面音。叶梦得，宋代词人。

众猴齐集水帘洞（植物学名词）	聚花果
发火的依据（植物学名词，调首格）	气生根

按格底成：生气根。发火的，扣"生气"；依据，扣"根"。

先将天花粉分开（农作物）	大米
人一有成喜心中（农作物）	大豆
前居榆次二十载（农作物）	木茨
一下来便作调整（农作物）	玉米
瓠花半开池塘边（农作物）	地瓜
一个居南宁，一个住苏北（农作物）	竹芋
心喜苦干初有成（蔬菜）	土豆
眼前相别后，孤身作游子（蔬菜）	木瓜
聊寄桑下了四时（蔬菜）	木耳

"聊"寄入，桑下为"木"，了去卯（第四时辰是卯）则剩木耳。

松柏两列耸半空（蔬菜）	白木耳
连加，加了再减（蔬菜）	茄子

连加（加号）扣"艹"，"加、了"直接扣合，再入减（减号）扣"一"，合成茄子。

蒜头约有二十斤（蔬菜）	药芹
春日林间乐聚首（蔬菜）	香椿
外出定在二十四（蔬菜）	萝卜
秋景半入水光中（花卉）	丁香
夫离上党回京中（花卉）	大一品
连日采茶在村头（花卉）	大果木莲
棚前尘土飞田间（花卉）	小桂叶
送子登程肥东去（花卉）	月季
帐前西边松柏立（花卉）	木棉

"六一"三点抵中山(花卉) 玉兰

吾道要负荷(花卉) 白莲

  面为宋·陆游《岁暮杂感》句。吾道扣"白",要负荷扣"莲"。

每游林间有鸟鸣(花卉) 杏梅

朋至先端杯,赏鸟奏古调(花卉) 杜鹃

冠军得主是广西(花卉) 金桂

再度齐至前头,一同赏花江边(树木) 广玉兰

目中楼台影半现(树木) 云杉

举酒先致颂辞后,共商改旧夺榜首(树木) 油松

日前相别千里行,现于楼头盼音书(树木) 香樟

提起张横魂先飞(树木) 黄槐

疏林如画展新装(水果) 山楂

留得岩松半空挺(水果) 石榴

饭后向西林间游(水果) 板栗

平生心间唯草木(水果) 苹果

它日闽中争榜首(水果) 蛇果

  蔡家枢,谜号寄春,网名探宁虎。1949年6月生。广东潮州人。潮州市意溪谜社成员。

潘汝淦

本人(动物学名词) 个体变异

终场前阵势皆乱(动物学名词) 不完全变态

悄悄告知关云长(动物学名词) 耳羽

势不两立(动物学名词)	单态
脾气时好时坏(动物学名词)	性多态
公休日活动,一同到林中(动物学名词)	松果体
单兵上阵(动物学名词)	独征
敢于负责(动物学名词)	胆管
声称定夺冠(动物学名词)	嘴甲
胤祀熟语翩翩来(鸟名)	八哥

爱新觉罗·胤禩(禩同祀,为祀异体字),清康熙帝第八子。

儿辈皆守法(鸟名)	子规
分兵伏山间(鸟名)	布谷
学识不守故步(鸟名)	知更
沉迷上苍老神明(鸟名)	信天翁
召公臣民(鸟名)	燕子

召公,又作邵公、召康公、太保召公。姓姬名奭(音"事"),周武王的同姓宗室。曾辅助周武王灭商,被封于燕(今北京市房山区琉璃河镇董家林村),是后来燕国的始祖。

头顶桂冠(鸟名)	戴胜
假货吹成大热门(家畜)	水牛
败尽露怯态(兽名)	北极熊
应试找枪手(兽名)	考拉
完全能够见七星(兽名)	浣熊
鲁莽花费还气粗(兽名)	野耗牛
人需金银难寻金(兽名)	儒艮
有这两下子,天底得安适(兽名)	鼹鼠
焚书坑儒(昆虫)	知了
鹭鸶觅食(鱼名)	鲟
山东日出学子离(节肢动物)	螳

谜面	谜底
采用第一手证据（两栖动物，徐妃格）	蚵蟆
许仙娇妻现原形（爬行动物）	白娘子蛇
开通隧道争先锋（爬行动物）	穿山甲
轻松解答如反掌（爬行动物，徐妃格）	蜥蜴
升职大请客（植物学名词）	上位花
不育诊断已确定（植物学名词）	无子果实
发火缘由（植物学名词）	气生根
转达感激意（植物学名词）	代谢
没喝几杯就发呆（植物学名词）	半灌木
通知追星族（植物学名词）	传粉
野月满庭隅（植物学名词）	光照区
落后学员更需爱心（植物学名词）	次生加厚
祖籍同一地（植物学名词）	块根
无边落木萧萧下（植物学名词）	脱叶
掉队盼赶上（植物学名词）	滞后期
统计新生男儿数（植物学名词）	量子产额
滑头兼无料（蔬菜）	油菜
均衡消费靠内助（花卉）	太平花
日积如何累成年（花卉）	月季
压轴戏火爆（花卉）	晚来红
压岁分红全泡汤（花卉，摘顶格）	茉莉花
呆板又窝囊（树木）	木棉
滔滔不绝终言散（树木）	长白松
相中良马立标榜（树木）	伯乐树
不费分文竟修成（水果）	无花果
低俗封面（水果）	黄皮

潘汝淦,网名如甘。1943年7月生,广州人,现侨居美国。

潘洁妹

旧人一别心生恨(动物学名词) 个眼

香火已断愁暗生(动物学名词) 心音

掩耳恶闻伤心事(动物学名词) 亚门

两别蓟北将八载(动物学名词) 共肉

泪落日夜倚楼头(动物学名词) 体液

月夜江边思先生(动物学名词) 胃液

枝摇动处鸟又飞(鸟名) 土枭

　　土枭,枭的异名。

囚禁此中伤心怀(鸟名) 夫不

　　夫不,鸟名,即布谷鸟。

离开义乌已几载(鸟名) 凤鸟

　　极乐鸟是雀形目极乐鸟科的鸟类,又名天堂鸟、凤鸟。

门外林莺皆前飞(鸟名) 白鹇

自古离别必伤心(鸟名) 百舌

作别王维在山中(鸟名) 红隼

旧知一别将二载(鸟名) 告春

周边杨柳飞小雀(鸟名) 林雕

几度别奴在断桥(鸟名) 娇凤

　　娇凤,虎皮鹦鹉的俗称。

冢后枝头错落鸣(鸟名) 啄木鸟

伴夫行侠到白头(家畜)	牛
安逸一生人豁达(家畜)	兔
疏狂一生心无怕(家畜)	猪
可见丹鸟沿船飞(兽名)	河马
二度移烛翻古书(昆虫)	夹叶虫
仿佛似潇湘(昆虫)	竹象
聪明顿尽矣(昆虫)	知了
虽别一天挂梓里(昆虫)	樟蚕
眼前有水皆清泉(鱼名)	比目
问及心难安,一见泪更多(鱼名)	阔目
闺中相对浊泪落(两栖动物)	树蛙

一夕梦断两别离(植物学名词)	木本
梅雨若来两分离(植物学名词)	木霉
告别离寺往汉水(植物学名词)	对生叶
隔林看日落(植物学名词)	果木
逢春犹不死(植物学名词)	越年生
牡丹已过酴醾谢(植物学名词,卷帘格)	完全花
当此关口一别离(农作物)	大豆
别后八载又生疏(农作物)	小麦
粉红纷坠画亭前(农作物)	玉米
先时短处逐天少(农作物)	白豆
中宵月影移花前(农作物)	蒜
甘苦同心守关前(蔬菜)	土豆
画堂之中兰欲开(蔬菜)	土豆
人来相会喜在心(蔬菜)	云豆
胸次全无一点尘(蔬菜)	包心白

乃于蓟北重相聚(蔬菜)	芋艿
此公落草求栖身(蔬菜)	松蕈
夫君离别已二载,却无书简到此间(蔬菜)	春笋
半生孤苦独伴月(蔬菜)	胡瓜
苦别经月赴浙东(蔬菜)	胡芹
共聚由来非一朝(蔬菜)	韭黄
林间春来泉水清(蔬菜)	香椿
翻羽飞到花架上(蔬菜)	番茄
百患咸生多伤感(花卉)	一串白
苍崖之上林木疏(花卉)	山茶
相别梅开满堂前(花卉)	日本海棠
把杯分明将作别(花卉)	月下香
一别三载来书疏(花卉)	木兰
白首空存归国心(花卉)	玉兰
皇上闲来出禁门(花卉)	白柰
自从一别后,梅开满堂前(花卉)	白海棠
先生连日赴蓟北(花卉)	白莲
每日楼前候先生(花卉)	白梅
故莫能知(花卉)	死不了
松林每有鸣鸟飞(花卉)	杏梅
摘茶人在白云间(花卉)	芸香
含秋复含笑(花卉)	金合欢
三番离别出河口(花卉)	洋丁香
漂泊南宁样已变(花卉)	洋丁香
连月动荡肠欲断,待到人逢已变样(花卉)	洋茶
湖畔江边芍药开(花卉)	胡红
径已蒙苔人未履(花卉)	鲜客来

瞥过千重万重树（树木）	观光木
桃李半已落，白云接天低（树木）	香桧
少游梦断泪纵横（树木）	桫椤
斋前一片明月光（水果）	文旦
秋日离别心添忧（水果）	火龙果
与妹叹别塞上行（水果）	圣女果
心哀近日朱颜改（水果）	白果
半堤拂绿江水清（水果）	红提
绿杨初生澄江边（水果）	红橙
离开保定去云南（水果）	杏仁
丛林后面断续啼（水果）	味帝
一夕离湘叹难聚（水果）	罗汉果
平日犹有虚荣心（水果）	苹果
献计每欲求和解（水果）	话梅
卿相不放眼，宁将乌纱抛（水果）	柳丁
两处松柏鸟飞鸣（水果）	香白杏
一生自由隐林间（水果）	香柚
与友相别白发生（水果）	夏果
楼边东墙下，初见闺中人（水果）	桂圆
日隐林边后，梅开满堂前（水果）	海棠果
槛边每见苔藓高（水果）	蓝莓
先要进卒子，一举得先机（水果）	醉李

潘洁妹，网名一湖月光。1975年1月生。广东澄海人。澄海灯谜协会副会长，澄海红头船谜社副社长。参与编辑《澄海灯谜》《莲峰虎影》《美园谜花》等谜刊。

薛红建

多少男子汉（动物学名词）	几丁质
闽中旧日少飞雁（动物学名词）	个虫
百嶂千峰自翔舞（动物学名词）	大动脉
田间地头起巨变（动物学名词）	中叶
行！就是一根筋（动物学名词）	中轴
拆开讲解，融会贯通（动物学名词）	分化
从头再开始，用心又携手（动物学名词）	天择
点滴积累，名定天下（动物学名词）	头足
一到闽中去创业（动物学名词）	亚门
点滴着力促改变（动物学名词）	伪足
分会目标，着力了解（动物学名词）	动合子
和谐发展促改革（动物学名词）	协同进化
大意中发生了改变（动物学名词）	合子
一夜名动（动物学名词）	多口
头虽断了人犹在（动物学名词）	吸虫
鸟鸣不鸣山中动（动物学名词）	岛叶
一日不见，换了人间（动物学名词）	咽门
人生长恨凡心动（动物学名词）	食性
今后一定小心守准则（鸟名）	子规
知难相逢，但求少一点叹息（鸟名）	水雉
重组交心带后进，人要同心向前进（鸟名）	布谷
同心重组大变样，短处一点一点少（鸟名）	知更

决战千里(兽名)	角马
生活改变有奔头(昆虫)	天牛
哇,这下改变,真心受用(两栖动物)	青蛙
传中一球人称佳(两栖动物)	蛙
它会吓得乱动(爬行动物)	蛇
一生飘零,总把异乡做故乡(植物学名词)	不定根
骨子里其实很淘气(植物学名词)	内果皮
弱苗须雨长(植物学名词)	水生植物
一处山泉供全球(植物学名词)	水合作用
一直用真心,率先搞改革(植物学名词)	主干
廿载苦求变,难中结同心(植物学名词)	叶舌
难中一直同心相对(植物学名词)	叶舌
分明夜已临,一直乐声传(植物学名词)	叶腋
发奋整改正当时(植物学名词)	本叶
愿君能活一百岁(植物学名词)	生长期
娇女离去看傻了(植物学名词)	乔木
不曾私照一人家(植物学名词)	光合作用
一贯用情不专(植物学名词)	向水性
冬逝春至复一载(植物学名词)	年轮
甲子从头又一新(植物学名词)	年轮
寒来暑往,四季更替(植物学名词)	年轮
虚心来携手,同心直向前(植物学名词)	托叶
治理消费乱象(植物学名词)	有限花序
人要争先冲在前,自始至终不落后(植物学名词)	次生
月月月光光(植物学名词)	完全花

面出《月光族的泪》歌词。

谜面	谜底
一对倾心人,廿载携手向前(植物学名词)	花托
春榜争魁欲放梅(植物学名词)	花冠
可惜一枝如画、为谁开(植物学名词)	花盘
网购成瘾怎么办(植物学名词)	花期控制
一直小心尽责,休要胡乱开支(植物学名词)	侧枝
独放一枝春(植物学名词)	单生花
寂寞开无主(植物学名词)	单生花
为维权上下奔走,脱困境务须出力(植物学名词)	枝条
雾中林参差,半凋叶又生(植物学名词)	枝条
貌似淘气,其实心虚(植物学名词)	表皮毛
明年还放春消息(植物学名词)	复生花
万紫千红次地开(植物学名词)	盛花期
春来花香倾人倒(植物学名词)	颖果
少吃荤可延年益寿(植物学名词,卷帘格)	生长素
欲如徐福寻蓬岛(植物学名词,卷帘格)	生长期
桐凋无茂绿(植物学名词,卷帘格)	完全叶
梧桐落尽凄满地(植物学名词,卷帘格)	完全叶
其实才能很出众(植物学名词,秋千格)	颖果
里外都透着淘气(植物学名词二)	表皮、心皮
下乡改革建头功,善始善终不落后(农作物)	红豆
要记得是俺付的钱(花卉)	勿忘我花
一定同心到白头(花卉)	百合
三月牡丹呈艳态(花卉)	丽春花
又有可喜变化,还要小心一点(树木)	对叶豆
又喜改革终有时(树木)	对叶豆
乡村工作又调整,一定本分不徇私(树木)	红松树
枝头细雨斜,几多暗香来(树木)	秃杉

几处柏木错落有致(树木)	枫香
齐心抓机遇,昂首奔前程(树木)	枫香
放宽货币政策(树木)	金钱松
十载花底寻春处(树木)	桦
樽前花底任纵横(树木)	桦

薛红建,网名麒麟山人。1968年12月生,江苏高淳人。福建省三明市职工灯谜学会副会长。主编《三明谜花》第17期、第20期、第21期。

薛茂章

宁夏标志蓝马鸡(鸟名)	鸥
八哥获得第一(家禽)	鸭
了此一生(家畜)	牛
直抵金城(家畜)	羊

  兰州别称金城。

几度心顾虑(兽名)	虎
令(兽名)	藏羚羊
考虑二字似什么(兽名二)	象、老虎
当局者迷(节肢动物,徐妃格)	螃蟹
闽中桂东整一年(两栖动物)	青蛙
负责到底心无怠(软体动物)	贻贝
分类(农作物)	大米

谜面	谜底
尤氏李纨二夫相距三尺（农作物）	珍珠米
来到北京（农作物）	燕麦
申请发言（蔬菜）	上海青
抵沪整一年（蔬菜）	上海青
一去进口便有喜（蔬菜）	土豆
萝卜专供齐桓公（蔬菜）	小白菜
左一片、右一片，隔着山头看不见（蔬菜）	云耳
又呆又笨（蔬菜）	木瓜
输得变傻了（蔬菜）	北瓜
采集草种致富（蔬菜）	发菜
全家团圆四十载（蔬菜）	芦荟
三十日（蔬菜）	松草
加了二十一（蔬菜）	茄子
春前秋后去，二十载回来（蔬菜）	茴香
双胞胎二十，个子全一样（蔬菜）	茼蒿
伊人不在，个个会做（蔬菜）	笋干
在外转眼二十载（蔬菜）	萝卜
空投至虎丘（蔬菜）	落苏
此行北去格尔木（蔬菜，调尾格）	上海青
巧姐（花卉）	小辣椒
广西山河一片红（花卉）	丹桂
神鞭（花卉）	仙人掌
出污泥而不染（花卉）	白莲
付一元找七毛（花卉）	光三角花
但愿人长久（花卉）	死不了
九九归一人同心（花卉）	百合
十分特别，一来就改门（花卉）	牡丹

二十载化为两地春（花卉）	桂花
岁首一日入林中（水果）	山楂
青春在，总有一日会出头（水果）	山楂
实在是高兴（水果）	开心果
小二去了摔破瓢（水果）	西瓜
木（水果）	西柚
林中发现猪蹄印（水果）	核桃
月上柳梢头，相约山水间（水果）	梨

薛茂章，笔名茅彰，网名茅帐。1946年10月生，江苏盐城人。宁夏灯谜学会副会长、银川市灯谜学会名誉会长。著有《谜海拾贝》。

戴成龙

左邻右舍不留宿（动物学名词）	中间宿主
一对肥胖喘气粗（动物学名词）	双重呼吸
排风通道（动物学名词）	气管
水分太多（动物学名词）	伪足
兔睁双眼牛上道（动物学名词）	卵生
一落马就无人理（动物学名词）	完全变态
东西遍播撒（动物学名词）	物种
花红绿柳沾惹身（动物学名词）	染色体
十分贴近（动物学名词）	触角
认命的老叟（鸟名）	信天翁

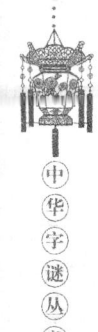

老北京的三更天（鸟名）	燕了
树间莺上下（家禽）	鸡
自幼收藏（家畜）	小猫
假话大话（家畜）	水牛
老来藏智慧（兽名）	大灵猫
幼存智慧莫张狂（兽名）	小灵猫
午间做菜（兽名）	马来熊
翻岭越峰第一名（爬行动物）	穿山甲
洋洋说大话（海洋动物）	海牛
三更时间（植物学名词）	子房
一枝红杏出墙来（植物学名词）	不完全花
压缩办公用房（植物学名词）	节间
车胎承载量（植物学名词）	年轮
谁能辨我是雌雄（植物学名词）	两性花
好色男人，小样（植物学名词）	花公式
消费途径（植物学名词）	花程式
战争结局（植物学名词）	角果
黄袍加身（植物学名词）	染色体
篱笆网（植物学名词）	栅栏组织
阿爷无大儿，木兰无长兄（植物学名词）	雄性不育
前前后后惹是非（农作物）	土豆
木栖双鸟天上飞（农作物）	大米
国内不碰头（农作物）	玉米
牵牛子（农作物）	花生
桃李学子（农作物）	花生
袁世凯真窝囊（蔬菜）	大头菜

重阳节时菊止浓（花卉）	九里香
九牛一毛，九折消费（花卉）	丑角花
来吉林省会消费（花卉）	长春花
二人转明星（花卉）	对红
慰藉先贤献菊兰（花卉）	安祖花
初闻涕泪满衣裳（花卉）	忽地笑
贪官落马成芥夫（花卉）	虎耳草
两个日本兵（树木，徐妃格）	槐树
中国有孔子（水果）	龙眼

　　戴成龙，河北滦南人。河北省灯谜学会理事，滦南灯谜学会会长。著有《灯谜拾趣》。

魏希洪

身首异处（动物学名词）	二分体
龙王统四海（动物学名词）	入水管
十三陵（动物学名词）	上丘
三步一岗，五步一哨（动物学名词）	个体间距
烧鸡产地再回首（动物学名词）	口道
静静雁门过清明（动物学名词）	不动关节
末日近信者皆失色（动物学名词）	不完全变态
两侧睡嫔妃（动物学名词）	中间宿主
花粉传授后（动物学名词）	分化
另起炉灶无它求（动物学名词）	分裂选择

化整为零各东西(动物学名词)	分群
离江湖便受约束(动物学名词)	出水管
来世当领导(动物学名词)	出产率
炮火飞坡后(动物学名词)	包皮
文正书袋(动物学名词)	包囊
只重剃度僧(动物学名词)	发光器
春风吹又生(动物学名词)	发育潜能
青丝结连理(动物学名词)	发情
程门立雪显其诚(动物学名词)	古生态学
买后滑水去(动物学名词)	头骨
第一审(动物学名词)	头盘
陆绩压舱之用(动物学名词)	平衡石
寿比南山人相重(动物学名词)	平衡器
晋北有耳闻(动物学名词)	亚门
烈火中永生(动物学名词)	产热
叫他梦不成(动物学名词)	休眠
画册一集(动物学名词)	会聚
为促进而改变(动物学名词)	伪足
五马分尸(动物学名词)	全裂
其内人安能不二(动物学名词)	共肉
老滑头其可无心(动物学名词)	共骨
同在人之屋檐下(动物学名词)	共寄生
才见便慌了神(动物学名词)	刚毛
美人计乃公瑾之望(动物学名词)	动情周期
遥看仙人彩云里(动物学名词)	动眼神经
一夕成名(动物学名词)	多口
形形色色(动物学名词)	多态

谜面	谜底
再三考虑(动物学名词)	多度
指挥棒(动物学名词)	导杆
农时莫错过(动物学名词)	机会种
嫁夫育子同耕田(动物学名词)	伴生种
夫妻不弃未染瘟(动物学名词)	伴随免疫
磨道身不歇(动物学名词)	体循环
解析者被反咬一口(动物学名词)	听板
最后一剑(动物学名词)	尾刺
不敢正视只偷看(动物学名词)	侧眼
一口老井(动物学名词)	单眼
羊出栏后最先销(动物学名词)	取样
林间子自来(动物学名词)	季相
除夕就是年(动物学名词)	底节
卫青(动物学名词)	保护色
化蝶(动物学名词)	变形体
白骨夫人化耕农(动物学名词)	变种
重视再重视(动物学名词)	复眼
分居(动物学名词)	室间隔
十八年后又是一条好汉(动物学名词)	恒有种
上山下乡不回城(动物学名词)	恒有种
除草生茧割丢镰(动物学名词)	害虫
指挥神枪手(动物学名词)	射精管
探亲有喜(动物学名词)	假孕
象牙床上卧龙凤(动物学名词)	宿主
对镜贴花黄(动物学名词)	梳理
粮草充足雪已融(动物学名词)	富营养化
农田防灾害(动物学名词)	就地保护

枉有唱酬一分别（动物学名词）	晶竹
鸳鸯抗婚显个性（鸟名）	火烈鸟
十二道金牌召回（鸟名）	归飞
玉面描青黛（鸟名）	白耳画眉
叶子翻飞（鸟名）	吉了
转眼鸟归来（鸟名）	旋目
未知是谁的孩子（植物学名词）	不定根
国之栋材（植物学名词）	中柱
西出阳关无故人（植物学名词）	分生区
东坡必然划棹去（植物学名词）	心皮
查明其的确没后（植物学名词）	无子果实
早已藕断没牵连（植物学名词）	无丝分裂
赃款尚未动（植物学名词）	无被花
我家红灯有人传（植物学名词）	世代交替
守疆之栋梁（植物学名词）	边材
洞房花烛（植物学名词）	合点
藕断（植物学名词）	有丝分裂
种豆南山下（植物学名词）	阳地植物
他出轨来她出墙（植物学名词）	两性花
党的秘密勿泄露（植物学名词）	保护组织
本就吝啬（植物学名词）	根尖
泄洪倍重视（植物学名词）	排水器
新郎迎亲来（植物学名词）	嫁接
只发短信招集人（植物学名词）	简单组织
学而优则仕（植物学名词）	器官
总被戏弄是草包（蔬菜）	大头菜

美食家畅言（蔬菜）	大白菜
齐桓公珍馐玉盘（蔬菜）	小白菜
微风裹落红（蔬菜）	小卷丹
嫩芽初泛绿（蔬菜）	小葱
公子送别孤松下（蔬菜）	木瓜
寒凝犹苍翠（蔬菜）	冬葱
圣上要亲点（蔬菜）	龙须菜
客居匈奴四十载（蔬菜）	西葫芦
寒凝多北风（蔬菜）	冻菌
采摘蘑菇十两整（蔬菜）	芹菜
拂晓前的爆炸（蔬菜）	夜开花
村落老树户边篱（蔬菜）	扁豆
愚弄老外憨又傻（蔬菜）	洋大头菜
大西洋西岸避气旋（蔬菜）	美洲防风
不惑之年同登高（蔬菜）	茼蒿
阔野万枝秋色浓（蔬菜）	原叶大黄
运米至和田（蔬菜）	番杏
点点滴滴话长也（蔬菜二）	连珠、云耳
毕秀姑待字闺中（蔬菜二）	黄花、小白菜
权重盖相国（花卉）	大一品
漫话衡岳，品茗赏梅（花卉）	云南山茶花
孟春眼迷离（花卉）	月季花
洛神比新荷（花卉）	水仙花
怅然之心心犹念（花卉）	长蕊
开设公示栏（花卉）	兰松
凝雪笼赤峰（花卉）	冰罩红石
宋佳人去女牵挂（花卉）	安桂

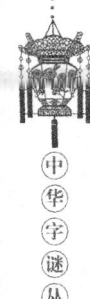

谜面之作最拿手（花卉） 虎及掌

日照赤峰（花卉） 映山红

疏林白露每相衬（花卉） 香梅

碧波潭鲤鱼小姐（花卉） 绿牡丹

金菊落后暗香来（花卉） 黄梅花

戍边战袍染沙色（花卉） 御衣黄

孩儿愚钝（花卉） 童子面

慈禧入宫再装扮（花卉二） 玉兰、二乔

千朵万朵压枝低（树木） 华盖木

魏希洪，1953年生，河南安阳人。河南省民协灯谜学委员会副会长。参编谜书多部。

后　记

　　自古以来,动植物与人类的物质生活及精神文化生活就有着密切的关系。例如中国画的花鸟画,历代诗歌中的花鸟诗,都是以动植物为描绘与吟咏对象的。作为传统文化,动植物灯谜是灯谜创作的一大门类。刘勰在《文心雕龙》中论及谜的起源时,引证道:"昔还社求拯于楚师,喻智井而称麦麴;叔仪乞粮于鲁人,歌珮玉而呼庚癸;伍举刺荆王以大鸟,齐客讥薛公以海鱼;庄姬托辞于龙尾,臧文谬书于羊裘。"其中麦麴、粮、大鸟、海鱼、龙尾、羊裘无不与动植物相关,可见谜的起源与动植物密不可分。从战国时荀子的《蚕赋》起,历代都有各种类型的动植物灯谜(隐语、射覆等)传世,到《红楼梦》《镜花缘》《二十年目睹之怪现状》等清代小说的猜谜章回,每每出现动植物灯谜。清代谜书《绝妙集》还曾将谜目细分为花名、草名、木名、果名、蔬名、鸟名、兽名、麟名、介名、虫名。民国初年上海萍社的作品汇集《春谜大观》之顾震福的《跬园谜稿》中,已专门列有"植物名""动物名"两类灯谜。民间更是有大量的动植物谜语在全国各地流传,王仿编写的《中国谜语大全》,收入 4000 余则真正从民间搜集的谜语,分为单谜、组谜、连环谜、字谜四辑,其中单谜分为事、自然、建筑、人体、动物、植物等十类,动物谜 600 则,植物谜 585 则,共占全书四分之一强。

　　当代以来,灯谜作者也都很重视动植物灯谜的创作,本书即从活跃在当代谜坛的一百位灯谜作者的数万则动植物灯谜中,精选了一万余则,内容包括动植物相关名词(鸟兽虫鱼、果蔬花木等),琳琅满目、洋洋大观,为便于读者理解,部分谜作还加了简注。本书以灯谜为导游,带读者去游览灯谜动物园、灯谜植物园,通过欣赏与猜射这些灯谜,读者可以了解动植物知识,认识更多的动植物。

本书按作者姓氏笔画为序编排,各家谜作大体分类为动物学名词、鸟名(家禽单列)、兽名(家畜单列)、鱼名、昆虫名、爬行动物名、两栖动物名等;植物学名词、农作物名、蔬菜名、花卉名、树木名、水果名等。本书主要收录一般读者熟悉的动植物相关名词,依通常习惯而并未严格按动植物学科专业进行分类。由于灯谜作者并非动植物学科方面的专家,一般是依据所搜集的有关谜材进行创作的,为保证谜材的准确,我们尽可能将谜材进行查对核实,剔除了一些如"白花现象"这样以讹传讹、依不准确的谜材所作的灯谜。

本书不收神话传说动植物名(如龙、凤凰、商羊、赤乌等)、古代马名等。动植物名称也仅限其词语本身,不收鱼类品种(如热带鱼、观赏鱼、金鱼品种)、花卉品种(如牡丹、菊花、兰花、梅花等品种)、水果品种(如苹果、葡萄品种)、蔬菜品种(如白菜、萝卜品种)、茶叶品种等。

单字为底,严格讲应为字谜。本书只选马、牛、羊、叶、茎、根等,虽仅为一字,但一目了然,即知属于动植物词语的谜材。有些谜材如动物学名词吻、囊等,其他义项更明显,单独作谜底则不收。

有的谜材,既可作为树木,又可作为花卉或水果的,我们按一般习惯统一谜目。例如:梅、梅子、梅花,谜目分别定为树木、水果、花卉。

当代动植物谜作中,有大量用所谓"借代法"成谜的,如"黄花、美人"扣"鱼","千里、桃花"扣马,"相思"扣"鸟"又扣"豆"等,源于对黄花鱼、美人鱼、娃娃鱼、神仙鱼、武昌鱼、梅花鹿、桃花马、千里马、相思豆、相思鸟、明月鸟、断肠草、含羞草、东北虎、哈密瓜、英雄木等的借代。这种只适合在灯谜界内部使用且有争议的谜作,一般读者难以理解,难以适从,又确实不太严谨,了无谜趣,故本书一概不收。

所选谜作中凡遇撞车,无法一一去考证创作先后的,取先收到者,特此说明。

感谢彭恒礼先生为本书作序。我们是在河南省民间文艺金鼎奖颁奖会上相识的,他的专著《元宵演剧习俗研究》获金鼎奖学术著作奖,使我产生极大兴趣,会后彭先生即寄赠我一册。该书研究的是元宵演剧习俗,而猜灯谜同样是元宵的重要习俗。2015年元宵节前夕,河南电视台邀彭先生和我参与元宵节专题节目的制作,我因在国外探亲无法赴约,失去一次向彭先生请教的机会,但他为本书所作序言,其中提到灯谜的起源与灯节赏灯习俗有关,使人获益匪浅。期待彭先生能以其深厚的民俗学学养,开拓元宵与灯谜习俗的研究。

当代百家灯谜精选系列,已经有《当代百家字谜精选》、《当代百家成语灯谜精选》、《名胜古迹灯谜精选》(虽为了体现名胜古迹的地方性而按省份编排,但实际也属于百家系列)出版,《当代百家动植物灯谜精选》的出版,又丰富了精选的内容。我们希望将精选系列继续编下去,为当代灯谜建档,为当代灯谜百家立传。

刘二安

2018 年 12 月 25 日于亚特兰大